가을 정원

가을 정원

한국 독자 여러분께

『가을정원(秋園)』은 제 어머니의 이야기입니다. 20세기 중국의 격동기 속에서 굳건히 삶을 이어간, 한 평범한 여성의 이야기이지요. 한국에도 분명 제 어머니와 같은 여성들이 많았으리라고 생각합니다. 그들 역시 가난과 혼란의 굴레 속에서, 무거운 짐과 깊은 상처를 끌어안은 채 고단한 인생길을 돌고 돌아야 했겠지요.

중국 독자들이 이 책을 읽고 가장 많이 남긴 말은 "너무 고통스럽고, 너무 힘들다"라는 것이었습니다. 하지만 그 고통은 글로써 내려가는 순간 오히려 저에게 위로가 되어 주었습니다. 그 이야기들을 꼭 껴안을수록, 저는 제 자신을 더 깊이 보듬을 수 있었으니까요.

『가을정원』이 출간된 뒤, 많은 젊은 독자들이 조부모님의 삶에 귀 기울이게 되었다거나, 부모님께 드릴 선물로 이 책을 골랐다는 말을 전해 왔습니다. 그 사실이 무엇보다 저를 기쁘게 했습니다. 책을 읽으며 눈물을 흘렸다는 분들도 많았습니다. 그런 얘기를 들을 때마다 저는 테레사 수녀의 말을 떠올리곤 합니다. "결코 쉽게 꺾이지 마십시오. 모든 것을 잃기 전까지는. 당신이 흘리는 그 눈물이 끝내는 모든 것을 이기게 해줄 것입니다. 한 방울의 물은 또 다른 한 방울을 불러오니까요."

이제 『가을정원』이 한국어로 번역되어 여러분의 독서 세계에 닿게 되었구나 생각하니 무척 기쁘고도 감사한 마음입니다. 이 책 역시 한 방울의 물이 되어, 인류 삶의 긴 강물 속으로 스며들기를 바랍니다. 저는 언어와 문화가 달라도 사람의 삶에는 반드시 통하는 무언가가 있다고 믿습니다.

그러니 부디 저와 함께 기억해 주세요.

그 고통과, 강인함과, 사랑을.

이 모든 것이 잊히지 않고, 우리의 핏줄을 타고 대대로 흘러갈 수 있도록.

양번편

목차

한국 독자 여러분께 ·· 004

서 문 주방에서의 글쓰기 ··· 009

제1장 뤄양에서 난징으로 ··· 013

제2장 싼치타이 ·· 047

제3장 화우리 ··· 071

제4장 황니충 ··· 113

제5장 츠푸산 ··· 191

제6장 도피 ··· 277

제7장 회귀 ··· 337

후 기 어머니를 대신해 쓰는 후기 ······························ 371

역자의 말 ··· 381

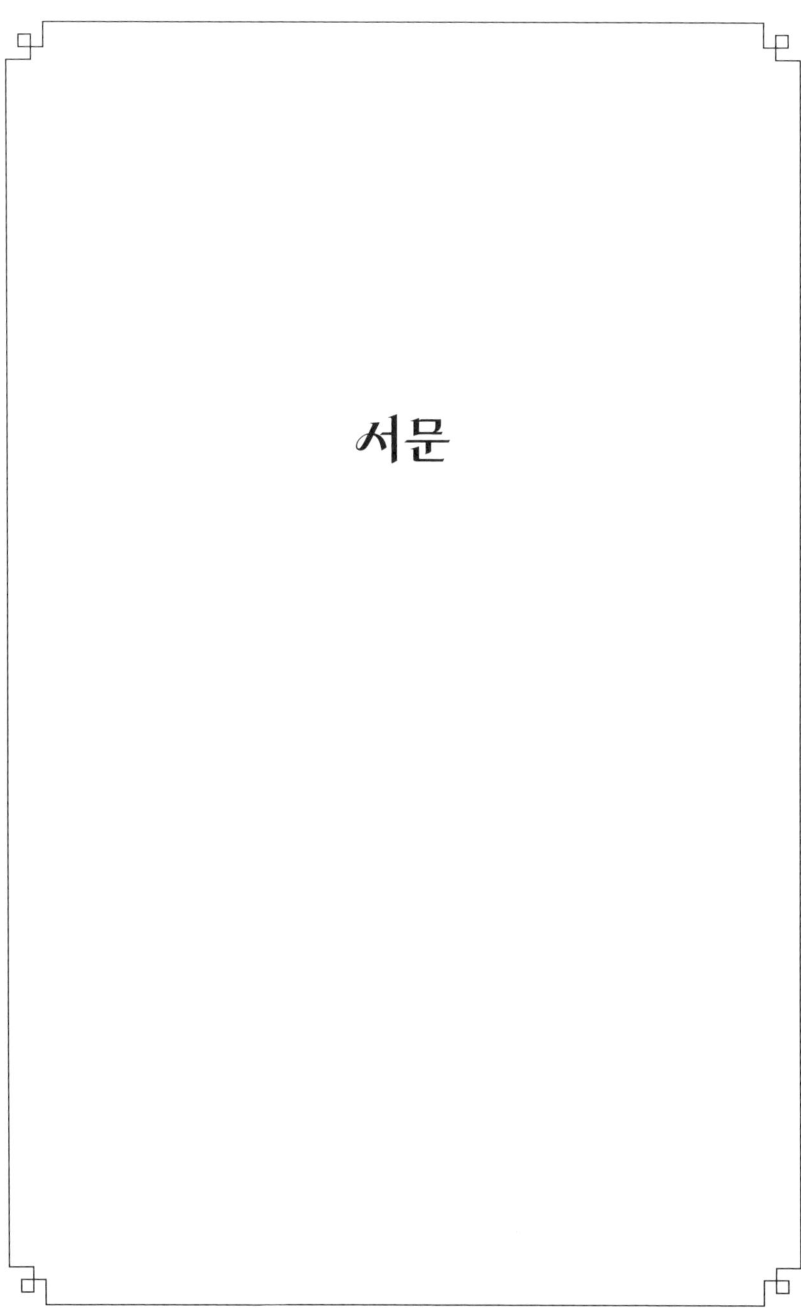

서문

주방에서의 글쓰기

한 평 남짓한 좁은 주방은 이미 싱크대와 냉장고만으로도 꽉 차 있었다. 책상 하나를 더 들일 방법은 도무지 없어 보였다. 나는 작은 앉은뱅이 의자에 걸터앉아, 그보다 좀 더 높은 앉은뱅이 의자를 탁자 삼아 우리 가족의 이야기를 써 내려가기 시작했다.

그해, 나의 어머니—이 책의 주인공인 치우위엔(秋園)—가 세상을 떠나셨다. 어머니의 본명은 '량치우팡'이었다. 나의 몸과 마음은 어머니의 죽음 앞에서 가눌 수 없는 슬픔으로 인해 지칠 대로 지쳐 있는 상태였다. 그러다 문득 그런 생각이 들었다. 그녀의 삶을 누군가 기록하지 않는다면, 어머니가 이 세상에 머물렀던 흔적은 어느새 자취도 없이 사라지고 말 것이다! 그리고 머잖아 내가 있었단 사실 역시 지상에 얇게 내려앉은 먼지처럼 세월에 흩어져 사라지고 말리라! 나는 정말 이곳에 존재했던 것일까. 길고 고단했던 나의 삶은 결국 아무것도 아니었던 것인가.

어머니를 떠나보낸 해, 예순이 넘은 내게는 더 이상 새로운 인생의 목표라든가 방향 같은 것은 의미가 없어 보였다. 그저 하늘의 뜻에 순응하며 하루하루 살아가는 것, 그뿐이었다. 그랬던 내가 어느 날 한 번도 해본 적 없던 일을 시작했다. 바로 글쓰기였다.

돌아보면 나는 평생 배움에 목말라 있었다. 하지만 그 소원은 한 번도 제대로 실현될 기회를 얻지 못했다. 평생을 고단한 현실과 싸우며 살아남기 위해 발버둥쳐야 했기 때문이다. 농사일에서부터 한약재 가공, 공장 노동자, 자동차 부품 판매에 이르기까지, 닥치는 대로 온갖 일을 해내야만 했던 내게, 문학은 전혀 동떨어진 존재일 수밖에 없었다. 사실 지금도 나는 삶의 무게에서 완전히 벗어나지 못하고 있다. 나이 들어 기력이 쇠한 우리 집 영감님은 당뇨에 가벼운 치매 증상까지 있어, 내가 늘 곁에서 간호사처럼 돌봐야 한다.

이런 상황 속에서도 내 안에서는 글을 쓰고 싶다는 소망이 꿈틀대기 시작했고, 그 마음은 어떻게 해도 떨쳐지지 않았다. 야채를 씻어 바구니에 담아 놓고 물이 빠지길 기다리며, 때로는 고기를 삶거나 국이 끓기를 기다리며, 짬이 날 때마다 나는 요란하게 돌아가는 환풍기 소리를 벗 삼아 부지런히 펜을 놀렸다. 이 책을 완성하기까지 내내 머릿속을 떠나지 않던 생각이 있었다. 내겐 끝내야 할 일이 있고, 지금 당장 실행하지 않으면 다시는 기회가 없을지도 모른다는 생각이었다.

몇 줄 채 쓰기도 전에 눈물로 앞이 뿌옇게 흐려져, 펜을 멈춰야 하는 일이 다반사였다. 깊숙이 묻혀 있던 기억들이 되살아나며, 잊은 줄 알았던 그 시절 사람들과 그때의 일들이 하나둘 떠올랐다. 글을 쓰기 시작하자, 가물가물 흩어져 있던 기억의 조각들이 서로 맞물리며 더 많은 이야기들을 끊임없이 소환해냈다. 기분이 묘했다. 펜만 들었다 하면, 지난 세월들이 펜 끝으로 새까맣게 모여들어 서로 제 이야기를 써 달라고 아우성치는 것만 같았다. 그렇게 나는 펜을 쥐고 한없이 길게만 느껴졌던 지난 인생길을 다시 걷는 여정에 오르게 된 것이다.

그저 평범한 중국 여성이었던 나의 어머니, 량치우팡 여사의 일생을 써 내려가기 위해서는, 거센 파도에 이리저리 휩쓸리는 나무토막 같은 처지였던 우리 가족이 어떻게 그 세월을 견디고 버텨냈는지 이야기하지 않을 수 없었다. 그리고 중남부 시골 마을 사람들의 삶과 죽음 역시 이 책에 담고 싶었다. 나라도 기록하지 않으면, 어느 누구에게도 기억되지 못한 채 영영 묻혀버릴, 그런 평범한 사람들의 이야기를 말이다.

한 편 한 편 써 내려가다 보니, 원고지 더미가 제법 쌓여 있었다. 궁금한 마음에 무게를 달아 보니, 무려 8킬로그램이나 되는 것이었다. 이 책을 쓰면서 비로소 나는 내 안의 깊고 깊은 슬픔을 따듯하게 보듬을 수 있었다.

　인생의 만년에 이르러, 나는 전장을 향해 내달리는 열차처럼, 전에 없던 힘에 이끌려 굉음을 울리며 쿵쾅쿵쾅 앞을 향해 달려왔다.

　이렇게 쓰인 나의 이야기는 이제 한 방울 물이 되어 유유히 흐르는 저 역사의 강물 속으로 흘러 들어가리라.

양번펀

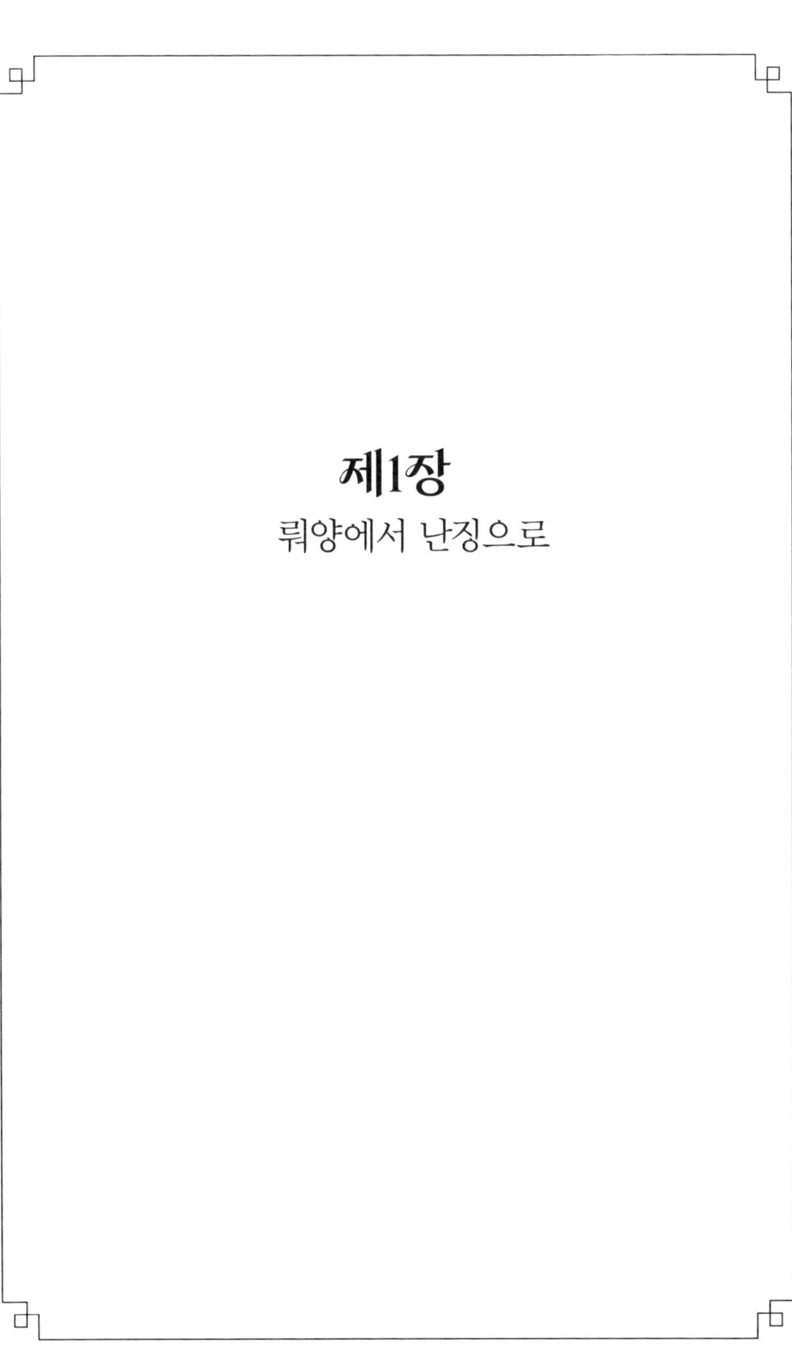

제1장
뤄양에서 난징으로

1.

며칠을 연달아 내린 비로, 뤄양(洛陽)시 안량지에의 집들 처마 밑 여기저기에 물웅덩이가 패였다. 맨발에 바짓가랑이를 한껏 걷어붙인 다섯 살 여자아이 하나가, 웅덩이 속을 뱅글뱅글 돌며 물장구를 치고 있었다. 아이는 엄마가 다가오는 것도 눈치채지 못하고 사방으로 물보라를 튀기며 물놀이에 한창이었다.

아이의 어머니는 화가 머리끝까지 올라 소리쳤다. "너는 도대체가 사내애야, 계집애야? 맨발을 척 내놓고 물장구질이라니! 집에 가기만 해 봐, 내 아주 발을 꽁꽁 싸매버릴 테니!" 어머니는 아이를 호되게 나무라며 팔을 잡아끌고 집으로 향했다.

1919년 그해, 물놀이에 정신을 쏙 빼앗긴 이 여자아이의 이름은 치우위엔이었다.

치우위엔의 집은 한약방을 운영했다. 커다란 주홍빛 원형문 위에는 '바오허 약방'이라는 글자가 금박으로 큼지막하게 새겨져 있었다. 원형문 안으로 들어서면 잠시 시야가 어두워졌다가, 이내 제법 널찍한 약방이 눈앞에 나타났다. 사방 벽면을 가득 메운 홍 갈색 서랍장에는 세신, 황금, 신이, 강활, 마황, 우방자, 야교등, 자 화지정 같은 온갖 한약재 이름이 빼곡히 붙어 있었다. 약방 입구 맞은편에는 허리 높이쯤 되는 계산대가 놓여 있었고, 점원이 그 곳에서 처방전을 들고 온 손님들을 맞았다. 계산대 왼편으로는 오금 병풍으로 가려진 공간이 있었는데, 그 안쪽엔 붓과 벼루가 놓인 커다란 홍목 책상이 자리 잡고 있었다. 이곳이 바로 약방의 주인, 량 선생이 맥을 짚고 진료를 보는 곳이었다.

치우위엔의 아버지 량 선생은 뛰어난 의술 덕에 마흔이 좀 넘 은 나이에 이미 그 일대에서 명성이 자자했다. 약방 벽면에는 "화 타가 환생하다", "회춘을 가능케 하는 신의 손" 같은 그의 의술을 칭송하는 내용의 현판들이 즐비했다. 그가 특히 귀했던 점은 환자 가 돈이 있든 없든 누구에게나 한결같았다는 것이다. 그는 또 고 향 난양에서 안과를 하고 있던 외삼촌을 모셔 왔다. 외삼촌은 안 과 진료 외에도 발무산, 일적청 같은 한방 안약을 직접 지어 쓰기 도 했다.

약방을 지나면 주홍빛의 커다란 원형문이 또 하나 나타났다. 문을 열면 갖가지 꽃과 나무가 어우러진 넓은 정원이 펼쳐졌다. 정원 한 켠에는 도르래가 달린 깊은 우물이 있었다. 정원 양편으 로는 단층 건물 몇 채가 늘어서 있었는데, 한 채는 부엌, 또 한 채는 약재를 가공하는 곳, 나머지 한 채는 여자 환자들을 위한 공간으로 쓰였다. 이곳을 찾는 여인들은 하나같이 명문가의 규수이거나, 가세는 넉넉지 않더라도 곱게 자란 처녀들이었다. 이들은 량 선생 앞에서 차마 말하기 어려운 부인병들을 량씨 부인에게 이야기했다. 이렇게 안주인이 먼저 얘기를 듣고 다시 남편에게 전하는 방식으로 진료가 이루어졌다.

정원을 지나 세 번째 문을 통과하면, 비로소 가족들이 생활하는 공간이 나왔다. 눈처럼 흰 벽에는 송학연년도[1]가 그려져 있었다. 이곳에 량 선생과 부인, 치우위엔과 그 오라비인 치우청과 치우핑, 그리고 량 선생의 외삼촌과 네 명의 점원이 함께 살고 있었다. 대가족인 셈이었다.

*

량씨 부인은 치우위엔을 방 안으로 데리고 들어갔다. 그녀는 입을 꾹 다문 채 딸아이를 의자에 눌러 앉히더니, 곧장 길이 다섯 자[2], 폭이 네 치[3]쯤 되는 하얀 천을 꺼내 들고는 발을 싸매려 달려들었다. 치우위엔은 울고불며 온몸으로 저항했다. 량씨 부인은 딸아이의 조그마한 엉덩이를 팡팡 모질게 내리쳤다.

"언제까지 전족을 안 하고 버틸 셈이야? 커다란 왕발을 해가

---

1. 송학연년도(松鶴延年圖): 장수를 상징하는 소나무와 학이 그려진 길상화.
2. 한 자(尺)는 한 치의 열 배로, 약 30.3센티미터에 해당한다.
3. 한 치는 약 3.03센티미터에 해당한다.

지고 시집이나 갈 수 있겠니? 사람들이 '량대발'이라고 놀릴 텐데, 그런 널 누가 데려가겠어! 내가 너 때문에 창피해서 얼굴도 못 들고 다니면 좋겠어?"

치우위엔은 엄마의 말을 온전히 알아들을 순 없었지만, 그 기세로 보아 전족이란 걸 피할 수 없다는 사실만은 분명히 느낄 수 있었다. 당시 여인이라면 전족을 하는 것이 당연했고, 사람들은 발이 작으면 작을수록 아름답다고 여겼다. 승통에 쏙 집어넣고[4] 이리저리 돌릴 수 있을 만큼 작디작은 발이, 이상적인 발의 표준이 되었다. 사람들은 이를 '삼촌금련'[5]이라 불렀다. 전족을 한 여인들이 톡톡 튀어 오르듯 길을 걷는 모습은 마치 참새나 병아리를 연상케 했다.

아이에게 전족을 시킨다는 건 보통 큰일이 아니었다. 대부분의 경우, 어머니들이 직접 나섰다. 어떤 어머니는 아이의 발을 천으로 단단히 동여맨 뒤, 큰 탁자 위에 세워 놓고는 그 탁자를 힘껏 밀쳐버렸다. 또 어떤 어머니는 발이 묶인 아이를 회초리로 마구 때렸다. 그러면 아이는 매질을 피해 달아나려다 결국 바닥에 엎어지고 말았다. 이 모두가 발뼈를 억지로 으스러뜨려 전족을 더 쉽게 하려는 수단이었다.

시골에서는 간혹가다 전족을 하지 않은 처녀들을 볼 수 있었

---

4. 저자 주: 곡식을 계량하는 원통형 도구. 대나무로 만들어졌으며 직경이 약 6센티미터쯤 된다.
5. '삼촌(三寸)'은 대략 10cm 정도의 짧은 길이를, '금련(金蓮)'은 연꽃처럼 아름답다는 뜻으로, 가장 아름다운 전족의 크기 기준을 뜻하며 전족 풍습 자체를 일컫는 말이기도 하다.

다. 그런 이들은 선이라도 보러 나설라치면 죄인처럼 전전긍긍하며, 커다란 발을 어떻게든 감추려 애썼다. 어떤 이는 길다란 바지를 발등까지 늘어뜨리고, 어떤 이는 치렁치렁한 치마자락을 땅에 끌며 나섰다. 이 무시무시한 전족을, 치우위엔이라고 피해 갈 도리는 없었다. 그래도 량씨 부인은 아이를 탁자에서 떨어뜨리거나 사정없이 때리는 일은 하지 않았으니, 그나마 다행이라면 다행이었다. 그녀는 왼손으로는 치우위엔의 발 앞쪽을, 오른손으로는 뒤꿈치를 단단히 움켜쥐고, 발바닥 한가운데로 힘을 다해 두 손을 그러모았다. 이제 겨우 시작인데, 치우위엔은 온몸이 빠개질 듯 악을 쓰며 우느라 벌써 목이 쉬어 버렸다. 한참을 그러고 있던 량씨 부인은 이번에는 아이의 다섯 발가락을 오른손에 힘껏 그러쥐었다. 그리고 왼손으로 준비해 둔 흰 천을 집어 들어, 쭉쭉 잡아당기며 발을 단단히 싸맸다. 그렇게 동여맨 후엔 그 위를 다시 실로 촘촘히 꿰매 마무리했다. 울며불며 매달리는 아이를 바라보는 그녀의 눈에서도 눈물이 흘러내렸다. 그럼에도 잔뜩 힘이 들어간 두 손은 끝내 풀릴 줄 몰랐다.

다음 날, 치우위엔은 엄마가 손님들을 응대하느라 자리를 비운 틈을 타, 몰래 가위를 찾아 꿰매 놓은 실들을 툭툭 끊어냈다. 발을 옥죄고 있던 하얀 천을 걷어내자, 한가운데로 오므라져 있던 발가락들이 하나둘 제자리로 펴지기 시작했다. 그동안 꽁꽁 묶여 있던 두 발은 좀처럼 떨림을 멈추지 못하고 한참을 덜덜거렸다.

량씨 부인이 이를 모를 리 없었다. 그날 저녁 불호령이 떨어졌다. 치우위엔은 무릎을 꿇고 앉아 호된 매를 견뎌내야 했다. 량씨 부인은 딸아이를 야단치고, 때리고, 울었다. 눈물은 쉬이 그칠 줄 몰랐고, 손에 쥔 회초리 또한 멈추질 않았다.

그 후로 한동안 치우위엔은 뼈 마디마디를 송곳으로 후벼 파는 듯한 극심한 고통에 시달려야 했다. 본디 예쁘장했던 치우위엔의 두 발은 이제 온데간데없이 사라져 버렸다.

*

그로부터 두 해가 지나고, 치우위엔은 글 공부를 하러 서당에 다니기 시작했다. 서당 선생은 뚱지에에 사는 한 생원으로, 예순을 넘긴 나이에 돋보기를 걸치고 염소수염을 기른 채, 짙은 회색 장포[6]를 입고 다녔다. 자택의 큰 방 하나를 교실로 사용했는데, 그 방 한 켠 네모진 탁자 위에는 문방사우와 죽비가 가지런히 놓여 있었다. 죽비는 한 면은 붉은색, 다른 한 면은 녹색이었으며, 한쪽 끝은 굵고 다른 한쪽은 가늘었다. 그중 가는 쪽이 손잡이로 쓰였다. 평소엔 녹색 면이 위로 보이게 두었다가, 측간에 가고 싶은 학생이 있으면 탁자로 가서 붉은 면이 드러나게 죽비를 뒤집어 놓았다. 그리고 돌아와서는 다시 녹색 면이 위로 향하게 돌려놓았다.

---

6.   장포(長袍): 청나라의 전통 의상으로 길이가 발목까지 내려오는 두루마기 형태의 옷.

죽비는 싸우거나 욕을 하는 학생들의 엉덩이를 때리는 데에
도 쓰였다. 수업 중에 떠들거나, 암기를 제대로 못 한 학생이 있
을 때도 죽비로 손바닥을 때렸다. 서당의 아이들은 하나같이 단
정하고 예의 바르게 행동했다. 서당 안을 오갈 때도 흐트러짐 없
는 얌전한 자세로 걸어 다녔다.

여학생들은 『삼자경』, 『여아경』, 『백가성』 같은 책들을 배웠
고, 남학생들은 『맹자』, 『유학』, 『증광현문』 같은 책을 익혔다.[7]
선생님이 먼저 한 구절 읊으면 학생들이 뒤따라 읽었고, 제법 능
숙하게 읽는다 싶으면 그 뜻을 풀어 설명해 주었다. 서당에서는
책 읽기 외에도 서예나 주판 놓는 법을 가르쳤다. 학생들이 필사
를 하거나 책을 암송하는 동안, 선생은 탁자에 앉아 담배를 피우
거나 차를 마시며 그 모습을 지켜보았다. 학생들은 쉴 틈 없이 공
부하다가, 식사 때가 되어서야 비로소 집으로 돌아갈 수 있었다.

“여자들의 도리를 귀기울여 들어라.

일찌감치 일어나 규방에서 나와서,

아침밥을 준비해 부모님께 드려라.”

치우위엔은 서당에서 여자가 지켜야 할 도리 같은 것들을 배

---

7. 여아가 읽는 『삼자경(三字經)』, 『여아경(女兒經)』, 『백가성(百家姓)』 같은 책들은 기본적인 한자
    학습과 현모양처에 필요한 여성의 역할을 익히는 데 초점을 맞췄다면, 남아는 『맹자(孟子)』, 『유학
    (幼學)』 같은 유교 교양서와 처세훈을 담은 『증광현문(增廣賢文)』을 배워 성별 분업적 교육을 실
    시했음을 보여준다.

윘다. 일 년쯤 지났을 때, 량 선생은 치우위엔을 서양 학당으로
옮기게 했다. 그는 나름 시대의 흐름을 아는 사람이었다. 이제는
아이들을 서당 대신 서양 학당에 보내는 일이 흔해졌고, 여자아
이들은 더 이상 전족을 하지 않아도 되었다. 치우위엔도 몇 해를
이어오던 전족을 풀게 되었고, 그렇게 '해방된 발'[8]은 남은 생애
내내 그녀와 함께했다.

---

8.   전족을 했다가 도중에 푼 발을 '해방된 발'이라 불렀다.

2.

몇 해의 세월이 더 흘렀다. 장남 치우청은 어려서부터 부친에게 의술을 배우며, 훗날 약방을 잇기 위한 준비를 착실히 해왔다. 어느덧 그도 열아홉이 되어 혼처를 논할 나이가 되었다.

천하는 하루도 태평할 날이 없었다. 장쭤린, 옌씨산, 우페이푸[9] 같은 자들이 이끄는 군벌 세력들이 각지에서 세력 다툼을 벌였다. 어제까지만 해도 북쪽 군대의 주둔지였던 곳이, 하룻밤 새 남쪽 군대의 손에 넘어가 있기도 했다. 매일이 가슴 졸이는 나날의 연속이었다. 어느 집 처녀가 마을을 지나던 병사에게 험한 꼴을 당했다더라, 이튿날 집 앞 연못에 몸을 던져 죽었다더라, 이런 흉흉한 소문이 심심찮게 돌았다. 그러다 보니, 나이가

---

9. 장작림(張作霖), 염석산(閻錫山), 오패부(吳佩孚)는 각각 허베이성과 산둥성, 산시성, 후베이성을 기반으로 활동했던 군벌들이다.

찬 딸아이를 둔 집들은 더욱 불안에 떨지 않을 수 없었다.

뤄양시의 위씨 집성촌에 딸 다섯을 둔 집이 있었는데, 부모는 딸아이들이 혹여 군인들에게 몹쓸 짓이라도 당해 팔자를 그르치지나 않을까 노심초사였다. 하루빨리 혼처라도 마련해줘야 마음이 놓일 것 같아, 아는 사람마다 중매를 부탁해 둔 상태였다. 그러던 차에, 말이 돌고 돌아 위씨네 여식을 치우청의 배필로 들이는 것이 어떻겠냐는 혼담이 량 선생네까지 흘러들었다.

평소 성정이 시원시원하던 량 선생은 사정을 듣더니, "칠층 불탑 하나 시주하는 것보다, 사람 하나 구하는 일이 더 큰 공덕이라 하지 않소!"라고 말하며 바로 혼담을 받아들였다. 그리고 어느 늦은 밤, 우마차 한 대가 사람들의 눈을 피해 위씨촌에서 처녀 하나를 태우고 왔다. 치우위엔의 큰 새언니가 될 여인이었다. 우마차에는 고구마 줄기가 한가득 실려 있었다. 그렇게 그녀는 고구마 줄기 더미 속에 몸을 숨긴 채 량씨 집안으로 들어왔다.

큰 새언니는 그다지 예쁜 얼굴은 아니었다. 하지만 그녀에게는 자랑스러운 삼촌금련이 있었다. 작고 오목한 두 발엔 녹색 바탕에 붉은 모란이 수놓인 비단신이 신겨져 있었다. 걸음을 옮길 때마다 그녀의 몸은 하느작하느작 흔들렸다. 큰 새언니는 그 작은 발로 못 하는 일이 없었다. 거친 일도, 섬세한 일도 가리지 않고 척척 해냈다. 그녀가 수놓은 꽃은 진짜라 해도 믿길 정도였다. 또 국수 면발은 얼마나 가늘고 길게 잘 뽑아내던지. 이런 그녀를 가족들은 무척 아꼈고, 치우청과의 금슬 역시 각별했다.

얼마 지나지 않아, 둘째 치우펑도 혼인을 했다.

작은 새언니의 고향은 카이펑에 있는 펑치우라는 시골 마을이었다. 예전 그녀의 아버지는 부두에서 장사를 했는데, 제법 돈벌이가 되는 일이었다고 한다. 그 마을에는 이따금 토적떼가 출몰하곤 했고, 어느 날 밤 작은 새언니네 집에까지 들이닥쳤다고 한다. 하필 그날 아버지는 출타 중이었다. 작은 새언니의 어머니는 미모가 뛰어난 여인이었다. 그런 여인을 토적놈들이 가만 놔둘 리 만무했다. 그녀가 순순히 굴복하지 않자, 한참을 실랑이하던 토적놈 하나가 참지 못하고 가슴에 총을 겨누었다. 탕—! 그녀는 그 자리에서 즉사했다.

당시 작은 새언니의 나이는 겨우 열셋이었고, 집엔 이제 막 여덟 달 된 어린 남동생이 하나 더 있었다. 남동생은 바닥에 고꾸라진 엄마를 보고는 벌컥 울음을 터뜨렸다. 와와 울며 엄마의 곁으로 기어간 아이는, 가슴팍을 더듬어 젖을 입에 물었다. 하지만 아무리 빨아도 젖이 나오지 않자, 어린 남동생은 목이 터져라 더 크게 울어댔다.

량 선생의 오랜 환자 가운데 마침 작은 새언니네와 아는 이가 있었다. 한번은 둘이 이런저런 대화를 나누다 그가 문득 그 집안의 딱한 사정 이야기를 꺼냈다. 사연을 듣고 난 량 선생은 안타까운 마음에 탄식을 금하지 못했다. 그리고는 조금의 망설임도 없이 당장 아이를 데려다 수양딸로 삼겠다고 했다.

몇 해 뒤, 치우핑과 마음이 잘 맞았던 이 여자아이는 그와 부부의 연을 맺었다.

단아함이 깃든 길고 가느다란 눈매와 작은 입술, 백옥 같은 피부에 발그레한 두 뺨까지, 작은 새언니는 살이 좀 오른 것 말고는 누가 봐도 미인이었다. 게다가 성품도 어질고, 정은 또 얼마나 많은지. 다만 전족도 해본 적 없고 살림 솜씨도 자기만 못하다는 이유로, 큰 새언니는 그녀를 은근히 깔보았다. 툭하면 작은 새언니의 성을 앞에 붙여 "리대발"이라고 부르기 일쑤였다.

얼마 뒤, 북벌군이 뤄양에 입성했다. 군기가 엄정한 병사들은 시민들에게 조금의 피해도 주지 않고 거리를 행진했다. 치우위엔도 새언니들과 함께 거리로 나가, 이웃들 틈에 섞여 그 광경을 지켜보았다. 병사들은 머리에 챙이 달린 군모를 쓰고, 등에 장총을 메고, 다리에는 각반을 차고 착착 보조를 맞추며 앞으로 나아갔다.

거리 양옆에는 북벌군을 환영하는 양학당 학생들이 죽 늘어서 있었다. 학생들은 깃발을 흔들며 병사들과 함께 행진가를 소리 높여 불렀다.

열강을 타도하자!
열강을 타도하자!
군벌을 무찌르자!
군벌을 무찌르자!

국민 혁명의 성공을 위하여!

국민 혁명의 성공을 위하여!

함께 힘차게 노래를 부르세!

함께 힘차게 노래를 부르세!

<h1 style="text-align:center">3.</h1>

치우위엔이 열두 살 되던 그해 봄은 참으로 이상하게 찾아왔다. 불과 이틀 전만 해도 솜을 누빈 장포며 두툼한 짧은 덧옷을 껴입어야 했다. 그런데 다음 날 갑자기 기온이 이삼십 도까지 치솟는 것이었다. 해가 떠 있는 낮 시간에는 홑겹 덧옷이라도 꺼내 입어야 할 판이었다. 뜰에는 어느새 개나리꽃이 다보록이 피어 있었다. 마치 봄의 성화에 밀려 꽃망울을 선보일 새도 없이, 서둘러 활짝 피워버린 것만 같았다. 지난 몇 달 동안 앙상한 가지를 늘어뜨린 채 생기를 잃고 약방 앞에 서 있던 버드나무에도, 하룻밤 새 보들보들한 잎눈이 돋아났다. 이른 봄바람에 버들가지들이 한들한들 흔들릴 때면, 화사한 봄 햇살 아래서 연둣빛 보석 가루들이 반짝이며 사방으로 흩날리는 듯했다.

그날 한 환자의 진료를 마치고 내실로 천천히 걸어 들어오는 량 선생의 얼굴에는 즐거운 기색이 역력했다. 그는 집안 여인들에게 손에 들린 두 장의 표를 들어 보이며, 들뜬 목소리로 말했다.

"방금 전 시청 관리 한 분이 진료를 보고 가시면서, 선상 연회 입장권 두 장을 주고 갔지 뭐요! 내 생각엔 칭완이랑 칭양이를 보내는 게 좋을 듯 싶은데."

칭완은 큰 새언니, 칭양은 작은 새언니를 부르는 호칭이었다. 칭완, 그리고 칭양, 모두 새언니들이 시집을 때 아버지가 직접 지어 붙인 이름이었다.

이번 선상 연회는 일찌감치 신문에 대서특필되며 사람들의 입에 오르내렸다. 초청된 이들은 하나같이 성안의 고관대작이나 저명인사, 혹은 부유한 명문가의 안식구들이었다. 량 선생도 약방을 운영하며 벌이가 제법 되었지만, 그런 대단한 이들에 비하면 그저 일개 의원일 뿐이었다. 그런 그에게 이번 선상 연회는 애초에 생각조차 못할 일이었던 것이다. 그런 표를 두 장이나 손에 넣었으니, 량 선생이 그토록 기뻐하는 것은 당연지사였다.

둘째 새언니 칭양은 어린아이처럼 활달하고 장난기 많은 사람이었다. 그녀에게 내실에 들어앉아 자수를 놓거나, 약재를 썰고 말려 처방전대로 담는 것이 전부인 일상은 단조롭기 그지없었다. 마주치는 사람이라야 날마다 얼굴 맞대는 집안 식구들뿐이니, 얼마나 갑갑했는지 모른다. 그런 칭양이었기에 새어 나오는 웃음을 도무지 감출 수가 없었다. 그녀는 곧장 일어나 시아버지의 손에서 표를 빼어 들었다.

반면, 칭완은 우물쭈물 머뭇거리는 표정이었다. 전족 때문임이 분명했다. 칭양이 냉큼 입을 열었다. "형님, 뤄양성에서 나보다 대발이인 여자 있음 나와 보라 그래요! 모르긴 몰라도, 선상 연회에 오는 부인들이나 아가씨들은 다 전족을 했을 걸요……." 칭완은 그녀의 말에 금세 설득당했다.

선상 연회가 있던 날, 칭완과 칭양은 꼭두새벽부터 일어나 몸단장에 여념이 없었다. 뽀얗게 분을 바른 얼굴에, 당연히 입술연지도 빠뜨릴 수 없었다. 두 사람은 가진 옷 중에서 제일 좋은 화려한 무늬의 비단 누빔 장포를 꺼내 입었다. 한껏 치켜세운 깃 덕에, 그녀들의 목선이 더욱 길어 보였다. 통통한 체격의 둘째 새언니는 허리통이 유난히 잘록한 비단 장포에 몸을 끼워 넣느라 숨을 있는 대로 들이마시며, 연신 "아이구야"를 찾아댔다. 치우위엔은 새언니들의 고운 옷차림에서 좀처럼 눈을 떼지 못하고, 한참을 부러워하다가 겨우 등굣길에 올랐다.

오후 세 시, 다른 날과 마찬가지로 수업을 마치고 집으로 돌아오던 길이었다. 그런데 성안에 무슨 일이라도 생긴 건지, 낌새가 이상했다. 주변 상점 사람들이 하나같이 문 앞에 나와 삼삼오오 모여 서서 수군거리고 있었고, 지나가는 사람들 얼굴에도 황망한 기색이 역력했다. 무슨 큰일이 벌어진 것이 틀림없었다!

집에 다다른 치우위엔은 그간 단 하루도 해가 떠 있는 동안엔 닫는 법 없던 약방의 주홍빛 대문이 웬일인지 굳게 닫혀 있는 것을 발견했다. 약방 문 앞은 사람들로 북적이고 있었다. 이웃 금은방 사장과 포목점 사장도 가게를 내버려 둔 채, 그 틈에 끼어 있었다. 두 사람은 치우위엔을 보더니 황급히 몸을 돌려 눈길을 피해 버렸다.

"세상에, 배가 가라앉았대……." 수군거림 속 이 한마디가 사람들 사이를 뚫고 치우위엔의 귀에 와 꽂혔다.

뤄허강 위에 떠 있던 호화 유람선은 눈 깜짝할 사이에 강물 속으로 빨려 들어갔다고 한다. 배 위에 있던 부인과 규수들은 무슨 일이 벌어진 건지 미처 알아차릴 새도 없이, 순식간에 한편으로 쏠리며 뒤엉켰다. 균형을 잃은 배는 그대로 물속으로 곤두박질치더니, 이내 자취를 감추고 말았다. 알다시피 칭완과 칭양도 그 배에 타고 있었다. 화려한 비단옷에 온몸이 칭칭 휘감긴 채, 그 둘은 뤄허강 바닥으로 영영 사라졌다.

두 며느리의 상을 치르고 난 후, 량 선생은 기어이 앓아누웠다. 이른 봄의 추위를 이기지 못하고 감기에 걸리나 싶더니, 몸속 냉기가 쉬이 가시질 않았다. 쇠약해진 몸에 마음의 병까지 더해져, 결국 그는 세상을 떠났다. 몸져누운 지 고작 보름 만이었다. 사람들의 병을 척척 고쳐내던 그였건만 정작 자신의 병은 어찌하지 못하고 한창나이에 이리도 허망하게 삶을 접었으니, 이 얼마나 가엾은 일이란 말인가.

그 보름 동안, 줄곧 그 곁을 지킨 이는 장남 치우청이었다. 그는 부친 옆에 작은 침상을 놓고, 한시도 자리를 뜨지 않고 병구완에 매달렸다. 그러더니 부친의 장례를 마치자마자, 이번엔 그가 병이 나고 말았다. 괴이한 병이었다. 온몸에 힘이 빠지고, 쉴 새 없이 덜덜 떨렸다. 병명은 끝내 알아내지 못했지만, 원인은 분명했다. 보름 남짓한 사이에 아내와 아버지를 차례로 여읜 것도 모자라, 제수씨까지 더해 세 사람의 장례를 치러 냈으니 아무리 젊은 나이라 해도 그런 일을 멀쩡히 버텨낼 수는 없었던 것이다.

열두 살 그 봄, 그녀는 사랑하는 가족 셋을 잃었다. 치우위엔의 유년 시절은 그렇게 끝이 났다.

어린 나이에 가족을 한꺼번에 떠나보내야 했던 그녀. 그러나 그것은 앞으로 견뎌내야 할 기나긴 인생에서 그저 시작에 지나지 않았다. 그녀는 다섯 명의 자녀를 낳았고, 그중 둘은 요절하고 셋만이 살아남았다. 마흔여섯에는 남편을 여의었다. 그리고 여든아홉, 길다면 긴 인생을 살아낸 그녀가 세상을 떠나기 몇 해 전부터 입버릇처럼 되뇌던 말이 있었다.

"사는 게 힘들어서가 아니다……. 그냥 이제는, 더 이상 사는 게 지겹구나."

4.

치우청이 괴질에 시달린 지도 꼬박 삼 년이 지났다.

그러던 어느 날, 어릴 적에 량 선생과 막역했던 동무 하나가 신양에서 찾아왔다. 그는 그제야 량 선생이 세상을 떠났다는 사실을 전해 듣고는, 한동안 슬픔에 잠겨 울음을 멈추지 못했다. 게다가 친했던 동무의 아들마저 병에 걸려 고통당하는 모습을 보노라니, 상심이 이만저만이 아니었다. 그는 오래전부터 아편을 피워왔는데, 치우청에게도 기운이 날 거라며 한 모금 권했다.

치우청은 아편 담뱃대를 받아들고 연달아 몇 모금을 들이켰다. 일순간 정신이 맑아지며 하늘을 나는 듯한 기분이 들었다. 온몸이 가뿐해지고, 그동안 자신을 괴롭혀 오던 병마가 흔적도 없이 사라진 것만 같았다. 그는 순식간에 병세가 크게 호전되어, 침대에서 내려와 걷기까지 했다. 잃었던 식욕도 되찾았다. 문제는,

그러다 아편에 중독되고 말았다는 것이다.

량 선생이 생전에 모아둔 재산은 제법 되었다. 집 처마 밑 하수구 옆에 은화가 가득 담긴 항아리 두 개가 묻혀 있었는데 가족들은 치우청의 아편값을 대기 위해 결국 항아리들을 파낼 수밖에 없었다.

버는 이는 없이 써대기만 하니, 종국에 남은 것은 텅 빈 항아리뿐이었다. 더는 가족들의 생계를 꾸려갈 방법이 없었다. 치우청도 더 이상 손 놓고 있을 수는 없어, 다시 바오허 약방의 간판을 내걸고 진료를 시작했다. 아편을 끊기 위한 노력도 함께 기울였다. 다행히 량 선생 생전의 명성이 남아 있었기에 환자들이 꾸준히 찾아왔다. 의술을 배운 적 없는 둘째 치우핑은 약방의 잡무를 맡았다. 형제가 힘을 합쳐 노력한 덕분에 약방은 금세 활기를 되찾았다.

한편, 량 선생이 떠난 뒤로 량씨 부인은 치우위엔을 더는 학당에 보내지 않고 집에서 바느질을 가르쳤다. 치우위엔은 마뜩잖았지만, 당시 집안 형편상 어머니의 뜻을 거스르긴 어려웠다. 더구나 시간이 흐를수록 살림이 점점 어려워져, 학교에 갈 생각은 접을 수밖에 없었다.

*

1931년 9·18사변[10]이 일어났다. 일본군이 동북 3성을 점거했고, 이듬해 발발한 1·28사변[11]으로 난징에까지 일본의 군사적 위협이 가해졌다. 국민당 정부는 수도를 뤄양으로 옮겼다. 뤄양이 전시 수도가 되면서, 바오허 약방에도 군복을 입은 군인들과, 중절모에 장삼[12]을 걸친 다양한 직책의 관리들이 심심찮게 드나들었다.

안량지에에 사는 커우씨 집안에서 상을 당해 발인을 하던 날이었다. 치우위엔도 어머니를 따라 거리로 장례 행렬 구경에 나섰다. 커우 가문은 알아주는 부자였다. 이승에서 산 자가 쓰는 것이라면, 그 어느 것 하나 빠뜨리지 않고 죽은 이에게도 모조리 마련해 준 듯했다. 대나무와 종이로 만든 각종 장례 용품들이 거리를 가득 메웠다. 곧 거지들이 그것들을 메고 지고 산으로 올라가, 불에 태워 고인의 가는 길에 함께 보낼 것이다.

치우위엔은 잠시 군중 속에 섞여 구경하다가 집으로 발길을 돌렸다. 그녀는 구경꾼들 틈에서 누군가가 자신을 계속 지켜보고 있었다는 사실을 전혀 눈치채지 못했다.

그녀를 줄곧 바라보고 있던 이는 국민당 정부의 중간급 간부였다. 그는 이미 편두통 때문에 바오허 약방에 다니고 있었다. 치

---

10. 1931년 9월 18일, 일본 관동군이 선양(瀋陽)을 기습하여 만주 침략의 교두보로 삼은 사건으로 '만주사변'이라고도 한다.

11. 1932년 1월 28일, 상하이의 국제 공동 조계 지역에서 일어난 중국과 일본의 군사적 충돌로 '상하이 사변'이라고도 한다.

12. 장삼(長衫): 청 말기부터 중화민국 시기까지 남성들이 입던 긴 옷으로, 한때 중절모와 함께 신사 계층의 표식이기도 했다. 품이 넉넉한 '장포'에 비해 상대적으로 몸에 붙는 실루엣의 옷이다.

우청이 내준 약 덕택에 증세가 점차 나아지기 시작했고, 약방에 들르는 횟수가 잦아지며 둘은 어느덧 벗이 되었다. 그날 그는 치우위엔이 약방 문 안으로 들어가는 모습을 보고 잠시 뜸을 들인 뒤, 천천히 뒤를 따라 들어갔다. 그리곤 점원 하나를 붙들고, 방금 안으로 들어간 길게 머리를 땋아 내린 아가씨가 량 선생과 어떤 관계인지 물었다.

"작은 사장님의 여동생이십니다." 점원이 대답했다.

그로부터 막 이틀이 지나고, 참군처[13] 비서장의 아내인 동 여사가 약방을 찾아왔다. 서른 즈음 되어 보이는 그녀는 뛰어난 미모에, 한눈에도 값비싸 보이는 옷을 입고 화려한 장신구를 걸치고 있었다. 여느 손님들과 달리 진료에는 전혀 관심 없었고, 들어서자마자 량씨 부인을 찾더니 둘이 한 켠에서 한참을 소곤거렸다. 무슨 이야기인지는 알 수 없었지만, 치우위엔은 자신을 흘끗흘끗 바라보는 둘의 시선에서 분명 자기와 관련된 일임을 눈치챌 수 있었다.

그날 이후, 동 여사는 하루가 멀다 하고 약방을 드나들었다. 치우위엔에게 고급 가죽 구두를 두 켤레나 선물하는가 하면, 량씨 부인에겐 앞으로 딸에게 절대 전족을 시키지 말라고 거듭 당부하기도 했다. 누구도 아직 치우위엔에게 이렇다 할 얘기를 꺼내진 않았지만, 이쯤 되면 동 여사가 중매를 서기 위해 찾아왔다

---

13. 군사 자문과 참모 기능을 맡았던 국민당 정부의 군 관련 부서.

는 것은 짐작하고도 남을 일이었다.

그렇게 두 달이 지나고, 량씨 부인이 마침내 입을 열었다.

"우리 딸, 동 여사님이 혼처를 하나 소개해 주셨는데, 국민당 참군처에서 대령 참모로 있는 양런쇼우라는 총각이라는구나. 후난성 창사 사람이고, 올해 스물여섯이래. 고향엔 아버지가 살아 계시고, 집도 있고, 땅도 있단다. 이래저래 먹고살 만은 한가 봐."

량씨 부인은 치우위엔의 의중을 물었다. 치우위엔은 가타부타 말도 없이 어머니의 물음에 눈물로 답했다. 량씨 부인은 사흘 밤낮 대답을 재촉했고, 그녀는 사흘 밤낮 울기만 했다. 사실 그녀도 대관절 무엇 때문에 자신이 이리도 울어대는지 알 수 없었다.

그러던 어느 날 밤, 어머니가 또다시 혼사 얘기를 꺼내자 치우위엔은 돌연 좋은 생각이 떠오른 듯 눈물을 훔치며 입을 열었다.

"그럼, 그 사람한테 저를 학교에 보내달라고 하세요. 그리고 제가 중등학교를 졸업할 때까지 기다렸다가, 그때 혼례를 올리자고 전해 주세요!"

이튿날 량씨 부인은 동 여사에게 딸의 뜻을 전했다.

그리고 다시 그다음 날 아침, 동 여사가 희색이 만면한 얼굴로 약방을 찾았다.

"양 참모가 글쎄, 아가씨 공부도 시켜주고, 여기 뤄양에 집도 사서 고향에 계신 아버지를 모셔 와 정착할 생각까지 있다네요!"

량씨 부인이 고개를 끄덕였다. 치우위엔도 따라 고개를 끄덕였다. 마침내 이 혼사를 받아들이기로 한 것이다.

5.

치우위엔은 아직 양 참모를 만나보지도 못했는데, 동 여사가 벌써 예물을 전하러 왔다. 일꾼 넷이 그녀의 뒤를 따라 작고 네모난 상을 머리에 하나씩 이고, 줄지어 약방으로 들어섰다. 작은 상은 신부 집에 약혼 예물을 보낼 때 쓰는 전용 상으로, 혼례용품점에서 빌려온 것이었다. 대나무를 엮어 만든 상은 한 변의 길이가 각 1척[14] 5촌쯤 되었고, 중앙에는 역시 대나무로 만든 사발 크기의 둥근 테가 있었다. 상 위에는 붉은 비단천이 깔려 있었고, 그 위에 예물이 올려져 있었다. 치파오 네 벌에 금반지 한 쌍, 나뭇잎 장식이 달린 금귀걸이 한 쌍, 금팔찌 한 쌍, 그리고 비단신도 네 켤레 있었다.

---

14. '자'와 같은 단위로, 1척(尺)은 약 30.3센티미터이다. 1척 5촌은 대략 45센티미터 정도이다.

　　치우위엔이 시집가던 날, 거리는 혼례 행렬을 구경하려는 사람들로 인산인해를 이루었다. 신랑 측과 신부 측 일행이 각각 푸른 가마 여덟 대에 나눠 타고 지나갔는데, 이렇게 짝수로 맞이하고 짝수로 보내는 풍습을 '쌍취쌍송(雙娶雙送)'이라 불렀다. 신부를 태운 꽃가마 옆으로는 악사들이 풍악을 울리며 따랐다. 이러한 혼례 행렬은 당시 뤄양에서도 제법 고급스러운 축에 들었다. 예식은 허둬 호텔에서 거행되었다. 주례는 참군처의 참군이 맡았고[15], 당시 국민당 주석이던 린선(林森)이 축하 글귀를 적은 대련을 보내왔다.

　　치우위엔의 얼굴 위로는 붉은 비단천이 드리워져 있었다. 그녀는 바깥의 떠들썩한 소란에는 전혀 관심이 없었다. 오로지 남편 될 사람이 어떤 모습일지, 어떤 사람일지에만 온통 정신이 쏠려 있을 뿐이었다. 결국 참지 못한 그녀는 얼굴에 덮인 비단천을 슬그머니 걷어 올렸다. 신랑은 단박에 문관임을 짐작케 하는 차림새였다. 중절모를 쓰고, 발등이 길게 파인 가죽 단화를 신고, 가슴엔 커다란 붉은 꽃을 달고 있었다. 남자다운 각진 얼굴형에, 희고 정갈한 피부, 성실하고 충직해 보이는 인상. 치우위엔은 그제야 비로소 마음이 놓였다.

　　뤄양에 집을 사서 정착하겠다던 런쇼우의 약속은 끝내 지켜지지 못했다. 1932년 말, 국민당 정부가 수도를 옮기면서 치우

---

15. 참군처의 지도자급 직위 체계는 수령인 총참군장, 육해군 총참군장, 그리고 그 아래 있는 참군으로 구성되어 있었다.

위엔도 어쩔 수 없이 남편을 따라 난징으로 옮겨가야 했기 때문이다.

치우위엔은 여전히 학교에 다니고 싶은 마음이 굴뚝이었다. 하지만 때는 음력 10월, 입학시험을 치를 수 있는 곳은 한 군데도 없었다. 그녀는 아쉬운 대로, 부녀 직업 강습소에 들어가 재봉과 자수, 뜨개질 같은 기술이라도 배우기로 했다.

강습소 학생들은 대개 혼인한 여성들이었고, 그중 가장 나이 많은 이는 서른 살이었다. 치우위엔은 막내였다.

런쇼우는 난징의 따사마오쌍에 방 두 칸을 얻었다. 그의 봉급은 그다지 많지 않았다. 원래는 한 달에 구십 원이었는데, 국난으로 십분의 일이 삭감되면서 실제로 손에 쥐는 돈은 그보다 적었다. 두 사람의 삶은 소박했다. 아침 식사는 늘 납작한 참깨빵 하나와 삶은 달걀 하나, 그리고 끓인 맹물 한 잔이 전부였다. 식사를 마치면 각자의 하루가 시작됐다. 런쇼우는 출근을 하고, 치우위엔은 직업 강습소로 향했다. 저녁엔 런쇼우가 치우위엔에게 글씨 쓰기와 책 읽기, 시 낭송 등을 가르쳐주었다. 그 모습은 마치 여동생을 살뜰히 돌보는 오라비 같았다. 런쇼우가 쉬는 날이면, 둘은 부근의 공자 사당에 들러 한가로이 시간을 보내곤 했다. 매번 집으로 돌아오는 길에 치우위엔은 으레 작은 화분 하나를 사들었다. 얼마 지나지 않아, 세든 집 복도에는 높낮이 다른 꽃들이 줄지어 늘어섰다. 값비싼 꽃 하나 없었지만, 그만으로도 충분히 아름다웠다.

본디 런쇼우는 후난성의 작은 시골 마을 출신이었다. 어릴 적 어머니가 세상을 떠나고, 부친이 조그만 장사를 하며 그를 키워 냈다. 그의 부친은 이 마을 저 마을 돌며 사기 항아리나 단지를 파는 행상이었다. 그는 마흔이 넘어서야 얻은 귀한 늦둥이 아들에게만큼은 반드시 제대로 된 교육을 시키리라 마음먹었다.

런쇼우는 어릴 때부터 남다른 총명함을 보였다. 시 암송뿐 아니라, 시를 짓는 데에도 재능이 있었다. 서예 솜씨 또한 뛰어났다. 당시 그를 가르치던 스승은 리징위라는, 그 지역에서 알아주는 문사였다. 제자들 가운데 타지에서 관직에 오른 이들도 여럿이었다. 리 선생은 런쇼우를 각별히 아꼈기에, 쓸 만한 인재가 작은 시골 마을에서 빛도 보지 못하고 묻힐까 봐 늘 걱정이었다. 그는 런쇼우가 어느 정도 나이가 차자 국민당 관료로 있는 제자에게 부탁해 도시로 데려가게 했다.

그렇게 열여섯 소년 런쇼우는 혈혈단신으로 고향을 떠나 타향살이를 시작했고, 마침내 대령 참모 자리에까지 오르게 되었다. 이제는 아내까지 맞이하여 한 가정의 어엿한 가장이 된 것이다.

난징에서의 생활이 어느 정도 자리를 잡자, 그는 연로한 부친이 못내 마음에 걸려 함께 모시고 살고 싶어 했다. 그리고 얼마 지나지 않아, 사촌 동생 양쥔량에게 부탁해 아버지를 난징으로 모셔 왔다. 일흔을 훌쩍 넘긴 부친은 일찍이 두 눈을 모두 실명하여, 곁에서 돌봐줄 보모도 따로 들여야 했다. 하지만 아들이 갖은 정성을 다해 모셨음에도, 아버지는 매일같이 고향이 그립다며 눈물을 보였다. 절대 객사만큼은 하고 싶지 않다며, 고향 산천에 고이 묻히고 싶다는 노인의 간곡한 바람에 런쇼우도 결국 뜻을 꺾고 말았다. 그는 다시 사촌 동생에게 아버지를 고향으로 모시고 가달라는 편지를 보냈다. 그리고 자신을 대신해 아버지를 돌보는 대가로, 매달 삼 원의 생활비를 부쳐주겠노라고 약속했다. 부친이 난징에 온 지 겨우 여덟 달 만의 일이었다.

1937년 12월. 난징이 일본군에게 함락되었다.

생각할수록 도무지 이해가 가지 않는 일이었다. 난징이 점령되기 벌써 전부터, 때때로 일본 군용기가 난징 상공을 정찰하듯 한 바퀴 휙 돌고 돌아가곤 했다. 일본 군용기가 지면과 아주 가까이 날고 있는데도, 이쪽에선 방공포로 대응을 한다든가 군용기를 출격시켜 저지하려는 움직임 같은 건 전혀 보이지 않았다. 적군의 출현을 알리는 방공 경보조차 울리지 않는 경우도 많았다. 심지어 일부 시민들이 거리에 탁자를 늘어놓고 대나무 장대를 들고 올라서서 일본군 비행기를 쿡쿡 찔러대는, 참으로 우스꽝스러운 광경까지 벌어졌다.

그렇게 몇 달이 흐른 끝에, 난징 대학살의 참극이 일어났다.

6.

1937년 가을이 깊어갈 무렵, 여객선 한 척이 한커우항에 정박했
다. 수면 위에 짙게 깔린 안개로 인해 하늘과 강물의 경계가 어디
인지 도통 가늠이 되질 않았다. 근처에 떠 있을 다른 선박들의 모
습도 전혀 보이지 않았다. 사방을 아무리 둘러보아도, 눈에 들어
오는 것은 그저 희뿌연 안개뿐이었다. 그때 안개 속 저편에서 어
렴풋이 빛이 비쳐 드는 듯했다. 태양빛이었다. 그러나 이글거리는
태양의 날카로운 광선조차도 짙은 안개를 꿰뚫기엔 역부족이었
다. 이따금씩 들려오는 뱃고동 소리는, 안개 속에서 이리저리 부
딪치며 허우적대는 맹인처럼 쓸쓸하고 처량하기 그지없었다.

런쇼우와 치우위엔, 그리고 다섯 살 난 아들 즈헝도 충칭으로
향하는 여객선에 몸을 싣고 있었다. 그해 10월, 국민당은 충칭을
전시 상황의 임시 수도로 정하고 정부 관료들을 속속 난징에서

철수시켰다. 런쇼우도 예외는 아니었다.

　그런데 어찌 된 일인지 그는 우리에 갇힌 짐승처럼 초조해 보였다. 갑판 위에서 현 정세에 대해 열띤 토론을 벌이는 동료들 틈에 섞여 잠시 얘길 나누는가 싶다가도, 어느새 선실로 돌아가 서성이며 한시도 가만 있질 못했다. 점점 격화되는 전쟁 탓에, 이번에 충칭으로 떠나고 나면 언제 다시 돌아올 수 있을지 기약할 수 없는 상황이었다. 그가 이토록 안절부절못하는 까닭은 단 하나, 아버지 때문이었다. 어머니의 몫까지 짊어지며 자신을 금이야 옥이야 키워낸 아버지, 이제는 눈까지 멀어 버린 노쇠한 아버지. 그런 아버지에게 작별 인사라도 드리고 떠날 수 있다면 좋으련만. 전쟁이 앞으로 어떻게 흘러갈지 사람의 힘으로는 전연 가늠할 수가 없다. 연약하기 그지없는 존재인 자신이 할 수 있는 일이라곤, 바다 위를 둥둥 떠다니는 나무토막처럼 시대라는 거대한 파도에 휩쓸려 부침을 거듭하는 것뿐. 종국에는 어느 기슭으로 떠밀려 갈지 알 수 없는 노릇이었다. '이번에 아버지를 뵙지 못하면, 영영 기회가 없을지도 모른다. 여기서 샹인(湘陰)까지는 그리 멀지 않으니, 아내와 아들을 데리고 배에서 내려, 잠시라도 아버질 뵙고 다시 길을 떠나면 안 될까…….' 난징을 떠나 여기까지 오는 내내, 그는 갈피를 잡지 못하고 수심만 깊어져 갔다.

　치우위엔은 다섯 살배기 아들과 놀아주느라 정신이 없었다. 두 모자는 뭐가 그리 재미난지 연신 까르르 웃어댔다. 올해 갓 스물셋이 된 치우위엔은 북방 출신이었지만, 남방 여인 특유의 흰 피부와 가녀린 자태를 지니고 있었다. 짙푸른 비단에 은색 실로 매화 무늬를 수놓은 누빔 장포가 그녀의 청초한 외모를 더욱 돋보이게 했다. 런쇼우와 혼인한 뒤로, 그녀는 그를 하늘로 여겼다. 그를 아버지 삼아, 오라비 삼아 전적으로 의지하며 살아왔다. 치우위엔은 둘의 삶에 대해 딱히 따져본 일이 없었다. 그가 가자 하면 가고, 하자 하면 그대로 따르면 그만이었다.

두 모자를 바라보고 있노라니, 런쇼우는 어깨에 가장이라는 책임감의 무게가 한층 더해지는 기분이었다. 지금처럼 어지러운 시국에, 배에서 내린 뒤 가족들에게 어떤 일이 닥쳐올지 그로서는 한 치 앞도 예견하기 어려웠다. 그렇다고 이대로 충칭으로 가 버리면, 살아생전 다시는 아버지를 못 뵙게 될 수도 있지 않을까? 머릿속에서 두 가지 생각이 팽팽히 맞서며 좀처럼 결론이 나질 않았다. 런쇼우는 선실을 박차고 나와, 곧장 갑판에 서 있던 장씨 성의 동료에게로 다가갔다. 그자는 사람들 사이에서 '반(半)신선'으로 통하는 이였다.

"도대체 내가 이 배에서 내려야 하는 겐지, 아니면 그냥 충칭으로 가야 하는 겐지, 내 대신 답을 좀 찾아 줄 수 있겠는가?" 런쇼우가 다그치듯 물었다.

반신선은 그와 함께 선실로 들어가 신중히 점괘를 짚어 보았다. 그에 따르면, 배에서 내려 아버지를 뵈러 후난으로 가는 것이 옳은 선택이라 했다. 그래, 하늘의 뜻이 그렇다는데 더 망설일 까닭이 어디 있겠는가!

런쇼우는 급히 선실로 가서 치우위엔을 찾았다. "배가 부두에 닿으면 우리도 하선할 테니, 어서 짐들을 챙기도록 해요."

걷힐 줄 모르는 안개 탓에 한커우항의 선박들은 세 시간이나 발이 묶여 있었다. 오랜 힘겨루기 끝에, 마침내 태양이 안개를 몰아냈다. 정박 중이던 배들이 기적을 울리며 조심스럽게 강기슭으로 다가갔다.

런쇼우와 치우위엔이 타고 있던 여객선은 중간에 우한을 들렀다 충칭으로 가는 배였다. 우한에서 내린 이들은 런쇼우 일가뿐이었다. 짐가방을 든 런쇼우가 앞장을 서고, 즈헝의 손을 잡은 치우위엔이 그 뒤를 따랐다. 뒤이어 당번병 둘이 커다란 상자 네 개를 짊어지고 따라붙었다.

눈앞에 다리가 나타나자, 한창 젊은 나이였던 치우위엔은 즈헝을 번쩍 안아 올리고 날랜 걸음으로 다리를 건너갔다. 그리고, 이전까지의 삶은 다리 너머 저편으로 아득히 멀어져 갔다.

제2장

싼치타이

1.

런쇼우처럼 성실하고 우직한 사람이 그런 거짓말을 하다니. 구혼할 당시 고향에 있다던 집이며 땅이며, 먹고사는 데 큰 지장이 없다던 말들은 다 거짓이었다. 사실은 그나마 변변한 집 한 칸도 갖추지 못한 형편이었다.

늦가을의 시골 풍경은 쓸쓸하기 그지없었다. 들녘의 풀들은 온통 누런 빛깔로 시들어 있었고, 높고 낮은 언덕이 길을 따라 굽이굽이 끝도 없이 이어졌다. 추수가 끝난 빈 들판에는 고인 물 사이로 벼의 밑둥만이 드문드문 남아 있었다. 즈헝이 온몸이 진 흙투성이인 물소 한 마리를 가리키며 물었다.

"엄마, 여기 말은 왜 저렇게 더러워요?"

아들의 질문에 치우위엔은 순간 당황했다. 그녀 역시 물소는 처음이었던 것이다. 한편, 행인 하나가 런쇼우의 사촌 동생 쥔량네로 발길을 재촉하고 있었다. 쥔량의 집은 진즉에 런쇼우가 식구들을 데리고 온다는 소문을 듣고 몰려든 구경꾼들로 빙 둘러싸여 있었다. 사람들은 대관 나으리께서 얼마나 많은 금은보화를 가져왔을지, 도시 출신의 아내는 또 얼마나 세련되었을지 궁금해 마지않았다.

치우위엔은 파마머리를 하고, 짙푸른색 누빔 장포에 발등이 파인 검은 가죽 단화를 신고, 귀걸이와 금반지로 치장하고 있었다. 그런 그녀의 차림새에 사람들은 연신 감탄을 내뱉었다. "역시, 도시 사모님은 뭐가 달라도 다르구먼!" 수많은 사람들이 알아들을 수 없는 사투리를 써가며 큰 소리로 떠들어댔다. 시끌벅적한 그 광경에 겁을 먹은 즈헝이 엄마 곁에 찰싹 붙어섰다.

치우위엔 역시 자신을 향해 쏟아지는 시선에 머릿속이 멍해지는 것 같았다. 그런 와중에도 자기를 보기 위해 모여든 아이들에게 사탕을 나눠줘야겠다는 생각이 들었다. 하지만 사탕을 분명히 챙겨오긴 했는데, 어느 상자에 넣어 두었는지 도통 기억이 나질 않았다. 하는 수 없이 그녀는 자신에게 쏟아지는 수많은 눈길을 받아 가며, 상자를 하나하나 헤집기 시작했다. 사람들은 눈을 왕방울같이 크게 뜨고 뚫어져라 바라보았다. 책으로 가득 찬 상자 둘, 그리고 네 식구의 옷가지가 담긴 상자 둘. 금은보화를 구경할 기대에 잔뜩 들떠 있던 마을 사람들은 그만 헛물을 켜고 말았다.

런쇼우와 치우위엔은 당분간 쥔량의 집에 머물기로 했다. 그가 돌아왔단 소식이 점점 퍼져나가면서, 근방의 문인 묵객들이 하나둘 찾아들기 시작했다. 십여 리 밖에 사는 지인들까지 서둘러 그를 만나러 왔다. 꼬리에 꼬리를 무는 방문객들로 쥔량의 집은 연일 문전성시를 이루었고, 하루에 손님상을 서너 번이나 차려야 하는 날도 있었다. 런쇼우와 그의 지인들이 함께 주거니 받거니 시를 읊는 소리, 지난 역사와 현 시국을 두고 열띤 토론을 벌이는 소리들로 집안은 하루 종일 떠들썩했다.

그렇지만 치우위엔은 모두가 흥에 겨운 그 자리에 낄 수가 없었다. 그들이 하는 말을 도무지 알아들을 수 없었기 때문이다. 노랫가락처럼 흘러나오는 샹인 사투리도, 그녀에겐 그저 와글와글 뒤섞인 소리일 뿐이었다. 입 안이 깔깔한 고두밥도, 혀끝이 얼얼할 정도로 매운 음식들도 좀체 적응이 되질 않았다. 다른 이들이 분주히 젓가락을 놀릴 때, 그녀는 한 술도 제대로 뜨지 못하고 있다가 맨밥을 뜨거운 물에 말아 겨우 몇 숟갈 넘기곤 했다. 런쇼우는 며칠이 지나고서야 퍼뜩, 자신이 치우위엔에게 너무 무심했다는 걸 깨달았다. 그는 부랴부랴 쥔량에게 국수와 밀가루를 열 근씩 사다 달라고 부탁했다.

얼마 뒤, 친구 하나가 런쇼우를 생각하는 마음에서 땅과 집을 장만하는 게 어떻겠냐며 슬며시 언질을 주었다. "논밭을 임대해 주고 얻는 수입이면, 세 식구가 걱정 없이 지낼 수 있을 것이네. 그리고 함께 살 집도 당연히 있어야잖겠나. 밥을 빌어먹는 거지도 제 한 몸 누일 곳이 있는 법인데, 지금처럼 계속 사촌 동생 집에서 지내는 건 별로 좋은 생각이 아닌 것 같네만.” 런쇼우는 이런 친구의 조언을 “나는 자본가 노릇은 할 생각이 없다”라며 귓등으로 흘러버렸다.

결국 쥔량네 식구의 생활비까지 런쇼우가 고스란히 떠맡는 처지가 되고 말았다. 하루는, 쥔량이 먹을 쌀이 다 떨어져 간다고 했다. 런쇼우는 두말없이 쌀 스무 가마니를 사다 채워 놓았다. 위층에는 알이 꽉 찬 노오란 껍질의 쌀들이 산처럼 수북이 쌓였다. 그런데 열흘도 채 못되어, 쌀이 또 동났다는 것이다. 쥔량은 난처한 얼굴로, 요즘 쥐떼가 극성이더니 그 많은 쌀을 싸그리 먹어 치웠다고 했다. 런쇼우가 위층에 올라가 살펴보니, 과연 스무 가마니나 되던 쌀은 온데간데없고, 속이 텅 빈 벼 껍데기만이 산을 이루고 있었다.

런쇼우는 열여섯에 일찌감치 고향을 떠나 줄곧 도시에서만 지내온 터라, 농촌 사정에 어두워 쥐 때문이라는 말을 곧이곧대로 믿었다. 나중에 어떤 이가 귀띔을 해 주고 나서야 비로소 진상을 알게 되었다. 실은 쥔량이 그 많던 쌀을 하룻밤 사이 노름판에서 몽땅 날려버린 것이었다. 쥔량은 틈만 나면 노름판을 기웃거렸고, 설상가상으로 그 기술마저 형편없어 노름만 했다 하면 번번이 돈을 잃기 일쑤였다. 그러다 런쇼우와 함께 살게 되면서부터는 사촌 형이 무슨 큰 부자라도 되는 듯 굴며, 얼마를 잃든 개의치 않았다. 갈수록 대담해진 그는 끝내 스무 가마니나 되는 쌀을 하루아침에 송두리째 까먹는 지경에까지 이르렀다. 그러고는 뭐라 둘러댈까 궁리한 끝에, 밤새 벼 껍데기를 날라다 위층에 쌓아 놓고는 쥐떼가 쌀을 다 먹어 치웠다는 거짓부렁을 늘어놓은 것이었다.

2.

런쇼우는 쥐량의 집에 살면서 그간 모아 두었던 돈으로 두 집 식구를 부양했다. 게다가 쥐량의 노름빚까지 더해져, 지출이 한도 끝도 없었다. 시간이 흐를수록 런쇼우는 따로 집을 장만해 살림을 나야겠다는 생각이 간절해졌다. 그가 나가 살겠다는 뜻을 내비치자, 처음에 쥐량은 대놓고 언짢은 기색을 드러냈다. 하지만 얼마 되지 않는 돈을 지금처럼 두 집이 야금야금 까먹다가는 머지않아 빈털터리가 될 게 불 보듯 뻔한 일이었다. 런쇼우는 속이 타들어 가는 것 같았다. 본디 남에게 싫은 소리 한번 제대로 못하는 그였지만, 이번만큼은 단호하게 마음을 먹었다.

그러던 어느 날, 쥐량이 괜찮은 빈집 하나를 알아 왔다고 했다. 공무로 타지에 나가 있다는 집주인의 아들이, 런쇼우가 사겠다고만 하면 헐값에 넘겨주겠다고 했단다. 쥐량은 이보다 더 좋은 기회는 없을 거라며 거듭 강조했다.

런쇼우는 고민에 빠졌다. 그쪽에서 제시한 값은 삼백 원이었는데, 그의 수중에 있는 돈이 딱 그만큼이었다. 그는 치우위엔에게 어찌하면 좋을지 물었다. 세상 물정에 어두운 치우위엔이었지만, 더 이상 쥔량네와 함께 지낼 수 없다는 것쯤은 알고 있었다. 그리고 한편으로는 자신들만의 살림을 오롯이 꾸릴 수 있기를 내심 바라기도 했다. 당장에 더 나은 집이 나서질 않자, 런쇼우는 큰맘 먹고 남은 돈을 몽땅 털어 그 집을 샀다. 중간에서 다리 역할을 해준 쥔량에게 고맙다며 얼마간의 수고비까지 따로 쥐여 주었다.

그런데 정녕 꿈에도 생각지 못한 일이 벌어졌다. 전 재산을 들여 산 삼백 원짜리 집문서가 가짜라니! 집주인은 애초에 집을 팔 생각이라곤 없었다. 알고 보니, 집주인의 사고뭉치 아들이 노름빚을 갚기 위해 꾸민 사기극이었다. 이 모두가 노름판에서 함께 어울리던 그 작자가 쥔량을 끌어들여 벌인 일이었다. 쥔량을 친형제처럼 여겨왔던 런쇼우는 그를 철석같이 믿었었다. 실은 그 둘이 미리 짜고, 런쇼우가 집을 보러 올 때마다 집주인을 교묘히 따돌리고 아들이 대신 나와 그를 맞이했던 것인데 말이다. 아들은 돈을 받아 챙긴 뒤 자취를 감춰버렸다. 쥔량은 세상 억울하다는 얼굴을 하고, 자기와는 전혀 상관없는 일이라며 딱 잡아뗐다.

모아 두었던 돈은 이제 정말 한 푼도 남지 않았다. 그나마 다행으로, 국민당 정부에서 나오는 월급이 있었다. 매달 녹색 증명

서를 들고 은행에 가면 구십 원을 받아올 수 있었다. 충칭 정부에서는 런쇼우의 복직을 재촉하는 편지를 계속해서 보내왔다.

그도 몇 차례나 충칭으로 갈 마음을 먹었었다. 하지만 그때마다 눈먼 아버지가 병이 나는 바람에 떠나려던 계획은 번번이 무산되었다. 언젠가 한 번은 바로 다음 날 출발만 하면 되는 상황이었는데, 하필 그날 저녁 아버지가 또다시 앓아눕고 말았다. 이러기를 수차례, 그렇게 2년이란 시간이 흘러가 버렸다. 결국 런쇼우는 군에서 제명당했고, 정부의 월급도 더 이상 지급되지 않았다.

다행히 고을에서 명망 있는 인사로 통하던 런쇼우는 사람들의 추천으로 싼치타이의 향장[16] 자리에 오를 수 있었다. 싼치타이는 제법 큰 향으로, 화우리·황니충·츠푸산을 비롯한 여러 마을이 모두 그 관할 아래 속해 있었다. 런쇼우는 아내와 아들을 데리고 향공소 근처에 있는 가옥으로 이사했다. 그곳 역시 남의 소유였다.

---

16. 중국의 행정 구역 체계는 기본적으로 '성(省)-시(市)-현(縣)-진(鎮)·향(鄕)-촌(村)'의 5단계로 이루어져 있다. 여기서 '향장(鄕長)'은 우리나라 행정 구역상 면장에 해당한다.

3.

런쇼우는 중간 키에 네모반듯한 얼굴형, 희고 깔끔한 피부에 단정한 이목구비를 지닌 사람이었다. 성품 또한 올곧고 자애로우며, 다정한 데가 있었다. 그는 늘 장포를 입고 중절모를 썼다. 거기에 금테 안경을 쓰고, 한 손엔 '문명곤'[17]이라 불리는 지팡이를 들고, 발에는 늘 먼지 하나 없이 깨끗한 흰 밑창의 검은 헝겊신을 신고 다녔다. 그렇게 반듯하게 차려입은 그의 모습은 시골 마을에서 단연 눈에 띄었다.

런쇼우가 향장직에 있을 때였다. 정부에서는 사사로이 술을 담그는 일을 금지하고 있었다. 향공소 자위대의 상하 간부들은 이를 악용해, 단속을 구실 삼아 툭하면 마을에 들이닥쳐 사람들

---

17. 민국 시기, 서양 문화의 영향을 받은 지식인들 사이에서 지팡이는 신사의 표징처럼 여겨졌고, '문명곤(文明棍)'이란 이름으로 불리며 유행하기 시작했다.

의 재산을 갈취하곤 했다. 술 빚는 집을 찾아냈다 하면, 도구들을 가차 없이 때려 부수고 벌금을 물리는 것은 물론, 사람까지 잡아 가두는 일이 비일비재했다. 사람들은 이를 '양조장 접수'라 불렀다.

한 번은 장수충에 몰래 술을 담그는 집이 있다는 신고가 들어왔다. 자위대 부대장 판마즈가 이 소식을 전해 듣고 런쇼우를 찾아와 말했다. "이깟 사소한 일쯤은 제가 알아서 처리하겠습니다!"

런쇼우는 판마즈를 장수충으로 보내놓고 영 마음이 놓이질 않았다. 그는 잠시 망설이다가, 직접 가서 살펴볼 요량으로 서둘러 길을 나섰다. 그가 도착했을 땐, 이미 판마즈가 사람들을 시켜 물건들을 죄다 부수고 항아리에 있던 양조용 쌀까지 마당에 쏟아붓고 있는 중이었다.

"멈추게나!" 그 광경을 본 런쇼우가 성난 목소리로 버럭 고함을 내질렀다. 그는 마당 안으로 걸어 들어가 땅바닥에 흩어진 곡식들을 손에 그러쥐며 말했다. "이렇게 버려지긴 너무 아깝지 않은가. 한 톨 한 톨에 깃든 땀방울을 생각해 보게. 이걸 얻으려고 얼마나 고생들을 했겠는가……."

런쇼우는 그 집 식구들에게 마당에 버려진 쌀을 들여가도록 한 뒤, 벌금 이야기는 단 한마디도 꺼내지 않은 채 자위대원들을 이끌고 그 집을 떠났다.

양조 단속보다도 더 돈이 되는 일이 있었으니, 바로 장정 징발을 관리하는 일이었다. 본디는 장정이 셋인 집에서는 한 명을, 다섯인 집에서는 두 명을 차출하는 것이 원칙이었다. 하지만 당시 좀 산다 하는 집들은 대신 돈을 내거나, 쌀 열두 가마니를 주고 가난한 집 아들을 사서 할당 인원을 충당하는 경우가 많았다. 반면, 그럴 형편이 안 되는 집들은 아들이 달랑 하나뿐이라 해도 징발을 피할 길이 없었다.

어느 날, 런쇼우가 수하 몇을 데리고 장정 차출에 응하지 않은 집들을 독촉하러 마을로 향하던 길이었다. 도중에 쉰 살이 좀 넘어 보이는 농민 하나가 나타나더니 가마 앞에 털썩 무릎을 꿇었다.

"이게 뭐하는 짓이야!" 판마즈가 매섭게 소리쳤다.

런쇼우가 급히 가마에서 내려 농민을 부축해 일으켰다. "무슨 일인지 얘기해 보시오."

농민이 말했다. "향장님, 저한테는 아들놈이 둘 있습니다요. 그중 큰 놈은 머리가 모지라, 할 줄 아는 게 암것도 없는 놈입니다. 그리고 전, 보시다시피 힘 하나 쓸 수 없는 쓸모없는 몸뚱아리 아닙니까. 그나마 멀쩡한 둘째 놈이 손바닥만한 땅이라도 일구는 덕에 온 식구가 입에 풀칠이라도 하고 사는데……. 그놈을 징발해 가시면, 즈이는 앞으로 어쩌란 말입니까요."

"거, 쌀 열두 가마니를 내서 사람 하나 사면 될 일 아닌가." 판마즈가 옆에서 말했다.

"시방부터 쌀 한 톨 입에 안 대고 쫄쫄 굶는다 해도, 열두 가마니씩이나 마련할 방도가 어딨겠습니까요.” 농민이 말했다.

런쇼우는 그와 그의 둘째 아들의 이름을 물은 뒤 말했다.

“내일 향공소로 땔나무 몇 짐만 해 오시오. 그러면 아드님은 아무 문제 없을 것이오.”

그날 밤, 런쇼우는 치우위엔에게 쌀 열두 가마니를 살 돈이 필요하다고 했다. 그리고는 사람을 시켜 장정 하나를 사서, 그 농민의 아들을 대신하게 했다.

*

이따금씩 미군 비행기가 통조림, 과자, 옷 같은 구호물자를 투하하고 돌아가곤 했다.

그날 치우위엔이 향공소에 들렀을 때는, 마침 모두가 구호 물자를 정리하는 중이었다. 향공소의 일꾼 몇이 통조림 하나 맛보고 가시라며 한사코 치우위엔을 붙들었다. 런쇼우는 그중에서 제일 작아 보이는 통조림 하나를 골라 일꾼에게 따게 했다. 그 안에는 마작패 크기의 자줏빛 음식이 담겨 있었는데, 물기를 머금은 곱고 화려한 빛깔 덕에 무척 신선해 보였다. 그런데 웬걸, 무를 생으로 씹는 듯, 짜지도 달지도 않은 것이 아무 맛도 느껴지지 않았다. 그때 옷더미 속에 섞여 있던 자홍색 모직 코트 하나가 치우위엔의 눈에 들어왔다. 슬쩍 걸쳐 보니 퍽 잘 어울렸다. 내내 코트를 손에서 놓지 못하던 치우위엔은 런쇼우에게 묻지도 않고 그대로 집으로 들고 와 버렸다. 뒤늦게 이 사실을 알게 된 런쇼우는 치우위엔의 간곡한 만류에도 불구하고 코트를 도로 가져가 버렸다. 화가 났다. 하지만 어쩔 도리가 없었다.

해 질 무렵, 향공소의 일꾼 하나가 외발 수레에 나무통을 싣고 집 쪽으로 다가왔다. 멀리서도 단번에 통조림이 담긴 나무통이라는 걸 알아볼 수 있었다. 즈헝이 잔뜩 신이 나서 소릴 지르며 날듯이 집 안으로 뛰어 들어왔다. "아버지가 먹을 걸 보내셨나 봐요!" 치우위엔은 나무통을 열어 보고는, 혹여 자신이 잘못 본 건가 싶었다. 그건 아무것도 들지 않은 빈 통이었다. "향장님께서 쌀통으로 쓰신다며 집에 가져다 두라셨어요." 일꾼의 말이 귀에 울렸다.

펑! 펑! 섣달그믐날 저녁. 한 해에 작별을 고하는 폭죽 소리가 울려 퍼졌다. 저녁내 배불리 먹고 마신 사람들은 새해를 맞을 생각에 한껏 들떠 있었다. 밤이 깊고, 런쇼우네 식구들은 모두 잠자리에 들었다. 그런데 잠결에 갑자기 쿵 하는 소리가 들려왔다. 사방이 고요한 한밤중이었기에 그 소리는 더욱 크게 울렸다. '설마 도둑이 든 건가?' 식구들은 숨을 죽인 채 살금살금 부엌으로 다가갔다. 한 남자가 물독 옆에 엎어져 낑낑대고 있었다. 머리는 집 안에, 다리는 바깥에, 그만 몸이 끼어 들어오지도 나가지도 못하는 형국이었다. 그 곁에는 물 긷는 대나무 바가지가 뒹굴고 있었다.

시골 마을에는 집집마다 큰 물독이 하나씩 있었는데, 벽 쪽 바닥을 파고 항아리를 묻은 뒤 그 안에 물을 담아 두는 식이었다. 보통 지면에서 삼십 센티미터 정도 올라오게 항아리를 묻고, 옆에 대나무 바가지를 걸어 둘 나무 막대를 박아 세웠다. 막대에 걸린 바가지 끝에서 뚝뚝 떨어지는 물방울에, 시간이 갈수록 바닥은 물론 흙벽 아랫부분까지도 축축히 젖어 들었다. 도둑들은 주로 이런 데를 골라 구멍을 파고 기어들어와 도둑질을 했다.

곧 중학교에 올라갈 즈헝은 당시 제법 몸집이 커져 있었다. 즈헝은 도둑을 보자마자 부뚜막 옆에 있던 장작 하나를 집어 들었다. "때리지 말거라! 어서 안으로 들어오게 도와줘라." 런쇼우가 황급히 말렸다.

사내는 마흔 살쯤 되어 보였다. 집 안으로 들어온 그는 '나를 죽여줍쇼'하는 처량한 얼굴로, 미동도 없이 서 있었다.

"온 가족이 모여 단란한 시간을 보내야 할 섣달그믐에, 이렇게 나와 도둑질을 하고 있으니……. 오죽하면 그랬겠소." 런쇼우가 먼저 입을 열었다.

그 한마디에, 사내의 얼굴은 금세 눈물로 범벅이 되었다. 그의 사정은 이러했다. 오랫동안 병석에 누워 있는 아내를 고치려 팔 수 있는 살림살이는 모조리 내다 팔아 치료비를 댔지만, 병세는 전혀 나아지지 않았다고 했다. 쌀마저 떨어져, 벌써 며칠째 배를 곯은 세 아이들은 몸을 가누기도 어려운 지경이라고 했다.

"쌀을 담을 자루는 가져왔소?" 런쇼우가 물었다.

"네! 네! 여기 있습니다요."

런쇼우는 쌀독으로 다가가 표주박을 들었다. 한 번, 두 번…

자루가 가득 찰 때까지 그의 손은 멈추지 않았다. 못해도 스무 근은 족히 되어 보였다. 거기서 그치지 않고, 소금에 절여 말린 고기와 생선까지 그의 손에 쥐여 주었다. "어서 가서 가족들과 새해 맞을 준비를 하시오. 아내와 아이들이 집에서 기다릴 것 아니오."

사내는 런쇼우를 향해 몇 번이고 머리를 조아리며 말했다. "향장님이 좋으신 분이란 얘긴 진작에 들어 알곤 있었지만… 세상에, 참말이었네요. 다른 사람한테 걸렸으면, 아마 죽도록 얻어맞았을 겁니다. 이 은혜, 죽을 때까지 절대 잊지 않겠습니다요."

런쇼우가 대문을 열어주었다. 밖은 아직 칠흑처럼 캄캄했다. "잠깐만 기다리시오." 그는 안으로 들어가 바람막이용 유리를 씌운 등잔을 들고나왔다. 그리고 사내가 오솔길로 접어들 때까지, 뒤에서 불빛을 비춰 주었다.

사내는 연신 뒤를 돌아보며 중얼거렸다. "다시는 도둑질 같은 건 하지 않을 거야. 다시는… 다시는!"

*

런쇼우는 향장으로 있던 시절, 장정 징발에 보낼 사람을 대신 사주거나, 곤궁한 이들에게 얼마라도 보태주겠다며 치우위엔이 해온 혼수와 귀금속까지 내다 팔았다. 이렇다 보니 그나마 얼마 없던 살림살이마저 바닥이 나고, 끝내는 영락없는 빈털터리 신세가 되고 말았다. 당장 입을 옷 한 벌에, 그날 먹을 끼니가 있는 것만도 감사해야 하는 형편이 된 것이다.

그 당시 부향장을 비롯한 향공소의 많은 이들은 권력을 등에 업고 향민들을 괴롭히며 호사를 누리는 생활에 흠뻑 젖어 있었다. 런쇼우 혼자 아무리 애써본들, 이미 오랜 세월 고착된 악습을 바꾸기엔 역부족이었다. 시간이 갈수록 그는 견딜 수가 없었다. 급기야 사직서를 내고 집에 들어앉았다.

오래지 않아, 고향 사람 하나가 안화의 식량국 국장 자리를 소개해 주었다.

허나 말이 좋아 국장이지 마땅히 할 일도, 실권도 없는 이름뿐인 자리였다. 게다가 빠듯한 예산 탓에 월급도 제때 나오는 일이 드물었다. 이런 지경인데도, 그는 손에 돈만 쥐어지면 어려운 이들을 돕겠다고 나섰다. 딱한 치우위엔……. 그녀는 이제나저제나 안화에서 생활비가 오기만을 목이 빠져라 기다렸다. 하지만 반년이 지나도록, 단 한 푼도 받아 볼 수 없었다. 모아 두었던 돈은 이제 거의 바닥을 드러냈다. 전보다 두 배로 아껴가며 애를 써 봤지만, 남은 돈으로는 아이들과 며칠을 버티는 일조차 버거워 보였다. 그녀는 속이 바짝바짝 타들어 갔다.

4.

그해는 하필 가뭄까지 들었다. 벌써 두세 달째, 하늘에선 비 한 방울 떨어지지 않았다. 이른 아침부터 태양은 머리 꼭대기에서 불덩이처럼 이글이글 타오르기 시작했고, 시간이 갈수록 그 기세는 더욱 맹렬해졌다. 쨍하게 내리꽂히는 태양빛에 눈이 부셔 하늘을 제대로 쳐다볼 수조차 없었다. 대지를 태워버릴 듯한 열기였다. 산들은 마치 연기를 뿜어내는 듯 아지랑이에 휩싸여 있었다. 버쩍버쩍 허옇게 말라붙은 논바닥은 거북의 등 무늬를 새겨 놓은 듯, 가로세로로 쩍쩍 갈라져 입을 벌리고 있었다. 농작물이라 할 만한 것은 진작에 모두 말라 죽어버렸다. 농민들의 얼굴은 나날이 수척해졌고, 행색은 점점 남루해져 갔다.

런쇼우에게서 생활비가 오는 일은 없었지만, 편지만큼은 빠뜨리지 않고 꼬박꼬박 보내왔다. 치우위엔은 침대에 앉아 편지를 읽는 내내 눈물을 흘렸다. 편지를 다 읽고 나서, 그녀는 침대맡에 놓인 녹나무 상자로 다가갔다. 자물쇠를 풀고, 상자를 열어 그 안에 넣어둔 가죽 지갑을 꺼냈다. 난징을 떠나올 때 가지고 온 것이었다. 부드럽고 윤기 나는 진갈색 가죽으로 만들어진 지갑의 입구 양쪽에는, 구슬 모양의 반짝이는 금속 장식이 하나씩 달려 있었다. 맞물린 두 구슬을 비틀어 누르면 지갑이 열리고, 다시 누르면 닫히는 식이었다. 지갑 속에는 또 하나의 작은 지갑이 들어 있었다. 거기엔 좀 더 작은 구슬 모양의 금속 장식이 달려 있었고, 역시 지갑을 여닫는 용도였다. 작은 지갑 안은 양쪽으로 여러 칸이 나뉘어 있었다. 이따금 치우위엔의 기분이 좋을 때면, 두 딸은 이 귀한 물건을 가지고 놀 수 있었다.

지갑 안에는 사 원과 얼마 안 되는 지폐 몇 장만이 남아 있었다. 치우위엔은 그 돈을 한참이나 세고 또 셌다. 그러곤 길게 한숨을 내쉬며 지갑을 다시 상자 속 깊숙이 넣고 자물쇠를 채웠다.

치우위엔에겐 이미 즈헝, 즈화, 시잉—세 아이가 있었다. 자기까지 더해, 매일 네 식구의 끼니를 해결해야 했다. 게다가 즈헝은 샹인 중학교에 합격해 이번 여름이 지나고 입학할 예정이라, 그 경비도 필요했다. 갈색 가죽 지갑 속에 남은 사 원은 이들 네 식구에겐 목숨줄이나 마찬가지였다.

*

어느 날 오전, 장포를 점잖게 차려입은 신사 넷이 치우위엔을 찾아왔다. 그녀는 손님들을 집 안으로 모신 뒤, 볶은 콩과 깨를 우린 차와 담배를 대접했다. 내색하진 않았지만, 무슨 일로 여기까지 왔는지 궁금해 죽을 지경이었다.

몇 마디 인사가 오가고, 그중 한 사람이 입을 뗐다.

"저희는 화푸츠를 대표해 량 선생님을 저희 마을 선생님으로 초빙하고자 온 사람들입니다. 선생님의 의향은 어떠하신지요?"

치우위엔은 순간 믿기지 않아 얼이 빠진 듯 멍해졌다. 그녀는 곧 정신을 가다듬고, 그들 옆으로 가 앉으며 공손히 대답했다.

"그렇게 저를 인정해 주시니 몸 둘 바를 모르겠습니다. 다만 제가 잘 감당해낼 수 있을지, 혹여 아이들을 그르치지는 않을까 염려가 앞서네요."

검자줏빛 장포 위에 푸른색 마괘[18]를 덧입은 신사가 말했다.

"부디 거절하지 말아 주십시오. 큰 도시에서 사범 교육을 받으셨던 분이니, 가르치는 데는 아무 문제가 없을 겁니다. 꼭 모시고 싶은 마음에 저희가 이렇게 직접 찾아오질 않았겠습니까. 저희를 돕는다 생각하시고, 와 주시면 안 되겠습니까?"

치우위엔은 그 말에 가슴이 벅차올라 속으로는 몹시 흥분했지만, 겉으로는 한결같이 침착한 표정을 유지했다.

"그렇게까지 말씀해 주시니, 저도 거절할 도리가 없네요. 저 때문에 십여 리나 되는 길을 일부러들 오셨으니, 식사라도 하고

---

18. 마괘(馬褂): 장포 위에 덧입는 허리까지 오는 짧은 겉옷.

가시지요. 먼 길 오시느라 시장도 하실 테고요.”

그중 나이가 들어 보이는 이가 만류하고 나섰다. “선생님께 폐를 끼칠 순 없는 노릇이지요. 가는 길에 저희끼리 적당한 곳에 들러 간단히 먹으면 됩니다.”

“앞으로 자주 뵙게 될 분들인데, 그러시면 제가 더 섭하지요. 게다가, 오늘은 제가 처음 인사드리는 자리기도 하니, 식사 한 끼 대접해 드리는 것이 당연한 일 아니겠어요.” 치우위엔이 말했다.

네 사람은 잠시 서로를 바라보다가 대답했다. “알겠습니다! 말씀대로 하지요. 그럼, 염치 불고하고 선생님 댁에서 한 끼 대접 받겠습니다. 일이 원만히 잘 성사되었으니, 저희도 이제 안심입니다!”

한 사람이 주머니에서 빨간 종이 한 장을 꺼내 펼쳤다. 그 위에는 반듯한 글씨로 이렇게 적혀 있었다. “량치우위엔 여사를 화우 소학교의 교사로 초빙한다. 매 학년마다 쌀 열두 가마를 사례로 지급한다.”

네 사람은 화푸츠 마을에 있는 소학교를 운영하는 이들이었다. 교사 채용을 비롯해 학교의 수입과 지출에 관련된 제반 업무가 모두 그들 소관이었고, 학교 소유의 논도 그들이 맡아 관리했다.

치우위엔은 나는 듯이 침실로 들어가 지갑에서 일 원을 꺼내 들고는, 역시 나는 듯한 발걸음으로 곧장 집을 나섰다.

이날 저녁 식탁은 말 그대로 푸짐했다. 붉은 고추를 곁들인

고기볶음, 기름에 튀겨 간장에 조려 낸 두부, 그리고 생선찜까지. 거기에 소주 한 병도 곁들였다. 식탁 위로 이야기꽃이 피어올랐다. 그들 말에 따르면, 화우 소학교에는 학급은 하나뿐이지만 네 학년 학생들이 전부 한 반에 모여 있어, 교사 혼자서 모든 학년을 동시에 가르쳐야 하기에 생각보다 쉽지 않을 거라고 했다.

술 몇 모금에 치우위엔의 얼굴이 발그레해졌다.

"좋은 교사가 될 수 있도록 힘껏 노력하겠습니다. 다만 제가 어려움에 부딪히게 되면, 네 분께서도 많이 도와주셔야 해요."

"그건 염려 마십시오. 무슨 일이 생기든 저희한테 말씀만 하시면 됩니다. 아, 그리고 이제 곧 개학이니, 선생님께서도 서둘러 준비해 주셔야 할 것 같습니다. 사흘 뒤에 저희 쪽에서 화푸츠까지 모시고 올 사람을 보내드릴까 하는데요."

"짐이라고 해 봐야 가방 두세 개에 이불 정도라, 딱히 준비할 것도 없답니다. 저는 언제든 떠날 수 있어요. 제 생각엔 개학 전에 챙길 일도 많을 테고, 아무래도 낯선 곳에 익숙해지려면 시간이 필요할 테니, 기왕 가기로 한 거 일찌감치 떠나는 것도 나쁘지 않겠어요."

그들 중 한 사람이 말했다. "제가 보기에도 량 선생님 말씀대로 하시는 게 좋을 듯합니다. 어차피 떠나기로 결정하셨으니, 모레 사람을 보내겠습니다. 하루면 준비할 시간이 되시겠죠? 그럼, 가마는 한 대를 보낼까요, 두 대를 보낼까요? 그리고, 짐 실을 수레도 따로 두 대 더 보내드리겠습니다."

치우위엔이 대답했다. "가마는 한 대면 될 것 같아요. 저희 아들이 곧 중학생이 되거든요. 십여 리쯤은 거뜬히 걸을 수 있는 나이죠."

다들 배불리 먹고 마시고, 모두 기분 좋게 돌아갔다.

치우위엔은 문가에 서서 그들이 떠나가는 모습을 지켜보다가, 네 사람의 뒷모습이 저만치 사라질 무렵 집 안으로 들어왔다. 그녀는 즈화와 시잉을 품에 와락 끌어안았다. 목소리가 한껏 격앙돼 있었다. "얘들아, 사람이 그냥 죽으란 법은 없나 보구나! 우리 이제 먹고살 걱정은 안 해도 된단다. 그래, 최대한 빨리 떠나자꾸나! 괜히 질질 끌다가 일이 어그러질 수도 있으니 말이다. 언제나 좋은 일은 오늘처럼 생각지도 못하게 불쑥 찾아온다니까."

화우 소학교로 떠나던 날, 그녀는 온몸에 흰 나비가 흩뿌려진 군청색 치파오를 입고, 단춧고리가 달린 검정 형겊신을 신었다. 머리는 말끔히 틀어 올렸다. 시골의 따가운 햇살도 그녀의 하얀 피부만은 비껴간 듯했다.

치우위엔은 즈화와 시잉을 옆에 끼고 가마에 올랐다. 짐을 실은 외발 수레 두 대가 앞장섰다. 수레 바퀴는 길 내내 삐걱삐걱 소리를 내며 굴러갔다. 즈헝은 그 곁을 따라 풀쩍풀쩍 뛰듯 신이 난 걸음을 옮겼다.

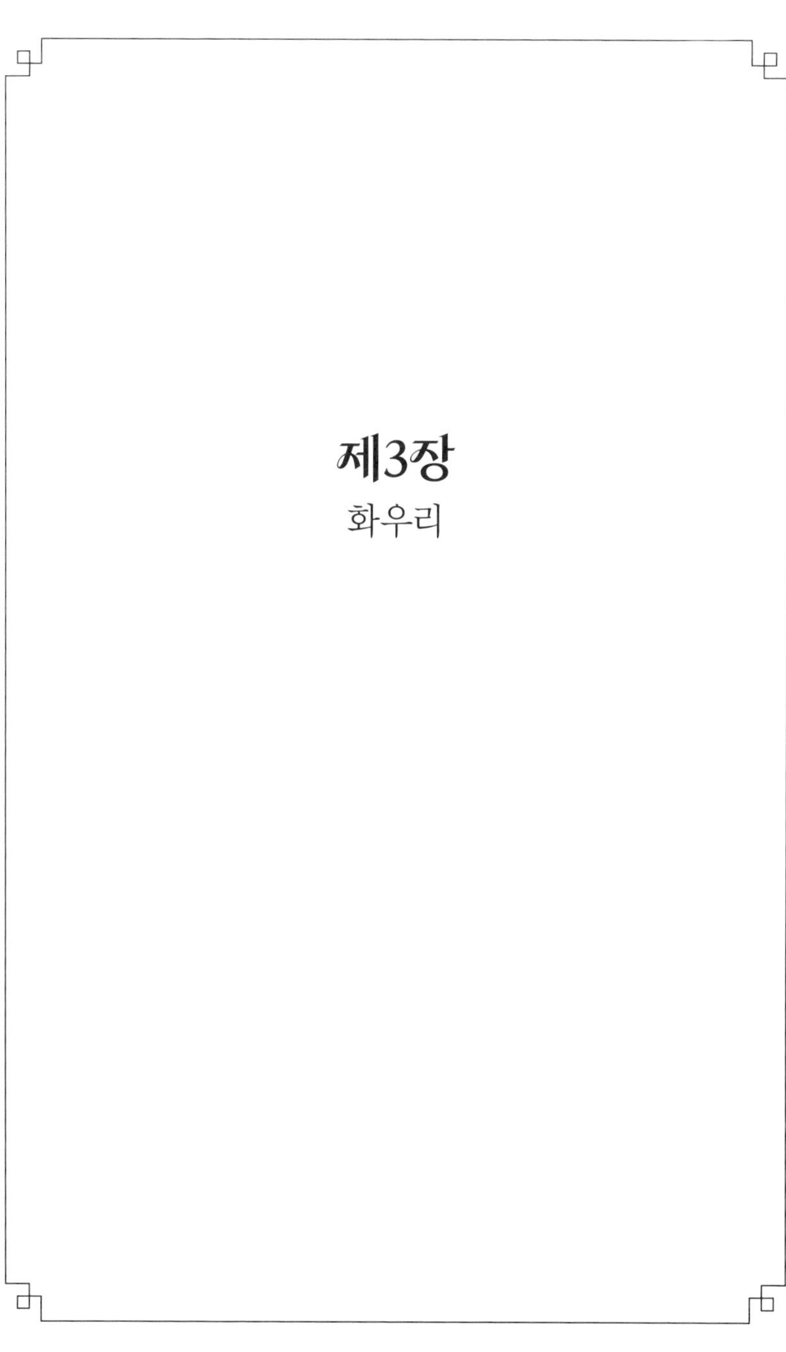

제3장
화우리

1.

화우 소학교는 본래 '화우리'라 불리던 대저택이었다. 원래는 쉬 씨 성을 가진 부유한 영감님의 자택으로, 시골 마을에서는 좀처럼 보기 드문 으리으리한 집이었다. 우뚝 솟은 새하얀 담장 주변에는 각양각색의 꽃들이 빙 둘려 피어 있었다. 저택은 앞채와 뒤채로 나뉘는 구조였다. 대문을 지나면 제일 먼저 아주 큰 당옥[19]이 눈에 들어왔다. 당옥 양편에 있던 안방과 응접실은 지금은 각각 교실로 사용되고 있었다.

앞채를 따라 안쪽으로 들어가면 널찍한 마당이 펼쳐졌고, 경석을 쌓아 만든 화단에는 사시사철 꽃이 시들 줄 몰랐다. 마당을 지나 다시 더 안으로 들어서면, 앞채와 거의 흡사한 구조의 또

---

19. 당옥(堂屋) : 중국 전통 가옥에서 중심이 되는 공간으로, 대부분 밖을 향해 개방되어 있다. 일반적으로 본채 한가운데에 위치하며, 집안의 중요한 행사나 의식을 치르거나 손님을 맞이하는 장소로 쓰였다.

다른 건물이 나타났다. 다른 점이 있다면, 뒤채에는 부엌과 식사 공간이 더해졌다는 것이다.

그 뒤편으로는 정원으로 이어지는 좁은 길이 나 있었다. 정원 안에는 매실나무, 복숭아나무, 귤나무, 석류나무는 물론 월계화, 부용, 맨드라미, 봉황죽 그리고 이름 모를 화초들이 가득했다. 정원 한쪽 모퉁이에는 높이가 한 자쯤 되는 둥근 우물이 있었는데, 허리를 굽혀 안을 들여다보면, 깊고 어두운 물 위로 사람의 그림자가 어른거렸다. 우물 위에 설치된 나무 굴대의 손잡이를 돌리면, 삐꺽삐꺽 소리와 함께 두레박 가득 물이 딸려 올라왔다.

정원에는 또 돌로 조성된 연못이 있었는데, 한 변의 길이는 대략 1미터 50센티미터쯤 되어 보였고, 가장자리에는 반으로 쪼갠 맹종죽대가 길게 걸쳐 있었다. 죽대는 담장에 뚫린 작은 구멍을 지나 저택 뒤편 산자락까지 이어져 있었다. 오랜 세월 동안 산 위의 물은 그렇게 유유자적, 죽대를 타고 정원의 연못으로 흘러 들어왔다. 연못 속에는 일년 내내 극락어 몇 마리가 한가롭게 헤엄쳐 다녔다. 사람들은 그 알록달록하고 화려한 모습 때문에 극락어를 '보살 물고기'라고 부르기도 했다. 아마도 보살만이 이토록 아름다운 모습으로 변할 수 있다고 여겨서였을까? 그래서일까, 극락어는 함부로 잡아 먹어서는 안 되는 존재였다. 그랬다가는 보살님의 노여움을 살지도 모르니 말이다.

우물과 연못은 즈화와 시잉이 화우리에서 가장 좋아하는 장소였다. 두 자매는 하루 종일 우물가나 연못가에 앉아, 그 속을 들여다보며 시간을 보내곤 했다. 치우위엔이 부르지 않으면 좀처럼 일어날 줄을 몰랐다.

치우위엔은 귀밑까지 오는 단발머리를 했다. 크지도 작지도 않은 키와 찌지도 마르지도 않은 적당한 체격에, 흰 나비가 수 놓인 군청색 치파오를 입고 칠판 앞에 선 그녀의 모습은 도회지 여학생을 떠올리게 했다.

화우리로 이사 온 첫날 저녁, 그녀는 남편에게 편지를 띄웠다. 자신이 화우 소학교의 교사직을 맡게 되었으니, 이제는 당신도 타향살이를 정리하고 안화를 떠나 이곳으로 와서 가족과 함께 지내길 바란다는 내용이었다.

런쇼우에게서 답장이 왔다. 남편 된 입장에 어찌 아내의 손에 밥벌이를 떠맡길 수 있겠냐는 것이었다. 치우위엔은 남편의 답장에 더없이 실망했다. 그러던 중 개학을 며칠 앞두고, 싼치타이 중학교에서 런쇼우를 교사로 초빙하고 싶다는 연락이 왔다. 그녀는 기뻐서 어쩔 줄 몰랐다. 학교 측의 재촉도 있어, 그녀는 곧장 런쇼우에게 급히 와달라는 전보를 쳤다. 자신이 중병에 들었다는 사유를 붙여서였다. 전보를 받은 런쇼우는 그날로 화우리로 달려왔다. 그는 치우위엔이 무탈한 것을 확인하고 나서야 안도의 한숨을 내쉬었다. 그리곤 단 한마디 원망도 입에 올리지 않았다.

이렇게 해서, 마침내 온 가족이 다시 한 지붕 아래 모여 살게 되었다.

살림집은 화우 소학교 안에 꾸려졌다. 매주 토요일 저녁이면, 즈화는 다섯 살배기 여동생 시잉의 손을 꼭 잡고, 일주일에 한 번 집에 오는 아버지를 마중 나갔다. 치우위엔은 두 딸을 항상 깔끔하게 단장시켰다. 가지런히 땋아 내린 머리끝마다 홍색, 녹색 비단 리본을 곱게 달아 주었다.

장포에 점잖은 걸음걸이. 멀리서도 런쇼우라는 것을 단번에 알아볼 수 있었다. 그는 자신의 품으로 쏜살같이 달려오는 두 딸아이를 언제나 환한 얼굴로 맞아 주었다. 두 자매는 아버지의 양손을 하나씩 붙잡고 매달렸다.

두 자매는 길이 난대로 얌전히 걷지를 않고, 자꾸만 길가의 풀들을 밟아댔다. 런쇼우가 타이르듯 말했다.

"애들아, 똑바로 걸어야지. 이것 좀 보거라. 아버지 신이 다 더러워졌잖니."

"아빠, 재밌는 얘기 있어요?" 시잉이 그를 올려다보며 물었다.

"있고 말고."

"얼마만큼 있는데요?"

"이 뱃속 가득히 있지."

"와! 집에 가서 들어야지." 시잉은 신이 나 깡충깡충 뛰었다.

시잉은 참 예쁜 아이였다. 피부가 마치 뽀얀 도자기 같았다. 즈화보다 두 살이나 어렸지만 키가 언니와 엇비슷해서, 처음 본 이들은 둘을 쌍둥이로 착각하곤 했다.

그 무렵, 치우위엔이 넷째를 임신했다. 그녀의 배가 점점 불러
오기 시작했다.

2.

저택 주인의 이름은 쉬슈원이었다. 화우리는 그가 부친에게서 물려받은 것이었다. 그는 극심한 건선을 앓고 있었다. 지독한 가려움증 탓에 시도 때도 없이 몸을 긁어댔고, 그가 앉는 자리마다 어김없이 손톱으로 긁는 소리와 함께 하얀 각질 조각들이 풀풀 사방에 흩날렸다. 이 때문에 그는 좀처럼 남의 집 문턱을 넘는 일이 없었다. 부득이하게 누군가를 만나야 할 일이 생기면, 절대 집 안으로 들어가는 법 없이, 문밖에서 자신이 준비해 간 의자에 앉아 햇볕을 쬐며 얘기를 나누다 돌아왔다.

사람들은 예순을 막 넘긴 그의 아내를 쉬 부인이라 불렀다. 보름달처럼 둥근 얼굴과 타고난 웃음기 어린 눈매 덕에, 복 많은 상이라는 말을 자주 들었다. 그러나 쉬가네로 시집온 그날부터 정작 그녀는 단 하루도 참된 복을 누려본 적이 없었다.

아들인 쉬쩡밍은 키만 멀대같이 크고 야윈 체격에, 태어날 때부터 심한 근시를 앓아 책을 눈앞에 바짝 들이대야지만 겨우 글씨가 보일까 말까 했다. 이러니 공부나 제대로 할 수 있었겠는가. 몸은 또 어찌나 약하던지, 하루 몸을 쓰고 나면 사흘을 꼬박 누워 지내야 했으니 농사일 같은 건 엄두도 내지 못했다. 그야말로 숨 쉬는 것 외에는 제대로 할 수 있는 일이 없는 사람이었다. 마을 사람들은 뒤에서 그를 '동유통[20]'이라 불렀다. 이곳에서는 생김새도 변변찮고 이렇다 할 재주까지 없는 사람을 흔히 그렇게 일컬었다. 한편 외모는 준수하나, 아무런 재주가 없는 사람은 '붉은 요강[21]'이라 불리곤 했다.

쉬쩡밍은 서른을 훌쩍 넘기도록 아내를 얻지 못했다. 이 일은 쉬 영감과 쉬 부인의 마음속에 늘 무거운 짐처럼 남아 있었다. 살아생전에 아들의 혼사를 마무리 짓지 못하면, 죽어서도 눈을 감지 못할 것 같았다. 쉬 부인은 사방팔방으로 중매를 부탁했다. 그 덕에 선자리는 종종 들어왔지만, 결과는 매번 같았다. 만나는 아가씨마다 하나같이 쩡밍을 탐탁잖아 했던 것이다. "무릇 혼인을 하려거든, 힘 좋은 건장한 사내와 해야 한다"라는 말은 이곳 시골 마을의 불문율과도 같았다. 그런 곳에서 지게 하나 짊어질 어깨 힘도, 무거운 짐 하나 들 만한 손힘도 없는 사내에게 시집간

---

20. 유동나무 열매 씨에서 짜낸 기름. 도료, 인쇄 잉크의 원료로 쓴다.

21. 여자가 시집갈 때, 붉은 옻칠을 한 나무 요강을 혼수로 가져가는 풍습이 있었다. 아무리 붉은 칠로 화려하게 꾸몄어도 결국은 더러운 요강이라는 데서, 겉만 번지르르하고 실속 없는 사람을 비유적으로 이르는 말이었다.

다는 건, 평생 고생길을 자청하는 것이나 다름없었다.

이렇게 몇 해를 질질 끌던 끝에, 드디어 샹아이메이라는 서른 다섯 노처녀가 쉬쩡밍과 혼인하겠다고 나섰다. 아이메이는 누렇게 뜬 피부에 바싹 마른 몸을 한 여인이었다. 그녀는 하루 종일 어지럽고 기운이 없다며 약을 달고 살았다. 쉬 부인은 출가 전엔 몸이 약했어도, 아이 하나 낳고 나면 살도 붙고 얼굴빛도 환해지는 여자들이 제법 있더라며 아들을 다독였다. 그녀도 내심으로 어렵사리 맞아들인 며느리가 그런 이들 중 하나이길 간절히 바라고 있었다.

경사란 늘 사람을 들뜨게 하기 마련이다. 쩡밍은 혼인 잔치가 시작되고 며칠 동안 기쁨을 감추지 못하고, 만면에 웃음을 띤 채 집 안을 분주히 들락거렸다. "쉬 선생, 부인을 맞아들이신다고요?" 누군가 이렇게 묻기라도 하면, 그는 정신없이 고개를 끄덕이며 냉큼 대답했다. "맞습니다! 네, 맞아요!" 꼭 자기가 장가간다는 사실을 남들이 믿어주지 않을까 겁이라도 먹은 사람 같았다.

마침내 신부가 신방으로 들어섰다. 그때 쩡밍의 나이는 딱 마흔이었다.

그는 아내의 병을 고치기 위해 얼마간의 전답과 저택 일부를 내다 팔았다. 이렇게 팔리게 된 화우리의 앞쪽 절반이 바로, 지금의 화우 소학교가 된 것이다.

3.

화우리 옆집에는 쓰 영감과 손자인 빙타오가 함께 살고 있었다. 빙타오는 조부를 '쓰 영감 할아버지'라 불렀다. 둘에게는 서로가 전부였다.

예순을 갓 넘긴 쓰 영감은 여름이면 으레 등을 훤히 드러낸 채 일을 했다. 그는 등이 약간 굽어 있었다. 햇볕에 그을렸다 비에 젖었다를 반복한 등은 마치 무두질을 거쳐 파리 한 마리 앉지 못할 정도로 반들거리는 흑황색 소가죽처럼 변해 있었다. 깡마른 다리 위에는 지렁이 같은 핏줄들이 얼기설기 얽혀 있었다. 다급한 걸음으로 짐을 이고 가는 그의 모습은 한눈에도 힘겨워 보였다. 물에 젖은 건지, 땀에 젖은 건지, 그의 짚신이 닿는 자리마다 질펀한 발자국이 찍혔다. 이마에서 눈 사이로 흘러드는 땀이 시야를 가릴 즈음이 되어서야 비로소 걸음을 멈추고, 소매로

땀을 훔친 뒤 다시 짐을 둘러메고 서둘러 발길을 옮겼다. 겨울이면 속에 짧은 바지를 입고, 그 위에 더덕더덕 헝겊 조각을 덧댄 장포를 걸쳤다. 장포의 앞자락은 오랜 세월 흘러내린 음식물에 찌들어 반질반질 윤이 날 정도였다.

빙타오는 즈화보다 한 살 많았다. 즈화는 빙타오네 집에 놀러 가, 그 둘이 일하거나 밥 먹는 모습을 지켜보는 걸 무척 좋아했다.

원래 즈화는 여름만 되면 더위를 먹고 시름시름 맥을 못 추는 아이였다. 밥도 제대로 먹질 못했다. 그나마 먹겠다고 나서는 것은 고작 순두부 몇 숟갈이거나, 엉뚱하게도 웬 미나리 나물이었다. 온종일 입에 넣는 거라곤 그게 전부니, 금세 뼈만 앙상하게 남은 몰골이 됐다. 하지만 그런 즈화도, 쓰 영감과 빙타오가 후루룩, 쩝쩝거리며 밥 먹는 소리를 듣고 있노라면 저도 모르게 마구 식욕이 동하는 것이었다. 둘이 먹는 밥에는 온갖 잡곡이 들어 있었다. 누에콩에 완두콩, 때로는 고구마 덩어리나 고구마채 그리고 무채가 들기도 했다. 하얀 쌀밥보다 몇 배는 더 맛있어 보였다.

쓰 영감은 입이 심하게 비틀려, 밥 한 번 먹으려면 그 모양새가 요란했다. 삐져나오는 음식물을 계속 밀어 넣느라, 잠시도 젓가락질을 쉬지 못했다. 치우위엔은 식사 때마다 곧잘 즈화 손에 쌀밥 한 그릇을 들려 보내며, 빙타오네와 함께 나눠 먹거나 잡곡밥과 바꿔 먹게 하곤 했다.

즈화는 옆에서 둘이 밥 먹는 모습을 열심히 흉내냈다. 둘이 크게 한 젓가락 떠 넣으면, 즈화도 뒤따라 크게 한 젓가락 집어 입에 넣었다. 그리고 꼭꼭 씹다 보면, 한술도 넘기기 힘들던 밥이 어느새 목구멍으로 꿀떡 넘어가 있었다.

쓰 영감의 요리는 아주 간단했다. 그저 돼지비계 한 조각을 솥 바닥에 슥슥 문지르고 채소를 볶는 것이 전부였지만, 그 맛이 유달랐다. 즈화는 쓰 영감네 음식을 무척 좋아했다. 특히 기왓장에 구운 염장 생선구이의 맛은 단연 최고였다. 어른 손바닥 반만한 작은 생선을 물에도 헹구지 않고 그대로 기왓장 위에 척 얹은 뒤 밥 짓고 남은 여열에 올려두면, 노릇노릇, 바삭바삭, 고소함이 일품인 생선구이가 뚝딱 완성되었다. 살점이 별로 없는 이런 자그마한 생선도 빙타오에게 있어선 산해진미였다. 생선구이가 식탁에 오르는 날이면 빙타오는 눈빛부터 달라졌다. 접시만 뚫어져라 바라보다가, 할아버지가 한눈파는 틈을 타 후다닥 한 마리를 통째로 입에 쑤셔 넣었다. 물론 실패할 때도 있었다. "조금씩 먹거라! 그러다 물켤라." 생선에 빙타오의 젓가락이 채 닿기도 전에, 할아버지의 젓가락이 먼저 막아선 것이다.

사실 빙타오네는 둘이서 넉넉히 살아갈 만한 땅을 가지고 있었다. 마음만 먹으면 잘 먹고 잘 입고, 편히 살 수도 있는 형편이었다. 그럼에도 쓰 영감은 죽어라 일만 하며, 지독할 정도로 돈 쓰는 일에 인색했다. 그야말로 사서 고생을 하는 셈이었다. 덕분에 손자 빙타오까지 할아버지를 따라 일년 내내 푸성귀 아니면 누에콩, 오이무침, 가지장아찌 같은 채소 반찬으로 끼니를 때워야 했다. 고기나 생선은 명절에나 겨우 맛볼 수 있었다.

한번은 누군가 쓰 영감이 손주를 타이르는 소리를 듣게 되었다.

"애야, 먹는다는 거, 그거 다 부질없는 짓이란다. 음식이란 게 말이지, 위아랫니 몇 번 딱딱 부딪히고 나면 금세 없어져 버리잖니. 그냥 네가 음식 이름이나, 어떻게 만드는지나 알고 있으면, 생각날 때마다 한 번씩 읊조려 보거라. 그러고 그 맛을 마음속으로 가만히 곱씹어 보렴. 그럼 먹은 거나 매한가지 아니겠느냐?"

*

겨울이 되자, 쓰 영감은 이웃집을 돌며 시간을 보내기 시작했다. 복사뼈까지 내려오는 낡은 누빔 장포 아래로 퍼런 힘줄투성이의 깡마른 발이 보였다. 그 발에는 밑창이 다 닳아 없어진 오래된 솜신이 간당간당 걸쳐져 있었다. 터진 신발 틈으로 홰나무 껍질처럼 거칠어진 발뒤꿈치가 새까맣게 드러났다. 두 손은 추위를 피해, 팔짱을 끼듯 양쪽 소매통 깊숙이 찔러 넣고 다녔다. 살집 하나 없는 손등은 아무리 빨아도 깨끗해질 줄 모르는 찌든 행주를 떠올리게 했고, 언제 깎았는지 모를 손톱엔 때가 까맣게 끼어 열 손가락의 하얀 손톱 반달이 유난히 도드라져 보였다. 한 번은 어디선가 자신의 손이 재물을 끌어당기는 손이란 말을 듣고 와서는, 하반신불수의 점쟁이를 찾아가 일 원이나 주고 사주를 보았다.

점쟁이는 그의 손을 들여다보며 극찬을 아끼지 않았다. 손톱 반달이 다른 사람들보다 크고 또렷한 것이, 열 개의 태양에 찬란

한 황금빛까지 끌어안은 형상이라며, 금 무더기를 품게 될 팔자라고 했다.

그는 점쟁이의 말에 정신을 못 차릴 만큼 기뻐했다. 그리고 그날 이후, 외출이 부쩍 잦아졌다.

이웃들과 이야기를 나누다 보면, 일본놈들이 마을에 들이닥쳤을 때의 일이 빠지지 않고 등장했다. 그의 아들과 며느리가 그렇게 된 것은 잠깐만 더럽고 나면 될 것을 공연히 체면을 따진 탓이라고도 볼 수 있었다. 똥통엔 한사코 못 들어가겠다며, 기어이 장작더미 속으로 숨어 들어가더니만……. 놈들은 둘이 그곳에 숨을 걸 미리 알고 있었단 듯이, 오자마자 먼저 장작더미부터 헤집어 보았다.

쓰 영감은 똥물이 허리춤까지 차오르는 똥통 안에서 손주를 꽉 끌어안은 채 숨소리도 내지 못하고, 아들과 며느리가 끌려 나가는 소리를 그저 듣고 있어야만 했다. 똥통에서 기어나온 둘의 온몸엔 구더기가 스멀스멀 허옇게 들러붙어 있었다. 쓰 영감은 손주를 안고 연못으로 풍덩 뛰어들었다. 구더기들이 하나둘 물에 쓸려 떨어져 나갔다. 둘은 그렇게 구사일생으로 살아남아, 지금껏 목숨을 이어온 것이다.

"큰 재난을 겪고도 살아남은 사람은 반드시 복을 누리게 돼있다오. 내 말이 틀림없을 테니 두고 보시오!"

쓰 영감은 다시금 점쟁이의 말을 떠올렸다. 그렇다. 점쟁이 말대로라면 언젠가 자신도 대지주가 되어 있을지 모를 일이었다.

4.

쓰 영감네는 황소 한 마리를 키우고 있었다. 날이 어슴푸레 밝아 오면, 빙타오는 소를 끌고 집을 나섰다. 소가 풀을 뜯는 동안, 그는 옆에서 꼴을 베었다. 소가 배를 채우고 나면, 빙타오는 베어 놓은 풀을 한 짐 지고 소를 이끌고 집으로 돌아왔다. 그리고 외양간에 소를 들이고는 한 켠에 베어 온 꼴을 괴어 놓았다.

낮에는 소에게 꼴을 뜯기고, 밤이면 외양간에서 소와 함께 잠들었다. 그는 외양간 양쪽 벽 사이에 나무 막대 몇 개를 걸쳐 침상 틀을 만든 뒤, 그 위에 볏짚을 깔고, 다시 그 위에 케케묵은 이불솜을 덮어 잠자리를 마련했다. 소는 아래쪽에서, 빙타오는 그위 침상에서 잠을 청했다.

낮 동안 일에 지친 빙타오는 날이 어스름해지기가 무섭게 자리에 누웠다. 여름철 외양간은 득실거리는 모기떼로 말도 못 했다. 자리에만 누우면 사방에서 모기들이 득달같이 달려드는 통에, 그냥 손만 한 번 휘저어도 대번에 몇 마리가 잡혔다. 여름만 되면, 매일 밤 빙타오는 그야말로 모기와의 전쟁을 치러야 했다.

겨울밤 외양간의 공기는 매섭도록 차가워, 온몸이 쉴 새 없이 떨려 왔다. 그럴 땐 차라리 침대에서 내려와, 소 곁에 볏짚을 깔고 몸을 바짝 붙인 채 이불솜을 덮고 자는 편이 훨씬 따뜻했다. 소의 따스한 체온이 겨우내 빙타오를 매서운 추위로부터 지켜주었다.

한편, 겨울철 빙타오의 맨발을 그나마 지켜준 것은 남이 신다 버린 낡은 신발들이었다. 주워 온 신발은 대부분 뒤축이 닳아 없어져, 지르신고 질질 끌고 다니는 수밖에 없었다. 겨울 내내 추위에 그대로 노출된 뒤꿈치는 쩍쩍 갈라졌고, 상처에선 벌건 피가 배어 나왔다. 치우위엔은 그런 빙타오를 볼 때마다 마음이 짠해 견딜 수가 없었다. 그녀는 빙타오가 눈에 띄기만 하면 불이라도 쬐고 가라며 집으로 불러들였고, 심지어 한쪽 벽에는 부들로 만든 따듯한 방석이 깔린 빙타오 전용 의자까지 따로 마련해 두었다. 그러다 식사 시간이 되면 밥도 먹고 가라며 그를 붙잡아 앉히곤 했다.

*

빙타오에게는 야뇨증이 있었다. 오줌으로 흥건해진 볏짚을 한 번을 말리는 법 없이 줄창 사용하다 보니, 시간이 지나면서 그부분이 썩어 문드러졌고, 결국엔 구멍이 뻥 뚫리고 말았다. 자연히 빙타오의 오줌은 아래서 자고 있던 소의 등으로 떨어져 내렸다. 소등에 축축한 자국이 생긴 날은 빙타오가 실례한 날이라 보면 틀림없었다.

하루는 빙타오가 치우위엔을 찾아와, 무슨 비밀이라도 되는 듯 어디에 쓰려는지는 밝히지 않은 채 노끈을 좀 얻을 수 있겠냐고 물었다. 얼마나 굵은 것이 필요한지 묻자, 그는 마침 벽에 걸려 있던 노끈을 가리켰다.

"이게 딱이네요! 일단 이걸로 빌려주세요. 무슨 일인지는 내일 말씀드릴게요."

다음 날 황혼 무렵, 빙타오가 노끈을 돌려주겠다며 찾아왔다. 그는 어딘가 잔뜩 움츠러든 모습으로 우물쭈물 입을 열었다.

"저, 오늘 자다가 또 오줌 쌀 것 같아요. 전 앞으로도 계속 이렇게 오줌이나 싸며 살아야겠죠……?"

"어제는 오줌을 안 쌌니?" 치우위엔이 물었다.

"쌌어요. 제가 어제 실험을 해봤거든요. 근데, 아무 소용도 없더라구요." 빙타오가 대답했다.

치우위엔이 무슨 실험인지 물었다.

그가 대답했다. "어제 빌려주신 이 노끈으로, 고추를 꽁꽁 묶었었거든요, 진짜, 죽을 힘을 다해 꽉요! 고추가 뻘개질 때까지 묶었는데, 아파 죽겠기만 하고……. 오줌은 또 그대로 싸버렸어요. 똑같이요……."

치우위엔은 웃음을 꾹 참고 말했다. "얘야, 다시는 그런 바보 같은 짓은 하면 안 돼! 거길 묶는다고 나오는 오줌을 막을 수 있는 게 아니란다. 그러다 고추가 떨어져 나가기라도 하면 어쩌려고 그래? 괜찮아. 네가 조금만 더 크면, 자연히 알아서 오줌도 안 싸게 될 거란다."

그녀의 말에 빙타오는 한결 기분이 좋아진 얼굴로 노끈을 내놓고는 집으로 돌아갔다.

*

쓰 영감은 세 구릉이나 되는 넓은 면적의 논을 가지고 있었는데, 모두가 발이 푹푹 빠지는 질척한 진흙 논이었다. 해마다 모내기철이 되면, 호미를 들고 논바닥을 고르는 일은 어김없이 빙타오의 몫이었다. 얼굴에 진흙을 덕지덕지 묻히고, 허리까지 푹 빠진 채 논일을 하는 그의 모습은 영락없이 토우를 연상케 했다. 흙투성이가 된 새까만 얼굴 사이로는 데굴거리는 눈동자 두 개만 빠끔히 드러나 보였다.

빙타오는 바지를 진흙에 버리는 것이 아까워, 논일을 할 때 바지를 입지 않았다. 그런데 어느 날, 논일을 마치고 집으로 돌아오던 중 항문이 근질근질 가렵더니, 급기야 통증이 느껴지기 시작했다. 그는 손을 뻗어 스윽 더듬어 보았다. 물컹하고 미끄덩한 것이 만져졌다. 회충이 기어나왔나 싶어, 그 물컹한 것을 힘껏 쥐고 잡아당겼다. 어이구머니나, 손에 딸려 나온 건 회충이 아니라, 거뭇하고 통통하게 살이 오른 커다란 말거머리 한 마리였다. 항문에서는 피가 멎을 줄 모르고 줄줄 흘러내렸다. 그동안 아무리 화나는 일이 있어도 속으로만 삭였지 통 내색하는 법이 없던 빙타오도 이번엔 제대로 화가 폭발했다. 그는 땅바닥에 주저앉아 방성통곡을 하기 시작했다. 그리고 주변에 모여든 구경꾼들 앞에서 할아버지에 대한 성토를 퍼부었다. "일을 시키려면 바지라도 하나 걸쳐주고 시키던가. 이런 식이면 앞으론 난 일 못 해! 안 해!"

사람들은 나이도 먹을 만치 먹은 다 큰 사내아이를 바지도 안 입히고 논일을 시킨다는 게 말이 되냐며, 저마다 맞장구를 쳤다. 사방에서 하도 뭐라고들 하니, 이번에는 쓰 영감도 어쩔 수 없이 두 손을 들고 말았다.

5.

쉬 영감은 지독하기로 소문난 구두쇠였다. 한 번이라도 쉬 영감네 논밭을 부쳐 본 적 있는 소작농이라면, 하나같이 그의 인색함에 혀를 내둘렀다. 보통 소작농들은 식탁이 아닌 부엌간에 쪼그려 앉아 밥을 먹었고, 식사 때마다 쉬 영감이 직접 밥과 반찬을 정해진 만큼 덜어 주었는데, 누가 보아도 그걸로는 일꾼들의 허기를 채우기엔 턱없이 부족했다.

다행히도 안주인 쉬 부인은 남편과는 딴판으로 참 인정이 많은 여인이었다. 그녀는 남편 몰래 집 안의 쌀이나 기름, 소금 같은 것을 날라다 소작농들에게 나누어 주곤 했다. 모르긴 몰라도, 쉬 영감네서 일했던 사람이라면 누구나 한 번쯤은 쉬 부인에게 그 은혜를 입은 적이 있을 것이다.

하지만, 며느리에게 안살림을 넘긴 뒤로는 상황이 달라졌다.

아이메이는 시아버지나 남편보다 오히려 한술 더 떴다. 양을 적게 주는 것도 모자라, 이제는 배추나 무 같은 푸성귀조차 내주기 아까워하며 인색을 떨었다. 행여 일이 늦어지기라도 하면, 일꾼들의 밥에 굵은 소금을 한 숟갈 비벼 넣었다. 와그작와그작, 씹을 때마다 밥 속에 든 소금 알갱이가 으스러지는 소리가 울렸다. 이러니, 사람들이 그녀를 좋아할 리가 있었겠는가. "천하에 몹쓸 여편네! 고약한 수전노 같으니라고!" 모두들 뒤에서 수군대며 손가락질했다. 이런 사정을 훤히 아는 동네 사람들은 누구랄 것 없이 모두 쉬 영감네 소작일 맡기를 꺼려 했다.

*

정월 열엿새 되던 날 오전이었다. 치우위엔은 두 딸, 즈화와 시잉과 함께 처마 밑에 앉아 볕을 쬐고 있었다. 정월 대보름이던 엊저녁엔 비가 내리더니만, 오늘은 하늘이 말끔히 개었다. 저 멀리서 멜대에 광주리를 짊어진 남자 하나가 세 모녀를 향해 걸어오는 것이 보였다. 그의 뒤로는 여자 하나와, 열 살이 좀 넘어 보이는 사내아이 하나가 따르고 있었다. 치우위엔은 그들이 한 가족일 거라 짐작하며 중얼거렸다. "저이들은 무슨 일이길래, 설쇠기가 무섭게 집을 떠나왔담?"

그녀의 말이 끝나기도 전에, 세 사람은 어느새 치우위엔 앞으로 다가왔다. 그들이 물었다. "여기가 쉬슈원 어르신 댁이 맞습니까?" 치우위엔이 대답했다. "네, 그런데요. 쉬 영감님 친척분들이

신가요?” 남자가 고개를 저으며 대답했다. “아닙니다. 그런 게 아니라, 저는 어르신 댁에 머슴살이를 하러 온 사람입니다.” 치우위엔이 말을 받았다. “여기가 바로 쉬 영감님 댁 맞아요. 우선 짐은 여기 내려놓으시고, 안으로 들어가 인사부터 드리시지요.”

세 식구는 짐을 내려놓았다. 치우위엔이 그들을 데리고 마당을 지나 뒤채의 당옥으로 안내해 들어갔다. 아이메이는 사람을 보고도, 앉으란 말 한마디 없이 다짜고짜 그저 자기 할 말부터 내뱉었다. “왔으니 됐네요. 날만 좀 더 개면, 곧바로 논에 나가서 일을 시작하면 돼요.”

마침 쉬 부인이 나와 이 모습을 보고는, 황급히 말했다. “정월에 집에 찾아오는 사람은 모두 손님인 게지. 어서 앉아요들. 아유, 어서 앉으라니까.” 그녀는 안으로 들어가 땅콩, 고구마말랭이, 강냉이, 사탕을 가지고 나와 팔선상 위에 펼쳐놓았다. 생강과 볶은 콩, 참깨를 넣고 우려낸 차도 마셔 보라며 한사코 권했다. 치우위엔도 함께 앉으라며 붙잡았다. “아니에요, 저흰 됐어요. 저희는 평소에도 자주 오는걸요.” 치우위엔은 얼른 두 딸을 데리고 자리를 떴다.

얼마 지나지 않아, 아이메이가 세 식구를 이끌고 집을 나서는 것이 보였다. 그녀는 볏짚을 보관하는 초가 두 채 앞에서 걸음을 멈추더니, 이리저리 손짓을 해 가며 한참 동안 무슨 말을 했다. 그러고는 더는 볼 일 없다는 듯 휙 돌아서 집으로 들어갔다.

나란히 선 초가집 안에는 볏짚 더미 말고도 오래되어 쓸 수 없게 된 가구들이 처박혀 있었다. 낯선 곳에 막 발을 디딘 세 식구는 힘을 모아 안에 쌓여 있던 볏짚이며 잡동사니를 하나하나 헛간으로 옮기고, 초가 두 칸을 구석구석 말끔히 쓸어냈다. 작디작은 창 위에는 누런 종이를 덧바르고, 한쪽 구석엔 흙벽돌로 자그마한 아궁이를 쌓아 올려 그 위에 작은 솥 하나를 얹었다. 또 버려졌던 가구들을 침대 삼아 초가집 한 채에 하나씩 들여놓았다. 해 질 무렵이 다 돼서야 정리를 마친 부부는, 떠나올 때 챙겨 온 쌀을 꺼내 밥을 짓기 시작했다.

남자의 이름은 츄즈윈이었다. 아내는 장씨 성에, 이름은 꿰이윈이었고, 아들 아이는 궈천이라 불렀다.

이렇게 해서 츄씨 일가는 치우위엔네와 이웃이 되었다. 두 집은 금세 가까워졌다. 즈윈은 런쇼우가 일 때문에 집을 자주 비운다는 걸 알고는, 짬짬이 물을 긷거나 장작을 패는 일 같은 궂은일을 나서서 도와주곤 했다.

런쇼우는 집에 올 때마다 즈윈과 담소를 즐겼다. 런쇼우의 말에 따르면, 즈윈은 책도 제법 읽었고, 아는 것도 많은 사람이었다. 그도 본래는 중산층 가정에서 나고 자란 이였더랬다. 하지만 아버지가 아편에 중독되는 바람에 가산을 탕진하고, 온 가족이 길바닥에 나앉는 신세가 되고 말았다고 한다. 결국 그 충격으로 조부모는 병을 얻어 잇달아 세상을 떠나셨고, 아버지 역시 엄청난 빚만 남긴 채 마흔이 조금 넘은 나이에 눈을 감았다고 한다. 떠넘겨진 빚을 갚기 위해 즈윈이 택할 수 있었던 길은 머슴살이

뿐이었다. “어쩐지, 부부가 둘 다 사리도 밝고, 사람들한테도 참 잘하더라니. 궈천이도 보면 공부 머리가 있는 아이라니까요.” 치우위엔이 거들었다.

어느 날 즈원댁이 치우위엔을 찾아와, 열 살짜리 계집아이 하나를 민며느리로 들이기로 했다고 말했다. “아니, 지금 세 식구 먹고 살기도 빠듯하면서 무슨 민며느리를 들이겠다고?” 치우위엔은 의아했다. 즈원댁이 사정 얘기를 했다. “저희도 애초부터 원한 건 아니었어요. 어쩌다 보니 그렇게 됐네요. 저희 새언니 친척 중에, 양친을 차례로 잃고 고아가 된 네 살배기 여자애가 있었거든요. 그 어린 것이 하도 가여워서 오라버니가 집에 데려다 놓긴 했는데, 새언니가 어찌나 애가 잘 들어서는지… 아니, 첫애가 두 돌도 안 됐는데, 덜컥 둘째를 또 낳았지 뭐예요. 애들이 셋 다 한창 엄마 손길이 필요한 나이들이다 보니, 밥 한번 먹이려면 다들 부뚜막에 매달려 서로 달라고 울고, 빽빽거리고… 아휴, 난리도 그런 난리가 없더라고요. 지난번에 친정에 갔을 때, 오라버니가 저더러 그 여자애를 좀 맡아 주면 안 되겠느냐고 하더라고요. 그 거라도 돕자 싶어 그러겠노라 했어요. 즈원도 좋다고 했고요.”

며칠 뒤, 즈원댁 말대로 그녀의 친정 오라비가 여자아이 하나를 데려왔다. 즈원댁이 아이를 데리고 와 인사시켰다. 치우위엔이 즈원댁을 보며 말했다. “아유, 피부도 곱고 눈매도 예쁘네. 한눈에도 총명한 아이란 게 보여. 이담에 크면 이 고장에서 알아주는 미인이 되겠는걸.”

샤오취엔은 기구한 팔자를 타고난 아이였다. 아직 엄마 뱃속에 있을 적, 징집되어 떠난 아버지는 몇 해가 지나도록 소식 한 통 없었고, 지금까지도 살았는지 죽었는지조차 알 수 없다고 했다.

샤오취엔이 네 살이 되던 해, 때는 샛노란 유채꽃이 한창인 시기였다. 문을 열고 몇 발짝만 나서도 유채꽃 내음이 콧속 가득 스며들었다. 윙윙거리는 벌떼들이 요란한 소리를 내며 유채꽃 사이를 바삐 헤집고 다녔다. 해마다 이맘때면, 유독 미친개들이 기승을 부렸다. 사람들은 개들이 유채꽃밭에 들어갔다가 벌에게 혀를 쏘이는 바람에 미치는 것이라고들 했다. 화창한 날이면 동네 개들이 너도나도 꽃밭으로 몰려들어 한데 뒤엉켜 정신없이 뛰놀다가 쫓고 쫓기며 싸우기도 하고, 그러다 지치면 바닥에 철퍼덕 엎드려 혀를 늘어뜨린 채 침을 줄줄 흘려댔다.

그해에도 마을엔 미친개 몇 마리가 돌아다녔다. 샤오취엔의 엄마는 겨우 네 살밖에 안 된 딸아이가 혼자 밖에 나왔다가 미친개에게 물리기라도 할까 봐 늘 걱정이었다. 그래서 일을 나설 때마다 방문을 꼭 걸어 잠가두었다. 그날도 그녀는 평소처럼 문을 잠그고 나와, 괭이로 논두렁을 고르고 있었다. 괭이질에 지쳐 허리를 펴고 잠시 숨을 돌리려던 찰나, 혀를 길게 늘어뜨린 미친개 한 마리가 꼬리를 바짝 말고 그녀를 향해 돌진해 오고 있었다. 그녀는 재빨리 논두렁 아래로 몸을 굴렸지만, 다리가 진흙에 박혀 미처 바닥에 엎드릴 틈도 없이 그만 허벅지를 물리고 말았다.

온갖 약초를 구해다 먹어 봤지만, 보름 후 그녀는 끝내 광견병 증세를 보이기 시작했다. 처음 미열에 두통, 식욕 저하 같은 증상만 나타났을 때는 그냥 감기려니 여기기도 했다. 그러나 점점 상태가 악화되면서, 물이 무서워지고 스치는 바람에도 기겁을 했다. 물만 보아도 온몸에 경련이 일어났다. 입에서는 거품 섞인 침이 끊임없이 흘러내려 이불과 침대를 흠뻑 적셨다. 그녀는 미친 사람처럼 한시도 가만 있질 못했다. 그러다 얼마 후에는 안정을 되찾는 듯 보였다. 사람들은 샤오취엔 엄마가 이제 살겠구나 생각했다. 하지만 결국 그녀는 세상을 떠나고 말았다.

이런 사연으로 샤오취엔은 츄씨네 식구가 되었다. 즈원댁은 샤오취엔을 궈천이 묵는 초가집에서 지내게 하고, 아직 어린 티를 벗지 못한 열 살 좀 넘은 두 아이를 한 침대에 재웠다. 둘이 열예닐곱 살쯤 되면 혼례를 올려 줄 요량이었다.

6.

시간이 흐르며, 샤오취엔은 즈화나 빙타오와도 스스럼없이 어울리게 되었다. 아이들은 함께 산에 올라가 땔감을 주워 오거나, 소와 돼지에게 먹일 풀을 베러 다니곤 했다.

그러던 어느 날 오후, 샤오취엔이 배가 아프다며 침대에 엎드려 연신 끙끙거렸다. 곁에서 샤오취엔을 살피던 즈윈댁은 바지에 묻은 피를 발견하고, 무언가를 알아챘다. '애가 첫 달거리를 시작했구나.' 그녀는 샤오취엔을 다독여 주었다.

"얘야, 너무 겁낼 것 없단다. 앞으로 한 달에 한 번쯤 이렇게 피가 나올 거야. 그때마다 오늘처럼 배가 아플 수도 있고. 이건 다 네가 어른이 되어간다는 표시란다." 그때 샤오취엔이 말했다. "어머니, 저 배에서 뭐가 빠져나온 것 같아요."

즈윈댁은 아이에게 바지를 벗어 보라고 한 뒤, 빨아두었던 바지를 건넸다. 누런 종이가 덧대어진 작은 창을 통해 스며드는 희미한 황혼빛 아래서는 뭐가 뭔지 도무지 분간이 되질 않았다. 즈원댁이 바지를 들고 창가로 바짝 다가섰다. 고부 둘은 머리를 맞대고 열심히 바지를 들여다보았다. 한참을 그러고 있던 두 사람은 그만 아연실색하고 말았다.

"제 배에서 쥐가 나온 거예요?" 샤오춰엔이 새하얗게 질린 얼굴로 한마디 툭 내지르더니, 곧 두 손으로 얼굴을 감싸고는 침대에 엎드러져 통곡하기 시작했다. 흐느낌에 온몸이 내리 들썩였다. 즈원댁은 치밀어 오르는 화에, 몸이 나무 막대처럼 굳어버리는 것만 같았다. 그러나 그 화를 쏟을 곳은 아무 데도 없었다. 누구를 탓하랴. 탓을 하자면 뭣도 모르는 아이들을 한 침대에 재운 자신을 탓할 수밖에 없는 노릇이었다.

그것은 쥐가 아니었다. 뾰족하게 솟은 머리 위로 듬성듬성 자리한 노르께한 머리칼 몇 가닥, 작디작은 눈과 코, 실금 하나 그어 놓은 듯한 입매, 안으로 움츠러든 열 손가락, 그 와중에도 꼼지락거리는 손과 발……. 겨우 손바닥만한 크기의 여자아이였다.

즈원댁은 부엌간에 있는 즈원을 찾았다. 아궁이 불이 사그라진 싸늘한 부엌 안에서, 즈원이 막 일을 마치고 돌아와 의자에 앉은 채 낡은 신발을 벗고 있었다. 즈원댁은 오래된 선반에서 미리 잘라둔 신문지 한 장을 꺼냈다. 엄지와 검지로 죽통 안의 잎담배를 집어 신문지 위에 올린 뒤, 둘둘 말아 궐련을 만들었다. 그리고 나서야 그녀는 몸을 돌려 즈원에게 궐련을 건네며, 억지

웃음을 지어 보였다. 그리고는 아궁이에서 타다 남은 장작을 꺼내 즈원의 입에 가까이 가져다 대주었다. 불길이 궐련에 옮겨붙자, 즈원이 깊숙이 한 모금 훅 빨아들였다.

바로 그 순간, 즈원댁이 기다렸다는 듯 입을 열었다. "샤오취엔이 계집아이를 하나 낳았어요."

즈원은 그저 "어…."하고 응수했다. 즈원댁이 말을 이어갔다. "몸집이 한 다섯 치나 되려나…. 꼬리만 없다 뿐이지, 꼭 쥐처럼 생겼어요…."

아내의 한마디 한마디가 흡사 우레가 되어 귀에 와 꽂히는 것 같았다.

즈원댁이 물었다. "당신 생각은 어때요? 그냥 내다 버리는 게 나을까요?" 그녀는 감히 목소리도 크게 내지 못한 채, 숨을 죽이고 남편의 대답을 기다렸다.

한참이 지나고서야 즈원이 입을 열었다. "어찌 됐든, 내다 버릴 수는 없는 일 아니겠소. 전생에 지은 죄가 많나 보오. 그런 흉측한 걸 낳고 망신살이 뻗치는 것도 다 타고난 업보려니 해야지, 누굴 탓하겠소. 그나저나, 우리가 키운다 해도 제대로 살 수나 있을는지……."

즈원댁은 그제서야 비로소 숨통이 트이는 듯했다. 남편을 바라보던 그녀의 눈빛에 팽팽히 감돌던 긴장이 조금씩 풀려갔다. 그녀가 말했다. "평소에 집안일은 당신이 간섭하는 법 없이 다 내게 맡겼는데……. 애초에 두 아이를 같이 두면 안 되는 거였어요.

내가 너무 멍청했어요. 그 당연한 걸 미처 생각 못 했으니 말예요.”

그녀는 급히 샤오취엔에게로 가 아이를 달래주었다. “이미 벌어진 일을 어찌하겠니. 울다가 몸 상하면 너만 손해이니, 이제 그만 울거라.” 그녀는 즈원이 신던 누빔신을 꺼내와 그 안에 아기를 누였다. 안성맞춤이었다. 그리고 미음을 한 그릇 떠 솜에 적셔, 실금처럼 가느다란 아기의 입에 살며시 올려주었다. 아기는 곧 솜을 빨기 시작했다. 이렇게 해서 츄씨네에 손녀가 생겼다.

가족들은 이 일을 그저 담담히 받아들이기로 마음먹었다. 뭐별게 있나, 어른들이 하루하루 그렇게 살아내듯, 애도 그저 하루하루 살아가면 그만인 게지……. 사람 인(人), 임금 왕(王)자를 써서런왕(人王), 그렇게 샤오취엔은 딸에게 참 좋은 이름을 지어 주었다. 하지만 식구들 말고는 아무도 그 이름으로 불러주는 이가 없었다. 마을 사람들은 하나같이 그녀의 딸을 ‘나무 보살’이라 불렀다.

*

샤오취엔은 윗옷마다 커다란 주머니를 만들어 달고, 밖에 일을 보러 나갈 때마다 늘 런왕이를 그 안에 넣고 다녔다. 불편하단 생각은 한 번도 들지 않았다. 세월이 흐르며 샤오취엔도 어느덧 나이가 제법 들어찼다. 런왕이가 태어난 후로 즈원댁은 자신들 방에 잠자리를 하나 더 마련해, 샤오취엔을 줄곧 거기서 재워

왔다. 그리고 그녀가 열일곱이 되던 해에 귀천과 정식으로 짝을 맺어주었다.

즈원댁에게는 어릴 적 일본군 손에 불구가 된 쩡카이라는 조카가 하나 있었다. 그는 병약한 몸 탓에 농사일은 엄두도 내지 못했고, 혼사는 더 말할 것도 없는 형편이었다. 그런 그가 택한 일은 재봉이었다. 옷 짓는 솜씨가 제법 훌륭했지만, 마흔이 넘도록 여전히 노총각 신세를 면치 못하긴 마찬가지였다.

하루는 쩡카이가 즈원을 찾아와 말을 꺼냈다. "고모님, 제가 샤오취엔한테 재봉을 한번 가르쳐보면 어떨까요? 아무래도 여자들이 하기엔 농사일보다 재봉일이 훨씬 수월하지 않겠어요? 샤오취엔은 머리가 좋아서 금방 배울 것도 같고, 어차피 시골 사람들 옷이야 다 거기서 거기니, 복잡할 것도 없고요. 그리고……, 제 몸이 앞으로 몇 년이나 더 버텨줄는지, 저도 잘 모르겠거든요."

앙상하게 여윈 친정집 조카를 바라보고 있자니, 즈원댁은 마음 한 켠이 아려왔다. 그녀는 부랴부랴 장에 가서 고기를 끊고, 두부도 사고, 거기에 계란을 세 개나 부쳐 쩡카이에게 먹였다.

온 가족이 둘러앉은 저녁 식사 자리에서, 쩡카이가 샤오취엔에게 재봉을 가르치기로 결정이 났다.

샤오취엔이 재봉을 배운 시간은 고작 일 년뿐이었다. 그건 쩡카이 삶의 마지막 일 년이기도 했다. 시골 사람들의 옷차림은 단출하기 그지없었다. 남자는 앞섶 가운데를 여며 입는 웃옷을, 여자는 옆구리 쪽을 여며 입는 웃옷을 입었다. 거기에 남녀 모두 허리퉁이 몹시 헐렁한 바지를 걸치고, 끈으로 단단히 동여맸다. 누구랄 것도 없이 다 같은 차림새였고, 모든 옷은 손으로 지은 것이었다. 샤오취엔에게 그런 단순한 평상복쯤은 일 년이면 손에 익고도 남았다. 그녀는 쩡카이의 재봉 가게를 물려받아 마을 사람들의 옷을 지으며 생계를 꾸려가기 시작했다.

*

런왕에 관한 소문이 어쩌다 창사 동물원에까지 흘러 들어갔는지, 어느 날 낯선 사람 셋이 길을 물어물어 샤오취엔의 가게를 찾아왔다. 샤오취엔은 그들이 런왕을 보지 못하게 하려고 아이를 방 안에 가두었다.

세 사람은 사탕이며 과자를 한가득 사 들고 와, 듣기 좋은 말로 한참이나 그녀를 구슬렸다. 그러고서야 겨우 허락을 받아, 런왕을 볼 수 있었다. 그들은 런왕에게 큰 관심을 보이며, 단번에 은화 오백 냥을 주겠노라 말했다.

샤오취엔이 대답했다. "금은보화를 산더미처럼 준다고 해도, 난 이 아이를 당신들한테 팔 생각 없어요!"

그들이 다시 온갖 감언이설로 회유했다. 좋은 것 먹고, 좋은 옷 입고, 좋은 집에 살면서, 아무 일도 할 필요 없이 그저 사람들한테 얼굴 한번 내비쳐주기만 하면 됩니다……. 사람들이 좀 본다고 닳아 없어지는 것도 아니고, 몸이 피곤할 일도 없으니, 이 얼마나 좋은 일입니까!

그녀가 말했다. "당신들이 암만 달콤한 말로 꼬드겨 봤자 나한텐 안 통해요! 내 딸을 사람들 눈요깃감으로 내놓는 일은 죽어도 못 해요. 절대 이 아이를 내 곁에서 떼어 놓지 않을 거라고요!" 말을 마친 그녀는 바락바락 세 사람을 몰아냈다.

"재봉사가 천을 훔치지 않는 날은 사람들이 옷을 짓지 않는 날"이라는 속담처럼, 샤오취엔은 돈 벌 궁리에 여념이 없었다. 그도 그럴 것이, 그녀에겐 런왕이 있었다. 스무 살이 지나면서 그녀는 사내아이를 연달아 둘이나 낳았다. 두 동생은 하나같이 멀쩡한 데다 어찌나 잘생겼는지, 런왕과는 딴판이었다. 어미로서, 그런 동생들과는 다른 딸의 앞날을 위해 무엇이든 살 방도를 마련해 주어야 했다.

샤오취엔은 성질도 드센 데다 인색하기 짝이 없었다. 손님들이 맡긴 옷감에 손을 대는 일도 예사였다. 집 안은 또 얼마나 엉망으로 해놓았는지, 방바닥이며 부뚜막, 의자 위, 침대 옆 발판까지 사방이 닭똥 천지였다. 잠시 들른 이웃도, 옷을 맞추러 온 손님도 엉덩이 한쪽 붙일 자리조차 없을 지경이었다.

그녀 자신도 집이 지저분하다는 걸 누구보다 잘 알고 있었기에, 사람들에게 차마 앉으란 소리도 못 하고, 콩깨차 한 잔 대접하는 건 더욱 엄두도 못 냈다. 그러다 보니, 누가 찾아오건 그녀는 고개 한 번 드는 법 없이 그저 바느질에만 몰두하곤 했다. 샹인 마을 풍습에 따르면, 손님에게 차 한 잔도 내놓지 않는 건 그야말로 현숙하지 못한 여인네들이나 하는 짓이었다. 게다가 평소

말을 가감 없이 내뱉는 성격까지 한몫하여, 시간이 갈수록 그녀
를 탐탁지 않게 여기는 이들이 점점 늘어 갔다. 그녀는 그렇게 몇
해를 억척스럽게 지내며 돈을 모았고, 마침내 논 두어 마지기를
장만할 수 있었다.

7.

1948년 추석날, 하루 방학을 맞은 학교의 교문은 굳게 닫혔고, 교정에는 정적이 흘렀다.

"추석에는 월병을 먹어줘야지. 우리 이거 다 먹고, 같이 아버지 마중 나가자." 즈화가 여동생 시잉에게 말했다.

치우위엔은 월병을 가져다 딸들에게 하나씩 나누어 주었다. 즈화 하나, 시잉 하나, 치우위엔 하나, 런쇼우 하나, 모두 해서 장에서 낱개 포장된 월병 네 개를 사두었다. 중학교에 다니고 있는 즈형 것은 이번에 집에 오지 않아서 따로 준비하지 않았다. 치우위엔은 따뜻한 물을 따라 두 딸에게 건넸다. 월병 한 입에, 물 한 모금 꿀꺽. 즈화와 시잉은 거실에 놓인 대나무 침대를 사이에 두고 마주 앉아 있었다.

"월병 진짜 맛있다." 시잉이 말했다. "엄마가 읍내까지 가서 사 오신 거잖아. 다섯 푼이나 주고 사셨대.” 즈화가 덧붙였다. “언니, 이건 물이 아니고 술인 거야. 자, 우리 한잔 합시다.” 시잉이 말했다. 그러곤 물이 든 컵을 들어 건배하듯 언니 쪽으로 내밀었다. 자매의 컵이 맞닿으려던 그 순간, 시잉의 눈동자가 휙 다른 곳을 향했다. “언니, 저기 좀 봐.” 시잉이 말했다.

즈화도 동생의 눈동자가 머문 곳을 따라 고개를 돌렸다. 벽 한 귀퉁이에 나 있는 개구멍 너머로, 옅은 남색 천에 감싸인 전족 하나가 순식간에 휙 스치듯 지나가는 게 간신히 눈에 들어왔다. 즈화가 동생을 보고 손을 휘저으며 목소리를 낮췄다. “쉿! 아무 소리도 내지 마! 분명 ‘후베이 거지 할멈’일 거야. 집 안에서 소리가 나면 문을 두드릴 거야.”

마침 안으로 들어오던 치우위엔에게 시잉이 말했다. “엄마, 소리 내면 안돼요! 밖에 후베이 거지 할멈이 있어요.”

“곡식을 거둬들인 지도 얼마 안 됐는데, 얘들은 무슨, 벌써 후베이 거지 할멈이 있다고들 그러니?” 치우위엔이 말했다. 두 아이는 엄마가 큰 소리 내는 걸 다급히 손짓으로 막고는, 귀에 대고 소곤소곤 속삭였다. 방금 전 개구멍 너머로 전족을 한 발이 스쳐 지나가는 걸 두 눈으로 똑똑히 봤노라고.

치우위엔은 소리를 죽이고 얼른 문밖을 내다보았다. 집 주변에도, 저 멀리에도 사람이라곤 보이지 않았다. 그런데 후베이 거지 할멈이라니. 뭔가 이상했다. 막 수확을 끝낸 참이라 먹을 게 부족한 철도 아닌데, 벌써부터 후베이 거지 할멈이 돌아다닌다고? 게다가 방금 전까지만 해도 자기가 바깥에 있었는데, 못 봤을 리가 없잖는가.

그래도 혹시나 하는 마음에 쉬 영감 댁을 찾아가 후베이 거지 할멈이 다녀간 적이 있느냐 물었다. 그런 일은 없다고 했다. 즈원댁에게도 가서 물었지만, 역시 같은 대답이 돌아왔다. 그녀는 다시 집 앞 대문을 나서 사방을 천천히 둘러보았다. 그러나 길 위엔 사람 그림자 하나 보이지 않았다. 왠지 모를 불안이 마음 한 켠을 스치고 지나갔다.

*

음력 8월 중순은 비도 드물고, 밝고 따사로운 햇살을 넉넉히 누리기에 더없이 좋은 시기였다. 해가 저문 뒤, 짙푸른 밤하늘에는 흠잡을 데 없이 둥근 달이 떠올라 눈부신 빛을 은은히 더해 가고 있었다.

자정 무렵부터 시잉이 배가 아프다더니, 피가 섞인 허연 물 설사를 몇 차례나 쏟아냈다. 그러곤 연신 하품을 해대며 좀처럼 잠에서 헤어 나오질 못했다. 얼마 안 있다 치우위엔은 시잉의 이불이 축축해져 있는 걸 발견했다. 오줌을 싼 것이었다. 순간 치우위엔은 당황해 어쩔 줄 몰랐다. 이불에 오줌 한 번 싼 적 없는 앤데, 병 때문에 대소변마저 못 가리게 된 걸까?

명절을 함께 보내려고 우창의 사찰에서 돌아와 있던 런쇼우가 치우위엔에게 물었다. "오늘 시잉한테 무얼 먹였소?"

치우위엔이 대답했다. "월병 말고는, 평소 먹던 밥이랑 반찬뿐이에요."

이번에는 즈화를 향해 물었다. "오늘 혹시 시잉이랑 산에 가서 산나물이나 바닥에 떨어진 열매 같은 걸 주워 먹은 적 있니?"

즈화가 대답했다. "오늘은 산에 안 갔어요. 밖에서 뭘 먹은 적도 없고요."

치우위엔은 불현듯, 낮에 집 뒤편 흙을 파다가 오리알을 재워 둔 일이 생각났다. 혹시 그 일로 토지신이 노한 건 아닐까? 도사를 불러다 부적이라도 한 장 써야 할까?

런쇼우가 치우위엔의 황당무계한 생각을 떨쳐내려는 듯, 강하게 손사래를 쳤다. 그리고는 곧장 자리에서 일어나 의사를 부르러 읍내로 향했다.

치우위엔은 그제야 문득, 낮에 시잉이 말했던 개구멍 너머로 스쳐 지나갔다던, 옅은 남색 천의 수상한 전족 이야기가 떠올랐다. 그녀는 저도 모르게 몸서리를 쳤다.

의사가 채 도착하기도 전에, 시잉은 미동 하나 없이 조용히 숨을 거두었다. 몸에 이상이 생기고 죽기까지, 아이는 큰 소리 한번 내지 않고, 눈 한번 제대로 떠보지 못한 채 내내 잠잠했다……. 그럴 기력조차 남아 있지 않았던 것이다.

런쇼우는 시잉을 가슴에 꼭 그러안았다. 아이의 얼굴을 목덜미에 대고 부비며, 한 손으로는 여전히 살아 있는 듯 윤기 어린 검은 머리칼을 쓸어 넘겼다. 아비의 얼굴 위로 눈물이 비 오듯 흘러내렸다.

치우위엔은 자신이 만삭에 가까운 임부라는 사실을 까맣게 잊은 듯했다. 소리를 지르며 울부짖고, 가슴팍을 내리치고, 몸을 쥐어뜯으며, 마치 스스로를 죽여 없애려는 사람처럼 보였다. 즈화도 목이 터져라 울다가 끝내 말소리조차 나오지 않게 되었다. 필사적으로 엄마를 끌어안는 것 말곤 아무것도 할 수가 없었다. 울음소리가 가족들을 송두리째 삼켜버렸다.

어둔 밤이 서서히 물러가고, 아침이 기어이 찾아왔다. 울음소리를 듣고 건너온 츄씨네와 쉬 영감네 식구들은 차마 믿을 수가 없었다. 불과 어제까지만 해도 눈앞에서 펄쩍펄쩍 뛰놀던 시잉이 하룻밤 새 저세상으로 가버리다니.

즈원이 가까스로 런쇼우의 손을 시잉에게서 떼어 냈다. 그는 런쇼우를 달래며, 문짝 위에 시잉을 눕혔다. 치우위엔은 눈물을 떨구며 가장 좋은 옷을 꺼내 아이에게 입혔다. 어른 둘이 문짝을 둘러메고 산 위로 올라갔다. 그리고 그날, 산등성이에 조그마한 무덤 하나가 새로 생겨났다. 시잉의 새집이었다.

시잉이 눈을 감던 그 순간부터 치우위엔은 먹지도 마시지도 않고 하염없이 울기만 했다. 그러다 결국 유산기를 보였다. 시잉을 보낸 다음 날 밤, 복통이 찾아왔고 통증은 갈수록 심해졌다. 그럼에도 치우위엔은 배 속의 아이는 아랑곳하지 않은 채, 방 안을 정신없이 오가며 시잉의 이름만을 끝없이 불러댔다. 그 모습은 상처 입은 어미 짐승 그 자체였다.

시잉이 세상을 떠난 지 꼭 열 시간 만에, 넷째 아이 즈슈가 태어났다. 마을 사람들은 입을 모아 말했다. 이 아이는 분명 시잉이 환생해 돌아온 것이라고. 그러니 너무 깊이 상심하지 말라며 그녀를 다독였다.

죽은 시잉이 셋째였던 까닭에, 런쇼우는 즈슈에게 '페이싼'—물어줄 배(賠), 석 삼(三)—이라는 아명을 붙여 주었다.

제4장
황니충

1.

어느새 1949년이 되었다. 신중국이 수립되고, 해방된 인민들이 그 주인이 되었다.

토지개혁이 대대적으로 시행되었고, 악덕 지주들의 토지는 몰수되어 인민들에게 분배되었다.

두 내외가 학교에서 버는 돈만으로는 식구들 입에 풀칠하기도 어려웠던 런쇼우네는 빈민층으로 분류되어, 토지개혁법에 따라 땅과 집, 그리고 이웃 세 가구와 함께 사용할 수 있는 소 한 마리와 농기구를 배분받았다.

런쇼우는 말 그대로 극도의 흥분 상태였다. 그의 얼굴엔 기쁨이 가득했다.

"내 반평생 동안 손바닥만한 땅 한 뙈기 가져 본 적 없는데, 당의 은혜를 입어 드디어 이렇게 나도 내 땅이란 걸 가져보게 되었구려! 예전부터 한 번쯤은 농부의 삶을 살아보고 싶었소. 사람들과 부딪칠 일도 별로 없고, 얼마나 자유로워 보이든지. 번잡할 것 하나 없는 그 삶이 참 좋아 보였다오. 산 좋고 물 좋은 시골 마을에서, 새소리 들으며 꽃 구경하며, 내 손으로 땅을 일구기만 하면 먹을 것이 생기잖소. 예로부터 백성들에겐 먹을 것이 곧 하늘이라 하지 않았소? 먹고사는 일보다 중요한 일이 어디 있느냐 말이오……. 생각해 보면, 만석꾼도 하루에 세 끼면 족하고, 암만 고래등 같은 기와집에 살아도, 잘 때는 제 한 몸 누일 자리만 있으면 되는 법이잖소? 그러니 나는 큰돈도 필요 없고, 무슨 감투 같은 건 더더욱 바라지 않소. 그저 우리 식구들 먹을 밥에, 내 몸에 걸칠 무명옷 한 벌이면, 난 그걸로 족하다오.”

그는 치우위엔과 단 한 마디 상의도 없이, 곧장 교사직을 그만두었다. 농부로서의 새로운 삶을 시작하겠다는 굳은 의지를 내보인 셈이었다.

*

런쇼우는 토지에 이어 집을 배분받는 일에서도 자못 유별나게 굴었다.

토지개혁 직전 세상을 떠난 쉬 영감의 식구들, 그러니까 쉬 부인과 아들 쉬쩡밍은 재산을 깡그리 몰수당한 데 이어, 집에서도 쫓겨나는 신세가 되었다. 다행히 츄즈원이 초가집 두 칸을 내어준 덕분에 둘은 그곳에 머물 수 있었다. 한편 향 정부에서는 쉬 영감 저택의 남은 절반을 런쇼우네에 배정해 주었으나, 런쇼우는 한사코 거절했다.

남들 몰래 가족들에게 밝힌 이유는, "쉬 영감님 댁과는 서로 잘 알고 지내던 사이인데, 거기 들어가 사는 건 아무래도 마음이 불편하다"는 것이었다. 이런 까닭에 일이 복잡해졌다. 런쇼우는 향장이던 시절, 향의 여러 유지들과 두루두루 안면을 트고 지낸 터였다. 그래서 당시 알고 지냈던 사람들의 집은 미안한 마음 때문에 갖은 구실을 붙여 전부 사양했다. 토지개혁을 담당하는 간부도 결국엔 두 손을 들고 말았다. "그럼 당신이 직접 살 곳을 물색해 보시오. 맘에 드는 곳이 나타나면, 그리 배정해 주겠소."

우여곡절 끝에 런쇼우는 화우 소학교에서 예닐곱 리쯤 떨어진 한 마을에서 빈 건물 몇 채를 찾아냈다. 전에 마을의 한 지주가 소작농들의 거처로 쓰게 했던 곳이라는데, 런쇼우 마음에 쏙 들었다.

반면, 치우위엔은 도무지 내키지가 않았다. 화우 소학교 근방은 다들 익숙한 사람들에, 양씨 성을 지닌 이들도 많은 터라 텃세 같은 건 걱정할 일 없는데…. 허씨 집성촌인 그 마을로 가면 양씨 일가는 자기들뿐일 터, 무슨 일이 생겨도 맘 편히 도움이나 청할 수 있겠냐며, 한차례 불평도 해보았다.

그러나 이미 그곳에 마음을 빼앗긴 런쇼우는 꿈적도 하지 않았다. 런쇼우는 하루 날을 잡아 치우위엔을 데리고 이사할 집을 보러 갔다. 즈화도 페이싼을 등에 업고 따라나섰다. 밭 사이로 난

두렁길을 지나자 산길이 나타났다. 구불구불한 산길을 따라, 굽이굽이 언덕을 몇 번이고 넘어서야 겨우 런쇼우가 점찍어 두었던 집 앞에 다다를 수 있었다.

식구들이 집에 채 다가서기도 전에, 갑자기 커다란 검은 개 한 마리가 불쑥 튀어나와 그들을 향해 요란하게 짖어댔다. 곧이어 쉰 살이 좀 넘어 보이는 아주머니가 뒤따라 나오더니, 조용히 하라며 매섭게 소리쳤다. 만 부인이었다. 그녀는 머리를 뒤로 빗어 쪽을 틀고, 꽃수가 놓인 검은색 머리띠를 두르고 있었다. 키가 크고 눈은 자그마했다. 걸음걸이가 어찌나 씩씩한지 걸을 때마다 쿵쿵거리는 소리가 울렸다.

이 부락의 이름은 '황니충'이었다. 이웃에는 만 씨 부부가 살고 있었다. 만 씨네 집은 런쇼우네와 담 하나를 사이에 두고 딱 붙어 있었다. 집 안에는 침실 두 칸과 당옥 하나, 그리고 자그마한 부엌이 딸려 있었다. 내부는 몹시 어두웠다. 빛이라고는 지붕 위에 얹힌 굴 껍데기로 만든 반투명 기와를 통해 들어오는 광선이 전부였다. 비라도 오는 날이면, 집 안은 어김없이 더 음침하고 눅눅해졌다.

*

런쇼우는 늘 안경을 쓰고, 단정하게 장포를 갖춰 입던 사람이었다. 마치 개미라도 밟아 죽일까 전전긍긍하듯 조심스러운 걸음걸이에, 동작도 굼뜨기 짝이 없었다. 누구를 만나든 먼저 겸손한 미소를 지어 보이는, 점잖은 사람이기도 했다. 그런데다 평생 책만 들여다보며 살아온 탓에, 무엇이 채소고 무엇이 잡초인지, 또 곡물의 종류조차 제대로 구분할 줄 몰랐다.

이런 그가, 그것도 쉰이라는 나이에, 농사일을 처음부터 배운다는 것이 어디 쉬운 일이었겠는가. 그는 몸소 경험을 하고야 비로소 깨달았다. 농사가 결코 만만한 일이 아니란 것을, 무엇보다도 체력이 뒷받침되지 않으면 쉽사리 해낼 수 없는 일이란 사실을 말이다. 땅갈이나 써레질 같이 기술이 필요한 일은 고사하고, 그는 탈장 증세 때문에 오래 서 있는 것조차 힘겨워했다. 단순한 허드렛일 하나도 제대로 해낼 수 없었다.

그렇다고 전족을 했었던 치우위엔이나, 아직 학생인 즈형이 대신 논일을 맡아 할 처지도 못 되었다. 결국 울며 겨자 먹는 심정으로, 이웃집 만 씨에게 농사일을 부탁할 수밖에 없었다. 하지만 내 논을 다른 이에게 고스란히 맡기는 건, 하책 중의 하책이었다. 누구도 자기 논처럼 정성을 들이진 않을 것이고, 파종부터 수확까지에 곡식 얼마를 주겠노라 약조했으면, 수확량이 어찌되든 그만큼은 무조건 떼어 줘야 하기 때문이다.

땅갈기에서 벼 타작까지, 만 씨는 일단 자기네 논일을 다 끝낸 뒤에야 런쇼우네 논을 돌아보았다. 결국 매 때마다 시기를 놓친 탓에, 런쇼우네 논의 벼는 생김새부터가 마치 황량한 벌판에서 자란 억새 같았다. 다른 논에 비해 피도 유난히 많았다. 곡식을 거둔 뒤, 당초에 약속한 양만큼을 떼어 주고 나니 남는 것이

거의 없었다. 말 그대로, "수확을 끝낸 낫은 벽에 걸려 있는데, 먹을 쌀은 없다"라는 속담이 꼭 들어맞는 형국이었다.

그나마 치우위엔이 화우 소학교—이미 '신민 소학교'로 이름이 바뀌었지만—에서 교편을 계속 잡고 있기가 다행이라면 다행이었다. 사정이 이렇다 보니, 다섯 식구가 오롯이 그녀의 쥐꼬리만한 월급에 기대어 생활하는 수밖에 없었다. 거기에 즈헝의 학비까지 보태야 했기에, 치우위엔은 난징 부녀 강습소에서 배워두었던 기술을 꺼내 들었다. 옷을 만들거나 자수를 놓고, 신발 밑창과 버선 바닥을 덧대는 삯바느질로 모자란 살림을 메워 나갔다.[22] 사람들이 치르는 바느질삯은 돈 말고도 다양했다. 잡곡, 쌀, 채소, 감자, 땔감……. 그게 무엇이든 치우위엔은 마다하는 법이 없었다.

---

22. 당시의 헝겊신이나 면 버선은 내구성이 약해 바닥이 쉽게 해졌다. 이를 보완하기 위해, 새로 만든 신발이나 버선에는 바닥을 덧대는 일이 거의 필수였다. 먼저 낡은 천 조각에 한 장 한 장 풀을 먹인 후, 벽이나 탁자 위에 붙여 올리는 과정을 수없이 반복한다. 천이 두꺼운 판지처럼 빳빳하게 굳으면, 이를 떼어내 신발에 맞춰 정형한 뒤, 굵은 삼베 실로 바닥 전체를 촘촘히 바느질한다. 이렇게 완성된 밑창을 신발 바닥에 꿰매 연결해 준다. 천 조각을 층층이 쌓아 만든다 하여, '천층화(千層靴)'라고도 부른다. 버선 바닥을 덧대는 과정도 이와 비슷하다.

2.

본인이 역부족이란 걸 뻔히 알면서도, 농부가 되겠다던 처음의 결심은 좀처럼 내려놓아지지 않았다. 그는 틈만 나면 치우위엔의 눈을 피해 농사일을 배워보려 들었다. 언젠가는 몰래 김매기를 하러 나간 적이 있었다. 어차피 만 씨에게 농사일 전반을 맡긴 터라 굳이 나설 필요가 없었는데도 말이다. 그날 그는 온몸이 진흙투성이가 되어 안경에까지 온통 흙칠을 하고 집으로 돌아왔다.

그가 의자에 앉으며 즈화에게 말했다. "얼른 여기 좀 한 번 보거라. 엄지발가락 사이가 너무 가렵고 아프구나." 즈화는 바닥에 주저앉아 아버지의 엄지발가락 옆을 벌려보았다. 그 틈 사이로 불룩하게 부풀어 오른, 거무죽죽한 거머리 두 마리가 찰싹 달라붙어 피를 빨아대고 있었다. 즈화는 가까스로 거머리들을 떼어냈다. 발가락 사이에서 연신 피가 줄줄 흘러내렸다. 분을 이기지 못한 즈화는 돌을 집어 들어 거머리들을 사정없이 내리찍었다.

산에도 집집마다 정해진 구획이 따로 있어, 남의 구역에 함부로 들어가 땔나무를 줍는 것은 금지되어 있었다. 그런데 하필 런쇼우네에게 배정된 곳은 애저녁에 사람들이 자잘한 나무들까지 싹 쓸어가 버린 쓸모없는 구역이었다.

한 번은 마음씨 좋은 누군가가 장작 서른 근을 양보해 주겠다고 나선 일이 있었다. 런쇼우는 기어코 자기가 직접 가서 짊어지고 오겠다며 고집을 부렸다. 비 온 끝에 하늘은 맑게 개었지만, 아직 습기를 머금은 길은 꽤나 미끄러웠다. 결국 런쇼우는 발을 헛디뎌 삐끗하고 말았다. 뼈는 다치지 않았으나, 인대가 늘어나는 바람에 두 달이 넘도록 제대로 걷지도 못했다.

하지만 발이 회복되기가 무섭게 런쇼우는 고새 또 일을 벌일 생각을 했다. 하루는 아침 댓바람부터 그의 모습이 보이질 않는 것이었다. 즈화와 치우위엔이 막 찾아 나서려던 참에, 런쇼우가 싱글벙글 신이 난 얼굴로 멀리서 큰소리를 쳐대며 걸어오는 것이 보였다. "치우취엔, 치우취엔 내가 새벽부터 일어나서, 뒤쪽 텃밭에 난 잡초를 몽땅 뽑아 버렸다오!" 치우위엔은 어리둥절했다. 텃밭 어디에 잡초가 있다는 거지? 설마… 설마 부추 심어 놓은 걸 다 뽑아버린 건 아니겠지!? 그녀는 다급히 텃밭으로 달려갔다. 아니나 다를까, 텃밭의 부추는 한 포기도 남김없이 뽑혀 나가고, 그 자리는 텅 비어 있었다.

*

　런쇼우의 탈장 증세가 다시 심해지면서, 그의 음낭은 조롱박처럼 부어올랐다. 한번 통증이 시작되면, 그는 마치 성난 사자처럼 울부짖으며 침대 위를 떼굴떼굴 굴렀다. 침대 이 끝에서 저 끝으로 기어 다니며 몸부림치는 그와 함께 침대도 끼익끼익 신음을 토해냈다. 식구들이 한눈을 팔기라도 하면, 그는 벽에 머리를 들이받거나 집 앞 연못으로 쏜살같이 뛰쳐나가곤 했다. 차라리 죽느니만 못한 이 고통을 당장이라도 끝내버리고 싶은 마음뿐이었다.

　즈화와 치우위엔은 그저 그의 곁을 지키며 울 뿐, 해줄 수 있는 일이 아무것도 없었다. 그러던 중 누군가에게서, 소금물을 입에 물고 배꼽을 세게 빨아주면 통증을 조금은 줄일 수 있단 얘기를 듣게 되었다. 그 뒤로 통증이 시작될 기미가 보였다 하면, 치우위엔은 즉시 따듯한 소금물을 타서 입에 머금고 남편의 배꼽을 있는 힘껏 빨았다. 하지만 이 방법도 별다른 효과는 없었다.

　통증이 한번 할퀴고 지나갈 때마다, 그의 꼴은 말이 아니었다. 치우위엔은 남편이 이러다 정말 죽어버리기라도 할까 봐, 한시도 마음을 놓을 수 없었다. 그래서 자신이 아무리 피곤하고 힘들어도, 런쇼우만큼은 힘든 일 근처에 얼씬도 못 하게 했다. 남편의 몸속에서 기가 빠져나갈세라, 장작 패기며 땔감 줍기, 물 긷기, 땅 고르기와 채소 가꾸기까지, 그 어떤 일에도 손 하나 까딱 못 하게 하고 될 수 있는 한 침대에 누워 쉬게 했다.

1951년, 즈펑이 태어났다. 런쇼우는 자신들에게도 마침내 땅이 생긴 것을 기념하며, 아들에게 '티엔쓰'—밭 전(田), 넉 사(四)—라는 아명을 지어 주었다.

3.

만 부인은 남의 집 드나들기를 퍽이나 좋아했다. 런쇼우네가 이
사온 뒤로부터 하루도 빠짐없이, 많게는 하루에 두 번도 찾아왔
다. 그녀가 집에 들어서면, 치우위엔은 얼른 차부터 끓였다. 콩이
랑 깨도 눈치껏 넉넉히 넣어야 했다. 만 부인은 한 그릇, 또 한 그
릇 계속해서 마셔댔다. 그렇게 네댓 그릇을 비우고 배가 빵빵해
져 소변을 참을 수 없을 지경이 되고 나서야 겨우 자리에서 일어
났다.

그녀 말로는, 자기가 이렇게 매일 찾아와 주는 건 다 런쇼우
네가 글 좀 읽은 집안 같아서 그만큼 대접해 주는 거라고 했다.
배운 사람들이 좋다면서, 그렇지 못한 집은 발길은커녕 아예 거
들떠보지 않는단 말도 덧붙였다. 그럴 때마다 치우위엔은 사근
사근한 웃음을 지어 보이며 "예, 예."하고 맞장구를 쳐야 했다.

원체 밥 지을 쌀도 부족한 집이라, 이따금씩 콩이나 깨가 떨어지는 건 당연한 일이었다. 만 부인은 콩깨차를 못 얻어 마시기라도 하는 날이면, 표정이 싹 변해서는 문을 나서기가 무섭게 욕설을 퍼부었다. "여자가 이렇게 칠칠맞지 못해서야. 대체 집에 온 손님한테 차 한 잔 대접할 줄도 모르고 말야. 뭐? 콩이랑 깨가 없다고? 어디 귀신을 속여라! 고깟 거 내주기 아까워서 그러는 거 누가 모를 줄 알아? 여기 사람들은 말이지, 쌀이 없어 밥은 못 해 먹을지언정, 손님 차에 쓸 콩이랑 깨는 절대로 떨어뜨리는 법이 없다고! 내 살다 살다, 참말로 대단한 여편네가 납셨네 그려!"

만 부인이 욕지거리를 쏟아내는 동안은 그저 숨죽인 채 자리를 피하는 수밖에 없었다. 치우위엔은 얼마 안 되는 쌀과 잡곡을 팔아 콩과 깨를 채워 놓았다. 더 이상 만 부인의 심기를 건드리는 일은 그녀로서는 도무지 감당할 자신이 없었기 때문이다.

만 씨에게는 아들 둘과 딸 하나가 있었는데, 딸 얼쥐는 출가하여 황니충에서 한 리 즈음 떨어진 곳에 있는 츠푸산에 살고 있었다. 그녀는 낮에는 츠푸산에 있다가 밤이면 친정에 와 묵었는데, 거의 매일 밤 남자가 찾아왔다.

만 부인이 유독 애지중지하는 둘째 아들의 이름은 만바오성이었다. 바오성은 수려한 용모를 지닌 아이였다. 여자아이처럼 곱상한 외모에, 목소리마저 여리고 가늘었지만, 웬걸, 성격은 고집불통에다 짓궂기가 이루 말할 수 없을 정도였다. 원래는 황니충에서 학교를 다니고 있었는데, 황니충 학당이 신민 소학교에 합

병되면서 5학년이던 바오성은 치우위엔의 반으로 편입되었다.

하루는 "우리 엄마"라는 제목으로 작문 수업을 한 적이 있었다. 바오성은 순식간에 다 끝냈다며 앞으로 가지고 나왔다. 그 위엔 달랑 한 문장이 쓰여 있었다. "우리 엄마는 껍질이 빨갛고, 속은 하얗고, 귀퉁이가 뾰족합니다." 마침 그날 수업에서 배운 「마름」이라는 본문에, 마름 열매의 껍질은 빨갛고 속은 하얗고 귀퉁이가 뾰족하다는 내용이 있었는데, 그걸 고대로 엄마 모습이라며 써낸 것이었다.

치우위엔은 "어째 머리 쓸 생각을 하지 않느냐"라며 바오성을 꾸짖었다. 그랬더니 세상에, 다음 날 바오성이 똥을 한가득 종이에 싸서 치우위엔네 집 앞에 내던지고 간 게 아닌가. 덕분에 치우위엔은 아침 댓바람부터 똥을 밟는 신세가 되고 말았다.

그럼에도 치우위엔은 무지막지한 만 부인에게 험한 꼴을 당할까 봐서 입도 벙긋 못하고, 허둥지둥 집으로 들어가 신발을 갈아 신었다. 못가에서 똥 묻은 신을 빨고 있노라니, 런쇼우를 향한 원망이 절로 터져 나왔다. "그러게, 내가 뭐랬어. 화우리에 그냥 살았으면 얼마나 좋아. 거기선 다들 서로 가까이 지냈는데……. 전부 다 좋은 사람들이었는데……. 이웃사촌이 먼 친척보다 낫다지만, 저이들은 아니야. 아니라고……."

4.

1952년, 더는 즈헝을 학교에 보낼 형편이 되지 않았다. 열여섯 살의 즈헝은 향 정부에 서기로 불려갔다. 그리고 같은 해, 정부에서 모집하는 자원병에 지원했다.

신체검사를 너끈히 통과한 그는 현 최초의 공군이 되었다. 소식을 들은 치우위엔은 이튿날 날이 밝자마자, 아들을 찾겠다며 향 정부로 향했다. 마침 신병들이 대오를 이루고 군관으로 보이는 이의 연설을 듣고 있었다. 신병들은 곧 떠날 참이었다.

치우위엔은 향 정부 입구의 사자 조각상 옆에 서서 군관의 연설이 끝나기만을 기다렸다. 연설이 끝나자마자, 그녀는 누가 뭐라든 아랑곳하지 않고 곧장 대오 속으로 뛰어들어 즈헝을 끌어냈다. 힘으로 따지면야 즈헝이 훨씬 우위였지만, 그는 차마 어머니의 손을 뿌리치지 못했다.

집으로 오는 길 내내, 치우위엔은 눈물을 뿌리며 아들에게 하소연했다. "입대해서 떠나버리면 한동안 돌아오지도 못할 텐데, 아버진 몸이 저래서 일손을 거들 처지도 못 되고, 줄줄이 동생들은 아직 어리기만 하고……. 네가 이렇게 가 버리면, 나 혼자 이 집을 어쩌란 말이니."

어차피 자원입대였던 터라 정부에서도 억지로 강제하지는 않았다. 이렇게 군인이 되려던 즈헝의 꿈은 결국 어머니 앞에서 꺾이고 말았다.

하반기에 들어 뚱베이 중공업부에서 직원을 모집한다며 사람들이 내려왔다. 즈헝은 통계반에 합격했지만, 치우위엔은 이번에도 같은 이유로 그를 보내주지 않았다.

훗날 현에서 교사와 의사 모집 시험을 실시했는데, 1949년 이전에 이미 교사나 의사로 일한 경력이 있는 이들도 예외 없이 다시 시험을 치러야 했다. 런쇼우는 줄곧 교사와 의사를 세상에서 가장 좋은 직업이라 믿어왔다. 교사는 인재를 길러내고, 의사는 다친 이를 고치고 죽어가는 이를 살린다. 시대가 아무리 바뀐다 해도, 사람을 가르치고 병을 고치는 이는 언제나 필요한 법이라 여긴 것이다.

하지만 시험을 앞두고 곰곰이 생각해 보니, 의사는 설령 시험에 붙는다 해도 공부를 더 오래 해야 했기에, 그 학비를 집에서 계속 대줄 수도 없는 노릇이었다. 그리고 돈을 벌기까지 시간도 제법 걸렸다. 이런 이유로 런쇼우는 즈헝에게 교사 육성반 시험을 보라고 권했다.

치우위엔 역시 즈헝과 함께 시험을 보기 위해 현성으로 향했다. 집에 수레가 없어, 황니충에서 팔십 리나 떨어진 현성까지 걸어갈 수밖에 없었다. 치우위엔은 한때 전족을 했던 터라, 발바닥 한가운데가 들려 올라가 발등이 위로 불룩 솟아 있었다. 엄지발가락을 제외한 나머지 네 발가락은 한데로 단단히 오그라져 있었다. 그 탓에 걸음을 내디딜 때마다 엄지발가락에 온 힘이 쏠리며, 발끝이 바닥에 속절없이 채이곤 했다.

두 사람은 밤이 되어서야 겨우 현성에 도착해 여관에 짐을 풀 수 있었다. 치우위엔의 엄지발가락에 생긴 물집이 결국 터지면서 피가 배어 나왔고, 감염이 된 듯 염증까지 생겼다. 통증은 발 전체로 번져 나갔고, 그녀는 그날 밤 한숨도 잠을 이루지 못했다.

다음 날 가까스로 몸을 이끌고 시험장까지 가긴 했지만, 뼛속을 후비는 듯한 통증 때문에 시험에 집중할 여력이 없었다. 돌아올 때는 즈헝의 부축을 받고도 꼬박 이틀이 걸려 겨우 집에 도착할 수 있었다. 그 후로 한 달 내내, 발끝의 통증은 좀처럼 가실 생각을 하지 않았다.

시험 결과는 즈헝은 합격, 치우위엔은 낙방이었다. 즈헝은 여름 동안의 교육과정을 마친 뒤, 씨샹 위엔즈리에 있는 씨허빠 소학교로 발령을 받았다. 위엔즈리에서 샹인현의 현성까지 팔십 리, 현성에서 황니충까지 또 팔십 리. 이렇다 보니, 즈헝은 어쩔 수 없이 여름과 겨울 방학에만 집에 돌아올 수 있었다.

치우위엔은 비록 시험에 떨어졌지만, 마침 신민 소학교에 교사가 부족해 다행히 예전처럼 아이들을 가르칠 수 있었다. 다만 봉급이 너무 적었다. 하지만 이마저도 없으면, 당장 온 식구의 생계가 막막한 상황이었다.

열 살이 된 즈화는 이미 학교에 가고도 남을 나이였지만, 두 동생 페이싼과 티엔쓰를 돌보느라 공부는 언감생심 꿈도 꾸지 못했다. 빨래, 식사 준비, 땅 고르기, 땔감 줍기, 채소 가꾸기까지. 동생들 뒷바라지는 물론, 치우위엔의 일손을 덜어주기 위해 온갖 일을 도맡았다. 그래야 치우위엔이 바느질할 시간이 생기고, 그래야 식구들 먹을 밥이 생길 테니까. 즈화는 엄마를 도와 이 집을 어떻게든 지탱해 나가야만 했다.

밤 시간이거나 비 오는 날이면, 런쇼우는 즈화에게 글을 가르치거나 책을 읽어주며 이야기를 들려주곤 했다. 그리고 치우위엔은 새끼 꼬는 법, 신발 깔창 덧대는 법, 자수처럼 살림에 보탬이 될만한 일들을 차근차근 가르쳐 주었다.

5.

민간 교사였던 치우위엔은 노동 점수[24]가 낮아, 식구들 반년 치 식량을 마련하기도 빠듯했다. 겨우 한 끼를 때우고 나면 곧장 다음 끼니 걱정을 해야 하는 날들이 이어졌다. 낮에는 수업을 하고, 밤에는 삯바느질에 매달려 한밤중까지 일손을 놓지 못하는 날이 태반이었다.

즈화도 신발에 꽃수를 놓거나, 혼수용 베갯잇에 자수를 놓으며 일을 거들었다. 송자관음[25], 원앙도, 매화나무 위의 까치…….

---

23. 정규 교원이 부족하던 시기에, 마을이나 학교에서 자체 고용한 교사를 뜻한다. 낮은 급여와 불안정한 신분으로 열악한 대우를 받았다.

24. 1958년 중국 농촌에 설립된 인민공사(人民公社) 조직을 통해 공동 생산·공동 분배를 실시하면서, 노동량을 점수로 환산하는 공분(工分) 제도가 시행되었다. 노동 점수에 따라 식량, 생필품, 현금 등을 차등 지급받았으며, 농촌에서 일하는 교사, 의사, 간호사, 민간 간부 등에게도 예외 없이 적용되었다.

25. 송자관음(送子觀音): 아이를 점지해 준다는 관음보살.

즈화가 직접 베갯잇 위에 밑그림을 그리고 수를 놓았는데, 어찌나 실감 나게 해놓던지 마을 처녀 모두가 맘에 쏙 들어하며 칭찬을 아끼지 않았다.

한편, 즈화는 열두 살이 다 되도록 학교 문턱조차 밟아보질 못했다. 같은 마을 또래 여자아이들이 소학교를 졸업할 때가 가까워오자, 속이 타들어 미칠 지경이었다. 자기도 학교에 가고 싶다며 거듭 얘기를 꺼내 보았지만, 그럴 때마다 치우위엔은 조곤조곤히 딸아이를 설득하곤 했다. 자신도 즈화를 학교에 보내고 싶지만, 지금은 먹고사는 일이 가장 시급하다고. 두 동생을 돌보는 일에 텃밭 김매기, 땔감 마련과 물 긷기, 빨래와 식사 준비까지, 즈화가 대신 해 주지 않으면 자신은 학교 일을 못 하게 될 테고, 그러면 식구들이 더 이상 살아갈 방법이 없지 않느냐고.

즈화 역시 이런 집안 사정을 누구보다 잘 알고 있었다. 그럼에도 배움에 대한 열망은 점점 더 커져갈 뿐이었다.

어느 저녁나절, 치우위엔은 마당에 널빤지를 깐 뒤, 그 위에 옷감을 펼쳐 놓고 재단을 하고 있었다. 그녀는 등잔 기름을 아끼기 위해, 날이 완전히 어둡기 전에는 좀처럼 집 안으로 들어가는 일이 없었다.

그날 즈화는 염치 불고하고 또다시 학교에 보내 달라는 말을 꺼냈다. 치우위엔은 찰각찰각 가위질을 멈추지 않은 채, 한숨을 푹 내쉬며 늘 하던 대답을 내뱉으려던 참이었다. 바로 그때 부엌 쪽에서 런쇼우가 불쑥 튀어나왔다. 그의 손에는 칼이 들려 있었다. 털썩! 그가 즈화 앞에 무릎을 꿇더니, 칼을 목에 들이대고 말했다. "내년에도 널 학교에 보내지 못하면, 이 칼로 나를 죽여 버리거라!"

즈화의 눈에, 덜덜 떨리는 손으로 칼을 움켜쥔 런쇼우의 모습이 들어왔다. 어느새 희끗해진 머리칼, 누더기처럼 기운 무명옷, 꿇은 무릎에 덧댄 큼직한 헝겊 조각, 형편없이 너덜거리는 신발. 순간 가슴이 아려왔다. 금방이라도 눈물이 쏟아질 것 같아, 즈화는 얼른 고개를 젖혀 하늘을 올려다보았다.

당시엔 즈화도 여간 놀란 게 아니어서, 미처 런쇼우를 일으킬 생각조차 하지 못하고 있었다. 치우위엔이 나서 황망히 그를 일으키며 말했다. "당신도…… 이럴 것까진 없잖아요……."

그 뒤론 아무도 입을 열지 않았다. 치우위엔은 조용히 마당의 물건들을 정리했고, 가족들은 말없이 집 안으로 들어가 저녁 준비를 했다. 런쇼우가 비름으로 죽을 한 냄비 끓였다. 죽은 붉고도, 붉었다. 선홍빛 물 사이로 뽀얀 쌀알이 이따금 고개를 내밀며 눈부신 자태를 드러냈다.

낮 동안 내리쬐던 무더운 열기가 점차 사그라들었다. 집 옆 야트막한 흙담 위에선 나뭇가지들이 미풍에 한들한들 흔들리고, 반딧불이들은 머리 위를 선회하며 반짝이는 춤사위를 선보였다. 귀뚜라미들도 저마다 목청을 뽐내기 시작했다. 그러나 즈화의 기억 속에 남은 그날 밤의 풍경은 오직 적막뿐이었다. 숨이 막힐 듯한 적막…….

런쇼우는 예전 학교에 근무할 당시, 일주일에 한 번씩 집에 들렀다. 이야기를 맛깔나게 풀어내는 재주가 있던 그는, 올 때마다 아이들에게 옛날이야기를 들려주는 것이 으레 일이었다. 어떨 때는 해줄 얘깃거리가 진작에 바닥났는데도, 시치미를 뚝 떼고 앉아 다음 이야기를 궁리하는 척하고 있으면 즈화와 시잉은 그의 입만 뚫어져라 바라보았다. 그러다 그가 "자, 이제 시작할 테니 귀들 기울이거라. 예로부터 전해 내려오는 이 이야기는……." 하고 입을 떼면, 자매는 오늘 아버지의 이야깃거리가 다 떨어졌다는 걸 눈치채고 단박에 시무룩해졌다.

즈화와 시잉이 밖에 나갔다 돌아오면, 런쇼우는 어김없이 뒷면에 거울이 달린 옷솔을 들고 방에서 쫓아 나왔다. 그리곤 밖에서 묻어온 먼지가 남아 지저분할세라, 두 자매의 머리부터 발끝까지 꼼꼼히 솔질을 해주었다.

런쇼우는 아이들에게 단 한 번도 험한 말을 하거나 손찌검을 한 적이 없었다. 화를 내본 일도 없었다. 그랬던 아버지가 이토록 초라한 몰골로, 학교에 보내주지 못해 미안하다며 딸 앞에 무릎까지 꿇게 될 줄이야! 즈화는 공부에 대한 사무치는 갈망에 밤잠을 이루지 못했다. 하지만 아버지를 떠올릴 때마다 가슴이 저며와, 도대체 어찌해야 좋을지 갈피를 잡을 수 없었다.

설이 지나고 얼마 되지 않았을 무렵, 치우위엔이 즈화를 불러 심부름을 시켰다. "처마 밑 광주리에 모아 둔 오리털 있잖니, 그거 가서 내다 팔거라. 그리고 그 돈으로 글씨 쓸 석판도 사고, 머리 묶을 소 힘줄도 하나 사렴. 이제 너도 학교에 가야지.”

신이 난 즈화는 부리나케 질긴 황갈색 종이를 찾아 들고, 오리털을 단단히 싸서 길을 나섰다. 십 리나 되는 길을 걸어 고물상에 도착했지만, 오리털은 고작 닷 전 두 푼밖에 받지 못했다.

즈화의 머리는 땋아 내릴 수 있을 만큼 길었다. 소 힘줄은 한 푼이었는데, 하나를 사면 가운데를 잘라 두 가닥으로 나눠 쓸 수 있었다. 석판은 두 전, 석필은 한 푼이었다. 즈화는 또 두 푼을 주고 총요우빙[26]도 하나 샀다.

밥그릇만한 크기의 총요우빙 위에는 잘게 다진 파가 흩뿌려져 있었다. 노릇노릇하게 지져지며 피어오르는 고소한 냄새가 코끝을 찔렀다. 즈화는 나이 지긋한 주인장이 총요우빙을 종이에 싸는 모습을 지켜보고 있다가 조심스레 받아들었다. 하마터면 침이 뚝 떨어질 뻔했다. 손에 건네받던 그 순간, 당장이라도 한입 베어 물고 싶은 마음이 굴뚝 같았지만 꾹 참고 겉의 종이를 다시 한번 곱게 여며 주었다. 이건 남동생들에게 줄 것이다. 남은 돈은 엄마께 가져다드릴 것이다. 집으로 돌아오는 길, 즈화는 몇 번이고 총요우빙을 꺼내 코에 대고 냄새를 맡아 보았다. 침이 고이면, 목뒤로 꾹꾹 눌러 삼켰다. 꿀꺽꿀꺽 침 넘어가는 소리가 귓속에 또렷이 울려 퍼졌다.

---

26. 밀가루 반죽을 호떡 모양으로 얇게 빚어 다진 파를 뿌리고 기름에 지진 부침 음식.

6.

드디어, 오매불망 손꼽아 기다리던 그날이 찾아왔다.

즈화는 이미 나이가 제법 있던지라, 1학년부터 시작하는 건 아무래도 무리가 있어 보였다. 스스로 생각해도 그건 좀 민망한 일이었다. 학교와 상의한 끝에, 우선 4학년 2학기 반으로 편입한 뒤 나중에 완전 소학교로 옮겨 5학년에 올라가기로 결정되었다.[27]

4학년 수업을 따라가기 시작하면서 어문 과목은 제법 수월했지만, 산수에서는 조금 애를 먹었다. 한 번은 산수 시간에 선생님이 문제를 내주며, 다 푼 학생은 손을 들라고 했다. 즈화는 이미 풀이를 마쳤지만, 자신이 없어 한참을 머뭇거리다 끝내 손을 들지 못했다.

---

27. 저자 주: 당시 비교적 규모가 큰 향촌 소학교에만 6학년 학급이 있었다. 이렇게 6학년까지 있는 소학교를 "완전 소학교"라 불렀다.

"양즈화는 못 풀었나 보구나?" 선생님의 말에 즈화는 얼굴이 벌겋게 달아오르며 고개도 들지 못할 만큼 부끄러워졌다.

그날부터 즈화는 뒷간에 다녀올 때를 빼고는 줄곧 자리를 지키고 앉아, 모르는 문제는 선생님께 여쭤가며 산수 공부에 매달렸다. 그 결과 성적이 눈에 띄게 올랐고, 시험을 칠 때마다 단 한 번도 일등 자리를 놓친 적이 없었다.

4학년을 마치고, 즈화는 완전 소학교로 전학을 가야 했다. 학교는 산 하나를 넘어, 집에서 열두 리쯤 떨어진 곳에 있었다.

완전 소학교에 들어가려면 시험을 치러야 했다. 시험을 치른 후, 치우위엔이 즈화를 대신해 합격자 명단을 보러 나섰다. 치우위엔은 명단에서 즈화의 이름을 확인하고는, 곧바로 하얀 바탕에 녹색 격자무늬가 새겨진 옥양목 천 세 자를 끊어다 윗도리 하나를 만들기 시작했다. 그런데 마침 주문받아 놓은 다른 옷까지 만드느라 마음이 급해진 탓에, 그만 마름질을 잘못하고 말았다. 즈화에게 입혀보니, 밑단이 뚝 잘려 나간 듯 짜름했다. 궁여지책으로 자투리 천을 이어 붙여 길이를 늘이고, 양옆 이음새 아래에는 주름을 잡아 모양을 냈다.

집에는 아직 한 번도 기운 적 없는 검은 옥양목 바지가 하나 있었다. 매일 아침, 즈화는 이렇게 한 벌 옷을 갖춰 입고 학교에 갔다가, 저녁에 돌아오면 곧장 벗어 빨아 널었다. 그리고 다음 날 아침 마른 옷을 다시 챙겨 입고 등굣길에 올랐다.

9월 초가 되자, 새벽 다섯 시만 되어도 날이 훤히 밝았다. 즈화는 녹색 격자무늬 상의에 검은 옥양목 바지를 차려입고, 더할 나위 없는 행복감에 젖어 학교로 발걸음을 옮겼다. 시리도록 푸른 하늘과 자연이 뿜어내는 싱그러운 초록빛, 거기에 발가벗겨진 산턱의 붉은 흙이 선명한 대비를 이루고 있었다. 개똥을 주워 담을 바구니를 손에 든 노인과, 부스스한 눈을 비비며 하품하는 꼬마 목동이 차례로 집에서 나와 들판 저 멀리로 사라졌다.

날이 슬슬 추워지며, 동이 트는 시간도 점점 늦어졌다. 이제는 학교에 가려면 날이 밝기 전에 일어나야 했다. 즈화는 등잔불을 켜고 장작에 불을 붙인 뒤, 재빨리 등잔불을 껐다. 그리곤 앉은뱅이 걸상에 걸터앉아 아궁이에 나뭇가지와 나뭇잎들을 찬찬히 밀어넣었다. 간간이 불꽃이 타닥거리며 튀어 올랐다.

솥에 보글보글 물이 끓기 시작하면, 파란 채소잎과 몇 톨 안 되는 쌀알들이 위아래로 떠올랐다 가라앉았다 분주해졌다. 죽이 다 되면 한 그릇 퍼서 아궁이 불을 빛 삼아 그 곁에 앉아 먹었다. 기름을 아끼느라 등잔불은 켤 수 없었다. 벽 위로 아궁이 불이 만들어낸 즈화의 거대한 그림자가 드리워졌다.

즈화는 점심밥으로, 치우위엔이 전날 미리 볶아 둔 보리 한 그릇을 작은 천 주머니에 담아 가방에 넣었다. 그리고 가방을 둘러매고 살그머니 문을 열고 밖으로 나가, 다시 살그머니 문을 닫은 뒤 학교로 향했다. 집에 시계가 없다 보니 정확한 시간을 알 길이 없어, 학교 문이 채 열리기 전에 도착한 적도 여러 번 있었다.

즈화는 치우위엔이 더 많은 일감을 받을 수 있도록 돕기 위해, 해질 무렵 집에 돌아오면 가방을 내려놓기가 무섭게 옷을 갈아입고 서둘러 밖으로 나가 일을 시작했다. 땔감을 줍고, 텃밭에 나가 김도 매고 물도 주었다. 날이 어두워질 때까지 바삐 손을 놀리다가, 집에 들어와 다시 저녁 준비에 나섰다. 밥은 런쇼우가 미리 지어 놓았다.

집에는 두부 반 모쯤 되는 크기의 비곗덩어리가 하나 있었다. 음식을 볶기 전에 솥에 슥슥 문질러 주면, 바닥에 기름이 얇게 입혀졌다. 시간이 흐르면서 비계의 겉면에는 누렇게 익은 막이 한 겹 덧씌워졌고, 고소한 냄새가 퍼져 나와 코끝을 간질였다. 즈화는 음식을 할 때마다 그 냄새에 침이 절로 고였다. 그러던 어느 날, 기어이 유혹을 이기지 못하고 비계에서 아주 얇은 조각 하나를 잘라내 입에 넣었다. 아껴가며 천천히 씹었다. 그 귀한 맛을 좀 더 오래도록 음미하고 싶었는데, 조각이 워낙 얇고 작았던지라 아이쿠 하는 사이, 그만 목구멍을 타고 쑥 넘어가 버렸다.

이렇게 두 번을 더 하고 나니, 비계는 눈에 띄게 작아져 있었다. 하루는 치우위엔이 들어와 부뚜막 위의 비계를 보곤, 한창 식사 준비 중이던 즈화에게 말을 건넸다. "이번 비계는 왜 이리 쉽게 닳는다니. 그새 많이도 작아졌네."

즈화는 감히 뭐라 대꾸할 엄두도 내지 못하고, 등을 돌리고 선 채로 짐짓 요리에 열중하는 척했다.

저녁상을 치우자마자, 즈화와 치우위엔은 등잔 하나에 의지

해 부탁받은 바느질 일을 손에 들었다. 옷단을 수선하고, 신발 밑
창이며 버선 바닥도 덧댔다. 얼마 지나지 않아 즈화는 연신 하품
을 하며 고개를 앞으로 푹 떨궜다가, 이내 번쩍 쳐들었다가 또다
시 고꾸라지기를 반복했다. 모녀는 매일같이 한밤중이 되어서야
겨우 몸을 뉘일 수 있었다.

먹는 것도 부실한 데다 잠까지 부족하니, 즈화는 툭하면 어지
럼증이 나고, 팔다리가 풀리며 온몸에서 기운이 쑥 빠져나갔다.
의자에 몸을 붙이기만 하면 스르르 잠이 쏟아졌다. 졸음을 떨쳐
내기 위해, 누가 시키지도 않았는데 스스로 교실 뒤편으로 가 벽
에 기대선 채 수업을 듣곤 했다.

한번은 담임인 리 선생이 즈화 곁으로 다가와, 어깨를 톡톡
두드렸다. 고개를 들어 선생님과 눈이 마주친 순간, 즈화의 얼굴
엔 긴장과 부끄러움이 한꺼번에 스며들었다.

리 선생이 조용히 물었다. "양즈화, 혹시 어디 아프니? 왜 이
렇게 맥을 못 추니?"

리 선생은 전부터 줄곧 즈화에게 관심을 가지고 따듯하게 대
해주었다. 즈화는 그런 선생님 앞에서 자신이 처한 사정을 하나
하나 털어 놓았다.

얘기를 다 듣고 난 그의 얼굴에 안타까운 기색이 어렸다. "이
따가 벽 쪽으로 자리를 바꿔 주마. 벽에 기대고 있으면 그나마 좀
낫지 않겠니."

즈화는 천천히 고개를 떨구었다. 목에 뭔가 콱 걸리는 듯하더

니, 이내 눈가에 눈물이 고였다. 그 순간 즈화는 처음으로 스스로가 참 가엾다는 생각이 들었다.

바야흐로 하루를 나기도 점점 더 버거워지는 겨울이 찾아왔다. 아침에 일어나면 몸에 걸칠 솜옷 하나 없어 온몸이 덜덜 떨리고, 위아랫니가 절로 딱딱 맞부딪쳤다. 그러던 어느 날, 치우위엔이 즈화를 부르더니 침대 위에 놓여 있던 동생들의 낡은 기저귀 천을 집어 들었다. 그녀는 기저귀 양 끝에 끈을 달아 아쉬운 대로 솜옷 대신이라며 즈화의 몸에 둘러주고, 그 위에 다시 겉옷을 입혀 주었다.

포근한 기운이 금세 품속을 파고들었다. 즈화는 기분이 좋아 외쳤다. "정말 따뜻해요, 엄마!"

"아무리 궁리해 봐도, 이 방법밖엔 떠오르지 않더구나. 네가 따뜻하다니, 그걸로 됐다." 치우위엔의 말에 즈화가 보탰다. "따뜻하고 말고요. 올 겨울은 잘 날 수 있겠어요!"

어느 아침이었다. 유유히 불어오는 북풍을 마주하며 학교로 향하던 길, 돌연 굵은 눈발이 퍼붓듯 쏟아지기 시작했다. 가까운 곳이고 먼 곳이고 할 것 없이, 눈이 내려앉을 수 있는 곳은 어디고 순식간에 하얗게 뒤덮였다. 즈화는 나뭇가지 하나를 꺾어 들고, 몸에 내려앉는 눈을 수시로 털어냈다. 갈아입을 옷 한 벌 없는 처지였기에, 옷이 흠뻑 젖기라도 하면 큰일이었다. 신발은 벗어 가방에 넣고 얼음장 같은 눈밭 위를 맨발로 걸었다. 점점 쌓여가는 눈 위로 발을 내디딜 때마다, 발밑에서 뽀득뽀득 소리가 울렸다. 얼마 지나지 않아 발이 얼어붙은 듯 감각을 잃어갔다.

때마침 리 선생이 겨우겨우 학교에 도착한 즈화를 발견했다. 잠시 뒤, 그가 따듯하게 데운 물이 담긴 법랑 대야를 들고, 한쪽 팔에는 수건을 걸치고 뚜벅뚜벅 다가왔다. "양즈화, 얼른 여기에 발 담그거라. 날이 얼마나 추운데⋯⋯." 그처럼 좋은 법랑 대야에 발을 넣으려니 아깝고도 송구스러웠다. 리 선생이 재촉했다. "왜 멍하니 그러고 있어. 어서 넣으라니까! 물 다 식겠다." 그의 재촉에 즈화는 천천히 발을 물속에 담갔다. 따스한 온기가 가슴까지 퍼져 올라왔다. 눈시울이 뜨거워졌다. 즈화는 아무 말도 할 수 없었다.

학교가 파하고 집으로 돌아오는 길에도 즈화는 여전히 맨발이었다. 어찌 됐든, 유일하게 멀쩡한 이 신발을 젖게 둘 수는 없는 노릇이었다. 집에 돌아온 즈화는 물을 펄펄 끓였다. 뜨거운 물에 발을 담그면, 발의 통증을 가라앉힐 수 있을 거라 여긴 것이다. 허나 누가 알았으랴. 얼어붙은 발이 갑작스레 뜨거운 물에 닿는 순간, 수백 수천 개의 바늘이 살을 마구 쑤셔대는 듯한 고통이 몰려왔다. 즈화는 참지 못하고 그만 그 자리에서 목 놓아 울어 버렸다.

겨울이 가고, 만물이 소생하는 봄이 돌아왔다.

동이 트면 즈화는 이슬방울이 알알이 맺힌 풀밭을 맨발로 밟으며, 신바람이 나서 학교로 향했다. 끝없이 펼쳐진 푸른 하늘을 보고 있노라면, 절로 힘이 솟는 듯했다. 공부를 할 수 있다는 것이 얼마나 행복한 일인지!

그날 담임인 리 선생과 체육 담당 따이 선생이 반 아이들을 데리고 산으로 소풍을 나갔다. 산 정상에는 반 친구 하나가 미리 꽂아 둔 붉은 깃발이 바람에 나부끼고 있었다. 아이들은 산기슭에 도착하자마자 앞다투어 정상을 향해 내달렸다. 그 모습은 흡사 기를 쓰고 고지를 점령하려는 전사들을 방불케 했다.

산 중턱쯤 올랐을까. 즈화의 온몸은 식은땀으로 흠뻑 젖어 있었다. 배고픔이 극에 달한 나머지 위경련이 일어나, 더는 한 발짝도 옮길 수 없는 지경이 되었다. 결국 길옆 풀밭에 잔뜩 몸을 웅크린 채 누워버렸다. 더없이 좋은 날이었다. 포근한 햇살이 온몸을 감싸고, 공기 속 달큰한 내음과 부드러운 바람이 즈화를 살포시 스치고 지나갔다.

비몽사몽, 의식이 아득해지는 가운데, 귓가에 같은 말이 자꾸 맴돌았다. "이렇게 죽는가 보구나…이렇게 죽는구나…" 그 소리는 마치, 다른 세계에서 들려오는 듯했다.

별안간 누군가 애타게 자신의 이름을 부르는 소리가 또렷이 귓가에 울렸다. 즈화는 흠칫 몸을 떨며 눈을 떴다. 리 선생이 근심 어린 얼굴로 곁에 서서 자신을 내려다보고 있었다. 미소라도 지어 보이고 싶었지만, 그럴 기운조차 없었다.

리 선생이 주머니에서 밀전병이 든 봉투를 꺼내 즈화에게 내밀었다. "얼른, 이거라도 먹어보렴. 좀 나아질 거야."

체면이고 뭐고 없었다. 두말없이 밀전병을 받아 입 안에 마구 밀어 넣고, 목을 길게 늘여가며 꿀떡꿀떡 집어삼켰다. 리 선생이 어깨에 메고 있던 군용 물병을 내려 즈화에게 건넸다. 즈화는 두 손으로 물병을 움켜쥔 채, 고개를 번쩍 쳐들고 벌컥벌컥 들이켰다. 빠져나갔던 생명이 다시금 몸 안으로 흘러들어오는 듯했다.

즈화가 안간힘을 쓰며 자리에서 일어나려 하자, 리 선생이 말렸다. "서두를 것 없으니, 좀 더 누워 있으렴." 즈화는 입가를 훔치며, 민망한 듯 선생님을 향해 웃어 보였다.

얼마간 진정이 된 후에, 즈화가 입을 열었다. 집에 먹을 것이 하나도 남지 않아, 오늘 아무것도 먹지 못했노라고. 오라비가 봉급과 식량 배급표를 아껴 두었다가 집에 보내주지 않는다면, 온 식구가 굶어 죽을지도 모른다고.

리 선생은 고개를 끄덕이며 즈화의 이야기를 들어 주었다. "즈화야, 너는 시험마다 모두 5점을 받았기 때문에, 이번 학기에 장학금 1원을 받게 됐단다. 이번에 그 돈을 바로 가져가지 말고, 나한테 잠시 맡겨 두는 게 어떻겠니? 그럼 혹시 다음 학기에 집에서 학비를 대줄 형편이 안 되더라도, 그 돈으로 너는 계속 학교에 다닐 수 있을 테니 말이다. 이제 한 학기만 더 다니면 졸업이잖니. 끝까지 포기하지 말고, 공부를 꼭 마치자꾸나!" 즈화는 자신을 생각해주는 선생님의 마음을 잘 알고 있었기에, 그 말에 따르기로 했다.

소풍을 마치고 돌아온 뒤, 리 선생이 즈화를 붙잡으며 같이

점심을 먹고 가라고 권했다. 당시 교사들에게 제공되던 사발밥[28]
은 한 그릇당 배분받을 수 있는 쌀의 최대치가 세 냥이었다.[29] 리
선생은 그중 절반가량을 푹 퍼서 즈화에게 내주었다. 쌀 한 냥
반으로 지어낸 사발밥 덕분에, 즈화는 기운을 완전히 되찾을 수
있었다.

눈 깜짝할 새 겨울 방학이 찾아왔다. 텃밭 채소는 이미 동난
지 오래였고, 식구들은 며칠째 굶다시피 하고 있었다. 즈화는 배
고픔에 지쳐가는 동생들을 더는 내버려 둘 수 없었다. 결국 열두
리 길을 달려가, 선생님에게 맡겨 두었던 장학금 1원을 받아 왔
다. 그리고 그 돈으로 쌀 몇십 근을 사 들고 집으로 돌아왔다.

학교를 졸업하던 날, 즈화는 아쉬움에 차마 발길이 떨어지지
않았다.

---

28. 인민공사 시절 공공식당에 함께 모여 식사할 때의 배분 방식으로, 사발-보통 자기로 되어 있음-마
    다 각자 할당량만큼 쌀을 넣고 물을 부은 뒤, 커다란 찜기에 수십 개의 사발을 동시에 넣고 찐다.
    노동 등급에 따라 할당되는 쌀의 양이 달라진다.
29. 兩(냥) : 무게 단위. 현재 1냥은 통상 50그램에 해당하며, 과거에는 더 적은 양이었다고 한다.

7.

황니충에 이사 오고 얼마 되지 않았을 무렵, 만 부인은 장남인 푸핑에게 색시를 하나 얻어 주었다.

때는 음력 11월, 유난히도 추운 날이었다. 며칠을 줄기차게 내리던 겨울비가 마침내 그치고, 버둥질하던 태양이 그예 구름을 뚫고 나와 일시에 대지를 환히 비추었다.

그때 대나무 가마를 멘 두 사람이 청석이 깔린 마당으로 들어서더니 가마를 내려놓았다. 스무 살쯤 되어 보이는 처녀 하나가 꽃무늬 보따리를 들고 가마에서 내려섰다. 처녀는 가마꾼의 손에 이끌려 만 부인네 집 안으로 들어갔다.

이 처자가 바로 푸핑의 색싯감이었다. 키는 멀대처럼 크고, 앙상하게 마른 몸엔 어디 한 군데 풍만한 데라곤 없었다. 그나마 봐줄 만한 건 하얀 피부였지만, 그마저도 길쭉한 말상 얼굴은 핏기 하나 없이 창백했다. 곱게 땋아 허리까지 늘어뜨린 두 갈래 머리도, 그녀에게 여인으로서의 아름다움을 더해 주진 못했다. 아무리 눈을 씻고 뜯어보아도 영 볼품없는 외모였다.

새 신부는 나무로 만든 양동이라든지, 족욕 대야 같은 최소한의 혼수조차 챙겨 오질 못했다. 이 사실 하나만으로도, 만 씨 부부가 며느리를 업신여길 구실은 충분했다. 그녀가 집 안에 발을 들이던 그 순간부터, 그들은 다정한 눈길 한번을 주지 않았다.

그녀는 몰락한 지주 가문의 딸이었다. 아비는 아편에 중독되었고, 오라비는 하는 일 없이 놀고먹으며 그 많던 가산을 몽땅 탕진해 버렸다. 어미는 화병을 얻어 비참한 죽음을 맞았고, 토지 개혁이 시행되면서 그녀의 집안은 몰락한 지주 계급으로 분류되었다.

본래 그녀에게는 '왕쑤윈'—왕 왕(王), 하얀 소(素), 구름 운(雲)—이라는, 맑갛고 고운 이름이 있었다. 하지만 만 씨 일가는 그 이름 대신, 그녀를 '만춘타오'—가득할 만(滿), 봄 춘(春), 복숭아 도(桃)—라 부르기 시작했다.

며느리를 들인 뒤로, 만 부인은 시어머니 된 유세를 한껏 부리며 손가락 하나 까딱할 생각을 하지 않았다. 춘타오는 아침부터 저녁까지 쉴 새 없이 일만 했다. 집안일만 해도 빨래에 식사 준비, 돼지 밥 주기, 거기에 더해 정성껏 차를 끓여 시부모 앞에 대령하고, 담뱃대를 시아버지 손에다 쥐여 주고 종이 심지로 불을 붙여 주는 일까지 해야 했다. 이 일들을 다 마치고 나면, 다시 텃밭으로 나가 잡초를 고르고, 채소를 가꾸고, 논에 나가 김을 매고, 땔나무를 해오는 일까지 모조리 그녀의 몫이었다.

이렇듯 잠시 숨 돌릴 틈도 없이 종일 일을 하고도, 돌아오는 건 욕지거리뿐이었다. 때로는 매를 맞는 날도 있었다. 남편 푸핑은 부모가 하는 대로 휩쓸려, 아내를 생판 남처럼 대하며 조금도 아껴줄 줄 몰랐다. 만 씨 집안에서 그녀는, 자신이 키우는 돼지만도 못한 대접을 받았다.

그야말로 고된 나날이었다. 그렇다고 몸 하나 붙일 곳 없는 친정으로 돌아갈 수도 없었다. 그녀의 오라비는 끼니조차 제대로 잇지 못하는, 말 그대로 거지보다도 못한 처지였다.

시집온 지 몇 달이 지나 춘타오에게 아이가 들어섰다. 행여 아들을 낳기라도 하면 삶이 지금보다는 나아지지 않을까, 한 가닥 희망이 보이는 듯했다.

열 달이 지난 어느 날 아이가 태어났다. 그날 춘타오는 진통에 시달리며 침대 위를 데굴데굴 구르다가, 끝내 발작을 일으켰다. 만 부인은 모르는 척했다. "아이고, 아이고" 춘타오는 고통을 이기지 못하고 침대 위에서 울부짖었다.

그런데도 만 부인은 들어와 보기는커녕, 한술 더 떠 대나무 막대기를 들고 창문 위 나무 창살을 사정없이 내려치며 악다구니를 퍼부었다. "왜 소리는 지르고 지랄이야! 자꾸 소리 지를래? 누군 애 한 번 안 낳아 본 줄 아나, 니년 혼자 애 낳는다냐? 남들은 쑥쑥 잘만 놓더구만. 아주 동네방네 소문내고 싶어서 지랄을 하네, 지랄을! 동네 사내놈들 죄 불러다 놓고, 가랑이 쩍 벌리고 있는 그 꼬라질 보여주고 싶어서 니가 아주 환장을 했구나! 어디 부끄러운 줄도 모르고, 이 갈보 같은 년! 바닥에 굴러다니는 쓰레기 하나 똑바로 치우는 꼴을 못 보겠더만, 것들이 죄다 가랑이에 가 쑤셔 박혔나, 어째 애새끼 하나를 제대로 못 낳아! 거참, 꼴 좋다!"

만 부인이 쏟아내는 악담은 옆에서 듣기조차 민망할 지경이었다. 치우위엔이 그 소란을 듣고 있다가 런쇼우에게 말했다. "춘타오가 애를 낳으려나 봐요……." 한참을 망설이던 그녀는 춘타오의 고통에 찬 울부짖음을 더는 외면할 수 없었다. 그녀는 옆집으로 건너가 만 부인에게 허락을 구한 뒤, 춘타오의 방으로 들어갔다.

춘타오는 온몸이 땀에 절어 있었다. 그녀가 치우위엔을 바라보며 말했다. "량 선생님……, 저 이렇게 죽으려나 봐요. 아니, 죽어버리는 게 나을지도 모르겠어요. 너무 힘들어요……."

치우위엔이 그녀를 달랬다. "무섭겠지만, 원래 아이 낳을 땐 다들 그렇게 아파해요. 어서, 바지부터 좀 벗어 봐요. 내가 한번 보게."

춘타오가 바지를 내리자, 아이의 머리카락이 보였다. 치우위엔은 손을 씻은 뒤, 아이를 몇이나 낳아 본 경험을 떠올리며 손으로 그곳을 받치고는, 춘타오에게 힘을 주라고 말했다. 몇 번이나 꿍꿍 힘을 준 끝에 마침내 아이가 무사히 태어났다. 치우위엔은 헌 천으로 자루를 만들어, 나무와 풀을 태운 재를 채워 넣고 춘타오의 몸 아래에 깔았다. 자루 속의 재가 출산 후 흘러나오는 피를 흡수해 주었다.

아이를 낳은 지 한 달도 채 안 되었건만, 춘타오는 그새 자리를 털고 일어나 집 안팎을 오가며 일을 하기 시작했다. 그럼에도 계집아이를 낳은 일로 잔뜩 부아가 난 만 부인은 그녀가 나가도 욕, 들어와도 욕, 하루에도 몇 번씩이나 분풀이를 해댔다.

"애새끼를 낳아도 어쩜 밥만 축내는 딸년을 낳아가지고. 우리 만씨 집안에 아들 귀한 거 뻔히 알면서, 낳으라는 아들은 안 낳고 기어코 계집년을 싸질러 놓아? 내가 울화통이 터져 죽는 꼴을 보고 싶은 게냐?"

"죽는 꼴"이란 대목에선, 숨이 넘어갈 정도로 하도 악을 써댄 통에 목의 핏줄이 울뚝불뚝 솟구쳐 올랐다.

만 부인은 손녀딸이 있는 쪽은 거들떠보지도 않았다. 춘타오는 아이에게 '지엔따'—주울 검(撿), 큰 대(大)—라는 이름을 붙여 주었다. 간신히, 겨우 목숨을 부지하게 되었다는 뜻이었다.

8.

1953년, 토지개혁 재심사가 실시되었다. 이전의 경력이 들춰지면서 런쇼우는 '빈민'에서 '구 관리'로 등급이 바뀌었고, 결국 인민의 적으로 낙인찍히고 말았다.

팔월 말 어느 날 아침, 맞은편 산 위로 붉은 태양이 막 모습을 드러낸 때였다. 큰길 쪽에서 한 무리의 사람들이 기세등등하게 치우위엔의 집을 향해 몰려오는 것이 보였다. 하나같이 서슬 퍼런 얼굴을 하고 눈을 부라리며, 집 안으로 들이닥쳤다. 그들은 치우위엔을 거들떠보지도 않은 채 다짜고짜 집 안의 물건들을 밖으로 옮기기 시작했다. 순식간에 집 안이 텅 비어버렸다. 토지개혁이 시작된 이후 숱하게 보아 온 장면이었기에, 런쇼우도 치우위엔도 어찌 된 영문인지 금세 알아차릴 수 있었다. 이른바 '재산을 몰수하고 집에서 쫓아내는' 행위였다. 그나마 다행이라면, 재산은 몰수당했지만 집에서까지 내쫓기지는 않았다는 점이었다.

치우위엔의 낡은 지갑을 집어 든 만 부인은 안쪽을 몇 번이고 더듬질하더니, 이내 실망스러운 기색을 감추지 못했다. 런쇼우 일가는 누구 하나 감히 입도 떼지 못하고, 벽에 등을 기댄 채 조용히 서 있기만 했다. 그러다 전연 예상치 못한 일이 벌어졌다. 만 씨네 장남 푸핑이 포승줄을 꺼내 들더니, 런쇼우의 양팔을 꺾어 등 뒤로 묶는 것이었다. "물건들은 오후에 향 정부로 보내도록 하지." 그는 이 한마디를 남기고는 런쇼우를 끌고 가버렸다.

사람들이 모두 떠나간 뒤, 치우위엔과 즈화는 집을 정리하기 시작했다. 침실엔 누덕누덕 기운 이불 한 채와 헌 옷가지 몇 벌만이 나뒹굴고 있었다. 그럭저럭 쓸 만했던 목재 침대는 그들이 가져갔고, 금방이라도 쓰러질 듯한 기둥 침대만 덩그러니 남아 있었다. 부엌엔 이 빠진 냄비 하나만 덜렁 남기고, 나름 멀쩡해 보이던 그릇들은 모조리 쓸어가 버렸다.

점심때가 되었지만, 누구 하나 밥 먹을 생각을 하지 못했다. 도무지 밥이 목으로 넘어갈 것 같지 않았다. 치우위엔은 마지막 남은 이불 한 채와 런쇼우의 헌 옷 두 벌을 챙겨, 즈화의 손에 들려 향 정부로 보냈다.

런쇼우는 한 빈집에 갇혀 있었고, 문 앞에는 누군가가 지키고 서 있었다. 즈화는 그에게 물건을 들여가도 좋다는 허락을 받아냈다. 런쇼우는 흙빛이 된 얼굴로 방 한구석에 맥없이 주저앉아 있었다. 그는 즈화를 옆으로 불러, 목소리를 짓눌러가며 말했다.

"아마도 이번엔 내가 총살을 당할 것 같구나. 전임 향장들은 이미 모두 총살됐고, 촌장도 벌써 몇이나 죽었다더구나……. 내가 죽더라도 너무 슬퍼들 말거라. 내 아무리 백성들에게 해를 끼친 적이 없다고 해도, 국민당 정부를 위해 일한 건 사실이니, 그 대가를 치르는 것이 마땅하겠지. 국민당 정부가 얼마나 부패했는지는, 이 아비가 똑똑히 겪어봐서 잘 안다. 그에 비하면 공산당은 진심으로 백성들을 위하려 애쓰는 정부다. 가난한 사람들에게 땅도 주고, 집도 주고. 그 덕에 이제는 다들 옷 걱정, 밥 걱정 없이 살게 되었잖니. 인민 정부는 좋은 정부다. 그러니 너희도 정부 말 잘 듣고, 무슨 일이 있어도 정부에 해가 되는 일은 해서는 안 된다. 다만 너희 어머니는 나를 만나 여태껏 고생만 하며 살았으니, 그것이 못내 미안할 따름이구나. 내 다음 생에 다시 만나 반드시 보답하겠다고 전해다오. 이제 내가 죽고 나면, 그 신세가 더욱 딱해질 터이니……. 너희가 어머니 말씀 잘 듣고, 잘 모셔야 한다."

아버지의 긴 이야기를 들으며 즈화는 얼굴 가득 눈물을 흘렸다. 그러나 울음소리만은 꾹 삼켜냈다.

재산을 몰수당한 다음 날, 만 부인이 노기가 등등해 치우위엔을 찾아왔다.

"나 참, 지지리 복도 없지! 좋은 이웃 하나 들어와라 했더니만, 우라질 국민당 관리라니! 좋은 이웃은 개뿔. 그간 얼마나 많은 사람들을 괴롭히고 벗겨 먹었을지 알 게 뭐람. 내 그동안은 니 놈들한테 당하고 살았지만, 이젠 세상이 완전히 뒤집혔다고! 니들 같은 것들, 하나도 겁 안 나. 이제 우리가 주인이야. 주인답게 너희 같은 것들, 싹 다 뜯어 고쳐 줄 테니 두고 보라구!” 그러고는 치우위엔에게 손가락질을 해대며 쏘아붙였다. “관리 마나님이셨으니, 너도 똑같겠지. 좋은 사람일 리가 있겠어?”

그날부터 즈화와 동생들은 문밖에 나서기가 무서워졌다. 마당에 나가 노는 건 더더욱 엄두도 못 냈다. 물을 긷거나 나물을 캐러 갈 때면, 멀리 돌아가는 한이 있어도 일부러 산속 풀숲길을 헤치며 다녔다. 하지만 비 오는 날엔, 산비탈을 빽빽이 뒤덮은 잡초에 맺힌 물방울에 옷이 젖을까 봐, 어쩔 수 없이 만 부인네 대문과 같은 방향으로 난 앞문으로 드나들 수밖에 없었다.

한 번은 치우위엔이 대문을 나서다 그만 만 부인의 눈에 띄고 말았다. 만 부인은 치우위엔을 향해 고래고래 소리를 질렀다. “우리 구 관리 마님께서 또 뭔 행악질을 벌이러 나서는 길이실까? 아주 그냥, 그 면상만 봐도 욕지기가 콱 치받쳐 오른다니까! 이딴 인간들이랑 붙어 살아야 한다니. 무슨 마가 꼈는지, 하, 참말로 재수가 옴 붙었지!”

즈화 남매들이 눈에 띄기라도 하면 사정은 마찬가지였다. “구 관리 자제분들께서 뭘 하시려고 이렇게들 기어나오실까? 또 무슨 나쁜 짓을 꾸미려는 게야!”

그 시절 즈화와 동생들은 스스로를 집 안에 가둔 채, 여간해서는 바깥출입을 하지 않고 지냈다. 그야말로 닭장에 갇힌 닭 신세나 다름없었다.

9.

인민 해방 초창기, 쓰 영감은 '중농'으로 분류되었었다. 그러다 토지개혁 재심사가 실시되면서, '부농'으로 한 등급 올라갔다. 부농 역시 인민의 적이었다. 재심사 결과가 발표되던 날, 한 무리의 사람들이 쓰 영감 집 앞에 몰려들어 처분 명령이 떨어지기만을 기다리고 있었다.

잠시 후, 당옥에 있던 쓰 영감이 양팔이 뒤로 묶인 채 끌려 나왔다. 그는 고개를 푹 숙이고 선 채 군중들에게 에워싸였다. 곧바로 투쟁 대회가 시작됐다. 첫마디부터 다짜고짜 금이 얼마 있느냐, 어디다 감춰뒀느냐며 몰아세웠다. 쓰 영감이 금은 없노라고 딱 잘라 말하자, 군중들은 일제히 들끓었다. 대장이 "뒤져!"하고 외치자, 누군가 쓰 영감의 허리춤에 있던 황록색 구리 열쇠를 낚아챘고, 사람들이 그 뒤를 따라 벌떼처럼 침실로 돌진했다.

방 안에는 오래된 낡은 목제 침대가 한쪽 벽을 따라 놓여 있었고, 그 위엔 이불 한 무더기가 어지럽게 널려 있었다. 맞은편 벽에 괴어 놓은 청석판 위에는 크기도 높이도 제각각인 단지며 깡통, 그릇들이 어수선하게 놓여 있었다. 그 안엔 일상 용품이라든가, 쌀, 밀가루, 간장, 소금 같은 조미료들이 들어 있었다. 침대 모서리 위쪽 벽엔 대꼬챙이로 만든 못이 몇 개 박혀 있었고, 거기엔 철마다 갈아입을 옷가지가 담긴 자루들이 걸려 있었다. 침대 밑에는 똥통 두 개가 놓여 있었는데, 둘 다 똥오줌으로 넘치기 직전이었다. 지독한 냄새가 코를 찔렀다. 사람들은 집 안의 물건들을 모조리 당옥으로 옮겨 와, 하나하나 들춰 보기 시작했다. 똥통은 빙타오를 시켜 비우게 했다.

어디에서도 금은 나오지 않았다. 그때 누군가 바닥을 파보자는 의견을 냈고, 곧바로 삽질이 시작됐다. 침실 한복판에 순식간에 커다란 구덩이 하나가 파였다. 한쪽으로 밀려나 있던 쓰 영감은 주름투성이 얼굴 위로 눈물을 뚝뚝 흘렸다. 다들 숨이 턱에 차고, 등이 땀에 흠뻑 젖도록 침실 바닥을 파고 또 팠지만, 금 쪼가리 하나 나오지 않았다.

사람들은 떠나기 전 침실 문에 봉인표를 붙이고는 쓰 영감과 손자를 초가집으로 내쫓았다.

빙타오는 사람들이 황소를 끌고 가는 걸 보고서야 소도 몰수 대상이었구나 퍼뜩 깨달았다. 그는 헐레벌떡 황소 곁으로 달려가, 눈물을 뚝뚝 흘리며 그 등을 하염없이 쓰다듬었다. 소가 없으면, 이번 겨울을 도대체 어떻게 나야 한단 말인가!

저녁 무렵, 다시 투쟁 대회가 열렸다. 유난히 매서운 추위 속에, 쓰 영감은 당옥 한가운데 세워졌다. 대청을 가르며 불어오는 바람이 장포 자락을 들추자, 가랑이가 무릎까지 늘어진 속잠방이 아래로 장작개비처럼 앙상한 두 다리가 드러났다. 쓰 영감의 눈에서 끈적한 눈물이 흘러내렸다. 그는 거칠어진 손으로 연방 눈물을 훔쳐냈고, 두 다리는 주체할 수 없이 바들바들 떨고 있었다.

쓰 영감이 입을 열었다. "나한텐 참말로 금이 없단 말이오. 날 때려죽인다 한들, 없는 금을 무슨 수로 내놓으란 말이오."

군중들은 하나같이 그가 거짓말을 하고 있다고 확신했고, 몸으로 당해 봐야 입을 열 것이라 여겼다. 누군가 커다란 물독 하나를 지고 오더니 안에 미꾸라지 한 마리를 풀어 넣었다. 그리곤 쓰 영감더러 옷을 벗고 들어가 잡아 오라고 명령했다. 빙타오는 후닥닥 할아버지에게로 달려가 옷을 벗지 못하도록 두 팔로 와락 끌어안았다. 쓰 영감이 빙타오의 어깨를 가만히 두드리며 말했다. "걱정 말거라. 이 할애비는 견뎌낼 수 있어." 그는 입고 있던 누빔 장포를 벗어 빙타오의 어깨에 자상하게 덮어주며, 나직한 목소리로 말했다. "어쩌면 여기서 그냥 얼어 죽는 게 더 나을런지도 모르겠구나…"

쓰 영감이 물독에 몸을 담갔다. 온몸이 부르르 떨리고, 이가 절로 딱딱 울렸다. 미꾸라지를 잡기는커녕, 몸을 바로 가누기도

힘겨웠다. 한 사람이 쓰 영감을 부축해 물독에서 꺼내주며 잘 생
각해 보라고, 지금이라도 늦지 않았으니 마음을 바꿔 금을 내놓
는 게 어떻겠냐며 종용하였다.

시간이 지나면서 사람들도 차츰 추위에 못 이겨, 하나둘 집으
로 흩어졌다.

빙타오는 할아버지를 부축해 초가집 안으로 모셔 왔다. 볏짚
위에 할아버지를 조심스레 눕히고, 곰삭은 이불솜을 끌어다 덮
어드렸다. 그리고는 그 옆에 몸을 바짝 붙이고 누웠다. "할아버
지, 금이 있으면 그냥 줘버려요. 그럼 더는 고생 안 해도 되잖아
요."

"빙타오야, 이 할애비한테 금 같은 게 있을 리가 있겠니. 금이
란 게 얼마나 비싼 물건인데! 나한테 있는 거라곤, 뒤뜰 움에 묻
어 둔 굵은 소금 네 항아리가 전부란다." 쓰 영감이 탄식하듯 말
했다. "이게 다 그 점쟁이 놈 때문이야. 사람들이 그놈 말만 믿고
나한테 정말 금이 있다고 여긴 탓에, 오늘 이런 화를 당하게 된
게야."

간부들은 하루가 멀다 하고 금을 내놓으라며 협박했다. "계
속 이런 식으로 나오다간, 또 몸이 고생을 하게 될 텐데. 그때 가
서 우릴 야박하다 원망 마시오."

쓰 영감이 대답했다. "있지도 않은 금을 당최 어찌 내놓으란
말이오."

어느 날 오전, 쓰 영감은 양쪽 엄지손가락이 삼끈에 묶인 채

로, 생산대[30] 본부 문 앞에 서 있는 커다란 녹나무에 매달렸다. 그는 절규했다. 얼굴에선 땀이 비 오듯 뚝뚝 떨어졌고, 누빔 장포는 홀딱 젖어 바람이 불 때마다 온몸이 덜덜 떨렸다. 그러기를 한참, 그는 그만 고개가 푹 꺾이더니 끝내 정신을 잃고 말았다. 그 뒤의 일은 아무것도 기억하지 못했다. 빙타오는 몇 번이고 뛰쳐나가 할아버지를 받쳐 들려 했지만, 매번 사람들이 가로막아 섰다.

빙타오는 할아버지를 바라보며 생각했다. '사람이 죽고 나면 소금이 다 무슨 소용이야? 지금은 뭣보다 할아버지 목숨부터 살려야 해!'

"우리 할아버지 놔주세요! 우리 집 뒤뜰 움에 물건이 있다고요!" 빙타오가 소리쳤다.

쓰 영감이 나무에서 내려졌다.

곧 사람들이 도구를 가져 와 움을 파기 시작했다. 뒤뜰에서 산까지 이어진 그 움은 족히 한 장[31]은 되는 길이로, 어른 하나가 겨우 비집고 들어갈 수 있을 정도로 몹시 좁았다. 사람들이 차례차례 교대하며 안으로 파고 들었다. 드디어, 여섯 번째 사람의 괭이 끝에서 단단한 무언가에 부딪치는 소리가 울렸다. 마지막으로 생산대 대장이 굴속으로 들어가 진흙을 조심스레 걷어내자, 항아리 하나가 모습을 드러냈다.

---

30. 생산대는 인민공사 체제에서 가장 작은 생산 단위로, 한 마을 또는 여러 가구(몇십 가구)로 구성되었다.
31. 1척(尺)의 10배로 3.33미터.

한 무리의 사람들이 움 입구 양쪽에 빽빽이 모여 서서, 목을 길게 빼고 발돋움질을 해대는 광경이라니. 상급 간부의 행차라도 기다리는 듯한 모습들이었다.

대장이 외쳤다. "다들 비켜 봐!"

사람들이 일제히 척척 뒤로 물러섰다. 대장은 몸을 돌려 항아리를 밖으로 밀어냈다. 항아리는 데굴데굴 타작마당까지 거침없이 굴러 내려가다가, 장해물에 부딪히며 비로소 멈춰 섰다. 그 와중에도 윗면을 덮고 있던 볏짚은 하나도 흐트러지지 않고 그대로였다. 직경이 두 자, 높이가 두 자 반쯤 되는 큰 항아리였다. 이 안에 정말 금이 가득 들어 있기라도 하다면, 실로 굉장한 일이었다! 후난성만한 땅을 통째로 사들이고도 남을 테니까.

대장의 분부가 떨어졌다. "아무도 항아리에 손댈 생각 말게!" 그리고는 다시 움 안으로 들어가 계속 파 들어갔다. 총 네 개의 항아리가 나왔다.

크기도 색도 똑같은 네 개의 항아리가 타작마당에 나란히 놓였다. 해가 이미 뉘엿뉘엿 서산으로 기울어가는데도, 사람들은 저녁밥도 잊은 채 기대와 흥분으로 들떠 있었다.

대장이 무리를 향해 항아리는 모두 모인 자리에서 열어볼 것이니, 우선 집으로 돌아가 저녁을 먹고 식사를 마치는 대로 다시 모이라고 지시했다. 그리고 사람 둘을 붙여 항아리 곁을 지키게 했다.

빙타오는 할아버지를 등에 업고, 한 걸음 한 걸음 무겁게 발을 옮겨가며 초가집으로 돌아왔다. 볏짚 위에 할아버지를 조심스레 내려놓고는, 누렇게 삭은 이불솜을 끌어다 덮으며 연신 목청을 높여 "할아버지!"를 외쳤다. 손주는 종내 할아버지의 대답을 듣고 나서야 밖으로 나갔다.

그리고는 어디서 구해 왔는지, 계란 두 개로 수란국을 끓여왔다. 찰랑찰랑 넘칠 듯 가득 퍼담은 국에는 다진 파와 유채씨기름까지 뿌려져 있었다. 노란 기름방울들이 작은 원이 되어, 꼬순내를 폴폴 풍기며 국물 위를 동동 떠다녔다. 계란 한입, 국물 한 숟갈, 또다시 계란 한입, 국물 한 숟갈…. 빙타오가 할아버지에게 한 입씩 떠먹여 주었다. 수란국은 순식간에 뱃속으로 자취를 감추었다. 쓰 영감은 혀로 입 주변을 싹싹 핥았다.

그때 빙타오의 배에서 꼬르륵 소리가 울렸다. "아유, 예전엔 수란국이 그렇게 맛있는 건 줄 미처 몰랐어요. 할아버지, 아무래도 이번 겨울에 병아리 몇 마리 사다 키울까 봐요. 겨울에 태어난 닭이 알을 잘 낳는다고들 하잖아요. 그럼 내년엔 우리도 매일 계란을 먹을 수 있겠죠? 앞으로 할아버진 농사일 나가지 말고, 그냥 집에서 나 밥해 주고, 닭이나 키우면서 지내세요. 내가 일 더 열심히 나가서, 노동 점수도 많이 받고……" 빙타오는 할아버지를 잡아 두려고 일부러 느린 말투로 조용조용 이야기를 이어갔다. 사람들이 할아버지의 소금을 가져가 버린 일은 아무래도 모르시게 하고 싶었다.

쓰 영감이 여태껏 한 번도 보인 적 없던 다정한 눈빛으로 손주를 바라보았다. "하아, 나 하나 죽는 건 아무 일도 아니란다. 벌써 환갑이 다 된 몸이니, 지금 죽는다 해도 단명은 아니잖으냐. 다만… 내 아직 이루지 못한 원이 하나 있어, 그게 마음에 걸리는구나."

"할아버지 원이 뭔데요?"

"네 짝을 아직 못 지어줬잖느냐. 얼굴도 못난 데다, 이런 일까지 생겨… 앞으로 색시 얻기가 더 여의치 않을까 걱정이구나."

"할아버지도 참, 뭐 벌써 그런 걱정을 하세요? 나 아직 스물도 안 됐는걸요. 서두를 것 하나 없어요. 설령 스무 살이 된다 해도, 서른이나 마흔 돼서 생길 일 지레 걱정하고 싶지도 않고요."

"얘야, 이 할애빈 말이다……. 너만 생각하면, 한없이 미안할 따름이다. 내 그간 있어도 누릴 줄을 몰라 사는 꼴이 말이 아니었잖느냐. 그런 할애비 때문에 어려서부터 좋은 옷 한 벌 제대로 못 입어보고, 고기 한번 배불리 못 먹어보고, 이제는 기어코 이런 사달까지 당하게 하니 말이다……." 말을 이어갈수록, 그의 눈앞이 자꾸만 흐려져 왔다.

빙타오는 명민한 아이인지라, 남의 속을 곧잘 헤아릴 줄 알았다. 그는 나무껍질처럼 거칠어진 손을 뻗어 할아버지의 눈물을 닦아 주었다.

"그만 우세요. 그만 울어. 누가 뭘 못 먹었다고 그래요. 내가 앞으로 정성껏 더 잘 모실라니까, 할아버진 마음 푹 놓고 계셔요. 할아버지 아니었음, 나도 이 세상에 없었을 거잖아요. 두 살 때

부모님 그렇게 돌아가시고, 소처럼 일해서 지금까지 날 키워준 게 누군데. 나 다 기억해요. 혼자 나다니다가 잘못될까 봐, 논머리에 있는 나무 그늘 밑에다 새끼끈으로 날 묶어 놓고 일하던 할아버지 모습. 새끼끈, 거, 묶기도 쉽지 않았을걸요? 꽉 묶으면 허리가 조일까 걱정, 헐겁게 묶으면 내가 빠져나가 물에라도 빠질까 걱정……. 아, 그것도 생각나요! 어렸을 때 우리 둘이 한 침대서 한 이불 덮고 잤잖아요. 할아버지한테 꼭 붙어 자면 얼마나 따시던지. 사실, 지금 날 외양간에 재우는 것도……. 내가 커서까지 오줌을 싸대는 바람에 할아버지까지 못 주무셔서 그런 거잖아요. 그러니까, 난 진짜, 할아버지 원망 안 해요."

그러다 갑자기 목소리를 확 낮추더니, 쓰 영감의 귀에 바짝 다가가 소곤소곤 속삭였다. "할아버지, 내가 외양간 벽 틈 사이에 일 원을 감춰둔 게 있거든요. 할아버지 집에 안 계실 때 고기 사먹으려고, 요전에 쌀을 몰래 좀 내다 팔았었는데……. 암튼 내가 그 돈으로, 내일 날 밝는 대로 읍내에 가서 고기 몇 근 끊어다가 푹 고아드릴게, 몸보신 좀 하세요." 쓰 영감이 가볍게 몸을 떨며 쩝쩝 소리를 냈다. 손주가 만들어 온 고기국을 이미 맛보고 있는 듯했다.

쓰 영감이 다시 기운 없는 목소리로 말을 꺼냈다. "원래는 벽에 걸린 낡은 자루 안에 오십팔 원이 들어 있었단다. 더 늘그막에 쓸 요량으로 아껴 모은 돈이었어… 그리고, 새 옷 두 벌도 넣어 뒀었는데… 하나는 내 수의고, 다른 하나는 너 색싯감 선뵈줄 때

입힐 옷이었단다. 근데 인제 그것들마저 죄다 뺏겨버리고 말았구나….” 그는 말을 하다 말고 또다시 흐느껴 울기 시작했다.

빙타오는 깊이 상심에 빠진 할아버지를 거듭 달래며 말했다.

“울지 마세요. 울지 마요. 사람들이 들으면 또 가만 안 둘 거예요. 그래도 목숨은 건졌으니 다행이잖아요. 목숨보다 귀한 게 어디 있대요? 할아버지, 앞으로 내가 채소도 좀 더 심고, 풀도 좀 더 베고 할게요. 그러다 농사일이 없을 땐 까짓것, 죽을 쫌 더 묽게 끓여 먹으면 되고요. 그렇게 아껴서 돈이 좀 모이면, 내가 꼭 할아버지 수의 한 벌 지어 드릴게요. 그리고 또 모아서, 나중에 할아버지 더 나이 들어서 쓸 돈도 해드리고……. 나, 다 생각이 있어요. 할아버지 돌아가시고 나면, 내가 장례를 아주 으리으리하게, 제대로 치러 드릴 거예요. 그래서 온 동네 사람들한테 보여줄 거예요. 이 빙타오가 얼마나 대단한 놈인지, 얼마나 양심바른 놈인지를! 그때 가면 서로들 시집오겠다고 난리일걸요?”

빙타오의 한바탕 너스레에, 쓰 영감의 얼굴엔 환한 웃음이 번졌다.

빙타오가 눈을 감으며 할아버지를 재촉했다. “할아버지, 얼른 주무셔요. 나도 내일 고기 사러 가려면 일찍 일어나야 하거든요.” 입을 다문 지 얼마나 지났을까, 번뜩 물어볼 말이 떠올랐다. “할아버지! 살코기로 사 올까요? 아님, 비곗살이 나으려나?” 쓰 영감이 바로 대답했다. “비곗살이 낫지. 암, 비곗살이 낫고말고. 기름이 좔좔한 게, 부들부들, 오래 씹을 필요도 없고 이빨에 낄

것도 없이 쑤욱 넘어가는 비곗살이 낫지." 대답을 마친 쓰 영감의 입 언저리가 벌써 고기 맛을 음미하는 양 실룩거렸다.

어느 부위를 살지 정하고 나서, 쓰 영감은 한숨 푹 자 볼 작정으로 눈을 감았다. 그러다 문득, 다시 몸을 일으켜 손주를 바라보며 말했다. "움 안에 묻어 둔 소금 네 항아리 말이다. 사람들이 아무리 이 할애비를 못살게 굴어도, 그건 절대 말해선 안 된다. 그 소금만 있으면, 나 죽은 뒤에도 넌 소금값 걱정 없이 살 수 있을 게다. 사람은 평생 소금을 먹고 살아야 하는 법이니, 끼니때마다 꼭 챙기거라. 소금을 안 먹으면, 기운이 빠져 못 쓴다."

빙타오가 대답했다. "알았어요. 알았어. 근데 할아버지, 소금 그거, 그래봤자 한 근에 일 전 밖에 안 하잖아요. 그런 값도 안 나가는 걸, 누가 탐낸다고 그러세요? 고기처럼 먹으면 배가 부른 것도 아니고…. 소금을 배불리 먹었다간 물켜 죽기밖에 더하겠어요? 암튼, 나한테 다 생각이 있다니까요. 암탉 몇 마리만 있으면 하루에 계란 두 개는 나올 테고, 그거면 며칠 치 소금값이랑 맞먹는데 뭐가 걱정이에요. 땅에 풀도 나고 벌레도 있고, 아니면 밭에 떨어진 이삭이라도 주워다 먹이면 되니까, 키우는 데 돈도 안 들 거고요."

쓰 영감은 이제사 손주가 살 궁리도 제법 살뜰하게 할 줄 알고, 자기보다 훨씬 낫다는 생각에 냉큼 맞장구를 쳤다. "빙타오야, 이제부터는 이 할애비가 아무 간섭 안 할 테니, 뭐든 네가 알아서 하거라. 덕분에 이 할애비도 한번 편하게 살아보자꾸나."

"할아버지, 소금 애긴 아무한테도 안 할게요. 그치만, 사람들이 영 포기를 안 하고 금을 찾겠다고 움까지 파헤칠지도 모르잖아요. 혹시라도 그런 일이 생기면, 그땐 그냥 그러려니 하셔야 해요. 괜히 속 끓이다가 몸 상하시면 안 돼요. 물론, 못 찾아내면 제일 좋겠지만서도요. 내일 고기 사러 가는 길에, 제가 움에 한번 들러볼게요." 그가 다시 할아버지를 재촉했다. "얼른 주무세요. 얼른요."

쓰 영감은 스르르 꿈속으로 빠져들어 갔다. 웃음을 머금은 얼굴에, 살짝 벌어진 입꼬리를 보니, 아마 고기 먹는 꿈이라도 꾸는 모양이었다.

사람들이 저녁 식사를 마치고, 속속 타작마당으로 모여들었다. 손에 남포등이나 손전등을 든 이들도 심심찮게 눈에 띄었다. 사뭇 긴장된 분위기였다. 항아리 윗면을 덮고 있던 볏짚을 천천히 벗겨내자, 새하얀 무언가가 보였다. 그 위엔 볏짚 바스라기가 잔뜩 들러붙어 있었다. 바스라기들을 하나하나 떼어내자, 마침내 그 정체가 드러났다. 소금이었다. 혀로 살짝 핥아보니 짠 것이, 틀림없는 소금이었다. 어쩌면 그 속에 금을 숨겨 놓았는지도 모른다. 그런데 대체 얼마 동안을 묻어 두었던지, 소금이 화석처럼 단단히 굳어 있었다. 쇠막대기로 내리쳐도 보고, 삽으로 긁어내도 보았지만, 꿈쩍도 하지 않았다. 결국 항아리를 깨부쉈다. 항아리 모양을 한 새하얀 소금 덩어리가 땅 위에 나뒹굴었다. 겉면이 어찌나 반들반들한지, 흙먼지 하나 달라붙을 생각을 안 했다. 누군가 곡식 말리는 대자리를 가져와 그 위에 소금 덩어리를 올려놓고, 커다란 쇠망치로 내리쳐 산산조각 냈다. 하지만 그 속에도, 그들이 찾던 노란 물건은 없었다.

부서진 소금이 대자리 위에 쌓여 하얀 소금산을 이루었다. 그토록 찾아 헤맨 물건이 싸구려 소금이었다니, 사람들의 들떴던 마음도 산산조각 나 버렸다.

대장은 수하들에게 소금은 생산대 본부로 옮겨가고, 깨진 항아리 조각은 뒷산에 내다 버리라고 지시했다. 지시대로 모든 일이 끝났다. 새벽을 알리는 수탉의 울음소리와 함께, 동녘 하늘이 어슴푸레 밝아오고 있었다.

빙타오는 일찌감치 자리에서 일어나, 외양간 벽 틈새에 숨겨 두었던 일 원을 챙긴 뒤 먼저 움을 살피러 나섰다. 사람들이 소금을 가져가 버린 게 분명했다. 할아버지가 더는 상심하지 않도록, 이 일은 끝까지 모른 체하기로 마음먹었다. 그는 주변에서 나뭇가지와 잡초를 주워다 움 주변의 파헤쳐진 흙 자국을 감춘 후, 고기를 사러 읍내로 발길을 돌렸다. 가던 길, 산 위에 버려진 항아리 파편들이 눈에 들어왔다. 그는 다시 나뭇가지를 몇 다발 모아다가 그 위를 감쪽같이 덮어 주었다.

쓰 영감은 손주가 사 온 고기를 이리 보고 저리 만지며 감탄을 연발했다. "보아하니 실하게 자란 돼지로구나. 비계는 두툼하고 껍데기는 얇은 것이, 참말로 좋은 고기일세. 잘 사 왔다. 참 잘 사 왔어."

빙타오는 맛나게 고아서 효도 한번 제대로 해보리라 단단히 마음을 먹었다. 그 김에 자신도 국물 몇 모금, 고기 한 점 얻어 먹고 말이다. 딱 한 점, 정말 딱한 점만 먹을 것이다!

우선 고기를 깨끗이 씻은 뒤 가지런히 썰어준다. 크기도, 모양도 들쑥날쑥해선 안 된다. 그리고 뚝배기에 고기를 넣고, 센 불에 한소끔 끓인 다음 다시 약한 불로 뭉근히 푹 끓여준다. 절대 국물이 졸아붙게 해서는 안 된다. 중간에 물을 더하면, 본래의 진한 맛이 날아가버릴 테니까. 빙타오는 온 신경을 집중했다. 상태를 확인하려고 뚜껑을 들춰볼 때마다, 고소한 고기 향이 코를 찔렀다. 이보다 기분 좋은 일이 또 있을까! 그는 자신이 난생처음 고깃국을 끓이고 있다는 사실조차 잊을 만큼 심취해 있었다.

10.

런쇼우가 구 관리로 분류되고 집의 물건들이 몰수되던 그날 이후로, 만 부인은 더 이상 콩깨차를 마시러 오지 않았다.

그러던 어느 날, 만 부인이 불쑥 찾아와 얼굴을 잔뜩 찌푸린 채 치우위엔에게 말했다. "그쪽 식구들 드나드는 저기 저 문 말야, 아무래도 우리 집 대문이랑 너무 딱 붙어 있는 거 같아. 저짝 구석으로 좀 옮겨야겠어. 문 크기도 지금보다 줄이고. 두 집 대문이 나란히 붙어 있는 건 암만 봐도 아니잖아? 당신네들 계급 성분이 워낙 높아야 말이지. 우리랑은 애당초 다른 분들 아니신가? 제발 부탁이니, 우리 집까지 부정 타게 하지는 말아 달라고. 토목공들은 내가 다 알아서 불러뒀으니, 그쪽은 쌀 한 짐만 내놓으면 돼."

치우위엔이 말했다. "만 부인, 저희 집 몰수당하고 이제 겨우 며칠이나 됐다고요. 집에 먹을 쌀도 없는데, 쌀 한 짐을 내놓으라니요? 더구나 문 하나 고쳐 다는 데 쌀 한 짐이라뇨. 그게 말이 되나요?"

만 부인이 대답했다. "내가 한 짐이라면 한 짐인 게지. 한 톨이라도 빼돌릴 생각 말아. 나랑 흥정할 셈은 애저녁에 버리는 게 좋을 거야!"

치우위엔이 말했다. "그냥, 저 문을 못질해 막아 버리든지 하세요. 저흰 앞으로 뒷문으로만 다닐 테니까요."

만 부인이 맞받아쳤다. "좌우지간, 문은 무조건 옮겨 달아야 돼! 당신네들이 문을 못으로 처박고 뒷문으로 다니든 말든, 남들이 알 게 뭐냐고. 앞문이 떡하니 우리 대문 옆에 고대로 붙어 있는데. 사람들이, 우리가 그쪽이랑 발길 끊은 줄도 모르고 가까이 지내는 줄 알면 어쩌라고? 됐어! 자꾸 이러쿵저러쿵 지껄여 봤자 소용없어! 암튼 며칠 있으면 토목공들이 올 테니까, 쌀이나 한 짐 준비해놓고 기다리라고!"

치우위엔은 만 부인이 던져놓고 간 말들을 감히 무시할 수 없었다. 그렇다고 어디 가서 쌀 한 짐을 마련해 올 재간도 없었다. 런쇼우는 여전히 갇혀 있고, 집에 먹을 것도 곧 바닥날 판이었다. 이런 상황에서 문을 옮겨 달고, 그 값으로 쌀을 한 짐이나 내놓으라니! 참으로 얼토당토않은 요구였다.

그날 밤, 치우위엔은 도통 잠을 이루지 못하고 뒤척이며 소리 죽인 한숨만 내쉬었다. 결국 그녀는 자리에서 일어나, 즈화가 누

171

운 대나무 침대 곁으로 다가가 말을 걸었다.

"즈화야, 자니?"

"아니요."

"엄마가 할 말이 있어서……." 입을 떼기가 어찌나 어려운지.

"무슨 일인데요?"

"집에 있던 쌀을 거의 다 몰수당하고, 이제 남아 있는 쌀이 얼마 없구나……. 네 오라비도 지금 당장 돈을 보내올 형편이 못 되고, 설령 돈을 보내준다 해도, 우리 식구 먹을 걸 오라비 혼자서 전부 다 감당하기는 빠듯할 거야. 그런데다 만 부인은 쌀 한 짐을 해 내라며 저리 성화니……. 아무리 궁리해 봐도, 사람들한테 동냥이라도 다니며 사정하는 수밖엔 없을 것 같구나."

즈화가 발딱 일어나 앉으며 말했다. "저랑 같이 가요. 제가 짐 드는 거 도울게요."

"창피하지 않겠니?"

"창피하긴요. 도둑질을 하러 가는 것도 아닌데요. 쉬 부인도 지주로 찍히고 나서는, 쩡밍 아저씨랑 같이 동냥 다니시는걸요."

치우위엔은 밤을 새가며, 런쇼우의 낡은 바지에서 다리통을 잘라내 자루 두 개를 만들었다. 입구에는 단단히 여밀 수 있도록 끈도 달아 주었다.

다음 날, 치우위엔은 날이 채 밝기도 전에 일어나 페이싼과 티엔쓰의 밥을 지어 놓고, 둘의 머리맡에 기대어 조곤조곤 몇 마디 당부의 말을 건넸다. 그녀는 자루 하나를 즈화의 바지춤에 묶어 주고, 자신도 남은 하나를 질끈 동여맸다. 모녀는 희미하게 밝아오는 새벽 하늘을 마주하며 길을 나섰다.

9월 초의 가을 아침은 더없이 맑고 청명했다. 하늘은 파랗게 물들고, 산은 굽이굽이 청록으로 뒤덮여 있었다. 산비탈과 논두렁에선 앙증맞은 들국화들이 금빛을 흩뿌리며 한껏 생기를 내뿜었다. 벌떼들이 그 위를 오가며 꿀 따기에 여념이 없었다. 숲속에선 이따금 작은 새들이 푸드덕 날아오르며 지지배배 지저귀는 소리가 들려왔다.

치우위엔은 무거운 마음에 그저 묵묵히 걷기만 했다. 앞서 걷는 즈화의 가슴 역시 납덩이라도 들어앉은 듯 묵직했다. 어젯밤 내보였던 용기는 흔적조차 없이 사라지고 말았다. 즈화의 마음이 말을 걸어왔다. '너 오늘 누구네 집에 놀러 가는 거 아니야. 혼례에 초대받은 것도 아니고. 넌 지금 구걸하러 가는 거라고!' 즈화의 머릿속에선 벌써 동네 꼬맹이들이 우르르 쫓아 나와, 자신들을 향해 기와 조각을 던지는 광경이 생생히 펼쳐졌다. 던지고 또 고함을 지른다. "그지 새끼들이다! 던져라! 빨리 기왓장 가져와서 던져!"

서너 리쯤 걸었을까, 치우위엔이 즈화를 데리고 한 산길로 꺾어 들어갔다. 주싱메이라는 여학생 하나가 그쪽에 살고 있었는데, 치우위엔은 먼저 그 집에 들러 눈치를 살펴볼 요량이었다. 저 멀리 지붕 위로 밥 짓는 연기가 모락모락 피어오르는 게 보였다. '싱메이 어머니가 부엌에서 밥을 짓고 계시나 보네.' 즈화는 생각했다.

마당에 들어서기가 무섭게, 커다란 검둥개 한 마리가 날뛰며 달려들었다. 세상 사납게 왈왈 짖어대는 소리에 즈화는 손에 잡히는 대로 땅바닥에서 막대기를 하나 집어 들어 개를 내리쳤다. 때리면 물러나고, 멈추면 금세 다시 덤벼들었다. 그 순간 즈화는 문득, 자신이 진짜 비렁뱅이가 된 것만 같았다. 거지들은 으레 개를 쫓는 막대기 하나쯤은 들고 다니기 마련이었다.

싱메이의 모친이 개 짖는 소리에 부엌에서 허둥지둥 쫓아 나왔다가 두 모녀를 발견하고는, 앞치마에 손을 박박 문지르며 종종걸음으로 다가와 맞아들였다. 그녀는 "량 선생님!"하고 부르며, 치우위엔의 손을 덥썩 잡고 집 안으로 이끌었다.

런쇼우가 구 관리로 분류되고 집안 살림을 모조리 몰수당했을 때도, 지칠 줄 모르고 퍼부어대는 만 부인의 악다구니 앞에서도, 치우위엔은 눈물 한 방울 흘리지 않았었다. 아이들 앞에서 언제나 단단한 모습을 보이며 말했었다. "우리 울지 말자꾸나. 울어 뭣 하겠니. 운다고 달라지는 건 없단다." 하지만 지금 이 순간만큼은 하염없이 쏟아지는 눈물을 주체할 수 없었다. 그녀는 연신 손등으로 눈물을 훔쳐냈다.

싱메이의 모친이 말했다. "선생님 댁 일, 저희도 다 들었어요. 너무 애태우지 마셔요. 언제가 됐든 다 지나갈 터이니까요."

싱메이는 마침 외할머니 댁에 가 있어 얼굴을 볼 수 없었다. 싱메이 모친이 밭에서 일하고 있던 남편을 향해 집으로 오라며

큰소리로 불렀다. 그도 치우위엔을 보고는 한참을 위로해 주다가
부엌으로 들어갔다.

잠시 후, 닭 잡는 소리가 들려왔다. 싱메이 모친은 점심을 자
시고 나면 애 아빠가 모셔다드릴 테니 걱정 말라며, 한사코 둘을
붙들어 앉혔다. 식탁 위엔 어느새 음식이 한 상 가득 차려졌다.
큼직한 사발에 한가득 담긴 닭백숙을 시작으로, 소금에 절인 생
선, 파를 송송 썰어 넣은 계란부침, 그리고 무청 볶음에 콩장으
로 볶아낸 풋고추까지.

음식 냄새가 코를 찔렀다. 즈화는 식탁에서 눈을 떼지 못했
다. 그 눈빛엔 절절한 허기가 고스란히 배어 있었다. 런쇼우가 교
사 일을 그만두고 집안 형편이 하루아침에 기운 뒤로, 이렇게 한
상 푸짐하게 차려진 음식을 본 게 얼마 만이던가. 입 안에 침이
고여 금방이라도 줄줄 흘러나올 것 같았다.

그 표정을 본 치우위엔이 즈화를 옆으로 불러, 작은 소리로
말했다. “엄마도 네 맘 알아. 얼마나 먹고 싶겠니. 하지만 그렇다
고 며칠 굶은 사람처럼 굴어선 안 된다. 여기 우리 집 아니잖니.
점잖게 굴어야지. 덜컥 좋은 음식에 먼저 젓가락 가져다 대지 말
고. 좋은 음식일수록 주인이 권해줄 때까지 기다려야 해. 특히 저
백숙은 젓가락으로 고기만 쏙쏙 집어 먹어선 안 되고……”

즈화는 참으로 서러웠다. 한 끼 배불리 먹을 수 있으리라던
기대는 허무하게 무너져 내렸다. 이제 남은 일이라곤 그저, 얌전
히 앉아 점잔을 빼는 것뿐이었다.

드디어 식사가 시작되었다. 즈화와 치우위엔은 가장 먼저 무청 볶음을 집어 들었다. 무청 볶음이 이렇게나 맛있을 줄이야! 그간 기름 없이 만든 음식만 먹어 오다가, 돌연 기름에 자작하게 볶아낸 요리가 입 안에 들어가니, 그 맛이 어찌나 다르던지. '닭은 안 먹어도 괜찮아. 무청만으로도 이렇게 맛있는걸.' 즈화는 속으로 중얼거렸다.

치우위엔이 싱메이 모친에게 물었다. "무청은 겨울에 나는 거 아닌가요? 이제 갓 여름이 지났는데, 어떻게 벌써 무청이 다 있대요? 맛이 참 달큰하네요."

싱메이 모친이 대답했다. "아, 이건 여름무에서 난 무청이에요. 무 이파리는 자라 나왔다 하면 바로 먹어줘야 해요. 안 그러면 금세 벌레를 먹어 못 쓰게 되거든요."

보아하니 치우위엔도 무청 볶음이 제법 입에 맞는 듯했다. 한편에선 백숙 냄새가 솔솔 피어올라 코끝을 자꾸만 간질였다. 부부는 고기도 좀 들라며 거듭 권했지만, 치우위엔은 입으로만 그러겠노라 대답할 뿐, 손은 대질 않았다. 즈화는 밥그릇이 거의 바닥을 드러낼 때가 되도록 닭고기에 젓가락 한 번 대보지 못했다. 도대체 언제쯤이면 먹을 수 있을까.

그때였다. 처음 담아준 밥그릇에 마지막 한 숟갈만 남았을 즈음, 마침내 치우위엔이 숟가락을 들어 닭고기 한 점을 국물과 함께 즈화의 그릇에 떠 넣어 주었다. 그리고 자신도 한 숟가락 떠 올렸다. 즈화는 닭고기를 한 입 베어 물고, 우물우물 씹으며 그

맛을 천천히 음미했다. 정말로 맛있었다. 무청보다 훨씬, 훨씬 더.

싱메이 모친이 치우위엔에게 밥을 한 그릇 더 퍼다 주었다. 이번엔 고기도 두 숟가락씩 크게 떠서, 치우위엔과 즈화의 그릇에 담아 주었다. 치우위엔은 밥과 고기를 말끔히 비운 뒤, 조용히 젓가락을 내려놓으며 말했다. "저희는 다 먹었어요. 두 분 천천히 잡수세요." 그리고는 식탁 아래로 즈화의 다리를 툭 건드렸다. 이제 그만 먹으라는 뜻이었다.

싱메이 모친이 단박 일어나며 말렸다. "아유, 다 드시긴요. 고작 그걸 드시고선. 한 그릇만 더 드세요."

치우위엔과 즈화는 손사래를 치며 거절했다. "정말 배가 불러서 그래요. 저희, 진짜 배부르게 잘 먹었어요. 괜히 하는 소리 아니에요."

즈화는 슬쩍 식탁 위를 훑어보았다. 음식은 절반이나 남아 있었고, 허기는 채 가시지 않았다.

싱메이 부친이 황급히 식사를 마쳤다. 싱메이 모친은 부엌으로 들어갔다가, 쌀을 가득 담은 바구니를 들고 나와 치우위엔에게 물었다. "자루 챙겨 오셨어요?"

치우위엔은 일순 얼굴이 달아올랐지만, 곧 허리춤에서 자루를 끌러 두 손으로 입구를 벌려 들었다. 싱메이 모친이 두 손으로 바구니를 받쳐 들고 쌀을 자루에 붓다가 다시 물었다. "자루 하나 더 있으세요?" 그러자 즈화가 냉큼 허리춤에서 자루를 끌러 치우위엔과 함께 입구를 벌리고 섰다. 두 자루에 가득 담긴 쌀은 족히 서른 근은 넘어 보였다.

싱메이 모친이 차를 한 잔씩 건네며 말했다. "량 선생님, 더 있다 가시라고 싶지만, 이만 보내드릴게요. 이 사람이 배웅해 드릴 거예요. 혹 다른 데도 들르셔야 할지 모르는데, 저희 때문에 지체하면 안 되시죠."

치우위엔은 다시금 얼굴이 달아올랐다. "이제 다른 데 갈 필요가 없어졌어요. 쌀을 워낙 넉넉히 주셔서, 당분간은 끼니 걱정 안 해도 될 것 같네요. 저희가 이리 많이 받아 가도 되는 건지, 송구할 따름이에요. 이 은혜를 갚을 날이 오기나 할지……"

싱메이 모친이 말했다. "량 선생님, 그런 말씀일랑 마셔요. 사람이 살다 보면 어려움에 처할 때도 있는 거죠. 부디 잘 견뎌내셔야 해요. 아이들이 줄줄이 선생님만 바라보고 있잖아요. 앞으로도 무슨 일 있으시면, 절대 미안하다 생각 마시고 찾아오셔야 해요!"

치우위엔의 두 눈에서 이내 눈물이 흘러내렸다.

싱메이의 부친이 자루 하나는 오른 어깨에 메고 다른 하나는 왼쪽 겨드랑이에 끼우고, 두 모녀와 일정한 거리를 유지하며 날랜 걸음으로 앞서 걸었다. 모녀는 그 뒤를 따랐다. 그는 뒷문 쪽에 쌀을 내려주고 곧장 발길을 돌려 집으로 돌아갔다. 그 역시 내심으로는 구 관리 집안과 왕래한다는 사실을 남들이 알게 될까 봐 조마조마했던 것이다.

이렇게 어렵사리 구해온 쌀은 끝내 만 부인의 손으로 넘어갔다. 요구대로 문도 옮겨 달았다.

하지만 그 일이 있고 며칠 되지도 않아, 만 부인이 또다시 들이닥쳤다. 이번엔 옮겨 단 그 문으로도 출입을 삼가라는 것이었다. 그날 이후로 치우위엔과 즈화 남매들은 다시는 앞문을 사용하지 않았다. 만 씨 일가와 맞닥뜨릴 바에야, 차라리 뒷문으로 다니는 게 속이 편했다. 즈화는 뒷산 협로 양옆에 우거졌던 잔나무를 베어내고, 잡풀을 뽑아가며 길을 넓혔다. 그렇게 해서, 사람 오가는 데 불편 없는 오솔길 하나가 트였다.

11.

런쇼우가 붙들려간 지 엿새째 되던 날 저녁, 멜대를 멘 절름발이 하나가 샛길을 따라 치우위엔네 집 쪽으로 다가오고 있었다. 치우위엔은 또 무슨 사달이 나려나 싶어 가슴이 철렁 내려앉았다. 런쇼우가 끌려간 후로, 그녀와 아이들은 겁에 질린 새가슴들이 되었다.

절름발이는 말 한마디 없이, 메고 온 물건을 집 안으로 들이밀었다. 단단히 덮개가 씌워진 대광주리였다. 그가 덮개를 거둬내자, 그 안에 실, 바늘, 골무, 머리핀, 사탕, 호루라기 같은 아낙과 아이들이 좋아할 만한 자질구레한 물건들이 보였다. 이어서 광주리의 깔개를 들춰내자, 회색천으로 된 주머니 하나가 나왔다.

절름발이가 주머니를 집어 치우위엔에게 건네며 속삭이듯 말했다. "선생님, 누가 보기 전에 후딱 들여가셔요." 그가 또 다른 광주리에서 불룩하게 차오른 자루 하나를 꺼내 들었다. "요것도 잘 들여다 놓으셔요. 쌀이에요."

메고 온 짐을 모두 내려놓은 그는 광주리를 뒷문 쪽으로 옮겨 두고, 문턱에 털썩 주저앉아 고단했던지 거푸 숨을 몰아쉬었다.

치우위엔은 연신 고마움을 표하며 끓인 물 한 잔을 내다 주었다. 이어 흙벽돌을 문가로 끌어다 놓고 그 위에 앉아, 목소리를 낮춰 이야기를 나누기 시작했다.

절름발이가 말했다. "양 향장님은 저희 식구한테 은인이십니다. 베풀어 주신 그 은혜는, 평생을 갚아도 모자랄 판이지요."

치우위엔이 작은 소리로 말했다. "그런 말씀 마세요. 그이는 이제 구 관리로 낙인 찍힌 몸인 걸요."

그가 말했다. "구 관리니 뭐니, 전 그딴 거 모릅니다요. 전 그 해 섣달그믐날 밤 일만 기억합니다요. 넘의 집들은 다들 모여서 폭죽을 터뜨리고, 한 상 채려 놓고 보내는 마당에, 전 집사람이 병으로 죽은 뒤라 빚더미에 치여, 섣달그믐에 밥 지을 쌀 한 줌도 없던 처지였잖습니까. 연로한 부모님에 어린 자식새끼들을 보고 있자니, 어디 가서 뭘 훔쳐다가라도 우리 식구들 설 밥만은 제대로 해 멕여야겠다는, 그런 모진 마음이 생겨나지 뭡니까…. 그땐 향장님이 싼치타이에 사시는지 어쩐지도 모르고, 발길 닿는 대로 간 곳이 거기였지요. 밖에 벽 한쪽이 축축하게 젖어 있는 게 눈에 들어오길래, '요길 파면 되겠다' 싶어 호미로 몇 번 툭툭 찍었더니, 글쎄, 구멍이 금세 뚫리더라고요. 그 구멍이 고작 내 몸 하나 삐집고 들어갈만치 쬐끄마해서는, 막 낑낑대가며 몸뚱이 반을 간신히 욱여넣었는데, 아니, 고개를 들자마자 물독 옆에 걸려 있던 죽통을 치받았지 뭡니까. 고것이 '퉁!' 하고 바닥으로 떨어지는데, 저한텐 그 소리가 꼭 우레통 치는 소리만치로 크게 들리더라고요…."

치우위엔은 놀라움에 터져 나오려는 외마디 소리를 손으로 꾹 틀어막았다. "그날 일, 저도 기억나요! 세상에나…"

그가 고개를 끄덕이며 말을 이어갔다. "그때 다신 도둑질 같은 건 하지 않겠다고 다짐을 했지요…. 나중에 여기저기서 돈을 끌어모아다가 행상 일을 시작하고부터는, 그럭저럭 식구들 입에 풀칠은 하게 되데요. 그렇게 비비고 살다 보니까, 고생살이를 면하는 날이 다 오데요. 해방되고 나서 나라에서 땅도 나눠주지, 자식들은 다 자라 농사일도 하지, 이젠 굶을 걱정 않고 지내게 됐습죠. 제가 하는 일이 맨날 멜대를 메고 이리저리 떠도는 일이다 보니, 어제서야 겨우 양 향장님이 구 관리로 갈려서 재산도 몰수당하고, 온 식구가 곤경에 처하셨단 소식을 듣게 됐습니다요. 그 소식을 듣자마자, 이렇게 부리나케 달려온 거랍니다."

치우위엔이 말했다. "말씀대로 저희 식구가 참 곤경에 몰렸네요. 밥 지을 쌀도 없는 형편이니까요. 오늘 이렇게 많이 챙겨다 주셔서…. 이 은혜를 언제 갚을 수나 있을지 모르겠어요…."

절름발이가 말했다. "갚는단 말씀일랑 마십죠. 선생님, 맘을 조금이라도 편히 잡숴 보셔요. 양 향장님이 참말 좋은 분이라는 걸 모르는 이가 어딨답니까요. 며칠만 기다리시면 분명 돌아오실 겁니다. 아무 일도 없으실 거라고, 제가 장담합니다요! 그리고 저희 사는 데가 여기서 십수 리 길 정도 되니, 후에 또 찾아뵙겠습니다요.” 그는 말을 마치고 천천히 일어나 멜대를 어깨에 지고, 절룩절룩 길을 나섰다.

치우위엔은 문가에 서서 그의 뒷모습을 한참 바라보다가, 나직이 중얼거렸다. “참 좋은 사람이로구나! 저이 말대로만 된다면 원이 없으련만…”

일곱째 날 오전이었다. 즈화는 집 맞은편에서 땅을 파고 채소를 심는 중이었다. 문득 고개를 드니, 저만치 길 아래에서 짐을 둘러멘 런쇼우가 천천히 걸어 올라오는 모습이 눈에 들어왔다. 즈화는 눈을 벅벅 문질러 보았다. 잘못 본 게 아니었다. 틀림없는 런쇼우였다! 즈화는 냅다 달려가 그의 짐을 냉큼 받아 내리며 외쳤다. “아버지!” 그리고 속으로 생각했다. ‘절름발이 아저씨 말이 정말로 맞았네! 아버지가 이렇게 돌아오시다니, 하늘이 도우신 거야.’

즈화는 런쇼우에게, 만 부인이 앞문을 못 쓰게 해서 뒷문으로 돌아 들어가야 한다고 귀띔해 주었다. 그리고는 정신없이 집 안으로 달려 들려가 숨을 헐떡이며 외쳤다. “아버지가 오셨어요! 아버지가 오셨다고요!”

치우위엔과 두 동생들은 단숨에 문 앞으로 달려 나갔다. 이윽고 런쇼우가 집 안으로 들어서, 덜거덕거리는 의자 위에 몸을 기대었다.

치우위엔은 입술을 실룩이다가, 이내 조용히 눈물을 흘리기 시작했다. "이번 생에 다시는 당신 얼굴을 못 볼 줄 알았어요…."

즈화와 두 동생들도 엄마를 따라 울었다. 기쁨에서인지, 슬픔에서인지, 그들 자신도 분간할 수 없었다.

런쇼우가 입을 열었다. "내 일은 거의 마무리가 된 것 같소. 향장으로 있을 당시, 무고한 인민을 죽게 하거나 나쁜 짓을 한 적이 없다는 게 밝혀져, 이리 풀려나올 수 있었다오."

12.

어느 날, 만 부인이 치우위엔을 찾아와 이렇게 말했다. "우리 집 누렁이가 원체 사나워서 말이야. 사람만 보면 물려고 달려드는 통에, 밤엔 아무도 우리 집에 올 엄두를 못 내지 뭐야. 그래서 내가 그쪽 집 뒷문으로 다니라고 해뒀으니까, 누가 와서 문을 두드리면 냉큼 열어주기나 해."

치우위엔이 대꾸할 말을 찾기도 전에, 만 부인은 벌써 몸을 홱 돌려 가버렸다. 치우위엔은 집 한가운데서 한참을 멍하니 서 있었다. 이번엔 대체 무슨 꿍꿍이인지 짐작조차 되질 않았다. 혹시 또 무슨 화가 닥치는 건 아닐까 싶어, 한동안 가슴을 졸이며 두려움에 떨어야 했다.

그날 저녁, 막 잠자리에 들려던 참에 문 두드리는 소리가 들려왔다. 치우위엔은 침대에서 튕기듯 일어나 허겁지겁 달려나가

문을 열었다. 누구인가 했더니, 얼쥐의 정부였다. 남자는 치우위엔네가 사는 뒷채에서 만 부인네 안채까지 이어진 회랑을 지나, 거침없이 문을 밀어젖히고 얼쥐의 침실로 들어갔다.

그때부터 치우위엔은 거의 매일 밤 그 남자에게 문을 열어주어야 했다. 스스로의 양심을 거스르는 일이었다. 남자가 문을 두드릴 때마다, 치우위엔의 집안에는 견디기 힘든 치욕과 고통이 내려앉았다.

그렇게 굴욕과 고통 속에서 하루하루가 흘러갔다. 그새 가을이 지나고, 겨울이 찾아왔다. 날은 점점 추워지는데, 다섯 식구는 너덜너덜한 누더기 이불 한 장으로 겨울을 나야 했다. 이번에는 치우위엔도 어찌해 볼 도리가 없었다.

그러던 어느 날, 런쇼우가 치우위엔에게 말을 꺼냈다. 외조카 이민을 한번 찾아가 보는 게 어떻겠느냐고. 이민은 런쇼우 누나의 아들로, 지금은 고물상을 하고 있었다. 예전에 그가 장사를 해 보겠다며 런쇼우에게 은화 삼백을 꾸어갔다가, 끝내 일이 풀리지 않아 돈만 날린 적이 있었다. 런쇼우는 지금껏 단 한 번도 그 돈을 갚으라고 한 적이 없었다.

치우위엔은 즈화를 데리고, 꼬박 삼십 리 길을 걸어 이민의 집을 찾아갔다. 그녀도 옛일에 대해선 한마디도 입 밖에 내지 않았다. 그저 고물더미 속에 묵은 이불솜이나, 헌 옷, 신발 같은 게 남아 있다면 조금 얻어갈 수 있겠느냐고만 물었다.

이민이 말했다. "먼저 점심부터 잡숫고, 고물 쌓아둔 데 가서 한 번 둘러보세요. 쓸 만한 게 있다 싶으면 뭐든 가져가시고요.”

그날 점심으로 이민의 아내가 소고기무채 볶음을 한 접시 내놓았다. 달걀부침과 간단한 찬 몇 가지도 곁들이고, 하얀 쌀밥도 한 솥 가득 지었다. 두 모녀는 체면 따위는 내려놓고, 배가 불러 올 때까지 실컷 먹었다.

둘은 그릇을 내려놓자마자, 곧장 고물을 쌓아 놓은 헛간으로 들어갔다. 제법 넓은 헛간 안에는 온갖 잡동사니가 어지럽게 수북이 쌓여 있었다. 쿰쿰한 냄새가 코를 찔렀다. 기와 틈새를 비집고 들어오는 빛줄기 사이로, 똥파리들이 윙윙 날아다니고 있었다. 모녀는 맹렬한 기세로 고물 더미를 헤집기 시작했다. 풀풀 날아오른 먼지들이 빛 속에서 안개비가 되어 내려앉았다.

둘은 그날 적잖은 수확을 거두었다. 아직 하얀 빛깔이 좀 남아 있고, 감촉도 그럭저럭 부드러운 헌 이불솜 한 채와 헌 옷 몇 벌을 챙겨 한데 싸 들었다. 이민이 쌀 조금과 자그마한 담뱃통 하나를 챙겨줬다. 두 모녀는 무슨 보물이라도 얻은 양, 물건들을 들고 신이 나 집으로 돌아왔다.

다음 날 치우위엔과 즈화는 이불솜을 풀밭에 펼쳐놓고 하루 종일 볕을 쬐인 다음, 한바탕 방망이질을 해서 대자리 위에 깔아 주었다. 그날 밤 즈화와 동생들은 이불솜 위에서 잠들 수 있었다. 볏짚을 깔고 누웠을 때보다 훨씬 포근했다.

한밤중에 아이들은 몸을 내리훑는 듯한 가려움에 눈을 떴다. 치우위엔도 잠에서 깨 등잔에 불을 붙였다. 즈화는 처음엔 이불솜 위에 검은깨가 한 겹 쫙 깔려 있는 줄 알았다. 하지만 그것은 머리를 이불솜 속에 처박고, 궁둥이는 바깥으로 빼 쳐든, 탱탱하게 부어오른 벼룩 떼들이었다. 즈화는 얼른 몸을 들춰보았다. 온몸이 홍역에라도 걸린 것처럼 붉은 반점으로 뒤덮여 성한 곳이 하나도 없었다.

치우위엔이 한 손엔 등잔을, 다른 손엔 이 빠진 그릇을 들었다. 즈화는 양 엄지손톱으로 벼룩의 궁둥이를 꾸욱 눌렀다. '톡' 하고 터지는 소리와 함께 벼룩이 죽으면, 곧장 그릇에다 집어넣었다. 얼마를 그러고 있었을까. 이 빠진 그릇 바닥엔 죽은 벼룩이 잔뜩 쌓였고, 즈화의 엄지손톱은 뻘겋게 물들어 있었다.

그날 이후, 밤이면 밤마다 꼭 한두 번씩 깨나서 벼룩을 잡아야 했다.

한번은 즈화가 막 이불솜을 뚫고 기어나오던 흰 벌레 두 마리를 발견한 적이 있었다. 길이는 쌀알만 하고, 굵기는 무명실 정도 되는, 양끝이 뾰족한 생김새의 벌레들이 이불솜 위에서 쉬지 않고 꿈틀거렸다. 즈화는 와락 소름이 끼쳐, 차마 손을 갖다 댈 엄두가 나지 않았다. 결국 치우위엔이 작은 꼬챙이 두 개를 가져다 녀석들을 집어 올려 그릇에 담았다. 녀석들은 그 안에서도 여전히 꿈틀거림을 멈추지 않았다.

그해 겨울엔, 하루가 멀다 하고 비가 내렸다. 오죽하면 하늘이 자기들과 원수지기로 작정이라도 한 건가 싶을 정도였다. 무쇠판처럼 검고 무거운 하늘 장막에, 빗방울들이 구멍을 뚫어 놓은 듯했다. 그 구멍 사이로 찬바람까지 비집고 흘러내렸다. 가느다란 물줄기처럼 문틈으로 졸졸 새어드는 바람에, 한기가 뼛속까지 스며들었다. 그야말로 배고픔과 추위로 뒤엉킨 고통스러운 나날이었다.

세밑이 가까워 오며 다른 집들은 설 준비로 분주했지만 치우위엔네 식구들은 끼니조차 잇기 어려운 날이 태반이었다.

도저히 더는 버틸 방도가 없어지자, 치우위엔은 즈화를 데리고 다시 몰래 길을 나섰다. 몇 차례 그렇게 다녀온 뒤, 어느 날 밤 치우위엔이 예전에 가르쳤던 학생 하나가 슬그머니 쌀을 놓고 갔다. 그런 일이 몇 번 이어지더니, 어느새 대광주리 안에 쌀이 한 가득 모였다. 치우위엔은 쌀을 문 뒤에 감추고, 부서진 널빤지 몇 장을 가져다 덮었다. 그 위엔 또 해져서 너덜너덜해진 옷가지들을 얹어 감쪽같이 숨겼다.

설을 한 일고여드레 앞두고, 즈형이 방학을 맞아 집에 돌아왔다. 즈형은 설에 식구들과 함께 먹으려고 오리 두 마리를 신문지에 정성껏 싸 들고 왔다. 사탕과 과자도 조금씩 챙겨왔다.

그런데 어찌 알았는지 즈형이 문턱을 넘기가 무섭게 찌걱 하는 문소리가 나더니, 만 부인이 떡하니 들어서는 것 아닌가. 그야말로 먹잇감을 노리는 맹수가 따로 없었다.

그 손에 뭐라도 들려 보내지 않으면, 앞으로의 삶이 한층 더 고단해질 게 뻔했다. 치우위엔은 더 실해 보이는 오리를 골라 만 부인에게 주고, 사탕과 과자도 절반이나 내어 주었다.

부자든 가난한 사람이든, 세월은 누구에게나 똑같이 흐른다. 가장 혹독한 계절, 겨울도 결국엔 그렇게 지나갔다.

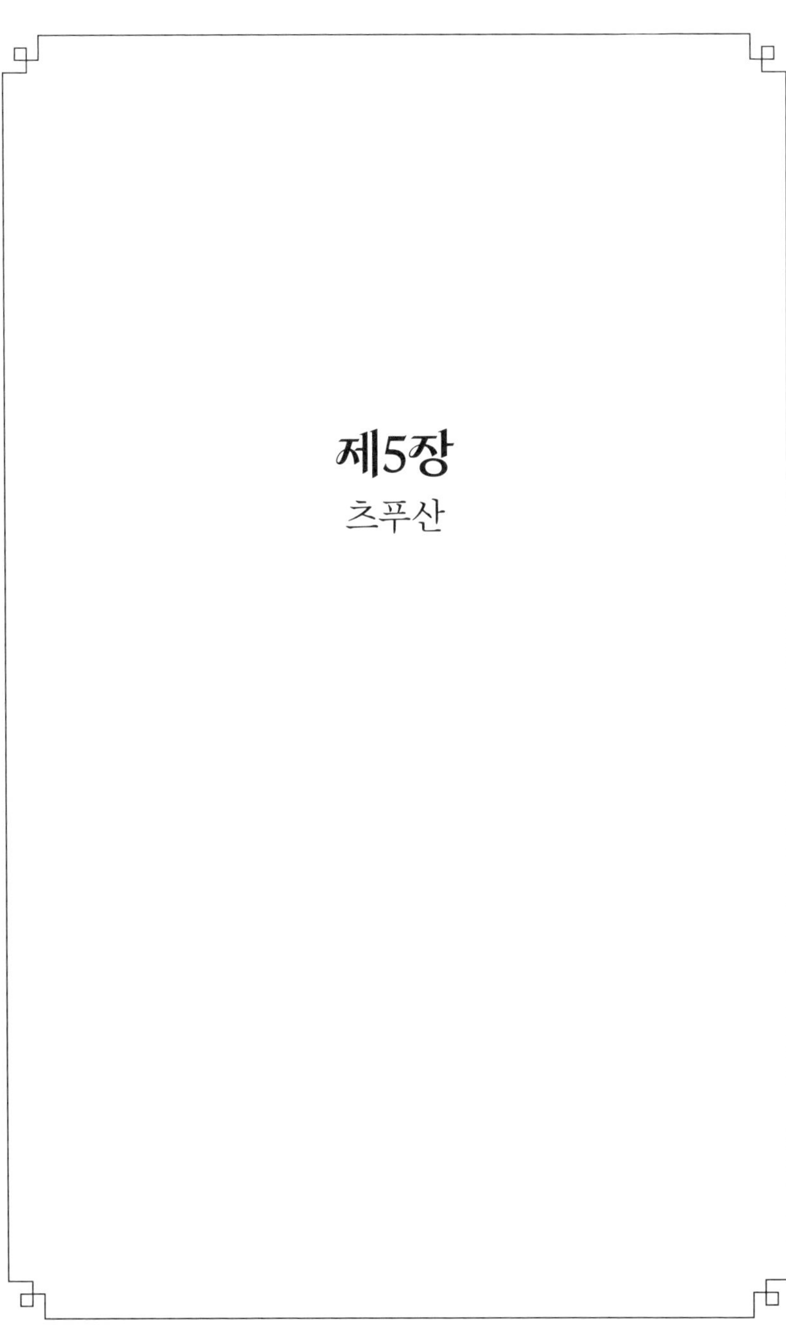

제5장

츠푸산

1.

어느 날, 만 씨네 딸 얼쥐가 찾아왔다. 어쩐 일인지 태도가 유난히 살가웠다.

치우위엔은 얼른 물담배통과 불쏘시개를 내주었다. 흘끗 바라보니, 얼쥐가 왼손으로 물담배통을 받쳐 들고 오른손의 불쏘시개를 푸우 불고 있었다. 불쏘시개에 불꽃이 번쩍 피어나자, 담뱃대에 불을 옮겨 붙였다. 얼쥐는 스읍 길게 한 모금 빨아들이고는, 작은 두 눈을 파르르 깜박였다. 흠뻑 도취된 얼굴이었다.

치우위엔은 그 옆에서 또 무슨 속셈일까 마음을 졸이며, 그녀가 입을 열기만을 초조히 기다렸다.

물담배 한 통을 다 피우고 나서야, 얼쥐가 입을 열었다. "우리 엄마 몸이 안 좋잖아요. 헌데 내가 사는 곳이 츠푸산이다 보니, 돌봐 드리기가 영 불편하더라고요. 그래서 말인데, 아주머니네랑

나랑 집을 바꿔 살면 어떨까 싶더라고요.”

치우위엔의 마음속에 놀람과 기쁨이 밀려들었다. 생각지도 못한 복이 굴러든 것만 같았다. 그녀는 이 기회를 놓칠세라 냉큼 답을 했다. “정말 효녀시네요. 그러면 언제쯤 옮기는 게 좋을까요?”

얼쥐가 대답했다. “나 성미 급한 거 여태 모르진 않으실 테고. 당연히 빠르면 빠를수록 좋죠.”

치우위엔이 말했다. “저흰 짐이랄 게 별로 없어서, 언제든지 갈 수 있어요. 그럼 오늘 오후에 당장 옮겨 갈게요. 오늘부터 여기 들어와서 어머님을 보살펴 드리면 되겠네요.”

치우위엔네 집은 방이 네 칸이었다. 얼쥐의 츠푸산 집은 세 칸뿐이었다. 얼쥐는 돈 한 푼 들이지 않고 방 하나를 공으로 얻은 데다 이제는 정부랑 대놓고 어울릴 수 있게 되었으니, 더없이 흡족한 얼굴로 돌아갔다.

황니충에서 지낸 시간은 고작 일 년이었지만, 치우위엔에겐 백 년처럼 느껴졌다. 새해가 막 지난 그때, 식구들은 한 치의 망설임도 없이 츠푸산으로 거처를 옮겨갔다.

‘츠푸산’은 산속에 자리한 작은 사찰로, 황니충에서 논두렁 세 고랑만 건너면 닿을 거리에 있었다. 진흙으로 지은 사찰은 삼면이 산으로 둘러싸이고, 앞쪽으로는 타작마당이 넓게 트여 있었다. 마당에는 커다란 수탉 한 마리가 암탉 무리를 거느리고, 흙먼지를 일으키며 이리저리 활보하고 있었다. 낯선 사람을 보자

꼬꼬댁 울어대는 소리가 사방으로 울려 퍼졌다. 마당에서 백 미터쯤 떨어진 연못에서는 오리 몇 마리가 물장구를 치며 놀고 있었다. 퍼덕이는 발길질에 연못물이 온통 뿌옇게 흐려졌다.

타작마당을 지나면, 뭇 산에 둘러싸인 논이 펼쳐졌다. 그 한가운데로는 구불구불 좁은 길 하나가 나 있었다. 산은 높지는 않았지만, 굽이굽이 기복이 심했다. 산등성이엔 잔가지며 마른 풀 같은 허드레 땔감조차 이미 사람들이 죄다 쓸어가, 남은 게 하나도 없었다. 작목이 금지된 나무들은 키가 기껏해야 사람 한 길 남짓했고, 그 위로 난 가지들은 하나같이 잘려 나가 그루마다 상처투성이로 서 있는 꼴이 처량하기 짝이 없었다.

얼쥐는 사찰 서쪽에 딸린 세 칸짜리 부속 건물에서 지냈었다. 흙벽돌로 쌓은 벽은 금이 심하게 간 채로 오랫동안 방치되어, 금방이라도 무너질 듯 위태로웠다. 방 세 칸이 일렬로 나란히 붙어 있었는데, 그중 그나마 큰 방이 침실로 쓰였다. 안에는 벽돌을 네 귀에 쌓고 그 위에 널빤지를 올려 만든, 어설픈 침대 두 개가 덩그러니 놓여 있었다. 가운데 방은 부엌으로 벽돌로 만든 부뚜막이 있었고, 그 옆에는 벽돌을 네모지게 둘러 쌓은 뒤 윗면에 낡은 널빤지 몇 장을 얹어 만든, 식탁 비슷한 것이 하나 놓여 있었다. 그 주위엔 새끼줄을 둘둘 말아 칭칭 동여맨, 엉성한 의자 몇 개가 서 있었다.

마지막 방 한 칸은 폭이 겨우 일 미터 남짓 되는 좁은 곳으로, 뒷간으로 썼다.

2.

사찰에는 연세 지긋한 스님 한 분만이 남아 있었다. 치우위엔네 가족도 황니충에 살던 시절부터 그를 알고는 있었으나, 왕래는 드물었다. 그러다 이제는 서로 얼굴을 마주하는 이웃이 된 것이다.

노스님의 속명은 깐뤠이위, 법명은 정명이었다. 젊은 시절 그는 솜씨 좋은 죽공으로, 이 집 저 집 돌며 죽세공 일을 했다. 그때부터 이미 불심이 깊었던 그는 일을 나설 때마다 옹기그릇 하나를 따로 챙겨 다니며 손수 밥을 지어 먹었다. 맨밥만 먹는 한이 있어도, 남이 내주는 음식은 입에 대지 않았다. 혹여 고기라도 입에 닿을까 두려웠던 것이다. 불심은 해가 갈수록 깊어졌고, 중년에 접어들 무렵 마침내 그는 큰 절에서 수계를 받고 출가하여 스님이 되었다.

치우위엔네 식구들과 노스님은 제법 가까운 사이가 되었다.

즈화는 동생들을 데리고 사찰에 수시로 드나들었다. 감히 문밖을 나서지도 못했던 황니충에서의 생활과는 딴판이었다. 사찰 안에는 관음, 여래, 십팔 나한, 그리고 이름 모를 보살들의 상이 죽 늘어서 있었다.

노스님은 누런 얼굴에 몹시 여윈 모습이었다. 회백색이 옅게 깔린 머리 위에는 아홉 개의 계인이 선명하게 찍혀 있었다. 그는 매우 청빈하게 살았다. 채소를 볶을 때도 기름이 조금이라도 더 쏟아질까 봐, 기름병 든 손을 바들바들 떨며 딱 한 방울만 떨어뜨렸다. 게다가 눈까지 침침해, 얼굴을 번철 안에 박다시피 하고 들여다봐야 했다. 그럴 때는 마치 번철에 코를 박고 냄새를 맡는 것처럼 보였다.

이따금 바구니를 들고 두부를 사러 나가곤 했는데, 늘 화가 머리 끝까지 난 채로 돌아오기 일쑤였다. 어찌 된 영문인고 하니, 누군가 그의 바구니에 몰래 펄떡대는 드렁허리나 미꾸라지를 쑤셔 넣어둔 것이다. 어떤 건 이미 죽어 있기도 했다. 그때마다 그는 살아 있는 건 서둘러 방생하고, 죽은 건 구덩이를 파서 묻어주느라 허둥거렸다. 이 모두가 꼬마놈들의 짓궂은 장난질 때문이었다.

서로 가까워진 뒤로, 노스님은 불경을 외고 예불을 올리는 시간을 빼고는 으레껏 치우위엔네 집을 찾았다. 목적은 단 하나, 치우위엔네 식구들이 불교에 귀의하여 도를 닦으며 내세를 준비하게 하려는 것이었다.

"세상살이가 무슨 의미가 있겠는가? 누군 굶어 죽고, 누군 배 터져 죽고, 누구는 물에 빠져 죽고, 누구는 불에 타 죽고, 병들어 죽고, 넘어져 죽고……. 사람은 어찌 되든 결국 죽게 마련이네. 그런데도 대체 무엇을 위해 허덕이며 사는 겐가? 세상 사람들이 어리석어 내세가 있음을 잊고, 오직 명리를 좇으며 시비곡직이나 다투고 있으니, 이 오탁악세를 어찌 벗어나겠는가. 이 업보를 어찌 감당하겠단 겐가!"

한 번은 노스님이 점심때가 지난 후에 찾아와, 점심을 먹었느냐고 물은 적이 있었다.

즈화가 되물었다. "스님은 드셨어요?"

"진즉에 먹었고 말고. 나는 정오가 지나면 아무것도 입에 대지 않는단다. 설마 그걸 아직도 몰랐던 게냐?" 마치 대단한 일이라도 해낸 사람처럼, 그의 얼굴엔 자부심이 가득했다.

노스님은 늘 허기를 참고 지냈다. 그러다가 한 번 입에 뭐가 들어가기 시작하면, 마파람에 게 눈 감추듯 닥치는 대로 짭짭 소리를 내며 먹어댔다. 꼭 산해진미라도 먹는 사람 같았다.

단옷날에 드렁허리 장수 하나가 찾아왔는데 치우위엔은 사지 않았다. 마침 노스님도 그 자리에 함께 있었다. 그는 기분이 무척 좋았던지, 눈이 거의 감길 정도로 환하게 웃어 보였다. "드렁허리나 미꾸라지 뱃속에 알이 그득할 터이니, 그걸 한 마리 잡아먹을 때마다 도대체 얼마나 많은 생명을 해치는 겐가. 셀 수 없을 정도지 않겠는가. 그러니 안 사기로 한 건 아주 잘한 일이네. 암만, 잘

한 일이고 말고. 보살님의 가호가 있으실 것이네. 나무아미타불.”

그다음 날, 누가 치우위엔네에 드렁허리 한 근을 보내왔는데, 하필 노스님 눈에 딱 뜨이고 말았다. 그는 노기를 이기지 못하고 씩씩대며, 못마땅한 얼굴로 치우위엔네 집을 기세 사납게 들락거렸다.

즈화가 그의 말투를 흉내 내며 물었다. “스님, 오늘 저희가 무슨 잘못을 범하였길래, 이리도 화가 나신 겐가요?”

노스님이 대답했다. “드렁허리를 죽이려고 칼질을 하면, 피가 뚝뚝 떨어질 게 아닌가. 피가 철철 말일세. 그 핏값을 내세에 어찌 감당하려는 겐가? 기어코 그걸 먹으려 드는 걸 보니, 자네들도 어리석기는 마찬가지일세!”

한번은 어떤 이가 스님의 눈이 매우 침침한 것을 보고는 좋은 마음에서, 눈에 영양이 되게 돼지기름을 좀 드셔 보시라 권했다. 그러자 노스님이 말했다. “불자는 고기를 입에 대선 안 되네. 고기를 먹고 어찌 불경을 외운단 겐가. 그런 말은 함부로 내뱉어선 아니 되지.”

3.

벌써 넉 달이 지나도록 즈헝이 돈을 부쳐오지 않고 있었다. 남은 식량도 머잖아 바닥이 날 지경이었다. 들려오는 말로는, 홍수로 뚱팅호(洞庭湖) 일대의 제방이 여럿 무너졌고, 물에 빠져 숨진 이도 많다고 했다. 즈헝이 일하는 학교도 바로 그 호숫가 근처였다. 편지를 몇 번이나 띄워봐도 감감무소식이었다. 치우위엔은 날이 갈수록 겁이 났다. 그녀는 달궈진 솥 안에 갇힌 개미처럼, 온종일 안절부절못하며 가슴을 졸였다.

치우위엔은 생각 끝에, 위엔즈리에 직접 가 즈헝을 찾아보기로 마음먹었다. 하지만 성한 옷이 한 벌도 없었기에, 먼저 샤오취엔을 찾아가 돈을 빌려 옷을 해 입은 뒤 길을 떠나기로 했다.

런쇼우가 구 관리로 분류되고 나서 치우위엔은 신민 소학교의 교사 자리를 내놓아야 했고, 그 후로 화우리 쪽 사람들과의 왕래도 자연스레 뜸해졌다. 그날 새벽, 그녀는 옷을 지으러 샤오 취엔을 찾아 오랜만에 화우리로 향했다.

화우리는 이전 모습 그대로였지만, 그 안의 사람들은 그렇지 못했다.

땅도 있고 집도 있던 쉬 영감네는 대지주로 낙인찍혀, 화우 저택은 일찌감치 몰수당했다. 쉬 영감네 식구들은 치우즈원네가 살던 허름한 초가집에서 부대끼며 사는 처지가 되었다. 쉬 영감은 시름시름 앓다가 몇 해 지나지 않아 세상을 떠났다. 어찌 보면, 그 덕에 더한 꼴은 면한 셈일지도 몰랐다. 아들 쉬쩡밍은 본디부터 비실비실 제구실을 못 하던 사내였다. 어깨든 손이든 뭐하나 제대로 지고 들고 할 힘도 없던 데다가, 눈까지 흐릿해 앞도 잘 보지 못했다. 그동안 받아오던 소작료가 뚝 끊기자, 당장 온 가족의 생계가 막막해졌다. 쩡밍의 아내였던 아이메이는 그 생활을 견디지 못하고, 결국 제 살길 찾아 친정으로 돌아갔다.

그마나 다행은 치우즈원과 샤오취엔이 곧잘 두 모자를 도우러 나섰다는 것이다. 머슴살이를 하던 즈원네 역시 해방 후에 땅을 나눠 받았다. 아들 궈천이 논을 일구고, 며느리 샤오취엔은 예전부터 해 오던 재봉 일에 밤낮없이 억척스레 매달렸다. 덕분에 그럭저럭 먹고살 만한 형편이 되었다.

치우위엔은 언젠가 길에서 쉬 부인과 마주친 적이 있었다. 순간 그녀는 가슴이 철렁 내려앉았다. 복스럽던 얼굴은 푹 꺼져 거의 알아볼 수가 없었고, 뼈만 앙상하게 남은 몸은 바람만 스쳐도 휘청거릴 지경이었다. 쉬 부인은 해진 천으로 왼쪽 가슴을 칭칭 동인 채, 균형 잃은 오뚝이처럼 오른쪽으로 기운 몸을 뒤뚱뒤뚱 이끌며 걸어오고 있었다. 누가 보아도 비렁뱅이 할멈꼴이었다.

"쉬 부인, 어쩌다가 이렇게⋯⋯." 치우위엔은 그녀의 팔을 꼭 붙들었다. 목이 메어, 더는 말이 나오지 않았다.

쉬 부인이 씁쓸한 웃음을 지으며 담담히 말했다. "휴, 전생에 무슨 죄를 지었는지⋯⋯. 왼쪽 젖가슴에 종기가 나더니, 약초를 갖다 붙여 봐도 도통 효험이 없지 뭔가. 나중엔 종기가 곪아 들기 시작하는데, 이게 갈수록 커지면서 인제는 밥공기만 해졌지 뭔가⋯⋯."

사실 그건 유방암이었다. 그땐 이런 병을 아는 이도 드물었고, 병원에 갈래야 갈 돈도 없던 시절이었다. 쉬 부인은 그저 문드러져 가는 젖가슴을 지켜볼 수밖에 없었다. 몸에서는 악취가 진동했고, 밥 동냥을 나가면 누구 하나 그녀 곁에 가까이 오려 하지 않았다.

그런 중에도 즈원의 가족만은 끝내 쉬 부인을 외면하지 않았다. 즈원은 종종 산에서 약초를 캐다 고약을 지어, 아내나 샤오취엔에게 곪은 상처에 붙여 주고 천으로 잘 감싸드리라 일렀다. 하지만 그녀의 왼쪽 젖가슴은 이미 형체를 알아볼 수 없을 정도로 문드러져, 어떤 약초를 갖다 붙여도 소용이 없었다. 즈원은 그녀에게 시간이 얼마 남지 않았음을 직감했다.

쉬 부인도 잘 알고 있었다. 그렇지만 온몸에서 썩는 냄새를 풀풀 풍기며 뒤뚝뒤뚝 걸음을 옮길지언정, 시종일관 비범한 존엄만은 잃지 않았다. 젖가슴이 그 지경이 되기까지 통증이 얼마나 심했겠는가. 하지만 그녀는 사람들 앞에서 아프단 말 한 마디, 신음 소리 한 번 내지 않고 기어이 견뎌냈다. 그저 조용히 그렇게 죽음을 기다렸나.

복 많은 얼굴을 지녔던 쉬 부인은 정작 이번 생에 복이라곤 제대로 누려 보지도 못했다. 얼마 지나지 않아 그녀는 결국 세상을 떠났다.

샤오취엔을 만난 치우위엔은 돈을 좀 빌려 옷 한 벌 지을 수 있을는지 물었다. 샤오취엔이 말했다. "선생님께서 예전에 저한테 얼마나 잘해 주셨는데요. 빌리고 말고 그런 말씀이 어딨대요. 종전에 손님이 공전으로 주고 간 옥양목이 하나 있는데, 한번 보시고서 맘에 드시면 그걸로 하세요."

길이가 여섯 자쯤 되는 우윳빛 옥양목이었는데, 치우위엔의 마음에 꼭 들었다. 그녀는 몇 번이고 고맙다는 인사를 건넸다. 치우위엔은 그때까지 오른쪽 옆을 여미는 옛날식 옷만 입어 왔는데, 이번에 샤오취엔이 앞섶을 여미는 새 양식의 옷을 지어 주겠다고 했다. 치우위엔은 한옆에 서서, 허리 양쪽에 주름을 잡고, 목깃을 세우고, 소매에 매듭을 만들고, 앞섶에 흰 단추를 하나씩 달아매는 모습을 찬찬히 지켜보았다. 이런 양식의 옷은 처음이었는데, 그녀 몸에 걸치니 맵시가 제대로 살아났다. 그날 이후로 치

우위엔은 옆구리 여밈 옷뿐 아니라, 앞 여밈식 옷이나 중산복[32]같
은 것도 손수 지을 수 있게 되었다.

치우위엔은 샤오취엔에게서 검은 옥양목 바지도 하나 빌렸다.
이로써 나름 그럴듯한 옷 한 벌이 갖춰졌다. 묵은 솜도 얻어 얇게
타서 이불솜을 만든 뒤, 단단히 동여 묶고 작은 멜대에 꿰어 어
깨에 걸쳤다. 그리고 날이 밝기 전 서둘러 길을 떠났다.

---

32. 중화민국의 국부로 불리는 쑨원(1866-1925)이 직접 고안한 의복으로 일상에서의 활동의 편리성
    에 중점을 두었다. 그의 호인 "중산(中山)"에서 이름을 따왔다.

4.

그날 치우위엔의 걸음이 어찌나 빨랐던지, 낮 두 시쯤에 벌써 팔십 리를 걸어 샹인현의 현성에 닿을 수 있었다. 그녀는 작은 여인숙 하나를 찾아 짐을 풀고, 묽은 죽 한 그릇을 시켰다. 작은 공기 하나였는데, 몇 모금 넘기고 나니 바닥이 훤히 드러났다. 간에 기별도 가질 않았다. 기진맥진한 그녀는 잠이라도 푹 자두려는 심정으로, 일찌감치 자리에 누웠다. 내일 또 팔십 리의 노정이 그녀를 기다리고 있었다.

다음 날 새벽에 눈을 뜬 그녀는 텅 빈 속을 안고 길을 나섰다. 전족을 했던 두 발은 벌겋게 부어오르고, 땅에 닿을 때마다 살점이 찢어지는 듯 아려왔다. 그녀는 이를 악물고, 한 걸음 한 걸음 천천히 앞으로 나아갔다.

샹인현의 현성에서 위엔즈리까지 계속 걷다 보니 앞에 강이

하나 나타났다. 강을 건너자 그 끝을 가늠할 수 없는 제방 하나
가 길게 뻗어 있었다. 달이 구름 속에서 모습을 드러낼 때까지,
치우위엔은 걷고 또 걸었다. 시리도록 서늘한 달빛에 대지가 온
통 파리해 보였다. 별이 하나둘씩 늘어나더니 하늘에 빼곡하게
들어찼다. 마치 개미들의 전쟁터를 보고 있는 것 같았다. 치우위
엔은 망연자실 주위를 둘러보았다. 사방이 쥐 죽은 듯 고요했다.
끝을 알 수 없는 제방 위에는 집도 사람도 보이질 않고, 도깨비
불만 어둠 속에서 간간이 빤뜩일 뿐이었다.

그녀는 다시 깊은 적막 속으로 발을 내딛었다. 마침내 제방의
비탈 아래로 작은 오두막 하나가 눈에 들어왔다. 치우위엔은 허
리를 숙이고, 조심스레 오두막을 향해 내려갔다. 달빛을 더듬어
안을 들여다보니, 볏짚이 깔린 바닥에 예순가량 되어 보이는 영
감이 앉아 있었다. 옆에는 자그만한 솥과 젓가락, 그릇이 놓여 있
었다.

치우위엔은 영감에게 시허빠 소학교가 여기서 얼마나 되느냐
고 물었다. 영감이 답했다. "아직 칠십 리는 더 가야 하오. 그런데
학교는 일찌거니 홍수에 떠내려갔소만."

치우위엔은 이미 한 발자국 떼기도 힘겨운 상태였다. 어깨에
멘 이불솜이 천근만근 무겁게 온몸을 짓누르고 있었다. 그런데
도 '학교가 떠내려갔다'는 말을 듣는 순간, 즈형의 안위가 걱정되
어 날개라도 달고 당장 시허빠로 날아가고 싶은 심정이 되었다.

허나 밤은 깊고 인적도 없는 곳이라, 혼자선 좀처럼 방향 분

간을 할 수가 없었다. 그녀는 영감에게 길을 안내해 줄 수 있겠느냐고 물었다. 이만 원[33]을 주면 하겠다기에, 자기를 그곳에 데려다만 준다면 바로 드리겠노라고 약속했다. 영감이 냉큼 이불솜을 받아들고 앞장을 섰다. 둘은 제방 위로 기어 올라가, 그 길을 따라 앞을 향해 걷기 시작했다. 가는 길에 영감은 이번 홍수에 아내와 자식 셋, 며느리 둘까지 모두 물에 빠져 죽고, 자기 혼자만 살아남았다는 이야길 들려 주었다.

시허빠 소학교가 있던 곳에 가보니 과연 학교는 흔적도 없이 사라지고, 그 자리는 논 예닐곱 마지기는 족히 돼 보이는 저수지로 변해 있었다.

다행히 영감이 그곳 지리에 훤한 데다 사람들과도 잘 아는 덕에, 치우위엔은 마침내 즈헝과 만날 수 있었다. 검게 야윈 그는 마치 딴사람 같았다. 치우위엔은 그만 눈앞의 아들을 몰라볼 뻔했다. 즈헝 또한 어머니가 자기를 찾아 이 먼 곳까지 찾아오리라곤 꿈에도 생각지 못했기에 한참을 멍하니 있었다.

치우위엔이 즈헝더러 영감에게 이만 원을 드리라고 일렀다. 영감은 돈을 받아들고 돌아갔다.

치우위엔이 즈헝에게 말했다. "넉 달이 지나도록 너한테서 편지 한 장 없으니, 걱정이 돼서 견딜 수가 있어야지. 해서 이렇게라도 널 찾아 나선 거란다."

------

33. 저자 주: 오늘날 인민폐로 2위안(한화 약 400원) 정도의 액수이다.

즈형은 그동안 시간이 어떻게 지났는지도, 자기가 편지를 못 보낸 지 넉 달이나 됐다는 것도 까맣게 모르고 있었다고 했다. 즈형이 전한 바에 따르면 제방이 무너지기 전에도 제방 바깥쪽의 물이 점점 차오르는 게 보이긴 했지만, 딱히 이상한 낌새는 없었다고 한다. 모두가 합심해 정부의 지시에 따라 불철주야 제방을 보수하며 홍수 방재 작업에 매달렸다고도 했다. 간부든 교사든 주민이든, 너나 할 것 없이 열흘 밤낮을 악전고투한 끝에 다들 이제는 고비를 넘겼겠거니 하고 안심했다. 그러나 사람들이 높은 지대로 옮겨간 지 얼마 안 되어, '쾅!' 하는 굉음이 울리더니 순식간에 제방이 터졌다. 뒤이어 엄청난 길이의 제방이 우르르 무너져 내리며, 몇 분 사이 갈가리 찢긴 헝겊 조각 신세가 되고 말았다…….

삽시간에 제방 전체가 물에 잠겼다. 끝없이 펼쳐졌던 푸른 들판은 간데없이 사라지고, 사방이 물바다로 변했다. 그 기세는 실로 어마어마했다. 문짝이며 나무 상자, 찬장과 탁자, 의자에 걸상까지… 사방에 흩어져 떠다니고 있었다. 거센 물살이 그것들을 살그머니 들어 올렸다가, 이내 사정없이 내팽개치며 마구 희롱해 댔다. 이따금씩 돼지며 개, 소, 양들이 물속에서 버둥거리며 끔찍하게 울부짖는 소리도 들려왔다.

제방 안의 주민들을 미리 안전한 곳으로 대피시켰기에 망정이지, 그러지 않았더라면 얼마나 많은 이들이 목숨을 잃었을지 모를 일이었다.

즈형은 어머니를 한 여학생 집에 머무시게 했다. 치우위엔이 입고 간 우윳빛 상의가 마을 여자들의 눈길을 단박에 사로잡았다. 나중에 재봉사에게 그 모양 그대로 지어 달라고 할 생각으로, 너도나도 돌아가며 한 번씩 걸쳐 봤다.

치우위엔은 꼬박 스무날을 채우고 나서야, 겨우 두 발을 땅에 딛고 걸을 수 있게 되었다. 즈형은 샹인행 배표를 끊어 어머니를 배에 태워드렸다.

즈형은 이번 수해 방재 활동으로 "모범 인민"에 뽑혀, 공청단에[34] 가입하는 영광을 누리게 되었다. 하반기에는 집에서 십여 리 길 떨어진 산골 소학교로 발령이 나, 고향으로 돌아올 수 있게 되었다.

---

34. '공산주의 청년단'의 약칭.

5.

치우위엔이 집을 비운 이십여 일 사이, 마침내 집안에 쌀이 똑 떨어졌다. 온 식구가 당장 배를 주리게 생겼다.

그날, 멀건 나물죽을 먹던 즈화가 런쇼우를 보며 말했다. "아무래도 제가 동냥을 다녀와야겠어요. 이러다간 다 같이 굶어 죽겠어요. 구걸이라도 하면, 뭐라도 조금은 생기지 않겠어요?"

"불안해서 어찌 여자애 혼자 보낸단 말이냐. 만일 네게 무슨 일이라도 생기면, 이 애비는 정말 못 견딘다. 내가 가마. 이 마당에 체면이 무슨 소용이겠느냐. 내 아는 사람들한테 찾아가면, 어느 정도 사정을 봐줄 게다."

"아버진 안 돼요, 안 돼! 그러다 길에서 쓰러지시면요? 병이라도 나시면요? 제가 가요. 빙타오한테 같이 가 달라고 하면 돼요. 옆에 사람이 있음, 담도 좀 커지지 않겠어요?"

이튿날 아침 일찍 빙타오가 왔다. 즈화는 누덕누덕 기운 자루 두 개를 등에 메고, 그릇 하나와 젓가락 한 벌을 챙겨 넣었다. 쓰 영감이 "여기, 거지 지팡이다, 거지 지팡이"하며, 둘에게 작대기 하나씩을 쥐여 줬다. 지팡이를 들고 있어야 구걸하는 품새가 제법 그럴싸하고, 무엇보다 개들로부터 몸도 보호할 수 있다고 했다.

즈화가 마당으로 나서자, 방에 있던 런쇼우가 옷솔을 들고 쫓아 나왔다. 그리고는 즈화를 위아래로 한번 쓸어 주었다.

"아버지, 저 오늘 놀러 나가는 거 아니잖아요. 누가 불러줘서 가는 것도 아니고요. 동냥 가는 건데, 깔끔할 필요가 뭐 있대요?"

"거지라도 조금은 깔끔한 게 낫지 않겠니. 이 애비 걱정 안 되게, 일찍 돌아오너라." 목소리가 이상했다. 즈화가 고개를 들어보니 아버지의 눈에 눈물이 가득 고여 있었다. 무력감이 그의 얼굴을 뒤덮고 있었다.

"아버지, 저 괜찮아요. 저보다 나이가 훨씬 많은 사람들도 다 동냥들을 다니는데, 저 같은 계집아이는 더 별것 아닌걸요! 뭐라도 얻어올 수만 있음, 그걸로 됐지요. 혹시 알아요? 쓸 만한 물건도 많이 구해오고, 밥도 배부르게 먹게 될지요."

즈화와 빙타오는 정처 없이 걷다가 집이 보이면 그리로 향했다. 하지만 왕왕 마당에 들어서기도 전에, 서너 마리씩 되는 사나운 개들이 뛰쳐나와 쉴 새 없이 짖곤 했다. 손에 든 거지 지팡이는 막상 아무짝에도 쓸모가 없었다. 개 짖는 소리가 나기 무섭게 그 집 아이가 튀어나왔다. 아이는 동냥하러 온 걸 알아채곤 개한 테 "물어!"라고 소리쳤다. 그러면 개들은 금세라도 덮칠 듯한 기세로 더욱 맹렬하게 짖어댔다. 즈화와 빙타오는 달려들려는 개를 막아내며 뒤로 물러섰다. 뭐라도 좀 주십사 입을 열어보기도 전에, 그나마 있던 담도 쪼그라들고 말았다.

한참만에 개가 없는 집을 찾아냈다. 문 앞에 여자 하나가 앉아 있었다. 즈화와 빙타오는 얼른 다가가 말을 붙였다. "아주머니, 밥 좀 주세요. 밥 좀 주세요." 여자가 손을 휘이 내저으며 말했다. "우리 먹을 밥도 없는데, 느이한테 줄 게 어딨다고 그래! 딴데 가 봐라. 딴 집에 가보란 말이다."

즈화와 빙타오는 꿈쩍도 하지 않고, 그 옆에 서서 온갖 듣기 좋은 말을 늘어놓았다. 여자가 귀찮다는 듯 말했다. "줄 게 없대도 그러네, 원. 가거라. 그 침 아껴뒀다 오줌 쌀 때나 써라, 채소 거름이라도 되게."

둘은 또 다른 집을 찾아냈다. 집 앞에는 인상이 너그러워 보이는 오십 안팎의 아주머니가 있었다. 즈화의 눈이 반짝였다. 즈화가 큰 소리로 말했다. "아주머니, 밥 좀 주세요. 뭐든 좋으니, 적선 한 번만 해 주세요."

즈화의 옷은 누더기였지만 바느질이 아주 말끔했고, 또렷한 이목구비에, 얼굴도 곱상했다. 그 아주머니는 즈화를 위아래로 한번 슥 훑어보더니 말했다. "딱 봐도, 대지주네 여식이 분명하구만. 그동안 느이 집이 사람들을 얼마나 쥐어짰겠니? 네가 이 지경이 된 것도 다 그 죗값을 치르는 건 줄이나 알거라.” 그리고는 몸을 돌려 부엌으로 들어가더니 채소를 넣은 밀전병을 하나 들고 나와, 빙타오에게만 주었다. 즈화 것은 없었다.

즈화는 순간, 수치심에 왈칵 눈물이 쏟아질 것 같아 황급히 뒤돌아 나왔다. 빙타오가 헐레벌떡 쫓아 나오며 즈화의 옷자락을 잡아 세웠다. “신경 쓰지마. 신경 쓸 필요도 없어! 흥, 맘대로 들 지껄여 보라지!” 빙타오가 힘주어 말했다.

마지막으로 찾아간 곳에는 남자가 있었다. 처마 밑에 앉은 남자의 앞에는 오이가 담긴 바구니가 놓여 있었다. 즈화가 다가가 말했다. “아저씨, 저희 밥 좀 주세요. 오늘 하루 종일 아무것도 먹지 못했답니다.”

남자가 의심스러운 눈초리로 물었다. “니들 지주 계급 아니냐?” 즈화가 다급히 대답했다. “지주라니요. 저희 지주 아니에요. 저흰 땅도 없고, 돈도 없는 빈민이랍니다. 아버지는 병석에 누우셨고, 오라버니는 학교에 가야 하고, 거기에 어린 남동생도 둘이나 딸렸는데, 집에 먹을 게 하나도 없어 이렇게 동냥을 나올 수밖에 없었답니다.” 즈화는 어떻게든 남자의 비위를 거스르지 않으려, 조심스레 말을 고르며 또박또박 자신의 처지를 이야기했다.

남자가 바구니에서 누렇게 늙은 오이 하나를 꺼내더니 반을 쭉 갈라 씨를 파냈다. 그리고 그 씨를 깨진 그릇에 담아 주며, 잘 말려서 종자로 쓰면 될 것이라 일러주었다. 그런 다음 오이를 반으로 잘라 둘에게 나누어 주었다. “감사합니다! 정말 감사합니다!" 즈화와 빙타오는 몇 번이고 인사를 했다.

즈화는 오이 반쪽을 받아 들고 물었다. "아저씨, 여긴 어디인가요?" 그가 핑장현의 리산리라고 알려주었다. 즈화가 다시 물었다. "그럼, 샹인은 여기서 얼마나 먼가요?" 그가 이삼십 리쯤 될 거라고 했다. 즈화는 서둘러 오이를 자루에 넣고 집으로 발길을 재촉했다.

물어물어 길을 더듬어 걷다 보니, 어느 틈에 달이 휘영청 떠올라 있었다. 부드러운 달빛이 황황히 길을 재촉하는 두 사람의 작은 뒷모습 위로 내리비추었다. 달은 잠시도 떨어지지 않고 줄곧 그들과 함께했다. 둘이 나아가면, 달빛도 따라 움직였다.

가까스로 집에 돌아온 즈화는 오이 반쪽을 런쇼우에게 건네주었다. 불쌍하기도 하지. 종일 밥 한 숟갈 먹지 못한 데다, 온몸엔 열기가 돌고 발바닥은 퉁퉁 부어 있었다. 즈화는 물독에서 찬물 한 바가지를 퍼 벌컥벌컥 정신없이 들이켰다. 그러고는 입을 훔치며, 페이싼과 티엔쓰를 향해 애써 웃어 보였다. 그때 부엌에서 런쇼우가 물그스름한 나물죽을 들고 나왔다. 죽을 받아드는 즈화의 눈에서 눈물이 뚝뚝 떨어졌다. 그날 당했던 온갖 서러움이 눈물 속에 고스란히 배어 나왔다.

런쇼우가 말했다. "울지 말거라. 그만 울고, 어서 이거 먹고, 씻고 한숨 푹 자거라."

6.

어느 날 밤이었다. 근처 산에서 들려오는 괴이쩍은 소리에 자고 있던 식구들이 죄다 잠에서 깨났다. 장대비가 퍼붓는 듯한 소리 같기도 했다. 하지만 밖엔 비 한 방울 내리지 않고 있었다. 아침 에 일어났더니, 처마 밑이고 계단 위고 할 것 없이 송충이 떼가 산더미처럼 쌓여 있었다. 수천수만은 되어 보이는 송충이들, 보 기만 해도 온몸에 소름이 쫙쫙 돋았다. 런쇼우가 다급히 쓰레박 을 들고 와 송충이들을 쓸어 담았다. 그렇게 한가득씩 퍼 날라, 즈화가 판 구덩이에 묻었다.

산에 올라가 보니, 소나무들은 하룻밤 새 앙상하게 가지만 남 아 있었다. 더는 갉아 먹을 솔잎이 없자, 송충이들이 한데 뭉쳐 나무에서 후둑후둑 한 움큼씩 땅바닥으로 굴러떨어졌다. 떨어진 송충이들은 솔잎을 찾아 사방으로 허둥지둥 흩어졌다. 단 이틀

만에, 부근의 솔잎이란 솔잎은 몽땅 먹어 치워버렸다. 그러더니 셋째 날 아침, 그 많던 송충이들이 한 마리도 남지 않고 감쪽같이 사라졌다. 그야말로 어느 날 하늘에서 뚝 떨어진 요괴가 진탕만탕 패악질을 벌이고는, 홀연히 다시 하늘로 사라진 꼴이었다.

일대가 구릉 지대이다 보니, 산에는 자잘한 잡목들을 빼곤 전부 소나무였다. 해마다 입동 무렵이면, 북풍의 맹공에 노랗고 반질반질한 솔잎들이 우수수 떨어져 내리며 땅 위에 두툼하게 쌓였다. 아주 훌륭한 땔감이었다. 집집마다 겨울을 나기 위해 솔잎을 잔뜩 비축해 두곤 했다. 즈화는 늘 일찌감치 일어나 갈퀴에 광주리를 걸고 산에 올랐다. 으레 가장 먼저 도착한 덕분에 금세 한 짐 가득 솔잎을 긁어 모을 수 있었다.

그런데 올해는 송충이가 극성을 부리는 바람에, 쌀은 있어도 불을 때지 못해 밥조차 해 먹을 수 없는, 심각한 연료난을 겪게 됐다. 사람들이 산 위의 잔나무며 잡풀 같은 허드레 땔감까지 모조리 쓸어가 버렸다. 산은 이발사가 밀어 놓은 머리통처럼 말끔히 벗겨져 있었다. 논두렁과 길가에 난 풀떼기까지도 싸그리 뽑혀 나갔다.

한번은 치우위엔이 바느질삯으로 쌀 두 되를 받아왔다. 큰맘 먹고 흰 쌀밥을 해 먹어보려 했건만, 집에는 장작 한 토막도 없었다. 즈화와 동생들이 혹시나 하여 산에 올라가 보았지만, 주워온 것이라곤 고작 젓가락 굵기만한 나뭇가지 하나뿐이었다. 치우위엔은 하는 수 없이 마지막 남은 대나무 침대를 뜯어 밥을 지었다.

7.

이곳은 논이 많고 밭은 적은 지역이었다. 전족을 했던 치우위엔은 맨발로는 일을 할 수 없어, 얼마 되지 않는 밭일에나 겨우 참여할 수 있었다. 그 탓에 일 년 내내 쌓이는 노동 점수는 형편없이 낮았고, 배급되는 식량도 턱없이 부족할 수밖에 없었다.

그러던 어느 날, 종친 중 한 사람인 양꿰이성이 그들을 찾아왔다. 츠푸산에서 이십 리쯤 떨어진 쟝펑이란 곳에 사는, 키가 훤칠하고 용모가 단정한 사십대 초반의 남자였다. 예전에 우한의 한 목공소에서 일한 경험도 있고, 세상 돌아가는 물정에도 밝은 이였다. 그는 연로한 부모님을 돌보기 위해 고향에 돌아왔다고 했다.

양꿰이성은 집 안에 들어선 뒤로 줄곧 페이산과 티엔쓰를 눈여겨보았다. 그러더니 형제가 어쩜 이리들 반듯하게 잘생겼냐며,

감탄을 아끼지 않았다. 그가 얼마간을 더 앉아 있다가 작은 소리로 말을 꺼냈다. "한 끼 해결하면 바로 다음 끼니 걱정을 해야 할 정도로, 살림이 많이 어렵다 들었습니다. 한창 자랄 나이인 아이들이 밥 한 끼 제대로 못 먹고 지내다니, 업보도 이런 업보가 없지요. 믿어 주신다면 두 아이 중 하나를 저한테 양자로 주시지요. 절대 굶기거나, 헐벗게 하진 않을 겁니다. 나중에는 힘닿는 데까지 공부도 시켜줄 거고요."

런쇼우는 묵묵히 듣고만 있었다.

며칠이 지나고, 양꿰이성이 아내를 데리고 다시 찾아왔다. 그의 아내는 양꿰이성과는 정반대로, 작달막한 키에 비쩍 마른 거무데데한 여인이었다. 참으로 어울리지 않는 한 쌍이었다. 아내가 아이를 가지지 못하는 연유로 먹여 살릴 식구가 적었기에, 둘은 사는 형편이 비교적 넉넉한 축에 들었다. 부부는 페이싼이나 티엔쓰 중에 한 아이를 양자로 들이게 해달라며, 입에 침이 마르도록 좋은 말들을 늘어놓았다.

런쇼우와 치우위엔은 아무 말 없이 듣기만 하다가, 그들이 돌아간 뒤에야 조심스레 서로의 생각을 물었다. 한참 얘기를 주고받은 끝에 치우위엔도 결국 뜻을 굽혔다. 두 사람은 양꿰이성 내외가 모두 마흔을 넘긴 터라, 양자를 들여서라도 대를 잇고 싶은 그 마음만큼은 진심일 거라 여겼다. 게다가 친자식처럼 보살필 마음이 없다면, 구태여 남의 아이를 들이겠다고 나설 이유도 없지 않은가. 어차피 자신들이 끼고 있어 봤자, 그 신세만 한없이 처량할 뿐이었다. 차라리 양자로 보내어 배불리 먹이고, 따수운 옷 입히고, 공부까지 시켜줄 수 있다면, 그게 오히려 나은 길 아니겠는가.

런쇼우가 말했다. "만일 그 두 내외가 진심이라면, 분명 다시 올 것이오. 그때 가선 우리 승낙해 줍시다. 저들도 다 좋은 뜻으로 그러는 것이겠지."

닷새가 지나고, 양꿰이성 부부는 정말로 다시 찾아왔다. 아이를 달라던 말은 결코 흘려 한 말이 아닌 듯했다. 치우위엔이 내외에게 말했다. "형제 중에서, 두 분이 원하는 아이로 데려가세요."

두 돌이 채 안 된 티엔쓰는 걸음도 제법 잘 걷고, 또 어찌나 잘 웃던지, 웃을 때면 눈이 초승달처럼 휘어지는 것이 무척이나 귀여웠다. 양꿰이성 부부가 말했다. "아무래도 어린 쪽이 정 붙이기가 쉽겠지요. 나이가 있으면, 마음 열기가 쉽지 않을 테니까요." 그러고는 띠엔쓰를 달라고 했다.

치우위엔이 내외를 떠나보내며 조용히 당부했다. "피차 같은 '양'씨 성을 가지고 태어난 사람들이니, 남남이라도 가족이나 다름없지 않겠어요. 그러니 티엔쓰가 가거든, 부디 잘 보살펴 주세요. 나중에 학교도 꼭 보내주시고요. 애는 며칠 있다 제가 직접 데려다 드릴게요. 오늘 두 분이 덜컥 데려가시면 애가 울지 몰라요. 우는 걸 보면, 제 마음이 약해져서⋯ 차마 보내지 못할 것 같거든요."

며칠 후, 치우위엔은 낡은 보에 몇 벌 안 되는 티엔쓰의 여벌 옷들을 싸고, 즈화에게 양꿰이성네에 가자며 아이를 업혔다.

이십 리 남짓한 길을 걷는 동안, 둘은 번갈아 가며 티엔쓰를 업었다. 즈화가 길가의 들꽃을 꺾어 티엔쓰에게 장난을 걸면, 그때마다 아이는 연신 웃음을 터뜨렸다. 가는 내내 치우위엔은 무거운 마음에 같은 말을 몇 번이고 되뇌었다. "티엔쓰, 우리 착한 아가, 이 엄마가 어찌할 도리가 없어… 이렇게 할 수밖에 없었단다……."

양꿰이성의 아내가 점심으로 생선이며, 고기며 맛난 음식들을 한 상 가득 차려냈다. 즈화는 티엔쓰에게 살뜰히 밥을 챙겨 먹이며 내심 기뻐했다. 앞으로 동생이 다시는 배곯을 일 없이 좋은 음식들 맘껏 먹으며 살 수 있겠단 생각에 마음이 놓였다. 하지만 치우위엔은 몇 술 뜨다 말고 그만 밥공기를 내려놓았다. 즈화는 그녀의 눈에 가득 고인 눈물을 보았다. 치우위엔은 딸이 자기를 보고 있다는 것을 알아채고는 얼른 고개를 돌렸다.

식사를 마친 후, 즈화는 티엔쓰를 데리고 조금 더 놀다가 품에 안은 채 의자에 앉았다. 누나의 품에 얌전히 안겨 잠든 티엔쓰는 자면서까지도 방실방실 웃고 있었다.

즈화는 티엔쓰를 침대 위에 눕혔다. 치우위엔은 침대맡에 서서 한참을 내려보다가, 마침내 마음을 독하게 먹고 즈화의 손을 잡아끌며 양꿰이성 내외에게 인사했다. "잘 부탁드릴게요." 그녀는 말을 마치자마자 몸을 돌려 도망치듯 그곳을 빠져나왔다.

즈화가 앞장을 서고, 치우위엔은 말없이 그 뒤를 따랐다. 즈화가 돌아보니, 치우위엔이 손수건으로 눈물을 훔쳐내고 있었다. 레이스가 달린 흰 손수건은 금세 흥건해졌다. 즈화가 다급히 달랬다. "어머니, 너무 상심 마셔요. 우리, 한 달에 한 번씩 티엔쓰 보러 와요. 하루도 늦지 않게, 한 달마다 꼭이요."

집에 도착하니, 페이싼이 애처롭게 문간에 쭈그리고 앉아 엄마와 누나를 기다리고 있었다. 치우위엔이 방으로 들어서자, 런쇼우가 물었다. "잘 보내고 왔소?"

치우위엔이 대답했다. "잘 보내고 왔어요."

티엔쓰가 없는 집 안은 적막 그 자체였다! 온 식구가 얼빠진 사람들처럼 말도 안 하고, 일도 안 하고, 망연히 앉아만 있었다.

다섯 살쯤 된 페이싼만이 바닥에 앉아, 평소에 부모님과 누나가 들려주던 옛날이야기들을 종이 위에 그리고 있었다. 아직 글자를 익히지 못한 까닭이었다.

저녁 시간이 다 되도록 식구들 중 누구 하나 입을 열지 않았다. 페이싼과 티엔쓰를 돌보는 일은 줄곧 즈화의 몫이었고, 밥을 챙기는 일도 언제나 그녀가 맡아 왔다. 즈화는 밥그릇을 손에 들었다가, 이곳에 더 이상 티엔쓰가 없다는 생각에 와락 목이 메어 오르며 눈시울이 붉어졌다.

8.

한 달이란 시간이 이토록 길 줄이야! 말 그대로, 하루가 일 년 같 았다.

한 달을 겨우 버텨낸 즈화는 날이 채 밝기도 전에 일어나 아 침을 준비했다. 티엔쓰를 조금이라도 빨리 만나고 싶은 마음에, 숟가락을 내려놓기가 무섭게 치우위엔을 재촉하여 서둘러 길을 나섰다. 즈화는 기운이 펄펄 나는 모양으로 날아갈 듯 잽싸게 걷 다가, 저만치 앞에서 치우위엔을 기다리곤 했다. 티엔쓰를 기쁘 게 해줄 요량으로 길가에 핀 들꽃도 한 줌 꺾어 들었다.

양꿰이성네 집이 가까워오자 즈화는 생각했다. '티엔쓰는 지 금 뭘 하고 있으려나. 의자에 놀잇감들을 늘어놓고 노는 중일까? 아님, 아줌마가 안고 재우는 중이려나? 아니면, 고 작은 손으로 아줌마 손을 꼭 쥐고 이웃집에 마실이라도 가려던 참일까?' 엄마와 자신을 보면, 티엔쓰는 틀림없이 초승달 눈을 하고 까르륵 웃어댈 것이다. 양꿰이성네는 독채를 쓰고 있었는데 대문은 잠기지 않은 채로 그냥 닫혀만 있었다. 즈화의 가슴에선 쿵쾅쿵쾅 방망이질 소리가 그치지 않았다.

치우위엔은 살며시 대문을 밀고 들어섰다가, 눈앞에 펼쳐진 광경에 그만 얼어붙고 말았다. 즈화 손에 들린 들꽃들이 힘없이 바닥으로 내려앉았다.

당옥에 놓인 팔선상의 다리에 대나무 의자 하나가 묶여 있었고, 그 의자에 헝겊끈으로 티엔쓰의 허리가 동여매져 있었다. 아이는 눈을 감고 꾸뻑꾸뻑 조는 중이었다. 머리에 부스럼이라도 났던 겐지, 보살에게 제를 올릴 때 쓰는 향의 잿개비가 머리 위에 소복히 내려앉은 채로 굳어버려, 얼핏 회색 모자를 쓴 것처럼 보였다. 꾀죄죄한 얼굴에다, 축축이 젖은 앞섶엔 밥풀때기가 눌어붙어 있었다. 희고 작은 두 손은 거뭇거뭇 변했고, 손톱 밑엔 때가 시커멓게 끼었다. 바지 밖으로 드러난 고추는 검붉게 부어올라 있었다. 파리 떼가 아이 주위를 맴돌며 몸 위를 기어 다녔다.

불과 한 달 사이에 티엔쓰의 모습은 전연 딴판이 되어 있었다. 치우위엔은 허둥지둥 아이를 묶고 있던 끈을 풀고, 조심스레 품에 안아 올렸다. 그 기척에 티엔쓰가 흠칫 놀라며 눈을 떴다. 겁에 질린 두 눈이 휘둥그레졌다. 그러다 엄마라는 걸 알아차리고는, 와아앙 울음을 터뜨리며 품속으로 파고들었다. 아이는 엄마의 옷자락을 꼭 붙들고 놓을 줄 몰랐다.

셋은 한데 뒤엉켜 울었다.

그렇게 한참을 울다가, 치우위엔은 아이를 안고 양꿰이성 내외를 찾아 나섰다. 집 안팎을 샅샅이 살펴보았으나 그림자 하나 보이질 않았다. 티엔쓰에게 뭐라도 먹인 뒤 길을 떠나고 싶었지만, 식탁 위에 놓인 참깨 반병 말고는 집 안에 먹을 것이 하나도 없었다. 치우위엔은 가는 길에 그거라도 먹여 볼 생각으로 즈화의 옷주머니에 참깨를 덜어 넣었다.

그리고 티엔쓰를 보며 말했다. "티엔쓰야, 우리 집에 가자꾸나. 다신 이런 데 오지 말자. 설령 같이 죽는 한이 있더라도, 이젠 절대 널 아무 데도 보내지 않을 거야. "

치우위엔은 근처 이웃집을 찾아갔다. 혹여 양꿰이성 부부가 아이를 찾아 나설까 싶어, 말 좀 전해달라고 부탁할 참이었다. 그때 노부인 하나가 비틀비틀 몸을 가누며 쫓아 나오더니, 그녀를 향해 노발대발 역정을 냈다. "아니, 사람들이 말이요, 자식새끼를 보내도 어쩜 그런 종자들한테 보낼 수 있소! 시방이라도 데려가지 않으면, 그쪽 아들내미는 조만간 죽게 생겼소. 애 꼬추 꼴 좀 한번 보오. 오리가 지렁이인 줄 알고 쿡쿡 쫘댄 통에 그 사달이 난 것도 모르고. 그러다 죄 받지! 암, 죄 받고 말고! 처음 왔을 때만 해도 그리 잘났던 애가… 당신들, 대체 뭘 받아먹고 이런 짓을 한 게요?"

치우위엔이 말했다. "저흰 아무것도 받은 적 없어요. 그 사람들이, 저희 집이 먹을 쌀도 없이 어렵게 사는 걸 보더니, 좋은 마음으로 아이를 데려가 자식처럼 키워 주고, 먹여 주고, 입혀 주고, 학교도 보내주겠다고… 그렇게 말했어요.”

노부인이 말했다. “허, 양씨 여편네는 쌀을 세 짐이나 줬다고 했소. 값을 비싸게 쳐주고 데려온 애라고 큰소리치더이다.”

치우위엔은 집에 돌아오자마자 물을 한 주전자 끓여 쑥을 우리고, 그 물로 티엔쓰 머리에 붙은 향 잿개비를 말끔히 씻어냈다. 그러자 두피의 뽀얀 살이 모습을 드러냈다. 정수리엔 부스럼이 몇 개 곪아 터져 있었다. 치우위엔은 매일같이 소금물을 적신 솜으로 흘러나오는 진물을 닦아주었다. 돈 한 푼 들이지 않고도, 일주일이 채 안 돼 상처는 말끔히 아물었다. 티엔쓰의 머리에 윤기 도는 까만 머리칼이 다시 자라나기 시작했다.

그 후로도 쭉 양꿰이성 부부의 모습은 볼 수 없었다. 마치 이 세상에서 증발이라도 해버린 것만 같았다.

9.

만 부인네 막내아들 바오성은 겨우 소학교를 마치고 마을로 돌아왔다. 그는 농사도 싫고, 일도 싫고, 공부도 싫었다. 부모들도 속수무책으로, 동네를 기웃거리며 빈둥대는 아들을 그저 바라볼 수밖에 없었다.

스무 살 청년이 된 만바오성은 키가 크고 마른 체형에, 턱이 뾰족하고 등이 약간 굽어 있었다. 그는 여자들의 환심을 사 보겠다고 일부러 여성스러운 목소리와 말투를 썼고, 여자를 바라보는 눈빛은 어딘지 모르게 음흉하기까지 했다. 그런 사람을 좋아할 이는 아무도 없었다.

그의 운이 트이기 시작한 건, 마을에 공동 식당이 들어서던 무렵부터였다. 제강·제철 운동을 지원하기 위해 각지에 공동 식당이 세워지면서, 솥은 물론이고 장작이며 쌀, 심지어 소금이나 기름 같은 부엌살림까지도 몽땅 공공재산으로 귀속되었다.

생산대 대장은 청년들을 이끌고 철을 모은다며 마을 구석구석을 누비고 다녔다. 만바오성도 그 뒤를 따라 이 집 저 집 드나들며 누구보다 열심이었다. 처음에 대장이 멀쩡한 솥 앞에서 선뜻 나서지 못하고 머뭇거리자, 그가 나서 괭이로 솥을 내리쳤다. 반들반들 윤이 나던 철솥은 산산조각이 나 고철 덩어리가 되어 버렸다. 바오성은 말했다. "지금 멀쩡하고 말고가 어딨습니까? 다들 밥 짓는다는 핑계로 집에 가 농땡이치는 걸 막으려면, 이런 솥일수록 그냥 두면 안 되지요. 우리가 할 일은 오직, 전심전력으로 공산주의를 건설하는 것 아니겠습니까!"

하루는 대장이 아침 일찍, 생산대 전원에게 똥물을 퍼다 유채밭에 뿌리라고 지시를 내렸다. 서리가 잔뜩 내린 날이었다. 공사원 하나가 말했다. "대장님, 서리가 너무 내려서 지금은 거름을 뿌려도 제대로 퍼지지 않을 것 같습니다. 오후에 서리가 녹으면, 그때 하는 게 낫지 않을까요?" 그 말도 일리가 있어 보여, 대장은 지시를 바꿔 오후로 일을 미뤘다.

바오성은 득달같이 향 정부로 달려가, 있는 대로 부풀려 보고했다. "공사원들이 성실히 임무에 임할 생각은 않고 아침부터 게

---

35. 1958년, 공산당 정부에서 철강과 철의 생산량을 제고하기 위해 일으킨 운동.

으름이나 피워대니, 이래서야 생산대 전체의 발목을 잡는 꼴 아니겠습니까? 그런데, 대장님은 비판을 해도 모자를 판에, 오히려 그 말을 듣고 아침에 하기로 했던 작업을 오후로 미루고 말았지 뭡니까!"

이 일과 앞서 있었던 솥 사건 덕분에, 만바오성은 학교도 다닌 데다, 각오마저 남다른 열성적인 인재라며 공사의 주목을 받게 되었다. 공사는 그를 입당 후보자로 올려 적극 양성했고, 그는 곧 당원이 될 수 있었다. 이제 스무 살을 갓 넘긴 청년이 생산대 대장 자리를 꿰차고는, 마을의 핵심 인물로 떠올라 아침부터 저녁까지 위세를 부리며 활보했다. 그의 한마디에 생산대의 모든 일이 좌우됐고, 심지어 사소한 집안싸움 하나도 그를 모셔다가 해결을 봐야 했다.

조생종 벼 수확을 끝낸 지 얼마 되지 않아, 시찰단이 마을을 방문할 예정이라는 통지가 생산대 본부에 전달됐다. 천연비료 모으기 운동의 성과를 점검하기 위해 내려온다는 것이었다.

그날부터 연일 확성기 소리가 울려 퍼졌다. "공사원 동지 여러분, 모두 주목해 주시기 바랍니다. 공사원 동지 여러분, 주모옥~" 괭이와 낫을 가지고 산에 올라가, 뗏장을 떠내어 불에 태워 재를 만들라[36]는 지시가 떨어졌다. 사람들은 저마다 횃불을 챙겨 들고 생산대 본부로 모여들었다.

---

36. 저자 주: 풀을 흙 채로 떠서 구덩이에 넣고, 마른 나뭇가지나 잎과 함께 태운다. 재가 될 때까지 태운 뒤 식혀서 거름으로 사용한다.

쓰 영감은 슬그머니 자리에서 일어나 횃불 두 대를 챙긴 다음에, 빙타오를 흔들어 깨웠다. 빙타오가 잠에서 덜 깬 눈을 비비며 중얼거렸다. "할아버지, 나 참말 피곤해요. 거기다 허기가 져서 다리에 힘도 못 주겠다니까요. 이따가, 내가 안 보이거들랑 놀라지 마세요. 어디 가서 자고 있는 걸 테니까요." 쓰 영감이 말했다. "들키기라도 하면 비판감이니, 모쪼록 행동거지를 조심해야지."

둘은 앞서거니 뒤서거니 하며 생산대 본부 쪽으로 향했다.

본부에 도착하자, 만바오성이 사람들에게 횃불에 불을 붙이라고 지시하고 있었다. "행여라도 골짜기에 숨어 앉아 농땡이 피울 생각은 아예 하지 마시고! 싸퍼리에서 쓰마오충, 써줴이링까지, 다 우리 부대에 소속된 산이니까, 그중 어디든 가면 됩니다. 자자, 각자 흩어져서 행동 개시!"

붉게 타오르는 횃불들이 어둠 속에서 행렬을 이루었다. 화룡 몇 마리가 각자의 산을 향해 헤엄쳐 오르기 시작했다. 칠흑 같은 산중에는 신비로운 기운이 감돌았다. 밤바람이 어지러이 휘젓고 지나갈 때마다, 사람들의 잠기운은 엷고 투명하게 흩어져 갔다.

쓰 영감은 몇 사람과 어울려 싸퍼리로 올라갔다. 하지만, 황토산인 그곳에선 변변한 뗏장 하나 뜰 만한 곳을 좀처럼 찾아볼 수 없었다. 설령 있었다 해도, 진작에 다 파헤쳐졌을 터였다. 다들 별 수 없이 괭이를 괴고 선 채, 한숨만 푹푹 내쉴 뿐이었다.

잠시 후, 바오성이 순찰을 왔다. 그는 사람들이 손 놓고 가만히 서 있는 모습을 보고는 그 자리에서 화를 터뜨렸다. "나 참,

이렇게들 멍청해서야…. 풀이 없으면 나뭇가지라도 베어서 태워야 할 것 아닙니까!”

쓰 영감이 말했다. “대장님 허락도 없이, 우리가 어찌 함부로 나무를 벨 수 있겠나. 그랬다가 산림을 훼손했다는 죄명이 들씌워지면 어쩌려고…….”

바오성이 성가시다는 듯 말했다. “베세요. 베. 베라고!”

쓰 영감이 또다시 입을 열었다. “헌데 여긴 죄다 자잘한 잡목뿐이니, 태운다고 쓸 만한 거름이 만들어지겠는가?”

바오성이 대답했다. “나 참, 어찌 그리 미련하신지. 쓸 만하고 말고는 상관 할 것 없이, 연기만 피우면 된다고요, 연기만! 연기가 많이 나면 날수록 좋다는 거, 모르겠어요? 시찰단 동지들이 설마 이 산속까지 쫓아와서 확인할까 봐서요?” 말을 마친 바오성의 눈동자가 무리를 휘익 훑고 지나갔다. “빙타오는요? 어째 보이질 않네?”

쓰 영감은 흠칫 놀라 잠시 굳어 서 있다가, 우물쭈물 둘러댔다. “에…, 좀 전까지도 내 뒤에 바로 있었는데…. 아마, 숲에 볼일이라도 보러 가지 않았겠나…….”

몇 사람이 숲으로 들어가 잡목을 되는대로 베어다가 공터에 모아 놓고는 횃불의 불을 옮겨 붙였다. 생나무가 타닥타닥 타 들어가며 매캐한 연기를 뿜어냈다. 연기는 사방에서 피어오른 다른 연기들과 뒤엉켜 뭉게뭉게 하늘로 솟아올랐다. 그러다 점점 더 높이 치솟아, 구름에 뒤섞이며 하늘 저편으로 아득히 사라져 갔다.

하늘 위 별들이 하나둘 자취를 감추고, 날이 서서히 밝아왔다. 새들이 날아오르고, 이슬을 함빡 머금은 나무와 작물에서는 싱그러운 기운이 퍼져 나왔다. 산길을 따라 한 무리의 사람들이 흐느적이며 내려오고 있었다. 온몸에는 깊은 피로가 배어 있었다.

그날 밤, 단 한 사람만큼은 운이 좋았다. 빙타오는 슬며시 무리를 빠져나와 곡물 건조장으로 갔다. 마침 바닥에 굴러다니던 낡은 멍석통 하나를 발견하고는, 그 속에 기어들어가 밤새 늘어지게 한잠을 잤다. 모기조차 찾아내지 못한 그를, 만바오성이 무슨 수로 알아낼 수 있었으랴.

10.

갖은 농사일을 겨우 끝마치고 겨울을 맞이했건만, 이제는 옌자충 댐 건설이라는 대전투가 사람들을 기다리고 있었다.

댐 공사를 앞두고 만바오성은 생산대 총동원대회를 열었다. 사십 평방미터 남짓 되는 본부의 큰 방엔 높낮이가 제각각인 걸상들이 빼곡히 놓였고, 그 위에 남녀노소가 다닥다닥 새까맣게 들어앉았다. 떠들썩한 말소리와 콜록대는 기침 소리가 사방에서 끊이지 않았다. 남자들은 오래된 신문지로 만든 궐련을 뻑뻑 빨아댔다. 점점이 퍼진 불빛들이 어둠 속에서 구불구불한 붉은 띠를 이루었다.

만바오성은 길다란 탁자 앞에 앉아 생각에 잠겨 있었다. 그리고 마침내 그가 입을 열자, 모두가 화들짝 놀랐다. 내용은 이러했다. "이번 동원대회는 칠일 밤낮 동안 계속될 것입니다. 목표는 하나! 바로, '잠을 뿌리 뽑는 것'입니다."

회의장은 한바탕 술렁였다.

"거, 잠을 뿌리 뽑자니, 뭔 수로? 내 나이 예순셋 먹도록 저런 소린 또 첨 들어 볼세." 처음으로 입을 연 이는, 뜻밖에도 소심한 성격에 늘 몸을 사리던 창성 영감이었다. 그가 옆에 앉아 있던 얼피즈에게 말을 건넨 것이다.

"창성 영감님, 예서 그렇게 뻗대시지 말고, 어디 한번 배짱 내밀고 만바오성한테 직접 물어보지 그러셔요." 얼피즈가 말했다.

그의 부추김에 창성 영감이 헛기침을 몇 번 하더니, 만바오성을 향해 큰소리로 외쳤다. "만바오성, 거, 잠을 어찌 뿌리 뽑겠다는 겐가? 잠이란 놈이 원체 요 눈에 들어 있는지라, 잠을 푹 못 자면 눈이 떠지질 않는데, 자네, 설마 눈깔이라도 뽑아 버리겠다는 건 아닐 테지?"

사람들 사이에서 와그르르 웃음이 터져 나왔다.

만바오성은 창성 영감이 뭐라 하건 거들떠보지도 않은 채, 자기 할 말만 이어갔다. "나는 이번 대회를 칠 일간 열 생각입니다. 아이를 돌봐야 하는 여자들만 집에 돌아가고, 나머지 노동력은 한 명도 빠짐없이 여기 남습니다. 그동안 식사는 본부에서 줄 것이니, 밥 먹으러 집에 갈 일도 없습니다. 여긴 침대가 없으니 누가 됐든 잠은 못 잘 것이고, 그러면 자연히 잠이 없어지는 것 아닙니까. 잠을 자지 않으면 엄청난 시간을 아낄 수 있을 테고, 우리는 그만큼 빨리 댐 건설 임무를 완수할 수 있을 것입니다. "

얼피즈는 만바오성이 창성 영감에게 화를 내지 않는 것을 보고는 담이 커져 질문을 던졌다. "의자에 앉아서 자는 건 되겠지요?"

만바오성이 대답했다. "앉은 채로 잠깐 눈을 감는 건 허용되지만, 절대 잠이 들어서는 안됩니다. 다들 각오 단단히 합시다! 공사 시작 후에도 집에 가서 잘 궁리들만 했다간 곤란합니다. 모두가 힘을 모아 예정보다 앞당겨 임무를 완수합시다! "

얼피즈는 질문 하나 해 놓고는, 그새를 못 참고 입에 밴 음담을 또 혼잣말처럼 중얼거렸다. "마누라랑 이레 동안이나 밤일을 못 하면 근질근질해서 어찌 참으라고…."

작은 소리였는데도 어찌나 선명하게 들려오던지, 회장 안의 사람들이 일제히 얼피즈를 돌아보며 웃어댔다. 얼피즈가 정색을 하고는 사람들을 휘휘 둘러보며 말했다. "왜들 웃는대? 우스울 게 무에 있다고! 나 혼자만 그런 생각하는 거 아니잖아들. 고 속에 나보다 더 응큼한 게 들어앉았을지, 알 게 뭐람."

또 한바탕 웃음이 터져 나왔다.

대회는 어느덧 사흘째에 접어들었다. 본부의 큰 방 안은 남자들이 피워대는 궐련 연기로 자욱했다. 셋째 날 대회가 시작되자마자, 만바오성은 몇 마디 하다 말고 길다란 탁자 위로 고개를 꾸벅꾸벅 처박기 시작했다. 사람들은 그 틈을 타 혹은 의자 등받이에, 혹은 옆사람의 등에 슬쩍 기대어 잠을 청하기 시작했다. 바오성은 이를 악물고 버텨 봤지만, 어째 버티면 버틸수록 졸음은 점점 더 밀려왔다. 병든 닭 모양으로 정신을 못 차리던 그는 끝내 탁자 위로 곤두박이쳐선, 미동도 하지 않았다.

그가 잠든 걸 보고, 사람들은 너나 할 것 없이 맘 놓고 쿨쿨 잠 속으로 빠져들었다. 대회장 안이 순식간에 코 고는 소리로 뒤덮였다. 그야말로 장관이었다.

잠에서 깨난 바오성이 성난 호랑이처럼 탁자를 쾅 하고 내리쳤다. "대회 시작! 대회 시작! 정신 차리시오! 다신 잘 생각들 말고! 잠과의 투쟁에 대해서 도대체 왜! 그렇게들 불만이 많은 겁니까? 잠, 잠, 잠! 그저 쳐 잘 생각들뿐이지! 다들 입 꾹 닫고선, 누구 하나 댐 건설에 유익이 되는 의견은 내놓을 생각도 않고, 나 몰라라 하는 꼴이라니……. 당신, 당신, 그리고 거기 당신! 대체 어쩌자는 건지, 어서 말들 해 보시오!"

얼피즈가 말했다. "먼저 잠이 든 건 만 대장님 아닙니까. 아니, 대장님이 안 주무시는데 우리가 언감생심 잘 생각을 어찌했겠습니까? 탁자 위에서 곤히 주무시면서 입까지 벌리고 웃으시던데. 어디, 마나님이랑 밤일하는 꿈이라도 꾼 거 아녜요?"

바오성이 말했다. "얼피즈, 당신 그 입 함부로 놀리지 마. 잠깐 눈 붙이고 졸은 걸로 뭣이 어떻다고? 당신 그거 생산 운동을 방해하는 행위야! 무슨 꼴 당하고 싶어서 그래?"

순간 담배 연기에 숨이 막혀 켁켁대는 소리만 남기고, 회장 안은 쥐 죽은 듯 고요해졌다.

칠 일째 저녁, 바오성이 산회를 선포했다. 사람들은 특별 사면이라도 받은 듯한 기분으로 집을 향해 발길을 옮겼다. 모두가 하나같이 쓰러질 듯 휘청거리고 있었다.

11.

이번 겨울은 눈이 일찍 들이닥쳤다. 섣달이 되려면 아직 하루나 남았건만, 벌써 한차례 폭설이 쏟아졌다. 아침이 되어 즈화가 문을 열고 밖을 내다보니, 땅 위엔 눈이 두텁게 쌓여 있었다. 맞은편 산 위의 소나무 가지마다 눈이 소복이 내려앉아, 하얀 꽃송이들이 탐스럽게 핀 듯했다. 세상은 더없이 고요했고, 눈발만이 하염없이 흩날리고 있었다. 눈은 이틀 내리 계속되었다.

셋째 날 아침, 즈화가 자리에서 일어나 보니 날이 개어 있었다. 싸늘한 냉기를 머금은 아침 햇살이 집안을 나른하게 비추고 들어왔다. 눈 위로 퍼진 햇살에 눈이 부셔, 즈화는 눈을 가늘게 뜬 채로 주변을 둘러보았다. 사방은 여전히 짙은 정적에 잠겨 있었다. 햇살이 든 지 며칠 지나자, 눈이 서서히 녹기 시작했다. 처마 끝에서 물이 뚝뚝 떨어지며 틱탁, 틱탁 소리를 냈다. 처마에 거꾸로 매달린 고드름들이 투명하게 빤짝였다. 비죽배죽 길이는 제각각에, 뾰족한 끝모양새가 빽빽한 침엽수림을 연상시켰다. 아이들은 고드름을 보고 신이 나서는, 빨래 장대를 가져다 후드드득 쓸어버렸다. 고드름이 파사삭 소리를 내며 잇달아 처마에서 떨어져 동강이 났다. 아이들은 새빨갛게 얼어붙은 작은 손으로 개중에 가장 긴 동강이를 집어 들고 입에 쏙 넣었다.

진흙탕이던 땅이 마르자, 본격적인 옌자충 댐 공사가 시작되었다.

치우위엔네 집에서 댐 공사장까지는 세어 리 남짓 떨어져 있었다. 거기까지 가려면, 논두렁길 하나를 빼고는 모두 산속 오솔길을 지나야 했다. 만바오성은 사람들에게 날이 밝자마자 현장에 집합 완료하라는 명령을 내렸다. 늦는 자는 식량 배급량을 삭감하겠다고도 덧붙였다.

즈화는 날이 채 새기도 전부터 길을 나서야 할 때가 많았다. 하지만 귀신이 튀어나올까 무서워, 컴컴한 겨울 밤길을 혼자 헤치고 갈 자신이 없었다. 그렇다고 늦게 나갔다가 만바오성이 식구들 먹을 식량을 깎아버리는 걸 보고만 있을 수도 없는 노릇이었다. 다행히 빙타오가 날이 밝기 전 즈화 집에 들러, 공사장까지 동행해 주곤 했다.

마을 사람들은 평소에도 모였다 하면, 그렇게 귀신 얘기들을 좋아했다. 한번은 생산대 전체가 동원되어 고구마순을 거두러 간 적이 있었다. 그런데 갑자기 비가 억수같이 쏟아졌다. 사람들은 비를 피해 볏짚을 보관하는 오두막으로 뛰어 들어가, 볏짚 위에 한 자리씩 차지하고 앉았다.

그중 건화라고 서른 좀 넘은 사내가 있었는데, 한 달 전 그의 아내가 아이를 낳다 숨졌다. 그가 사람들 앞에서 그날 일을 다시 꺼내 들었다.

"세상에 귀신이 없다는 사람들도 있는데, 아니! 내 생각엔 참말로 있어. 내가 봤다니까! 우리 마누라가 셋째를 낳던 날, 내가 한숨도 안 자고 밤을 꼴딱 샜거든. 그랬더니 그 이튿날 낮에 마누라가 나더러, '당신 너무 졸립겠어요. 옆방에 가서 좀 누워요. 무슨 일 있음 부를 테니까요.' 이러는 거야. 그래서 내가 이렇게 문지방을 넘어서, 옆방으로 갔더랬지. 그러고는 침대가에 앉아 잠깐 눈을 붙였는데, 아, 글쎄, 비몽사몽간에 샤오촨네 안사람이, 빨간 헝겊끈을 요래 들고, 내 앞을 지나가는 거야. 그러면서 날 보고 이빨을 허옇게 드러내면서 씨익 웃는 거야. 그러더니 마누라 있는 방으로 쓱 들어가더라고. 그리곤 갑자기 '아악!' 하고, 비명소리가 들려오대? 잠이 와락 깨면서, 이거 뭔가 잘못됐구나 싶더라고. 그때 퍼뜩 떠올랐지. 샤오촨네 안사람이 반년 전에 애 낳다 죽었던 게. 기겁을 해가지고 단숨에 옆방으로 뛰쳐들어갔는데……. 하이고, 늦어버렸지 뭐야. 마누라는 이미 숨이 끊어져 있더란 말이지……."

건화의 실감 나는 이야기에 듣는 이마다 모골이 송연해졌다. 어느덧 장대비는 잦아들고, 보슬비로 바뀌어 있었다. 본디도 좀

을씨년스럽던 오두막 안에 귀신 이야기가 더해지며, 섬뜩한 공기가 감돌았다. 사람들은 혹시라도 귀신이 툭 튀어나와 자기 몸에 들러붙기라도 할까 두려워 흘금흘금 뒤를 돌아보았다.

돌연 누군가 날카로운 비명을 내질렀다. “저, 저기 좀 봐! 지, 지, 진짜 귀…, 귀신이다!”

사람들은 일제히 그쪽을 바라보았다. 저 멀리서 만바오성이 오두막 쪽을 향해 걸어오고 있었다. 후닥닥—우르르— 사람들은 오두막에서 뛰쳐나와, 빗속의 고구마밭으로 달음질쳤다.

댐 기공식이 있던 날, 징과 북소리에 천지가 떠나갈 듯 요동쳤다. 산비탈 곳곳에는 붉은 깃발과 각종 구호가 적힌 팻말들이 줄줄이 꽂혀 있었다.

팻말 위엔 “자연과 투쟁하여, 자연을 이용하자!”, “고생도 두렵지 않다. 죽음도 두렵지 않다!” “의욕을 고취하여, 더 높이 올라가자!” 같은 구호들이 적혀 있었다.

붉은 깃발이 겨울바람에 펄럭이며 요란하게 나부꼈다. 만바오성이 확성기를 들고 공사 현장을 이리저리 누비고 다녔다. 이건 잘했다느니, 저건 못했다느니, 확성기 밖으로 그의 목소리가 쉴 새 없이 울려 퍼졌다. 사람들은 옷에 피가 배어날 정도로 어깨 살갗이 다 벗겨져, 멜대를 올릴 때마다 흠칫, 진저리를 치곤 했다. 살얼음판에서 땅 파는 임무를 맡은 이들은 추위에 오들오들 떨었다.

밥은 공사장으로 배달됐다. 한 사람당 한 끼에 세 냥도 채 되지 않는 쌀로 지은 이른바 '혁신밥'[37]이었다. 그런 변변찮은 밥을 먹어가며 며칠을 내리 일하고 나니, 다들 극심한 허기로 뱃가죽이 등에 가 붙을 지경이었다. 이래서는 암만 의욕을 고취해 보려 해도 소용이 없었다.

오랜 동무인 즈화와 빙타오는 짝을 이루어 일했다. 즈화가 진흙을 퍼 담으면, 빙타오가 짊어지고 날랐다. 그러나 진흙이 자꾸 괭이에 들러붙는 통에, 퍼 담는 일부터가 여간 힘든 게 아니었다. 바닥 여기저기엔 버려진 광주리들이 나뒹굴었다. 즈화는 빙타오의 일을 조금이라도 덜어주려고, 일부러 망가진 광주리만 골라서 진흙을 담아 주었다. 빙타오가 짊어지고 뛸 때마다 구멍으로 진흙이 줄줄 새어 나갔다. 공사장에 도착하기도 전에, 진흙은 거의 다 빠져나가고 없었다.

얼마 뒤, 공사의 진척 상황을 점검하러 위에서 사람이 내려왔다.

하늘에는 가랑눈이 흩날리고, 사람들은 종아리까지 빠지는 진흙 속에 서 있었다. 땅을 파는 사람도, 흙을 나르는 사람도, 달구질을 하는 사람도 매섭게 몰아치는 겨울바람에 머리는 하나같이 산발이 되고, 얼굴은 회백색으로 꽁꽁 얼어붙어 있었다. 입술이 달달 떨려 말 한마디 제대로 할 수도 없었다. 정말이지 꼴이 말이 아니었다.

만바오성의 지시로 길목에 나가 지키고 있던 두 사람이, 감사

---

37. 저자 주: 한 번 쪄낸 밥에 물을 더해 다시 찐 밥. 부피를 늘리기 위해 고안한 것이었다.

반 일행이 모습을 드러냈다고 전해왔다. 그는 곧바로 사람들에게 윗도리를 벗고 웃통을 드러내라 명령했다. 추위 따위는 아랑곳하지 않는, 의욕 충만한 모습을 보여야 한다는 이유였다. 여인들은 빨고 또 빨아 다 닳아 해진 속옷 한 벌만 걸친 채, 진흙을 퍼 들고 이리저리 분주히 뛰어다녔다. 가슴에 매달린 두 젖가슴도 뜀박질에 맞춰 토끼처럼 폴짝폴짝 튀어 올랐다.

살을 에는 추위를 견디기 위해, 사람들은 죽을힘을 다해 몸을 움직였다. 그렇게 두 시간 남짓을 버텨낸 끝에, 드디어 감사반 동지들이 공사장에서 떠나갔다.

12.

"어른은 모 심는 날을 기다리고, 아이는 설날을 기다린다"라는 말이 있다. 아직 아이 티를 다 벗지 못한 즈화는, 그 말처럼 여전히 설이 기다려졌다. 치우위엔은 설에 어떻게든 흰 쌀밥을 차려 내고 싶었다. 거기에 고기까지 곁들일 수 있다면 더할 나위 없으리라. 그렇게 며칠이나마 설 기분을 누릴 수 있다면 좋을 터였다. 한편 즈화는 예전엔 섣달그믐날 밤이면 동네 꼬마들과 어울려, "섣달그믐 불꽃 활활 타오르고, 정월 보름 등불 환히 밝혀 오네"라는 민요를 부르며, 집집마다 새해 인사를 하고 콩이나 감자, 땅콩, 사탕 같은 먹을거리를 얻어 오곤 했었는데, 이제는 괜스레 부끄럽게 느껴졌다.

설을 쇠고 나서 즈화는 공청단에 가입했다. 생산대에서 돌격대가 결성되자, 거기에도 참여했다.

만바오성은 돌격대원들에게 솔선수범하여 군중의 모범이 될 것을 요구했다. 그가 지시를 내렸다. "자, 자, 썩혀서 거름으로 쓰려고 작년에 길게 남겨두었던 볏짚 있지? 우선 그것들을 파 엎는 일부터 시작하지!"

논바닥은 말간 거울처럼 반짝이는 두꺼운 얼음으로 뒤덮여 있었다. 그 위에 길이가 오륙 촌쯤 되는 볏짚들이 줄지어 서 있었다. 마치 수없이 많은 젓가락이 빼곡히 꽂힌 죽통을 거대한 식탁 위에 올려놓은 듯했다.

돌격대원들은 괭이를 하나씩 둘러메고 논으로 들어가 얼음을 깨뜨린 뒤, 발로 밟아 부쉈다. 추위는 말할 것도 없거니와, 얼음을 밟을 때마다 크고 작은 얼음 조각들의 날카로운 모서리가 수천 개의 칼날이 되어 발바닥을 온통 난자질하는 것 같았다. 감각이 사라질 만큼 발이 얼었다고는 하나, 칼로 찌르듯 파고드는 통증만은 생생했다. 때로는 물속에 암홍색 피가 번져 나오기도 했다.

즈화의 발에도 엄지손가락만한 상처가 났지만, 아픔을 참으며 부지런히 괭이를 놀렸다. 볏짚을 캐내어 뒤집은 뒤 다시 진흙 속에 묻는 작업이었는데, 물을 잔뜩 머금은 볏짚은 다루기가 여간 힘든 것이 아니었다. 바짓단을 아무리 바짝 걷어 올려도, 끝내는 물에 젖고 말았다. 파낸 볏집에 괭이 머리를 살며시 대고, 양손으로 자루를 단단히 쥔 채 천천히 뒤집어 주면, 그나마 좀 나았다.

작업을 마친 즈화는 논에서 빠져나와 진흙투성이 발에 밑창이 다 닳아 해진 신발을 간신히 걸쳐 신고, 얼어 꼬부라진 손에 연신 입김을 불어 댔다. 찬바람이 스쳐 지날 때마다 무수한 칼날이 발을 사정없이 그어대는 것 같았다.

치우위엔은 공동 식당에서 밥을 짓고 식탁을 정리하는 일에 배치되었다. 급식 총책임자는 만 부인이었다.

쌀은 소금이나 기름 같은 요리 재료들, 그리고 땔감과 함께 한 방에 보관되었다. 쌀독 옆엔 반 냥에서 세 냥짜리까지 다양한 크기의 죽통이 나란히 놓여있었다. 만 부인은 매일 죽통으로 쌀을 계량해 각자의 이름이 적힌 법랑 사발에 나눠 담는 일을 도맡았다. 사람들은 할당받은 쌀을 세 등분으로 나눠 씻은 뒤 찜통에 넣었다. 치우위엔은 불 지피는 일에나 관여할 수 있었다.

만 부인은 허리에 앞치마를 두르고 다녔다. 그녀는 사발을 하나하나 계량할 때마다 슬쩍 한 줌씩을 앞치마 주머니에 밀어 넣고는, 쥐도 새도 모르게 집으로 가져가곤 했다.

사람들은 쪄 나온 밥을 받을 때마다 눈에 불을 켜고 밥사발을 들여다보았다. 부디 보살님이 은덕을 베푸사 밥이 죽이 되지 않았기를, 양이 넉넉히 불었기를 바라면서 말이다. 그리곤 밥사발을 손에 올리고 무게를 가늠해 보았다. 밥알은 꼬들한지, 퍼지진 않았는지, 집게손가락으로 몇 번을 눌러가며 확인도 했다.

시간이 흐르면서 사람들은 어딘가 이상하다는 낌새를 느끼기 시작했다. 지어 나온 밥은 배급받은 쌀에 비해 늘 적어 보였고, 밥알은 어김없이 푹 퍼져 있었다.

"누가 쌀을 빼돌리는 게 틀림없어." 사람들 사이에서 불만이 터져 나왔다.

만 부인이 한복판에 나서 허리에 양손을 턱 얹고, 고래고래 목청을 높였다. "다들 아무 말이나 막 지껄이지들 말아! 식당일 맡은 사람이라곤 달랑 둘뿐인데, 그럼 그 말은 나 아니면 저 여자가 훔쳤다는 얘기 아니냐고! 속 시원히 누구라고 얘길 해 보시든가. 아니면 이대로 바오성한테 가서 날 잘라버리라고 하든가! 사람들이 말야, 말이면 다인 줄 아나!"

사람들은 범인을 눈앞에 두고도 어쩌지 못해 울화가 치밀었지만, 벙어리 냉가슴 앓듯 속으로 삭일 수밖에 없었다. 치우위엔을 의심하는 이는 아무도 없었다. 이미 '구 관리 사모님'이라는 낙인이 찍힌 여자였다. 제아무리 간이 크다 한들 그런 공분을 살 만한 짓은 감히 하지 못하리라는 걸, 모두가 알고 있었다.

런쇼우는 배고픔에 갈수록 여위어 갔다. 얼굴빛은 점점 녹색으로 변했고, 말할 기력조차 없어 대부분의 시간을 멍하니 앉아 보냈다. 그야말로 숨 쉬는 시체나 다름없는 나날이었다.

식사 때만 되면, 예의 그 점잖고 품위 있던 모습은 온데간데없이 사라지고, 눈빛마저 험악하게 돌변했다. 주변은 전혀 아랑곳하지 않았다. 눈을 벌겋게 치켜뜬 채, 모가지를 길게 빼고는 입에선 쩝쩝, 목구멍에선 꿀꺽꿀꺽, 듣는 이조차 놀랄 만큼 요란한 소리가 터져 나왔다. 그릇을 다 비우고 나서도 여전히 게걸든 눈빛으로 밥그릇을 노려보며 혀끝으로 연신 핥아댔다.

벼를 수확하기 전, 사람들은 가장 넘기 힘들다는 피고개를 지나야 했다.

마침내 벼 이삭이 노랗게 물들기 시작했다. 멀리서 바라보면, 꼭 우승기에 달린 수술 같았다.

마을엔 이미 며칠째 쌀 한 톨 구경 못한 이들이 수두룩했다. 야심한 밤을 틈타 외진 논으로 벼를 훔치러 가는 사람들이 하나둘 생겨났다. 즈화도 몇 번이고 가 보려 했지만, 런쇼우가 극구 말렸다. 출신 성분에 하자가 없는 이들과 똑같이 행동해선 안 된다는 것이었다. 식구들은 허기가 져 눈앞에 별이 아른거릴 지경인데도 일을 나가야 했고, 페이싼과 티엔쓰도 학교에 가야 했다. 굶주림은 살아 있는 채로 매장 당하는 것이나 다름없었다.

즈화는 결국 벼를 훔치러 나서기로 했다. 그날 밤 런쇼우와 치우위엔이 모두 잠들기를 기다렸다가 페이싼을 흔들어 깨웠다. 둘은 쓰레박을 들고 집을 나서, 샤오쉐이충리로 곧장 달음질쳐 갔다.

그곳은 이미 사람들로 바글거렸다. 남매도 서둘러 논으로 들어갔다. 페이싼이 아래서 쓰레박을 받쳐 들고, 즈화가 익은 벼 이삭을 골라 두 손으로 힘껏 훑어 내렸다. 훑고 또 훑는 사이, 어느새 쓰레박 안은 벼로 가득 찼다. 남매는 다른 이들이 한 자루씩 가득 짊어지고 돌아가는 모습을 보며, 자루를 챙겨오지 못한 것이 못내 아쉬웠다.

집에 돌아오자 런쇼우가 물었다. "이 많은 벼가 다 어디서 난 게냐?" 즈화는 사실대로 고했다. 그러자 런쇼우가 즈화의 머리를 쓰다듬으며 말했다. "애비는 널 혼낼 생각 없다. 하지만 두 번 다시 이래선 안 된다. 우린 늘 남들 평판에 신경 써야 하는 사람들 아니니!"

벼 껍질을 벗겨내려면, 먼저 벼 낟알을 솥에 넣고 약한 불에 살살 볶아 물기를 날려줘야 했다. 솥에서 모락모락 피어오른 김이 부엌 안을 가득 메웠다. 구수한 냄새가 손만 뻗으면 금세라도 잡힐 듯했다. 집에 마땅한 탈곡 기구도, 맷돌도 없었기에, 볶은 벼알을 탁자 위에 쏟아놓고, 곡식을 재는 둥근 통으로 이리저리 꾹꾹 문질러 까는 수밖에 없었다. 한참을 문지르고 나서 키질까지 마치자, 미처 여물지 못했거나 덜 마른 낟알만 빼고 껍질은 대체로 벗겨져 나갔다.

치우위엔은 이 쌀로 아침밥을 지었다. 집에 남은 거라곤 생강 조금뿐이라, 그걸 으깨어 소금으로 간을 한 것이 그나마 반찬 노릇을 했다. 식구들이 한창 맛있게 밥을 먹던 그때, 즈헝이 집에 왔다. 즈화가 얼른 밥 한 그릇을 퍼다 주었다. 그런데 밥그릇을 손에 든 채 고개를 숙이고는 좀처럼 먹을 생각을 하지 않는 게 아닌가. 즈화는 힐끔 오라비 쪽을 보았다가, 눈시울이 벌겋게 달아오른 걸 보고 깜짝 놀랐다.

치우위엔도 놀라 물었다. "무슨 일이라도 있는 거니?"

"밥 속에 껍질 붙은 쌀이 이렇게 많은데, 그걸 어찌 그리들 잘 먹는데요. 도대체 얼마나 배가 고팠길래 그러겠냐고요……!” 즈형은 울먹이다가, 이내 꺽꺽 목놓아 울기 시작했다.

그는 식량 배급표와 돈을 전해주려 집에 들른 참이었다. 매일 여덟 냥의 쌀과 매달 삼십삼 원의 월급을 받았는데, 달마다 식량 배급표를 아껴 두었다가 집에 가져다 주었다. 그 표로 족히 쌀 열 근은 받을 수 있었다. 학교로 돌아가기 전, 그는 가지고 있던 돈과 배급표를 몽땅 집에 두고 갔다.

치우위엔이 말했다. “너도 한 달치 식비는 가지고 있어야지. 한 달 내내 굶을 순 없는 노릇이잖니!”

즈형이 대답했다. “전 동료들한테 빌리면 되니, 걱정 없어요. 게다가 이 돈이라야, 삶은 호박 열 그릇 값도 채 안 되는걸요.”

벼 이삭을 열심히 훑어낸 탓에, 이튿날 즈화의 손바닥은 벌겋게 부어올랐다. 물수건으로 세수를 하려고 수건을 짜는 순간 화끈거리는 통증에 그만 손을 멈추고 말았다.

그래도 쌀이 조금 들어갔다고, 런쇼우의 기운과 안색이 눈에 띄게 나아졌다. 가족들의 기분도 한결 좋아졌다.

13.

어느 날 저녁, 온 가족이 마당에 모여 바람을 쐬고 있었다. 달이 산등성이 위로 조용히 모습을 드러내자, 문 앞의 녹나무가 마당과 즈화 남매들의 몸 위로 얼룩덜룩한 그림자를 늘어뜨렸다. 들판에서 불어오는 시원한 바람 속에 반딧불이들이 머리 위를 쉴 새 없이 날아다니며 춤을 추었다.

점차 싸늘한 기운이 느껴지기 시작했다. 즈화와 런쇼우는 페이싼과 티엔쓰를 재우려고 집 안으로 데리고 들어갔다. 치우위엔은 몹시 고단했던지 평상에 누운 채 그대로 잠이 들었다. 즈화는 동생들을 먼저 재우고 나서 그녀를 깨울 작정이었다.

두 형제가 잠들자 런쇼우가 즈화에게 일렀다. "마당에 가서 의자도 좀 들여놓고, 어머니도 깨워서 안으로 모셔 오거라."

즈화가 마당에 나가보니 치우위엔은 깊이 잠들어 있었다. 즈화가 의자를 집 안으로 옮겨 놓고 몸을 돌려 막 문지방을 넘어서던 그 순간, 검은 그림자 하나가 불쑥 튀어 오르더니 맹렬한 기세로 치우위엔의 몸을 덮쳤다. 치우위엔은 화들짝 잠에서 깨어나 필사적으로 몸을 비틀며 일어나 앉았다. 그리고 팔을 번쩍 들어 남자의 뺨을 힘껏 내리쳤다. 남자는 물러서지 않고 그녀의 옷을 벅벅 찢었다.

즈화는 그 둘이 왜 싸우고 있는지 얼떨떨했지만, 일단 놀란 마음에 "아버지!"하고 소리를 내질렀다. 런쇼우가 소리를 듣고 벽을 더듬으며 밖으로 나왔다. 남자는 그제서야 몸을 일으켜 쏜살같이 달아났다.

즈화가 치우위엔의 손을 부여잡고 집 안으로 이끌었다. 얼굴이 새하얗게 질린 치우위엔은 그 와중에도 혹여 아이들이 깰까봐, 입술을 꽉 깨물고 애써 울음을 삼켰다. 잠시 뒤, 그녀가 웅얼거리듯 입을 열었다. "푸펑이었어요."

알고 보니 그 검은 그림자는 만 부인네 큰아들 푸펑이었다. 그는 지금 생산대 창고 관리를 맡고 있으며, 치우위엔보다 몇 해 어린 사내였다.

런쇼우의 얼굴이 험악하게 일그러졌다. 그리고는 말 한마디 없이 부엌으로 들어가더니, 식칼과 밧줄을 들고나와 치우위엔 앞에 내동댕이치며 소리쳤다. "굶어 죽는 건 아무것도 아니오! 정조를 잃는 것이야말로 큰일이지! 밧줄이든 칼이든, 뭐든 좋소. 당장 죽어 버리시오! 내 이 두 눈 감기 전엔, 오쟁이 진 사내라는 소린 절대 들을 수 없소!"

그 순간 즈화가 마주한 이는 더 이상 런쇼우가 아니었다. 마치 전혀 다른 사람이 그 자리에 서 있는 것만 같았다. 가슴 깊은 곳에서 아버지를 향한 원망이 불쑥 치밀어 올랐다.

치우위엔은 넋이 나간 듯 뒷걸음질 치다 벽에 기대섰다. 두 입술을 굳게 다문 채 한참을 꼼짝 않고 서 있던 그녀가 마침내 입술 사이로 한 마디를 짜냈다. "사람이… 어찌 그리 매정할 수 있어요…!" 소리 없는 눈물이 그녀의 얼굴을 흥건히 적셨다.

즈화가 울분에 찬 목소리로 방금 전 있었던 일을 숨 넘어갈 듯 쏟아냈다. 런쇼우는 한동안 말없이 우두커니 서 있었다. "철썩!" 런쇼우가 있는 힘을 다해 자신의 뺨을 내리쳤다. 그는 천천히 탁자로 다가가 대나무 곰방대와 불쏘시개를 집은 뒤, 담뱃잎을 넣고 남포등에 불쏘시개를 가져다 댔다. 양손이 덜덜 떨려, 한참을 씨름한 끝에야 겨우 불을 붙일 수 있었다. 푸우 입김을 내뿜자, 불쏘시개의 붉은 불이 꺼지듯 사그라지며 불티가 반짝 튀었다. 마침내 곰방대에 불이 옮겨붙었다. 그는 양 볼이 움푹 패이도록 담배 연기를 깊이 빨아들였다. 연기를 길게 내뿜으며 자리에서 일어난 그는 방 안을 천천히 오갔다. "이건 사는 게 아니야……! 이건, 사는 게 아니라고!" 그가 중얼거리듯 말했다.

별안간 분노가 다시 화산처럼 끓어 올랐다. 평생 욕 한번 해 본 적 없던 그의 입에서 거친 상욕이 터져 나왔다. 그가 바닥에 뒹구는 식칼을 향해 눈을 부릅뜨며 고함을 내질렀다. "내가 그놈을 죽여버리고 말겠어!”

이마에 송골송골 땀이 맺히고, 입술은 부르르 떨렸다. 그 모습에 보는 이의 속이 서늘해졌다. 즈화는 겁에 질려 바닥에 있던 칼을 거두어 부엌으로 가져다 놓았다. 돌아서 보니, 치우위엔이 런쇼우의 이마에 맺힌 땀을 닦아주고 있었다. 즈화는 냉큼 방 안으로 도망치듯 들어가 버렸다.

14.

공동 식당에 땔감 대는 일을 맡은 이가 있었다. 땔거리가 떨어지면 으레 그를 찾았다.

그의 성은 판이었다. 어려서 천연두를 앓은 탓에 온 얼굴에 마맛자국이 가득했다. 사람들은 그를 "판마즈"[38]라 불렀다. 입술이 유달리 두툼하고 커서 웃으면 입이 삼태기만큼이나 커다래 보였다. 치아는 유난히 희었다. 머리카락은 아주 새까맣고 굵고 빳빳했으며, 반듯이 올려 깎은 상고머리를 하고 있었다. 해방 전 향공소의 자위대장을 지냈던 그는 해방 후 과거의 행적을 뉘우치며, 매양 근신하고 얌전하게 지내려 애썼다.

식당의 땔거리는 늘 금방 동이 났다. 특히 혁신밥이 배급되기

---

38. 마즈(麻子/마자)는 '마맛자국', '곰보'를 뜻한다.

시작한 후부터는, 이전에 두 끼 밥을 짓는데 필요했던 땔감을 한 끼에 다 써 버리기 일쑤였다. 본래 새로 해온 장작은 수분이 많아 바짝 말린 뒤에 써야 했지만, 식당은 땔거리가 늘 부족했던 터라 물기가 그대로 남아 있거나 겨우 반쯤 마른 장작까지 가져다 쓸 수밖에 없었다. 그 탓에 식당 안은 항상 매캐한 연기로 자욱했고, 눈이 매워 제대로 뜨기조차 힘들었다. 공사원들은 연신 투덜대며 욕설을 퍼부었고, 그 화살은 고스란히 판마즈에게로 향했다. 판마즈는 찍소리 한 번 못 하고 그저 묵묵히 참아낼 뿐이었다.

그러던 어느 날, 판마즈는 만바오성을 찾아가 보기로 마음먹었다. 사정 얘기를 하고, 땔감 담당 인원을 좀 늘려줄 수 없는지 묻기로 한 것이다. 바오성의 집 앞에 이르자, 만 씨네 개가 문 앞에서 커다란 사발에 쌀밥을 한가득 받아먹고 있는 것이 눈에 들어왔다. 장정 한 사람이 배급받는 양보다도 더 많은 밥이었다. 사발에 수북이 담긴 개밥이 그의 식욕을 자극했다. 당장이라도 달려들어 밥을 낚아채고 싶은 심정이었지만, 그랬다가는 섶을 지고 불구덩이에 뛰어드는 꼴이 될 터였다. 그는 이내 마음을 접고, 슬그머니 발길을 돌렸다.

매일같이 저녁때가 되도록 산을 헤매고 다녀도, 땔감을 제대로 마련하기는 어려웠다. 허드레 땔감조차 점점 귀해져, 한 단을 채우는 데도 한참을 끙끙대야 했다. 그러던 중 아직 많이 자라지는 않았지만 가지가 제법 튼실해 보이는 소나무에 눈길이 가 닿았다. 두세 그루만 쳐도 금세 한 단을 채울 수 있을 것 같았다.

‘일단 저거라도 베어다가 급한 불부터 끄고 보자.’ 판마즈는 궁리 끝에 소나무 네 그루를 베어 두 단으로 나눠 묶고, 멜대 양쪽에 하나씩 매달았다. 그리곤 멜대를 어깨에 올리고 몸을 좌우로 들썩이며 균형을 맞춘 뒤, 빠른 걸음으로 식당을 향해 발길을 재촉했다.

절반쯤 갔을 무렵, 앞을 보니 만바오성이 서 있었다. 그가 장작단을 이리저리 살펴보더니 말했다.

“내려서 한번 끌러 보시오.”

판마즈는 순순히 시키는 대로 했다.

“소나무를 베었군.”

판마즈가 울상을 지으며 더듬거리듯 말했다. “만 대장님, 저도 별도리가 없어서 그랬습니다요. 요 며칠 땔거리가 모자라 아궁이에 불도 제대로 못 지피는 판이라, 급한 대로 소나무라도 베어다 써야겠다 싶었습니다요.”

만바오성은 인상을 잔뜩 찌푸리더니, 장작을 메고 그냥 가라고 했다. 아무 소리 않는 걸 보니, 소나무를 베어도 별문제가 안 되는가 보군……. 판마즈는 가슴을 쓸어내렸다. 허나 누가 알았으랴. 그가 자리를 뜨자마자, 만바오성은 곧장 확성기를 들고 저녁에 비판투쟁대회를 열겠다고 예고했다. 그는 또 아직 개조되지 않은 한 인사가 산림을 훼손하고 멋대로 소나무를 벌채한 행위를 결코 좌시할 수 없다며 목소리를 높였다.

그날 저녁, 민병 둘이 포승줄로 판마즈의 양팔을 등 뒤로 잡아

묶고 생산대 본부로 끌고 갔다. 가는 도중, 장버즈가 슬쩍 끼어들더니 판마즈의 뒤에 바짝 붙어서는 성한 다리로 그의 오금을 자꾸만 걷어찼다. 판마즈가 땅바닥에 철퍼덕 엎어졌다가 다시 일어나 걸으면, 장버즈는 또다시 발길질을 시작했다. 그렇게 판마즈는 무릎을 꿇었다가 일어서기를 반복하며 겨우 본부에 도착했다.

*

장버즈[39]는 이 지역 출신이 아니었다. 본래 위엔즈리에 살았는데, 물난리가 하도 잦아 지긋지긋하다며 서른이 넘은 나이에 이곳 생산대로 옮겨와 눌러앉았다. 자식도 없는 몸이라 마음에 걸릴 것도 없어, 미련 없이 그곳을 훌훌 떠나왔다고 했다.

그는 여섯 살 때 소아마비를 앓고 난 후, 왼쪽 다리가 말라붙으며 짧고 가늘어졌고, 그 탓에 걸을 때마다 엉덩이를 들썩이며 뒤뚱뒤뚱 걸어야 했다. 생김새를 보자면, 광대는 푹 꺼지고 턱은 튀어나온 데다가 눈, 코, 입은 얼굴 한가운데로 모여 있었다. 두 눈엔 늘 핏발이 가득했고, 온종일 눈을 쉬지 않고 깜빡거렸다. 외모가 못난 것으로 따지면, 생산대에서 단연 으뜸이었다.

이 추남에겐 뜻밖의 결벽이 있었다. 빨래를 한 번 할라치면, 먼저 볏짚을 태워 얻은 재를 통에 담고 뜨거운 물을 부었다. 그렇게 우려낸 잿물을 천에 걸러 맑은 물을 받아 낸 다음에야 빨래

---

39. 버즈(跛子/파자)는 '절름발이'를 뜻한다.

를 시작했다. 그 물로 빨래를 하면 거품도 잘 나고 부들부들한 것이 꼭 비누로 빠는 것 같았다. 그에게 볏짚은 하루도 없어선 안 되는 물건이었다. 식탁을 닦고, 그릇이랑 솥도 씻고, 손가락에 감아 칫솔처럼 쓰기도 했다.

농사일은 또 얼마나 꼼꼼하게 했던지. 하루 종일 논을 갈고 나온 사람의 몸에서 진흙 한 점을 찾아볼 수가 없었다. 그가 가꾼 텃밭은 책처럼 네모 반듯하게 각이 잡혀 있었다. 그 솜씨가 어찌나 뛰어나던지, 보는 이마다 모두 혀를 내둘렀다.

다만 문제는 행동이 영 저속하다는 것이었다. 여름이면 그는 유난히 통이 큰 짧은 바지를 입고 다녔는데, 일을 하다 쉬는 틈마다 다리를 번쩍번쩍 들어 올리는 통에 바지 속 그 물건이 훤히 드러나 보이기 일쑤였다. 그 덕에 여자들은 그가 나타나면 피해 다니느라 바빴다.

동네 아이들은 삼삼오오 짝을 지어 노는 걸 좋아했는데, 장버즈는 그런 아이들만 보면 쏜살같이 달려가 바지를 벗기고는 주머니 안에 칼이라도 숨긴 양 만지작거리는 시늉을 해가며 말했다. “네 놈 꼬추를 싹둑 잘라버릴 테다!” 싫증도 안 나는지 무시로 이런 장난질을 해대는 탓에 아이들은 그를 끔찍히 싫어했다. 그가 멀리서라도 보일라치면 하나같이 잽싸게 숨어버렸다.

하루는 사람들이 생산대 본부에 모여 만바오성이 임무를 나눠주기를 기다리고 있었다. 마당에서 네댓 살쯤 된 아이들이 모여 놀고 있었는데, 장버즈는 그새를 못 참고 또다시 짓궂은 장난을 치고야 말았다. 그때였다. 장작더미 뒤에서 열 살쯤 된 아이들 몇이 우르르 몰려나왔다. 아이들은 그가 방심한 틈을 타 가볍게 그를 쓰러뜨리고는, 바지를 벗겨 둘둘 말아 공놀이하듯 주거니 받거니 던졌다. "남들 빨가벗기고 거시기 구경하는 게 그렇게 재 밌어요? 그럼 오늘은 우리도 아저씨 거 한번 봐야겠다. 에이! 아 저씬 거시기도 참 못생겼네! 꼭 썩어빠진 종려 열매 같잖아." 그 말에 주변에 모인 사람들은 배꼽이 빠지도록 웃어댔다.

바닥에 엎어져 두 손으로 그곳을 가리고 있는 그의 모습이 퍽 딱해 보이기는 했다. 아이들은 사람들이 저마다 임무를 받고 떠날 시간이 되어서야 그에게 바지를 돌려주었다.

장버즈는 이렇듯 밉살맞은 구석이 있긴 했지만, 때로는 바보 같을 만큼 순진하게 굴기도 했다. 끈기 있게 무언가를 해내는 성 미도 못 되어서, 사람들 역시 그가 무얼 하겠다 나서든 그냥 그 러려니 넘겨버렸다. 그는 지난번 '잠 뿌리 뽑기 대회'에 참가하지 못한 것을 몹시 아쉬워했다. 마침 그때 위엔즈리에 다녀오느라 빠질 수밖에 없었던 것이다. 아쉬움이 못내 가시지 않는지, 일하 다 잠시 쉴 때면 어김없이 그 이야기를 꺼내곤 했다. "내가 보기 엔 말이야, 이레 동안 밤새우는 일쯤은 대수도 아니라니까. 난 아 마 열흘 밤낮을 잠 한숨 안 자고도 까딱없을걸? 잠이라는 건 뿌 리를 뽑아야 하고 말고. 잠을 안 자면 그만큼 일을 더 할 수 있을 거 아냐? 거, 여태껏 왕조를 세운 사람 중에 게으름뱅이가 있었 다는 소린 내 들어보지도 못했거든. 이 잠이란 놈은 아주 뿌리를 뽑아버리는 게 맞다니까.”

*

생산대 사람들이 모두 모여 대회장 안에 빼곡히 들어앉았다. 판마즈가 그 앞에 서자, 장버즈가 또다시 그를 걷어찼다. 판마즈는 군중 앞에 얌전히 무릎을 꿇었다. 이마에서 땀이 줄줄 흘러내려, 얼굴 가득한 마맛자국 위로 고여 들었다.

만바오성이 물었다. “판마즈, 당신 죄를 알겠나?”

판마즈가 대답했다. “알고 말고요. 소나무를 네 그루나 베고 산림을 훼손했으니, 죄이고 말고요. 제가 사상이 해이해졌습니다요. 정부에도 죄를 짓고, 여기 계신 여러분께도 죄를 지었습니다. 앞으로는 정신 똑바로 차리고 바른 사람이 되겠습니다요.”

만바오성이 말했다. “당신 같이 사상이 개조되지 않은 인간들은 말이야, 기어이 몸으로 당해 봐야 정신을 차린단 말이지.”

그가 말을 하는 사이, 민병 하나가 구석에 가 미리 준비해 둔 뽈남천[40]을 들고 왔다. 민병이 잠시 머뭇거리는 기색을 보이자, 장버즈가 뒤뚱거리는 다리로 뛰듯이 냉큼 앞으로 나오며 말했다. “젊은 사람들이 말야, 계급적 입장은 다 어디다 두고 온 거야? 이렇게 마음이 물러서야, 원. 그냥 내가 하지!”

장버즈가 뽈남천을 휙 낚아채더니, 평소 논에서 소를 후려치

---

40. 떨기나무의 일종으로 잎 가장자리에 가시같이 생긴 톱니가 있다.

던 모양으로 손을 높이 쳐들었다가 냅다 내리쳤다. 뿔남천이 휘몰아치듯 판마즈의 등에 고스란히 박혔다. 매질이 가해질 때마다 판마즈는 이를 악물었다. 그의 등에서 서서히 축축하고 끈적한 것이 배어 나오기 시작했다.

장버즈는 또 절룩이며 밖으로 나가더니, 어디서 났는지 물에 적신 황초지 한 장을 들고 돌아왔다. 그리곤 사람을 시켜 판마즈의 웃옷을 젖혀 올리게 했다. 등 위에 가득한 붉은 점들에서 피가 조금씩 새어 나오고 있었다. 장버즈가 황초지를 그의 등짝에 척 갖다 붙이자, 판마즈가 아이고! 비명을 내질렀다. 이마에서는 굵은 땀방울이 뚝뚝 떨어졌다. 황초지에는 소금물이 흠뻑 적셔져 있었다.

장버즈가 농사일에 정성을 들이듯, 이런 일에도 저렇게까지 침착하고 빈틈없이 임할 줄은 누구도 미처 예상하지 못했다. 판마즈는 결국 고통을 견디지 못하고 살려달라고 애원했다. "모범님, 모범님, 제발 한 번만, 이번 한 번만 봐주십시오. 제가 다시 소나무에 손을 대면, 그땐 절 죽이셔도 좋습니다. 능지처참을 시키신다 해도 두말없이 따르겠습니다요……."

15.

공동 식당이 생긴 뒤에는, 집 굴뚝에서 연기만 피어올라도 단속에 걸렸다. 간부들이 집집마다 돌아다니며 감시를 했고, 밤중에 기습적으로 들이닥치는 일도 있었다.

벼 이삭이 여물자, 한밤중에 몰래 논에 들어가 벼를 훔치는 이들이 생겨났다. 훔쳐 온 벼는 돌로 찧어 껍질을 벗긴 뒤 밥을 지어 먹었다. 사람들은 연기가 피어올라 간부들에게 들킬까 봐, 뒷간에 숨어 벽돌을 가져다 그 위에 냄비를 올려놓고 허겁지겁 밥을 지었다. 그렇게 설익은 밥을 게 눈 감추듯 먹어 치운 뒤, 물건들을 얼른 제자리에 갖다 놓았다.

생산대에서는 고구마 모종을 키우기도 했다. 고구마 위에 흙을 얇게 덮고 그 위에 인분을 뿌려 두었는데, 야심한 틈을 타 고구마를 파내어 똥이 묻었건 말건 상관 않고 입에 욱여넣는 사람들도 있었다. 결국 모종을 얻기도 전에, 고구마는 대부분 먹혀버리는 신세가 되고 말았다.

만바오성은 장버즈를 데리고 범인을 색출할 때까지 포기하지 않겠다며, 집집마다 빠짐없이 조사를 다녔다. 판마즈에 대한 투쟁대회가 있은 후로 장버즈는 중용을 받았다. 그러나 그가 아무리 재주가 뛰어나다 한들, 이미 뱃속으로 사라진 고구마를 찾아낼 재간은 없었다. 결국 조사는 흐지부지 끝나고 말았다.

그날 저녁, 만바오성은 또다시 생산대 전체 회의를 소집했다. 그는 사람들을 으르고 달래며, 범인이 누구인지 고발하는 이에게는 식량을 상으로 주겠지만 사실을 숨기다 들키면 처벌을 면치 못할 것이라 경고했다. 그는 침을 튀겨가며 장광설을 늘어놓았고, 장버즈는 그 옆에서 신나게 맞장구를 쳐댔다. 그러나 사람들은 입을 꾹 다문 채 미동도 하질 않았다. 마치 방 안 가득 목각 인형들이 앉아 있는 듯했다.

*

치우위엔은 빠 부인과 함께 생산대에서 기르는 배추에 비료를 주러 갔다. 빠 부인은 쉰 살이 넘은 체격이 건장한 여인이었다. 평생 자녀를 얻지 못한 그녀는 몇 해 전 남편을 여의고, 지금은 혼자 지내고 있었다.

그녀가 치우위엔에게 말을 건넸다. "량 선생님, 우리 집에 배추 조금씩 가져가서 먹자구요."

치우위엔이 대답했다. "전 계급 성분이 좋질 않아서 감히 엄두가 나질 않네요. 저는 됐고, 가져다 드세요. 사람들한텐 말 안 할 테니까요."

빠 부인은 재빠르게 배추를 한 포기 뽑아 옆에 내려놓았다. 그 모습을 보며 치우위엔은 생각했다. '담이 참 크기도 하시지. 그나저나 저걸 어떻게 집에 가져가겠다는 거람?'

일을 마치고 얼핏 빠 부인 쪽을 보니, 그녀는 잽싸게 바지끈을 풀어 배추를 바짓가랑이에 쑤셔 넣고는, 다시 잽싸게 끈을 묶고 있었다. 곧이어 바지를 툭툭 쳐가며 매무새를 다듬더니 오줌통을 들고 밭을 나섰다. 본디 고개를 꼿꼿이 들고 성큼성큼 걸음을 옮길 작정이었지만, 막상 걷기 시작하니 바지 속 배추가 밖으로 빠져나올까 봐 조심스레 걷지 않으면 안 되었다. 그녀는 하는 수 없이 발걸음을 늦추고 보폭을 좁혀 걷기 시작했다. 그래도 배추가 흘러내리는지, 다시 보폭을 더 좁혀 종종거리는 걸음으로 간신히 집까지 돌아갔다.

치우위엔은 어안이 막혀 그 광경을 넋을 놓고 지켜보았다.

그 일이 있은지 열흘 남짓 지났을까, 빠 부인은 끝내 정신줄을 놓고 말았다. 정신을 놓았다곤 하지만, 얌전한 모습이었다. 울거나 소릴 지르며 난동을 피우는 일도 없었다. 옷도, 머리도 항상 단정하게 손질을 했다. 다만, 사람들만 마주쳤다 하면, 입에서 같은 말을 쉴 새 없이 되뇌었다. 딱 두 마디였다. "배고파요. 밥 좀 주세요. 배가 너무 고파요. 밥 좀 주세요!" 그녀의 두 눈에 스민

그 간절한 갈망의 빛을 마주한 사람들은 서늘한 기분이 들기까
지 했다.

빠 부인은 미쳐버리긴 했어도, 굶어 죽지는 않았다. 몇 해가
지나고 기아 문제가 점차 나아지자, 그녀는 오보호[41] 대상자로 지
정되어 먹을 걱정, 입을 걱정을 하지 않아도 됐다. 병도 한결 나아
져 예전처럼 밖을 헤매고 다니지도 않았다. 다만, 그 두 마디 말
만은 여전히 그녀의 입을 떠날 줄 몰랐다. "배고파요. 밥 좀 주세
요……."

*

벼 수확이 끝나자, 생산대의 아이들은 닭장에서 풀려난 닭들
처럼 남보다 뒤질세라 앞다투어 논바닥으로 달려나가 정신없이
이삭을 줍기 시작했다.

이삭을 주워 들면, 돌을 두 개 가져다 납작한 돌 위에 올려놓
고 다른 돌로 찧어 껍질을 벗겼다. 그리고 입으로 후후 바람을 불
어 겨를 날려 보낸 뒤, 생쌀을 입에 넣고 아랫볼이 아파 오도록
씹고 또 씹었다. 그러다 양쪽 입가에 하얀 물이 고일 즈음 꿀꺼덕
뱃속으로 삼켰다.

아이들은 저마다 고개를 푹 숙인 채, 혹여라도 못 보고 지나
치는 벼 이삭이 있기라도 할까 논바닥을 뚫어지게 살폈다. 그러다

---

41. 오보호(五保户)는 1950년대 중국 농촌 사회보장의 일환으로, 생산대 또는 인민공사에서 농촌의
노인, 고아, 장애인을 대상으로 의식, 주거, 의료, 장례, 부양의 다섯 가지의 사회 보장을 시행하는
제도이다. 그러나 대기근 시기에는 아사자가 속출하면서 사실상 유명무실해졌다.

하나라도 발견하면 기쁨을 감추지 못하고, 치기 어린 두 눈에선 반짝반짝 빛이 흘렀다. 줍고, 찧고, 먹고, 아이들은 지치지도 않는지, 꼬박 반나절을 논바닥에서 보내며 좀체 그칠 줄을 몰랐다.

생산대 전체가 동원되어 논일을 하던 어느 날이었다. 불현듯 저 구석에서, 주위는 아랑곳없이 낑낑거리는 신음소리가 들려왔다. 귀에 몹시 거슬리는 소리였다. 그 소리를 따라가 보니, 글쎄 창껀 영감이 거기서 똥을 누고 있는 게 아닌가. 창껀 영감은 엉덩이를 치켜든 채 두 손으로는 땅을 짚고, 얼굴에선 진흙 바닥이 흥건해질 정도로 굵은 땀방울을 뚝뚝 떨어뜨리고 있었다.

얼피즈가 물었다. "창껀 아저씨, 뭐 하세요?"

"똥이 안 나와! 벼 껍데기를 까 버리기가 아까워 그냥 통째로 갈아서 죽을 쒀 먹었더니만, 이놈의 배가 소화를 못 시키는가, 아이고! 똥구멍이 콱 맥혀서는 당최 나올 생각을 안 하누만 그래……."

사람들은 서로 얼굴을 마주보았다. 다들 이번에 쌀을 배급받고는 창껀 영감처럼 껍질째 갈아 가루를 만들어 먹었으니, 누구든 같은 일을 겪을 수 있지 않겠는가! 얼피즈가 황급히 나무 꼬챙이 하나를 찾아다가 창껀 영감의 엉덩이에서 변을 폭폭 파내주었다.

그 후로 며칠 동안, 다른 사람들 역시 논두렁에 엉덩이를 치켜들고 앉아 내가 네 똥을 파주고 네가 내 똥을 파주는 신세를 면치 못했다. 부끄러움이고 뭐고 신경 쓸 겨를이 없었다. 때로는 피까지 흘러나왔다. 사람들은 창백한 낯빛에, 무표정한 얼굴로 그저 "아이구…, 아이구…" 소리만 연발하였다.

조금이라도 먹을 만한 풀은 진작에 자취를 감추었다. 반나절을 헤매고 다녀도 입에 넣을 만한 것을 무엇 하나 얻지 못하는 날이 허다했다. 사람들은 거의 탈진 직전까지 몰려, 한 발짝 걸음을 떼기도 힘든 지경이 되었다. 하지만, 가만히 앉아서 죽기만을 바랄 사람이 어디 있으랴. 살기 위하여, 누군가가 황금과 아주까리의 씨를 입에 넣기 시작했다. 황금 씨는 지독하게 썼고, 아주까리 씨는 독성이 있어 둘 다 먹기엔 큰 고역이었다. 어쩌다 썩어 문드러진 풀떼기라도 발견하면, 그것조차 그렇게 맛있을 수가 없었다.

그러다 마침내, 황금 씨와 아주까리 씨마저 찾아볼 수 없게 되었다.

식당도 더 이상 식사를 제공할 방도가 없어지자, 종내 해산이 결정되었다. 식당에서 마지막으로 제공한 끼니는, 볏짚을 씻어 작두로 잘게 썬 뒤 솥에 넣고 푹 삶아 만든 죽이었다. 솥에서 쌉쌀 떨떠름한 냄새가 뜨거운 열기를 타고 끊임없이 뿜어져 나오며 부엌 안을 가득 메웠다. 푹 삶은 볏짚을 키에 거르고 그 물을 다시 솥에 부어 어느 정도 걸쭉해질 때까지 끓인 다음, 그걸 사람들에게 나누어 주었다. 성인 남자에게는 한 그릇씩, 여인들과 노인, 아이들에게는 겨우 반 그릇씩이 주어졌다. 황녹색 콧물처럼 보이는 그 물건은 생김새도 고약했거니와, 그 맛 또한 쓰고 떫고 끔찍

했다. 굶주림에 허덕이는 사람이 아니고선 도저히 삼킬 수 없는
물건이었다.

했다. 굶주림에 허덕이는 사람이 아니고선 도저히 삼킬 수 없는
물건이었다.

16.

런쇼우는 부종 탓에 부잣집 대감님처럼 배가 불룩하게 솟아올라 웃옷의 매듭이 여며지질 않았다. 새하얗게 바래 버린 얼굴엔 푸른 빛마저 감돌고 있었다.

누군가 슬쩍 치우위엔에게 이런 말을 건넸다. "양 선생님은 병이 나신 게 아니라, 못 드셔서 저렇게 되신 거라니까요. 닭 한 마리 사다가 몸보신 좀 시켜드리고 영양만 좀 보충해 드리면, 장담하건대, 분명 금세 좋아지실 거예요."

참으로 공교로운 일이었다. 어느 날, 치우위엔이 집에 그나마 남아 있던 돈을 챙겨 부종을 가라앉힐 약을 사러 읍내로 향하던 길이었다. 그런데 산속 오솔길을 지나는 중, 뒤편에서 검은 암탉을 손에 든 노인 하나가 걸어오는 것이 아닌가.

치우위엔은 속으로 생각했다. '저 닭을 살 수 있다면 참 좋을 텐데…. 몸보신엔 검은 암탉이 제일이지.' 그녀는 노인에게 넌지시 떠보았다. "영감님, 닭을 가지고 친척집에라도 가시는 길인가 봐요?"

"아니오. 기름이랑 소금값이라도 벌까 해서 읍내에 내다 팔 참이오만."

"그럼, 저한테 파셔도 될까요?"

"당연히 되고말고. 거, 잡아 잡수시려는 겐가? 하긴, 검은 닭이 몸보신에는 그만이지. 이러나저러나, 돈 있는 사람들은 참 좋겠구려."

치우위엔이 말했다. "쌀밥 한 그릇 배불리 못 먹는 형편에 닭 사 먹을 돈이 어딨겠어요. 집에 아픈 사람이 있어… 살려 보려고 이러는 게지요."

흥정을 마치고 나서 돈을 꺼내 세어 보니, 일 원 하고도 일 전이 모자랐다. 치우위엔이 말했다. "영감님, 자선 한 번 베푼다 여기시고, 조금만 깎아 주시면 안 될까요? 있는 돈을 탈탈 털었는데도 이 모양이네요."

노인이 대답했다. "사람이믄 좋은 일도 좀 하고 살아야지, 암. 아주머니가 예서 닭을 사주면 나도 몇 리 길을 절약한 셈이 되니, 서로 에낀 걸로 하구려."

비록 약 살 돈은 다 써버렸지만, 치우위엔은 닭을 들고 보무도 당당하게 집으로 향했다. 그러다 도중에 생산대의 부녀 주임과 마주쳤다. 부녀 주임이 물었다. "어디서 난 닭이래?" 치우위엔은 길에서 만난 노인에게서 샀다고, 자초지종을 들려주었다.

집에 도착한 치우위엔은 런쇼우 혼자에게만 닭을 먹이기로 마음먹었다. 그녀는 제꺼덕 닭을 잡아 토막을 낸 뒤 솥에 넣었다. 그리곤 국물을 한 모금이라도 더 먹이고 싶은 마음에 물을 가득 부었다.

먼저 불을 세게 때어 물을 팔팔 끓인 후에, 다시 불을 뭉근하게 조절해 주었다. 솥에서 닭고기 향이 흘러나오자 아이들은 코끝을 벌름이며 그 향내를 있는 힘껏 들이마셨다.

닭고기가 푹 고아지자, 국물째 커다란 그릇에 담아 런쇼우에게 가져다주었다. 런쇼우는 닭고기가 담긴 그릇이 눈 앞에 나타나자 가슴이 마구 뛰었다. 그는 떨리는 손으로 그릇을 건네받더니, 닭고기 한 점을 집어 올려 후후 불며 입으로 가져갔다. 그런데 갑자기 젓가락이 그의 입가에서 멈춰 섰다. 그는 식구들을 옆에 불러다 앉히고는, 다 같이 한 점씩 맛보지 않으면 자기도 먹지 않겠다며 버티기 시작했다. 치우위엔이 즈화를 보고 슬며시 눈짓을 보내자, 즈화가 입을 틀어막고 침을 꿀꺽 삼키며 동생들을 이끌고 도망치듯 밖으로 뛰쳐나갔다.

치우위엔이 말했다. "혼자서 이 닭을 다 먹어야 효과가 있지요. 다 같이 그거 한두입 나눠 먹어봤자 누구 하나 제대로 효과도 보지 못할 것을, 구태여 그럴 필요 있겠어요? 당신 몸만 좋아지면, 우리 집은 다 좋아지는 거예요. 그때 가서 닭 한 마리 다시 사다가 다 같이 먹으면 될 것을, 뭐 대단한 거라고요. 다만 당신이 한 번에 다 드시긴 버거울 테니, 두 번에 나눠 드릴게요. 지금은 오장육부의 기가 다 쇠해 있어서, 한꺼번에 한 마리를 다 먹었다간 받아들이지 못하고 오히려 해가 될 수도 있으니까요.”

이 닭이 참으로 신통한 묘약이었다. 그동안 런쇼우는 극심한 부종 때문에 늘 가슴이 답답하고 배가 더부룩하니 아프다고만 했었다. 그런데 이제는 꽉 막혔던 가슴과 배 속이 뻥 뚫린 듯하고, 기분도 말할 수 없이 후련하다고 했다.

런쇼우에게 닭을 먹인 지 사흘째 되던 날 저녁, 장버즈가 치우위엔을 찾아와 생산대 본부에서 회의가 있으니 참석하라고 알렸다.

치우위엔이 본부에 도착했을 때, 평소 회의가 열리는 방은 이미 사람들로 꽉 차 있었다. 그녀가 문턱을 막 넘어서자, 만바오성이 사납게 소리쳤다. “여기 중앙에 와 서시오!”

치우위엔은 오늘 비판투쟁대회의 대상자가 자신일 줄은 전연 상상도 못했었기에, 순간 당황하여 어찌할 바를 몰랐다. 머뭇거리는 사이 장버즈가 뒤에서 그녀를 거칠게 밀쳤다. 그녀는 휘청이다 하마터면 앞으로 고꾸라질 뻔했다.

만바오성이 물었다. “당신을 왜 불렀는지 알고 있겠지?”

치우위엔이 대답했다. “모르겠는데요.”

“메이리엔네 암탉을 훔쳤다던데, 어디, 어떻게 훔쳤는지 이실직고하는 게 좋을 거요! ”

치우위엔이 대답했다. “난 훔친 적 없어요. 남편 약을 사러 가던 길에 검은 닭을 들고 있던 영감님을 만나게 됐고, 그분한테서 산 거라고요.” 그리곤 닭을 사게 된 경위를 차근차근 설명했다. 노인의 생김새까지 묘사하며, 찾아서 대질해 보라고도 했다.

“어디서 말을 꾸며대고 있어! 당신이 얼마나 교활한 인간인지, 내가 모를까 봐서?” 만바오성이 호통을 쳤다.

치우위엔은 온몸이 덜덜 떨려왔다.

장버즈가 음흉하기 짝이 없는 말투로 말했다. “아주 돈이 넘쳐나시는가 보구만! 남들은 먹을 밥도 없는데, 누군 돈이 넘쳐나 닭고길 다 사 드시고 말이지.”

그 말과 함께 그가 치우위엔의 가슴 한가운데를 힘껏 밀쳤다. 치우위엔은 방 이쪽에서 저쪽으로 나가떨어졌다. 그러자 그쪽에서 또 누군가 그녀를 밀쳤다. 치우위엔은 다시 이쪽으로 내동댕이쳐졌다. 그날 저녁 내내, 사람들은 그녀를 공처럼 주고받으며 잠시도 숨 돌릴 틈을 주지 않았다.

“구 관리 부인 주제에, 해방된 지가 언젠데 아직도 개조가 안 돼서 남의 닭이나 훔쳐 먹고 말이야. 거기다 잡아떼기까지 하시 겠다? 이실직고할 때까지 매일 데려다 비판할 테니, 어디, 언제까 지 버티는지 두고 보겠어!” 만바오성의 이 말로, 이날의 비판투쟁 대회는 막을 내렸다.

치우위엔은 지칠 대로 지친 몸을 이끌고 집으로 돌아왔다. 땀 에 절은 머리칼이 얼굴에 축축하게 들러붙어 있었다.

런쇼우가 보곤 놀라서 다급히 물었다. “무슨 일이오?”

치우위엔이 대답했다. "며칠 전에 사 온 닭 있잖아요……. 내가 훔친 거라고, 기어코 억지들을 쓰네요."

그날 이후, 치우위엔은 밤마다 비판투쟁대회에 불려갔다. 죽는 한이 있어도 물러설 생각은 없었다. 사람들은 그녀를 방 안 여기서 저기로, 저기서 이쪽으로, 끝도 없이 밀치고 또 밀쳐댔다. 그며칠 동안 달거리 중이던 그녀의 바지 가랑이를 타고 피가 줄줄 흘러내렸다.

꼬박 엿새 밤을 그렇게 버티자, 무리들도 이제 더는 싫증이 난 듯 손을 거두었다.

런쇼우의 몸은 하루가 다르게 악화되었다. 원래는 비쩍 말라 있던 몸이 부종으로 잔뜩 부어오르더니, 붓기가 올랐다 빠졌다, 다시 빠졌다 올랐다를 되풀이했다.

예전부터 "붓기가 올랐다 빠졌다를 반복하면, 흙으로 돌아갈 날이 머지 않은 것"이라는 말이 있었다. 가족들은 그런 날이 정말로 찾아올까 두려움에 사로잡혀, 조마조마한 나날을 보냈다. 얼마 지나지 않아 런쇼우의 온몸은 손가락으로 살을 누르면 푹 꺼져 들어가 도무지 다시 올라오지 않을 만큼 심하게 부어올랐다. 누르면 물이 배어 나올 정도였으니, 당장 숨이 끊어진다 해도 이상할 게 없었다.

달빛이 침실의 나무 창살을 통과해 흘러들며 가느다란 빛줄기가 되었다. 달의 움직임을 따라 빛줄기도 방 안을 옮겨 다니며, 푸른 기운이 감도는 백짓장 같은 얼굴을 비추었다. 즈헝도 급히 학교에서 돌아와 있었다. 가족들은 런쇼우 곁에 둘러앉았다. 희미한 등잔불이 방 안을 비추고 있었다. 런쇼우는 이따금 눈을 떠 자식들을 바라보다가, 다시 눈을 감았다. 그 얼굴엔 마치 잠든 사람 같은 고요함이 서려 있었다. 어쩌면 그는 이미 세상에 대한 미련을 놓았는지도 모른다.

고통의 때는 촌각도 길고 아득한 법이다. 시간은 달팽이가 되어 느릿느릿 꿈틀거리며 앞을 향해 기어갔다. 그렇게 겨우 날이 밝아왔다. 하얀 서리 같은 햇살이 마침내 구름을 뚫고 내려앉았다.

런쇼우는 그 따스하고 환한 빛에 도취된 듯했다. 얼굴에 발그레한 홍조가 돌고, 두 눈엔 평안함이 서렸다. 미소가 그의 얼굴에 번졌다. 그는 즈헝에게 몸을 일으켜 달라 하고, 종이와 펜을 가져다 달라는 손짓을 했다. 펜이 힘겹게 종이 위를 오갔다. 그가 써 내려간 말은 "안녕! 안녕! 영원히 안녕! 다들 살아내야 한다. 그리고……."

햇살이 창을 뚫고 런쇼우를 향해 비스듬히 비춰들며, 그의 얼굴을 빛과 어둠으로 양분하였다. "그리고" 다음 말을 미처 완성치 못하고, 그의 손에서 펜이 미끄러져 내렸다. 그 순간 런쇼우의 영혼은 이미 떠나고 없었고, 그의 육신만이 가족들 앞에 남았다. 한 줄기 햇살이 지붕 위를 천천히 스치고 지나갔다. 그것은 분명 가족들을 두고 떠나기 아쉬워 머뭇거리던 런쇼우의 영혼이었으리라.

세상 누구보다 자상했던, 손찌검 한 번, 험한 말 한마디 하는 법 없던 아버지가 떠났다. 정녕 떠나고 말았다. 이제 이승과 저승으로 갈라졌으니, 이 생에서는 영원히 작별이리라. 이런 생각들로 즈화는 가슴이 칼로 후비듯 욱신욱신 아려왔다.

그 후로 며칠 동안 식구들은 납덩이같이 창백한 얼굴을 하고 깊은 침묵 속으로 가라앉았다. 눈물조차 나오질 않았다.

그 며칠 사이, 생산대 전체에서 아홉 사람이 죽어나갔다. 마오성네는 부자가 나란히 굶어 죽었다고 했다. 사방에 울리는 관짝 못질 소리와 곡소리가 겹쳐지며, 생과 사로 갈리는 영원한 이별을 위로하는 애달픈 교향곡이 연주되었다.

런쇼우는 사람들의 손에 들려 뒷산에 묻혔다. 치우위엔은 천재를 입은 노목을 방불할 정도로 순식간에 폭삭 늙어 버렸다. 그녀는 똑같은 넋두리를 수없이 되뇌었다. "이렇게 가버리다니……. 우리만 남겨놓고, 당신 혼자 훌훌 털고 떠나 버리면 그만인가요? 남은 우리들은 앞으로 어찌 살란 말인가요!"

제6장
도피

1.

비록 아픈 몸으로 아무것도 해줄 수는 없었지만, 한 집안의 위엄 있는 수호신으로서 치우위엔과 이 집을 지켜왔던 런쇼우가 떠났다. 그가 사라진 집은 더없이 허전하고, 처연해 보였다. 세 칸짜리 낡은 기와집은 텅 빈 듯했고, 금방이라도 떨어질 듯한 문짝 하나만이 덜렁거리고 있었다.

어느 날 치우위엔이 한참을 고민한 끝에 말을 꺼냈다. "즈화야, 이제 동생들도 어지간히 컸으니 더는 돌보느라 애쓰지 않아도 된다. 가서 입학시험을 보거라. 합격하면 학교에 가는 거야. 어차피 아직 어린 나이인 네가, 그 힘든 농사일을 한다고 해도 노동 점수도 얼마 못 받지 않니. 너라도 네 살 길을 찾아 갔으면 좋겠구나. 나머진 이 엄마가 어떻게든 알아서 하마."

즈화는 늘 배움에 대한 열망을 품어왔지만, 그것은 영영 닿을 수 없는 꿈처럼 여겨졌었다. 그동안 학교에 가고픈 마음이 얼마나 간절했는지는 하늘만이 아는 일이다. 하지만 지금 이 상황에서 어찌 나 몰라라 하고 떠날 수 있겠는가? 즈화가 얼른 말했다. "안 돼요, 안 돼. 집에서 제가 할 일이 많잖아요. 저라도 있어야 엄마가 덜 힘드실 거 아녜요."

치우위엔이 말했다. "더 이상 얘기할 것 없다. 엄마는 이미 마음을 정했다. 단지 걱정이라면, 혹시 네가 시험에 떨어지면 어쩌나 하는 것뿐이지. "

즈화는 위에양 공업학교에 합격했다. 기쁨과 번민이 뒤섞였다. 다시 공부를 하게 되다니! 꿈에서조차 생각지 못한 일이었기에 그 기쁨은 이루 말할 수 없었다. 하지만 앞으로 엄마 혼자 오롯이 안팎살림을 감당해야 한다고 생각하니, 가슴속에서 번민이 끓어올랐다. 마음을 모질게 먹기가 쉽지 않았다.

학교로 떠나기까지는 보름 남짓 남아 있었다. 즈화는 매일 동이 트기 전에 집을 나서, 달이 떠서야 돌아오곤 했다. 집단 노동에 나가고, 텃밭을 고르고, 산에 올라 땔감을 해 오고……. 더 많은 일을 해두지 못하고 떠나는 것이 못내 아쉬울 따름이었다.

마침내 개학일이 찾아왔다. 치우위엔은 일찌감치 흰 광목천으로 즈화의 웃옷을 지어 두었다. 앞섶을 트지 않고, 머리 위로 뒤집어써서 입을 수 있도록 만든 옷이었다. 이렇게 하면 천을 훨씬 아낄 수 있었다. 거기에 검정 바지를 갖춰 입히니, 그 모습이 제법 단정했다.

입학 통지서에는 이제 막 지어진 학교인지라, 더 나은 환경을 조성하기 위해 정식 수업에 앞서 열흘간 노동에 참여해야 한다는 내용이 적혀 있었다. 각자 삼태기나 괭이, 멜대 같은 도구를 챙겨 오라는 당부도 있었다. 즈화는 삼태기를 챙기고, 얼마 안 되는 짐을 보자기에 싸서 삼태기 위에 얹었다.

치우위엔이 골짜기 비탈길까지 바래다주기로 했다. 즈화는 가는 내내 거의 입을 열지 않았다. 치우위엔이 무어라 당부의 말을 하면, 그저 열심히 고개만 끄덕일 뿐이었다. 모녀는 산비탈 위 나무 그늘 아래에 이르렀다. 치우위엔이 그 자리에서 걸음을 멈추며 여기까지 바래다 주겠노라고 했다.

즈화는 몸을 돌려 섰다. 눈물이 뺨을 타고 줄줄 흘렀지만 그래도 멈추지 않고 앞으로 나아갔다. 나무와 나무 아래 선 치우위엔의 모습이 더는 보이지 않을 때까지, 즈화는 몇 번이고 걸음을 멈춰 뒤를 돌아보았다.

2.

즈화가 위에양으로 떠난 후, 치우위엔은 낮이면 페이싼과 티엔쓰를 학교에 보내 놓고 집단 노동에 나섰다. 전족을 했던 발이라 맨발로는 일을 나설 수 없는 그녀를 향해, 마을 사람 몇몇은 걸핏하면 "아직도 개조되지 못한 구 관리 부인"이라며 비아냥을 흘렸다. 날마다 견뎌야 하는 수치심이 거대한 산이 되어 그녀를 짓눌렀다.

하루하루가 버거웠다. 치우위엔은 뤄양에 있는 친정에 가 보기로 결심했다. 친정집에는 이제 맏오라비인 치우청만 남아 있었다. 오라비가 어떻게 지내는지 궁금하기도 했고, 혹시라도 그 길에 일자리를 얻을 수만 있다면 남의 집 식모살이라도 마다하지 않을 작정이었다.

치우위엔은 즈헝에게 뤄양에 다녀올 생각이라 전했다. 즈헝은 학교 기숙사에서 지내며 학생들을 가르치고 있었다. 그가 말했다. "어머니 뜻대로 하세요. 지금 어머니 형편이 얼마나 힘드신지, 저도 잘 알고 있어요. 게다가 이 고생이 언제 끝날는지 알 수도 없고요. 다만… 동생 둘을 데리고, 그 먼 길을 어머니 혼자 가셔야 하니… 제가 지금 휴가를 낼 수 있는 처지도 아니라 모셔다드릴 수도 없고, 어쩌면 좋을지 모르겠네요." 말을 마친 즈헝이 조용히 눈물을 흘렸다.

치우위엔이 다독였다. "울지 말거라, 어서. 네가 울면, 나는 더 괴롭단다. 영영 못 볼 것도 아니고, 그냥 친정집에 다니러 가는 것뿐이잖니. 거기 사정이 여의치 않으면, 내 금방 돌아오마." 그녀는 아무렇지 않은 듯 웃어 보이려 입술을 달싹였지만, 마음처럼 되지 않았다.

즈헝이 얼마 남지 않은 식량 배급표와 돈을 몽땅 꺼내놓자, 치우위엔이 한사코 밀어내며 둘 사이에 실랑이가 벌어졌다. 즈헝이 울먹이며 말했다. "어머니, 고작 이걸로 큰 도움이 될 순 없겠지만요, 그래도 갖고 계시면, 가시는 길에 조금이라도 덜 고생하시지 않겠어요? 이렇게라도 해야, 제 마음이 좀 놓일 것 같단 말이에요!"

즈화는 구십여 리 길을 걸은 끝에 위에양 공업 학교에 도착했다.

등록을 마친 즈화는 학교 주변을 둘러보기로 했다. 그리 멀지 않은 곳에 식품 가공 공장이 하나 있었는데, 각종 야채 절임을 생산하는 곳으로 양조장도 함께 운영되고 있었다. 공장엔 늘 채소 다듬을 사람이 필요했다. 규모가 꽤 큰 편인 작업장 안에는 한 변이 일 미터 오십 센티쯤 되는 정방형의 수조들이 질서정연하게 놓여 있었고, 그 속에서 배추며 무, 갓 같은 채소들이 절여지고 있었다. 절여진 채소는 갈퀴로 건져 올려 대광주리에 담아 물을 빼준 뒤, 단시에 나눠 넣고 입구를 빌봉했다. 사시사철 일감이 끊이지 않는 곳이었다. 즈화는 공장에 이야기를 넣어 매주 채소 다듬는 일을 하기로 했다.

그렇게 일을 구한 덕분에 집에서 생활비를 받지 않아도 되었다. 흰 무명천을 사다가 여벌 옷도 지어 입고, 남은 돈으로 갈색 인조 가죽으로 된 짐가방까지 장만할 수 있었다.

학교에는 도서관이 있었다. 즈화는 수업이 없을 때면 항상 그곳에 가서 소설을 읽었다. 때로는 책을 빌려 학교 뒤편으로 가, 비스듬히 기운 나무에 등을 기대고 읽다가 수업 종이 울려서야 교실로 돌아오곤 했다. 하루는 점심때 『겨울밤』이란 소설을 읽다 그만 눈이 벌게지도록 울고 말았다. 그 얼굴로 교실에 들어서자, 반 친구들과 선생님이 하나같이 무슨 걱정거리라도 있느냐며 다정히 물어봐 주었다.

행복한 시간은 일 년이 하루인 듯 빠르게 흘러갔다. 어느덧 즈화는 삼 학년에 올라, 다섯 명의 여학생과 함께 양조장의 화학 실험실로 실습을 나가게 되었다.

실험실에는 두 명의 교사가 있었다. 서른 즈음의 왕 선생은 유창한 말솜씨에, 얼후[42] 연주 솜씨 또한 수준급이었다. 그는 선생으로서 권위를 내세우는 법이 없었고, 짬만 나면 얼후를 꺼내 들었다. 덕분에 그의 주변엔 언제나 학생들이 동그랗게 모여들었다. 한편 스무 살 남짓한 쉬 선생은 수줍음이 워낙 많아 여학생들의 웃음소리에도 금세 얼굴이 붉게 상기되곤 했다. 학생들은 왕 선생에 비해, 쉬 선생에게는 선뜻 다가가지 못했다.

실험실 숙직은 학생들이 돌아가며 맡았다. 숙직실 문은 아래쪽에서 사분의 삼 높이까지만 막혔고, 위쪽은 사십 센티미터 정

---

42. 우리나라의 해금과 비슷한 중국의 현악기.

도 트여 있었다. 즈화가 당직을 서던 날 밤, 침대에 누워 어렴풋이 잠이 들려던 참이었다. 그때 무언가 툭 떨어지는 소리가 났다. 후다닥 일어나 바닥을 보니 책 한 권이 떨어져 있어 얼른 집어 올렸다. 『등에』라는 제목의 책이었다. 안에는 편지 한 통이 끼워져 있었다.

편지를 쓴 이는, 다름 아닌 툭하면 얼굴이 발개지던 쉬 선생이었다. 그는 즈화와 교제하고 싶다는 말과 함께 이렇게 적어 두었다. "너를 도와주고 싶고, 행복하게 해주고 싶어. 너의 답장을 기다리고 있을게." 즈화는 당황한 채 편지를 손에 들고 침대 가에 멍하니 걸터앉았다. 단정한 이목구비에 어딘지 모르게 고상한 인상까지 지닌 그를 흠모하는 여학생들이 얼마나 많을까……. 자신이 그런 사람 눈에 들다니 감히 상상도 못한 일이었다.

이튿날, 쉬 선생이 얼굴을 붉히며 사람들의 눈을 피해 편지를 보았느냐고 물어왔다. 즈화 역시 얼굴을 붉히며 고개를 끄덕이고는, 기어들어 가는 목소리로 말했다. "그런데……, 선생님은 제 사정을 전혀 모르시잖아요. 저희 아버지는 구 관리고, 저는 그 딸이에요. 집도 너무 가난하고요……. 오빤 소학교 선생님을 하다 이번 학기에야 겨우 중학교로 옮겼고, 어머닌 민간 교사셨다가 지금은 농사일을 하고 계세요. 게다가, 밑으로 아직 학교에 다니는 어린 동생도 둘이나 있고요. 저는 지금 학업에만 집중해야 해요. 일 년 뒤 졸업하자마자 바로 일자리를 구해 집에 보탬이 되어야 하니까요. 그래서 아직은……."

그래서 아직은 무얼 할 수 없다는 건지 즈화는 말을 흐렸다. 쉬 선생은 즈화의 뜻을 이해한다는 듯 말했다. "기다릴게. 아직 우린 젊으니까. 이 일은 일단 서로 마음속에 간직하기로 하자."

『등에』는 즈화가 처음으로 읽은 외국 소설이었다. 물가에서 싱싱한 풀을 발견하고는 좀처럼 떠날 줄 모르는 새끼 양처럼, 즈화는 손에서 책을 놓지 못했다. 이후로 즈화는 도서관에 있는 외국 소설을 한 권씩 빌려 읽기 시작했다. 마음에 드는 책은 두세 번 되풀이해 읽어야 직성이 풀렸다.

어느새 여름 방학이 찾아왔다. 학교를 떠나던 날, 쉬 선생은 즈화와 이십여 리 길을 동행해 주었다. 둘은 곧 다시 만나게 될 줄로 믿고 있었다.

방학이 끝나고 학교로 돌아오자, 안 좋은 소식들이 연이어 기다리고 있었다. 식품 가공 공장이 북문으로 옮겨 갔다는 것이었다. 북문은 학교가 있는 남문에서 무려 사오십 리나 떨어져 있었다. 거기다 학교에서는 학생들의 연애를 금지하는 새 교칙을 내걸며, 이를 어길 시 제적당할 것이라는 경고까지 덧붙였다. 즈화는 제적의 위험을 무릅쓰고 쉬 선생에게 연락할 엄두가 나지 않았다.

그리고 머지않아, 가장 안 좋은 소식이 전해졌다! 폐교가 결정된 것이다. 학생들은 모두 본적지로 돌아가야 했다.

즈화는 매 학년 단 한 번도 일등을 놓친 적이 없었건만, 결국 이 모든 것이 허사가 되어 버렸다. 며칠을 밤새워 고민하던 즈화는 마침내 결심했다. 그래, 도망치자! 다시는 그 마을로 돌아가지 않으리라. 외지로 나가 일자리를 구하는 거다.

그날 아침 즈화는 평소처럼 식사를 마치고는 늘 들고 다니던 책가방에 여벌 옷과 치약, 칫솔을 챙겨 넣었다. 그리고 아무 일도 없는 듯 태연히 교문을 걸어 나와, 곧장 기차역으로 향했다.

기차역에 도착해 주변을 휘휘 둘러보니, 변변해 보이는 사람이 몇 없었다. 아마도 대부분이 자신처럼 외지로 빠져나가려는 사람들이리라. '그런데…… 어디로 가야 하지?' 후난성과 가장 가까운 곳은 장시성(江西省)이었고, 그곳이 후난보다 살기 낫다는 말을 들은 적이 있었다. 그리고 어차피 수중에 있는 돈은 삼 원뿐, 이춘까지 가는 기차푯값밖에 되질 않았다. 그녀에겐 달리 선택의 여지가 없었다.

4.

치우위엔은 날이 밝자마자, 몇 벌 되지 않는 옷가지를 챙겨 페이싼과 티엔쓰를 데리고 길을 나섰다.

이슬이 채 걷히지 않은 이른 아침이었다. 드높은 하늘 아래로 광활하게 펼쳐진 들판과 엷은 구름 사이로 잔잔하게 불어오는 바람. 넘실거리는 여름의 기운이 미풍을 타고 전해졌다. 며칠이나 굶었는지, 세 모자는 속이 텅 비고 몹시 허약해져 있었다. 셋은 후들거리는 다리를 이끌고, 머리의 무게조차 버거운 듯 한 발 한 발 간신히 걸음을 옮겼다. 번쩍이는 태양이 머리 꼭대기에 이르렀을 무렵이 돼서야, 가까스로 샹인 기차역에 도착할 수 있었다.

기차역은 남녀노소 할 것 없이 몰려든 사람들로 발 디딜 틈조차 없었다. 탱탱 부은 얼굴에 올챙이처럼 배만 볼록 튀어나온 사람부터, 온몸이 바짝 말라붙어 갈비뼈가 훤히 내비치는 사람까지. 굶주림은 그들을 사람답지 못하게 만들고, 고향에서 내쫓고, 살길을 찾아 타지로 떠나도록 내몰았다. 치우위엔도 그 행렬에 합류한 것이다.

기차가 기적을 길게 울리며 서서히 움직이기 시작했다. 승강장에 배웅 나왔던 즈헝이 손을 흔들며 기차를 따라 달음질쳤다. 철컹철컹, 철컹철컹. 어서 가자고 채근하는 소리에 기차는 이내 속력을 올렸다. 무정한 기차는 그를 뒤에 남겨둔 채 떠나갔다. 즈헝의 모습은 점점 멀어지다 끝내 자취를 감추었다.

세 모자의 여정이 얼마나 고됐는지는 굳이 말하지 않아도 짐작할 수 있으리라. 셋은 하루 한 끼, 삶은 호박 한 그릇으로 허기를 달래야 했다. 우한에서 갈아탈 기차를 기다릴 때는 여관에 묵을 돈이 없어 기차역 근처에 쌓여 있는 침목 더미에서 잠을 청하기도 했다.

왕년의 바오허 약방은 진작에 공사 합영으로 전환되었고, 치우청은 병원에서 공무직 근로자로 일하고 있었다. 그는 일찍이 재혼하여 일남일녀를 두었다. 매달 집에 배급되는 식량은 정해져 있기에 갑자기 늘어난 세 식구까지 먹이려면 부족한 것이 당연했다. 치우청의 아내 씨우핑은 살림에 야무진 여인이었다. 그녀는 하루 두 끼, 맑은 수수죽을 끓여 사람마다 작은 그릇에 나눠 주었다. 그리고 매끼마다 빠뜨리지 않고 국수 몇 가닥이라도 곁들였다.

씨우핑은 외지인이 오래 머물면 안 된다는 둥, 호구 조사원이 들이닥치면 어쩌냐는 둥, 종일 그런 말을 늘어놓았다. 치우위엔도 그녀가 하루빨리 자신들이 떠나주길 바란다는 것쯤은 알고 있었다.

치우청은 일거리를 알아봐 준다는 구실로 매일 저녁 치우위엔을 데리고 밖으로 나갔다. 거리로 나서기가 무섭게, 그는 삶은 달걀 두 알과 찐 고구마 한 근을 사서 누이와 조카들에게 건넸다. 치우위엔과 아이들은 갓 쪄낸 뜨끈뜨끈한 고구마를 손에 들고, 후후 불어가며 정신없이 먹어 치웠다.

일거리는 당연히 구하지 못했다. 그렇게 열흘이 지나고, 치우위엔은 더는 오라비에게 폐를 끼칠 수 없다며 기어코 집으로 돌아가겠다고 고집을 부렸다. 결국 치우청은 표를 끊어 그들을 기차에 태웠다. 헤어질 무렵, 그가 수수빵 다섯 개를 치우위엔의 손에 쥐여주었다. 이것이 둘의 마지막 만남이었다.

5.

드디어 이춘(宜春) 기차역에 도착했다. 즈화는 수중에 남은 십육 전 가운데 팔 전을 꺼내 집에 편지를 보냈다.

어머니, 그리고 오라버니,

잘 지내셨어요? 학교가 문을 닫게 되었어요. 전 글도 읽고 쓸 줄 알고, 학교도 다녔으니 외지에 나와 일을 구해도 되겠다는 생각이 들었어요. 전 이제 막 장시성에 도착했어요. 미리 말씀드리지 못하고 이렇게 떠나와 죄송해요. 앞으로 어디서 지내게 될 지……. 아직은 저도 알 수가 없네요. 학교에서 나올 때 아무것도 챙겨오질 못했어요. 어머니가 저 대신 이불과 짐 가방 좀 찾아와 주실 수 있을까요?……

쉬 선생에게는, 끝내 다시 연락하지 않았다. 그는 그렇게 영영 그녀의 삶에서 사라졌다.

　이춘시는 생각처럼 번화한 곳이 아니었다. 머리 위로 눈부신 태양이 이글이글 타올랐다. 두 끼를 굶은 뱃속에선 꼬르륵 소리가 났지만, 거기에 신경 쓸 겨를이 없었다. 즈화는 거리를 바삐 돌아다녔다. 몸은 고단했지만 행복한 방랑이었다. 행복이라 할 수 있었던 건, 마음속에 제법 희망이 있었기 때문이었다. 공장이나 회사 간판이 눈에 띄기만 하면, 어김없이 기대를 안고 조심스레 안으로 들어섰다. 그러나 돌아설 때면 으레 실망뿐이었다. 가는 곳마다 내놓는 대답도 천편일률이었다. "공장도, 학교도 죄다 문 닫고 직원을 줄이는 판에 누가 사람을 새로 뽑으려고 하겠어!"

　즈화는 할 말을 잃었다. 현실 앞에서, 앞날을 너무 쉽게 믿었던 자신이 또렷이 보이기 시작했다. 의지할 곳 하나 없는 낯선 타지에서 살아갈 자리를 얻는 일이 이토록 막막한 것임을, 그제야 실감했다.

　해 질 무렵, 즈화는 마지막 남은 팔 전으로 찹쌀죽 한 그릇을 사 먹었다. 그리고는 울적한 마음으로 지친 몸을 이끌고 기차역으로 돌아가 벽에 기대앉았다. 거기서 밤을 보낼 작정이었다. 주위를 둘러보니, 세상에, 사방천지가 사람이었다. 사람들이 바닥 여기저기 어지럽게 누워 있었다. 온갖 지방의 사투리가 들려왔다. 얼굴빛이 녹색으로 변한 사람들이 병충해를 입은 제비콩처럼 몸을 웅크리고 있었다. 얼굴이 빛이 날 정도로 탱탱하게 부어오른 사람들도 보였다. 어느새 즈화 자신도 외지에서 흘러들어온

무리의 일원이 되어 있었다.

즈화는 갈 길을 잃은 채, 절망 속으로 빠져들고 있었다. 바로 그때 무리들 사이에서 마흔이 좀 넘어 보이는 사내 하나가 불쑥 다가왔다. "혹시 양 향장님 댁 여식 아니신가?"

심장이 쿵 내려앉으며 얼굴이 순식간에 달아올랐다. 장시까지 도망쳐 왔는데, 여기서조차 자신이 양 향장의 딸인 걸 알아보는 사람을 만날 줄이야! 불길한 예감이 들었다.

그가 즈화의 흰 반팔 옷에 학교 이름이 새겨진 것을 보고 물었다. "여기서 학교를 다니는 거니?"

즈화가 고개를 끄덕이며 다니던 학교가 폐교되는 바람에 혼자 일자리를 찾으러 떠나왔다고 대답했다.

그가 물었다. "여기 친척이나 아는 사람이 있는 거니?"

순간 즈화의 눈시울이 발갛게 물들었다. "아무도 없어요. 저 혼자뿐이에요."

그가 말했다. "네 아버지가 얼마나 좋은 분이셨는데……. 어쩌다 그런 처지가 되셔서, 자식들까지 이리 말려들었구나. 쌴치타이에 있을 적에, 이 아저씨가 아기였던 널 안아 준 적도 있단다."

그의 이름은 쭈이성이었다. 즈화는 곧 그를 쭈 숙부라고 불렀다. 쭈 숙부는 이춘시 관할인 현성의 한 건축 대오에서 일하고 있었다. 그가 즈화에게 자기를 따라오면 최소한 묵을 곳은 있을 터이니 함께 가자고 권했다.

6.

집으로 돌아가는 길도, 뤄양에 올 때와 마찬가지로 우한에서 기차를 갈아타야 했다. 대합실에서 치우위엔은 동향 사람 하나를 만났다. 그녀는 쉰이 좀 넘은 나이에, 둥글넓적한 얼굴에 가무잡잡한 피부를 지녔고, 눈이 크고 키도 컸다. 거기에 건장한 체격까지 더해져 성격까지 호쾌해 보였다. 두 사람은 이런저런 이야기를 나누기 시작했다.

그 여인은 성이 천이라 했고, 치우위엔에게 성이 어찌 되는지 물었다.

치우위엔이 대답했다. "전 량가예요. 그럼 제가 천 언니라고 부르면 되겠네요."

천 언니가 어디로 가는 길이냐고 물었다. 치우위엔은 후난 샹인으로 돌아가는 중이라 답했다.

천 언니가 눈을 휘둥그레 뜨고 치우위엔을 바라봤다. "샹인으로 다시 간다고? 그건 안 될 말이지! 샹인이 우리 헝양보다도 더 형편이 안 좋다더구만. 굶어 죽은 사람 천지라던데!"

치우위엔이 말했다. "제 본적지가 샹인이라, 거기 말고는 갈 데가 없어요!"

천 언니가 말했다. "자식들을 줄줄이 끼고, 자네도 이게 뭔 고생인가. 차라리 나랑 같이 후베이로 가 보는 건 어떻겠나? 내 그곳에 터를 잡은 지 좀 되었는데, 거긴 사람들 인심도 좋아. 먹을 게 진진하다고는 못 해도, 배 곯을 일은 없다네. 자식새끼 둘을 데리고, 죽으러 가는 거나 매한가지인 데를 굳이 갈 필요 있겠나?"

치우위엔이 말했다. "아는 사람 하나 없는 곳에 가서, 무얼 해서 먹고산대요. 설마 구걸이나 하며 살란 말씀은 아니시겠죠?"

천 언니는 후베이는 사람 수에 비해 땅이 넓은 곳이라, 일거리를 찾는데 어려움이 없을 거라 했다. 특히 목화 따는 일은 늘 일손이 부족하다고 했다.

치우위엔이 말했다. "제가 옷은 좀 만들 줄 알아요. 지금 입고 있는 옷도 다 제가 직접 만든 거예요. 한번 봐 주실래요? 쓸 만해 보이세요?" 마침 그녀는 앞섶을 여며 입는 유백색 웃옷을 입고 있었다.

천 언니가 찬찬히 살펴보더니 말했다. "잘 만드는구먼. 이 솜씨면 밥벌이는 걱정 없겠어. 내 사는 데는, 죄다 옆구리를 여미는 옷들만 해 입을 줄 알지, 이런 옷을 만들 줄 아는 사람은 아직 못 봤거든."

천 언니가 기차에 오를 시간이 가까워졌건만, 치우위엔은 여전히 망설이고 있었다. 그때 티엔쓰가 그녀의 옷자락을 잡아당기며 집엔 가지 말자고, 어딜 가도 집보단 나을 것이라고 말했다.

치우위엔이 물었다. "거기까지 가서 일을 못 구하면, 돌아갈 차비도 없는데, 그땐 어쩌자는 거니?"

천 언니가 말했다. "가서도 일을 못 구하면, 집에 돌아갈 차비는 내가 줌세. 그럼 되지 않겠어?"

치우위엔은 속으로 생각했다. '이렇게 좋은 사람을 만나게 된 걸 보면, 아직은 죽을 때가 아닌 모양이구나.'

이렇게 하여 치우위엔은 그녀를 따라 후베이성 한촨현 마커우진에 있는 왕쟈타이 생산대에 도착했고, 당분간은 그녀의 집에서 지내기로 했다.

천 언니는 치우위엔을 돕겠다며 발 벗고 나서서 집단 노동에 나가 주변 사람들에게 대대적으로 선전을 했다. "우리 사촌동생이 재봉사인데, 하는 옷마다 꼭 도시 사람 옷 같더라니까. 여기 사람들은 그런 옷, 한 번도 못 입어봤을걸?" 일을 마친 뒤, 그녀는 일고여덟이나 되는 여인들을 몰고 돌아왔다. 치우위엔이 입은 옷을 보더니, 여인들은 서로 먼저 입어보겠다고 야단법석이었다. 눈앞에 모인 여인들은 손발이 거칠고 투박했으며, 피부는 볕에 그을려 가무잡잡했다. 거기에 낡은 옷을 걸친 모습까지, 한눈에도 온종일 땀 흘려 일하는 성실하고 순박한 이들이란 걸 알 수 있었다.

그다음 날부터 곧바로 옷을 만들어 달라는 청이 들어왔다. 치우위엔은 직접 집으로 찾아가 옷을 지어 주었다. 품삯은 따로 필요 없으니, 세 모자의 끼니만 챙겨주면 된다고 했다. 사람들은 흔쾌히 받아들였다.

치우위엔은 어떤 일에든 게으름을 피우는 법이 없었다. 아침부터 밤까지 쉴 틈 없이 일했고, 남들이 하루 반나절 걸리는 일도 하루 만에 거뜬히 마쳤다. 차차 사람들과도 안면이 생겼고, 생산대에서 조그마한 집도 한 칸 빌릴 수 있게 되어 저녁이면 그곳에서 옷을 지었다. 돈이 좀 들어온 뒤에는, 사람들의 도움을 받아 페이싼과 티엔쓰를 인근 학교에 보낼 수도 있었다.

얼마 지나지 않아, 왕쟈타이에 솜씨 좋은 재봉사가 있다는 소문이 사방 수십 리까지 퍼져 나갔다. 옷만 잘 짓는 것이 아니라, 용모 또한 빼어나다는 소문도 함께였다. 마흔을 넘긴 나이에도 치우위엔은 여전히 단정하고 고왔다.

치우위엔은 한 주도 거르지 않고 즈헝에게 편지를 띄웠다. 편지 말미엔 어김없이 같은 말을 남겼다. "오 년 후에는, 우리 식구 다 함께 모여 살자꾸나."

어느 날 즈헝이 보내온 답장에는, 츠푸산의 집이 난장판이 되었다는 소식이 담겨 있었다. 사람들이 가구는 물론이고, 심지어 그릇 하나, 젓가락 하나 남기지 않고 싹 쓸어갔다고 했다. 그마나 멀쩡했던 문틀까지 죄다 뜯어가 버렸단다. 그러니 후난으로 돌아오게 되면 예전 집으로 가지 말고, 자신이 있는 학교로 와서 지내시라는 말을 덧붙였다.

그 편지를 받고부터 그녀는 더 열심을 내기 시작했다. 집으로 돌아갈 돈을 마련하기 위해 낮이고 밤이고 바느질에 매달렸다. 예전에는 가정을 지키겠다는 생각에, 즈헝의 군 입대도, 뚱베이로 가겠다는 뜻도 모조리 가로막았었다. 그 일만 생각하면, 늘 마음 한구석이 무거웠다. 이제 더는 즈헝의 발목을 붙잡아선 안 된다. 혹여 식구들 때문에 그 아이가 교사 일마저 놓게 된다면, 이 얼마나 가여운 일이겠는가!

7.

기차역에서 밤을 보내고, 즈화는 이튿날 아침 일찍 무리에 섞여 기차에 올랐다. 빼곡히 들어찬 사람들에게서 뿜어져 나오는 열기로 기차 안은 찜통 같았다. 웃옷을 벗고 맨몸을 드러낸 사람들도 있었다. 기차가 흔들릴 때마다, 땀에 절은 몸이 장단 맞춰 흔들리며 다른 이들의 몸에까지 땀칠을 해댔다. 싸구려 담배 냄새와 쾨쾨한 땀 냄새가 뒤섞여 콧속을 찔렀고, 속에서는 내내 욕지기가 올라왔다. 즈화는 눈을 감고 입술을 꽉 오므린 채, 기차의 흔들림에 몸을 내맡겼다.

드디어 용닝현에 도착했다. 즈화는 기차에서 내려 길을 물어물어 마침내 건설대를 찾아냈다. 다른 일자리를 구하기가 당장은 어렵다 보니, 우선 쭈 숙부를 따라 모래 나르는 일이라도 하게 해달라고 부탁했다. 모래 운반은 작업량에 따라 품삯이 정해지므로, 퍼 나른 만큼 돈을 받을 수 있는 일이었다.

즈화는 그 길로 공사장으로 가서 광주리와 멜대를 받아 들고, 모래를 퍼담는 곳과 부을 곳을 확인했다. 매일 작업이 끝나면 기술원이 와서 운반량을 측량하고 품삯을 지불한다고 했다.

모래를 담는 곳에서 가져다 붓는 곳까지는 대략 반 리쯤 되었다. 즈화는 돈을 조금이라도 더 벌고 싶은 마음에 모래를 가득 퍼 짊어지고 급히 걸음을 다그치며, 죽자사자 일을 했다. 어깨에 무거운 멜대를 걸치고 운반하는 동안엔 허리를 똑바로 펼 수 없었다. 즈화는 그마저도 모래를 쏟아 놓고 허리 한 번 펴는가 싶으면, 다시 득달같이 멜대를 들쳐메고 모래를 담으러 뛰어갔다. 꼭 짐을 진 채로 가만 있으면 밑에 깔린 개가 죽는다는 속담처럼, 잠시라도 쉬었다간 큰일이라도 날 듯 안달을 부렸다.

첫날, 일을 마친 즈화는 삽으로 자신이 퍼 나른 모래를 네모 반듯하게 정리했다. 기술원이 와서 양을 재보더니, 일 원 이십 전을 쥐여주었다. 즈화는 신이 나 어쩔 줄 몰랐다. 하루에 일 원 이십 전이라니! 열흘이면 십이 원, 한 달이면 삼십육 원이나 된다! 이렇게나 많다니, 설마 계산을 잘못한 건가 싶어 다시 셈을 해봤지만 틀림없었다. 이런 식으로만 하면, 조만간 집에도 돈을 보낼 수 있을 것이다.

하지만 작업이 끝날 무렵부터 즈화의 온몸은 이미 뼈마디가 부서질 듯했다. 잠시 몸을 맡기기로 한 쭈 숙부의 친척 집까지 걸음을 옮기기도 버거웠다. 의자에 한 번 몸을 붙이고 앉자, 다시 일어설 수 없을 것 같았다. 두 발은 송곳으로 쑤시는 듯 아파왔고, 어깨는 손만 스쳐도 쓰라릴 지경이었다. 몸에 수건질을 하기 위해 방문을 걸어잠그고 옷을 벗던 즈화는 그제야 어깨 피부가 벗겨져 피가 배어 나온 것을 발견했다. 피딱지가 옷에 들러붙어, 물에 적셔 한참을 불린 끝에야 겨우 옷을 벗어낼 수 있었다.

이튿날 즈화의 양어깨는 두툼한 솜뭉치를 얹어 놓은 듯 부풀어 있었다. 멜대는 고사하고, 옷만 닿아도 견딜 수 없는 통증이 몰려왔다. 낡은 천을 한 움큼 가져다 멜대에 두툼하게 감아 봤지만, 이미 심하게 상처 입은 어깨엔 아무런 소용이 없었다.

쭈 숙부가 말했다. "이런 막일은 하루아침에 요령이 터득되는 게 아니란다. 일단 오늘은 쉬고, 내일 어깨가 좀 나아지면 다시 나가도록 해라."

즈화가 말했다. "제가 보기엔, 하루이틀 쉰다고 나아질 것 같진 않아요. 그렇지만 고생으로 치면 이만 오천 리 대장정을 마친 홍군도 있잖아요. 그에 비하면 이건 아무것도 아니죠. 결국엔 끝까지 버티는 사람이 승리하는 거랬어요. 그러니까 전 오늘도 일하러 가겠어요."

하지만 손만 살짝 스쳐도 아픈 어깨로 멜대를 메고 모래를 나른다는 건, 애초에 말도 안 되는 일이었다. 즈화는 별수 없이 두 손으로 직접 퍼 담아 나르기로 했다. 그렇게 온종일을 일했지만, 그날 운반한 모래의 양은 너무나도 보잘것없었다.

매일같이 일 원 이십 전씩을 벌 수 있으리라던 꿈은 그렇게 깨져버렸다.

즈화가 일하는 옆으로, 학생처럼 보이는 이들이 무리를 지어 이야기꽃을 피우며 지나갔다. 즈화는 멀어져가는 그들의 뒷모습을 물끄러미 바라보았다. 얼굴엔 부러움이 어렸다.

그때였다. 어제 즈화가 운반한 모래를 검사했던 기술원이 곁으로 다가와 말을 붙였다. "보아하니, 너도 아직 학생 같은데."

즈화가 얼굴을 붉히며 대답했다. "맞아요."

기술원이 말을 이었다. "아직 어린 여자애가 어떻게 이런 일을 할 생각을 한 거냐? 오래 못 버틸 텐데 말야."

즈화가 말했다. "저도 이 일을 하고 싶어서 하는 게 아녜요. 그래도 얼마전까지 학교에 다녔었어요. 중등 전문학교에서 삼학년까지 다녔었는데, 학교가 그만 문을 닫는 바람에……. 장시에 오면 일자리를 구하기 쉬울 거라기에 왔는데, 당장 마땅한 일은 못 찾겠고……, 그러니 이 일이라도 하는 수밖에요."

기술원이 말했다. "여기서 얼마 안 가면 공산주의노동대학이라는 데가 있어. 일하면서 공부도 하는 곳이지. 학교엔 밥값만 내면 되고, 매달 학생들한테 사 원씩 주기까지 한다더라."

즈화는 생각했다. '역시 장시가 후난보다 낫구나. 이렇게 좋은 대학도 있고.'

"대학"이란 두 글자가 자석처럼 즈화를 끌어당겼다. 일하며 공부하는 게 대수겠는가? 고된 일이야 익숙했고, 공부만 할 수 있다면야 그런 건 전혀 문제가 되질 않았다.

즈화는 얼굴에 웃음을 감추지 못하며 기술원에게 말했다. "저, 공부하러 갈래요. 지금 바로요. 아, 일단 건설대에 들러 멜 대랑 광주리를 반납하고요."

기술원이 말했다. "내가 대신 가져다 놓고, 네 대여증도 찢어 서 버려줄게. 얼른 가보렴. 이미 학생 모집도 끝나고, 개학도 한 모양이니."

8.

일 년 남짓한 시간 동안, 몸은 고될망정 마음은 평안한 날들이 이어졌다. 그러나 왕쟈타이에서도 외지인 단속이 시작되며, 크고 작은 동원대회가 하루가 멀다 하고 열렸다. 공작조 동지들은 "생산대에서 외지인이 발각될 시 반드시 끝까지 추궁할 것이며, 그에 따른 책임은 전적으로 본인이 감당하게 될 것"이라며 수차례 경고했다. 이렇게 매서운 정책 아래서, 누가 감히 외지인을 받아들이려 하겠는가. 간이 배 밖으로 나오지 않고서야 엄두도 낼 수 없는 일이었다.

치우위엔은 하루 종일 등이 휘도록 일하면서도 늘 환한 웃음을 잃지 않았다. 이제 삶에 대한 한 가닥 희망이 생긴 덕이었다. 하지만 다시 후난으로 돌아가야 할지도 모른다고 생각하니, 끔찍했던 지난날이 떠올라 숨이 턱 막혔다. 화살 앞에 놓인 새처럼 생명이 위태롭게 달랑거리는 기분이었다.

천 언니가 그녀에게 한 가지 방도를 내놓았다. "이보게, 동생, 내 말 좀 들어 보게나. 민망하다 생각 말고. 난 자네가 예서 상대를 찾아보면 어떨까 싶은데."

뜻밖의 얘기에 치우위엔은 가슴이 철렁했다. 그녀는 황망히 대꾸했다. "우리 큰아들이 교사인데, 재가라니요. 우리 애 체면은 어쩌고요!"

천 언니가 말을 이었다. "지금 자네가 체면 따질 때인가. 뭣보다 목숨을 부지하는 게 우선이지. 아직 후난으로 돌아갈 때가 아니야. 돌아가더라도 그건 나중 일이고, 일단은 여기서 자리 잡고 살게. '푸른 산만 남아 있으면, 땔감 걱정은 없다'는 말도 있잖나. 살아 있어야 후일도 기약할 수 있는 것 아니겠어."

치우위엔이라고 왜 모르겠는가. 그곳으로 돌아간다는 건 제 발로 죽으러 가는 길이란 것을. 휴가계를 내지도 않고 떠나왔으니—사류분자[43]에 해당하는 그녀 같은 사람들은 애초에 휴가 자체가 허락되지도 않지만—지금 돌아가면 굶어 죽든지, 비판투쟁대회에서 돌림을 당하다 죽든지, 둘 중 하나임은 불 보듯 뻔했다.

천 언니가 말을 이어갔다. "이곳 서기가 아내를 여윈 지 벌써 몇 해라 줄곧 적당한 사람을 찾고 있었다네. 집에는 여든셋 된 노모와 열 살 된 아들 하나가 있고, 서기를 맡은 지는 십 년 됐

---

43. 문화대혁명 시기에 계급투쟁의 적으로 규정된 네 부류의 사람들, 지주, 부농, 반혁명분자, 불량분자를 가리킨다.

어. 사람도 아주 좋아. 난 자네가 이 기회를 놓치지 않았으면 하네.”

치우위엔이 페이싼과 티엔쓰에게 말을 꺼냈다. 두 아이 모두 후난만 아니라면 어디든 좋다며 고개를 끄덕였다. 시간이 촉박했던 탓에 먼저 즈헝과 상의할 틈이 없었다. 그 사실이 두고두고 그녀의 마음에 병으로 남게 되었다. 어쨌든 즈헝은 양씨 집안의 장남이었으니 말이다.

그렇게 하여 그녀는 페이싼, 티엔쓰와 함께 왕씨 집안 사람이 되었다.

모든 일이 결정되고 난 뒤에야 치우위엔은 즈헝에게 편지를 보냈다.

“이 어미가 도저히 다른 길을 강구할 수 없어 이런 선택을 하게 되었구나. 날 위해서가 아니라 네 동생들을 위해, 두 아이가 무사히 어른이 되는 것을 보고 싶어 그랬다는 걸, 부디 알아주렴. 만약 이 어미가 그릇된 선택을 했다고 여긴다면, 이 어미가 부끄럽다면, 더 이상 나를 어머니라 부르지 않아도 좋다. 원망하지 않으마. 하지만 혹시라도 네가 나의 처지를 헤아려 주고 여전히 날 어미로 여겨주겠다면, 나는 언제까지고 네 어미로 남을 것이다……”

즈헝은 편지를 받아 들고 한참을 목놓아 울었다.

“얼마나 맘고생이 심하셨을까. 불쌍한 우리 어머니!”

9.

즈화는 길을 물어가며 학교를 찾아 나섰다. 한시라도 빨리 가고 싶었지만, 발의 통증 때문에 한 걸음 한 걸음 내딛을 때마다 이를 악물어야 했다.

사오 리쯤 걸었을까, 사람들이 알려 준 대로 방향을 틀어 나무다리 위로 올라섰다. 굵은 나무를 맞대어 엮은 다리는 길이가 육칠 미터 남짓, 너비가 일 미터쯤 되었다. 교각 역시 굵직한 통나무로 짜 맞추어져 있었다. 사람들이 다니기엔 충분히 튼튼해 보였다. 투명한 강물 위로 햇살이 쏟아져 내려 물결마다 금가루를 뿌려놓은 듯 눈부시게 반짝였다. 다리를 건너고 얼마 되지 않는 오르막길을 오르자, 이윽고 학교가 눈앞에 나타났다.

“공산주의노동대학”이라는 여덟 글자가 햇빛 아래 빛나고 있었다. 학교에 들어서자 가슴이 벅차올랐다. 얼굴은 귀밑까지 붉게 달아오르고, 심장은 귀에 들릴 만큼 쿵쿵 뛰었다. 당장이라도 가슴을 뚫고 튀어나올 듯한 기세였다.

때마침 맞은편에서 선생으로 보이는 마흔 남짓의 남자 하나가 책을 들고 걸어왔다. 즈화가 재빨리 다가가 그를 막아 세우며 말했다. "선생님, 안녕하세요! 저 이 학교에 다니고 싶어서 찾아왔어요. 등록 기간이 지났다고는 들었지만요, … 선생님! 이번 한 번만 특별히 받아 주시면 안 될까요?"

남자가 대답했다. "내가 이 학교 교사가 맞긴 하단다. 학생 모집도 내가 맡고 있지."

즈화는 하마터면 뛰어오를 뻔했다. "아, 제가 정말 운이 좋네요! 이렇게 단박에 선생님을 뵙게 되다니요. 받아만 주신다면, 일도 공부도 정말 성심껏 하겠습니다."

교사가 말했다. "이리 오너라. 얘길 좀 해보자꾸나."

교사는 즈화를 데리고 한 교실로 들어갔다. 깔끔한 책상들이 줄지어 놓여 있었지만, 어찌 된 일인지 학생은 한 명도 보이질 않았다.

즈화가 물었다. "선생님, 어째 이 교실에는 수업 듣는 학생들이 없나요?"

교사가 말했다. "이 반 학생들은 이번 달에 산에 노동을 하러 갔단다. 어디, 손 한번 내밀어 보겠니?"

즈화가 손을 죽 펴 앞으로 내밀었다. 교사는 별다른 말은 하지 않았다. 일을 해 본 손인지 아닌지, 그것만 확인하면 됐던 것이다.

학교에는 사범반, 임업반, 농업반, 기계반 그리고 예과반이 있었다. 사범반은 1년제, 예과반은 5년제, 그 밖은 모두 4년제였다.

즈화가 말했다. "선생님, 저는 사범반에 들어가고 싶어요. 저희 집이 워낙 가난해서, 하루라도 빨리 졸업해서 일을 나가야 하거든요. 이렇게 부탁드릴게요, 선생님." 즈화는 속으로 가만히 따져 보았다. '1년제면, 열아홉에 졸업할 수 있어. 그리고 바로 중고등학교 선생님이 돼서 돈을 벌고, 가족들을 돕는 거야. 이보다 좋은 일이 어딨어!' 정말이지, 하늘이 자신을 돕는 듯했다.

왕 선생이 말했다. "오후에 짐을 챙겨서 오너라. 오늘부터 바로 수업을 들을 수 있게."

가지고 있는 여벌 옷 한 벌 말고는 따로 챙겨 올 짐이 없다고 하자 왕 선생이 말했다. "그럼 이제 총무실에 가서 이불을 빌리면 되겠구나."

즈화는 한껏 들뜬 얼굴로 왕 선생의 뒤를 따라 총무실로 향했다. 그곳에서 이불도 빌리고, 돈 사 원도 받아 나왔다. 왕 선생은 즈화를 사범반 여학생 기숙사까지 안내해 주었다. 이로써 모든 준비가 끝났다. 즈화는 그렇게, 그날 바로 학교에 입학하게 되었다.

10.

하늘이 도왔는지, 치우위엔은 좋은 사람을 만났다.

왕청언의 나이는 치우위엔보다 세 살 아래였고, 키도 체격도 보통이었다. 피부는 약간 검은 편이었다. 그는 쾌활한 성격에 마음씨도 곱디고운 사람이었다. 치우위엔과 혼인한 뒤로는 집안의 대소사 모두를 그녀에게 맡겼다.

치우위엔은 옷 짓는 일뿐 아니라 집단 노동에도 즐겨 나섰다. 그중에서도 특히 목화 따기나 토마토 수확을 가장 좋아했다.

목화를 딸 때면 여인들은 등에 대광주리를 하나씩 메고, 따낸 목화를 쏙쏙 광주리 안으로 던져 넣었다. 손을 분주하게 놀리며, 틈틈이 수다도 떨고, 농담도 툭툭 던져가며 별것 아닌 이야기들을 흥겹게 주거니 받거니 했다. 그렇게 모인 목화들이 생산대 보관실에 수북이 쌓였다. 눈부실 정도로 새하얀 설산 하나가 들어선 듯한 광경이었다.

토마토가 익는 시기가 되면, 들판엔 붉게 물든 열매가 가지마다 주렁주렁 매달렸다. 샛초록 잎사귀들과 어우러진 풍경은 황홀하기까지 했다. 잠깐만 따도 금세 커다란 바구니에 토마토가 차올랐다. 쉬는 시간이면 밭두렁에 앉아 토마토를 마음껏 먹을 수 있었다. 다만 집으로 가져가는 건 금지였으므로, 사람들은 배가 불룩해질 때까지 실컷 먹고 또 먹었다.

처음에 치우위엔은 토마토가 영 입에 맞지 않아, 하나를 들고도 끝까지 다 먹질 못했다. 하지만 모두가 입맛을 다셔가며 맛있게 먹는 모습을 보니, 안 먹으면 저만 손해인 것 같아 억지로 입에 넣기 시작했다. 그런데 웬걸, 먹다 보니 점점 맛있어지는 게 이젠 아예 그 맛에 푹 빠져버렸다.

푹푹 찌는 여름 저녁, 치우위엔은 식사를 마치자마자 빨래를 시작했다. 왕청언은 작은 의자를 가져다 옆에 앉더니, 그녀가 더울세라 혹여 모기에 물릴세라 부지런히 부채질을 해 주었다.

한 번은 솜옷을 빨려고 옷을 뜯는데, 왕청언이 도와주겠다고 나섰다. 주머니를 뜯어낸 순간, 안쪽에 꿰매 두었던 오 원짜리 지폐 한 장이 툭 떨어졌다. 그녀는 순간 당황한 얼굴로 더듬거리며 말했다. "이, 이건 일부러 감춰 둔 게 아니에요……. 내가 이걸 언제 여기 넣어 뒀지." 왕청언이 말했다. "당신이 필요하면 얼마든지 챙겨 둬도 좋아요. 많이 모아 두면 든든하고 좋지. 난 먹을 밥이랑, 입을 옷만 잊지 않고 챙겨주면 그걸로 됐어요."

　여든셋 된 노모도 치우위엔을 살뜰히 아껴주었다. 치우위엔이 부엌에서 식사 준비를 하고 있으면, 곁에 와서 불 때는 일이라도 도왔다. 노모는 평소에도 손을 놀리는 법이 없었다. 짬이 날 때마다 실을 잣곤 했는데, 그녀가 뽑아낸 실은 가늘면서도 굵기가 고르고 매끄러웠다. 그 실로 다른 사람에게 부탁해 천을 짜온 뒤, 치우위엔에게 이불보와 침대보, 속옷을 만들도록 했다. 한사코 즈형과 즈화에게도 만들어 보내라고 챙기는 것도 잊지 않았다. 집에서 손수 짠 진짜배기 면포는 빨면 빨수록 더 하얘지고 부드러워졌다.

　노모와 치우위엔은 일 년 팔 개월을 함께 했다. 그러던 어느 날, 한차례 잔병치레가 노모의 목숨을 거두어갔다. 치우위엔은 오랫동안 슬픔을 떨쳐내지 못했다.

　왕청언의 아들 이름은 왕아이민이었다. 개구지면서도 귀여운 아이였다. 아이는 치우위엔을 아주머니라 불렀는데, 들락날락 치우위엔이 눈에 띌 때마다 “아주머니”, “아주머니”하고 부르는 그 소리가 참으로 다정했다. 동갑인 아이민과 티엔쓰는 서로를 형제처럼 여겼고, 학교에서도 한 반이었다. 둘 다 공부에 있어서는 늘 ‘일등’이었다. 다만 아이민은 끝에서 일등이었다.

　치우위엔은 이따금 아이민의 엉덩이를 팡팡 두드리며 혼내기도 했다. “공부는 안 하고, 그저 놀기만 좋아해서 어쩌니! ‘젊어서 노력하지 않으면, 늙어서 후회해도 소용 없다’는 말도 못 들어 봤니?” 그러면 아이민은 기분 나빠하기는커녕, 헤헤 웃으며 일부러

소란을 떨었다. "아이고, 사람 살려요, 사람 살려! 아주머니가 저 때린대요!" 치우위엔은 다정한 눈길로 아이를 바라보았다. 마음 속에서 절로 웃음이 피어올랐다

그녀는 아이민과 티엔쓰에게 늘 같은 옷과 신발을 만들어 주었고, 두 아이를 항상 깔끔하고 단정하게 손질해 주었다. 그래서인지, 누구든 둘을 보면 쌍둥이냐고 물을 정도였다.

11.

공산주의노동대학은 일과 학업을 병행하는 학교로, 한 달은 수업을 하고 다음 한 달은 노동에 투입되는 식이었다.

즈화가 속한 사범반에는 총 스무 명의 학생이 있었다. 고등학교 졸업생부터 교직 경험이 있는 사람, 그리고 간부 출신까지 다양한 이들이 모여 있었다. 각자가 어떤 사연으로 이곳에 오게 되었는지는 자세히 알 수 없었다.

학교 앞에는 강이 하나 흐르고 있었다. 매일 해가 산마루에 거대한 노른자처럼 걸릴 즈음이면, 학생들은 강으로 목욕을 하러 나갔다. 여학생들은 상류의 얕은 물가로, 남학생들은 하류의 깊은 곳으로 각각 나뉘어 들어갔다.

여학생들은 손에 손을 맞잡고, 옷을 입은 채로 조심스레 강으로 들어가 적당한 곳을 찾아 쪼그려 앉았다. 즈화는 강바닥에서 건져 올린 고운 모래로 몸을 문질렀다. 석양이 스러지며 발하던 마지막 빛마저 어둠에 묻히고 나면, 여학생들은 두 손으로 가슴을 가리고 깔깔 웃으며 갈대밭으로 달려들어갔다. 초가을 저녁 바람에 갈대가 이리저리 흔들렸다. 여학생들은 그 속에서 단정히 매무새를 가다듬은 뒤, 젖은 옷을 손에 들고 학교로 되돌아갔다.

한 달간의 수업이 끝나고, 산에서의 노동이 시작되었다. 목적지는 칭통령 임업장, 대나무를 베는 일이었다. 강을 따라 상류로 쭉 올라가니 양편으로 울창한 대나무 숲이 펼쳐졌다. 산들바람이 스치고 지나갈 때마다, 우거진 대나무 잎 사이로 바늘처럼 가는 빛줄기가 무수히 쏟아져 내렸다. 대나무 틈 사이로 알록달록 작은 들꽃들이 수줍게 고개를 내밀고 있었다. 백 리는 족히 넘는 길을 걸은 끝에, 마침내 생산대대[44]의 본부에 도착했다. 본부 주임이 학생들을 열정적으로 맞아 주었다.

학생들은 본부 안 숙소에 짐을 풀었다. 위층은 잠자는 곳, 아래층은 식사 준비를 하는 공간이었다. 즈화와 여학생 한 명이 빨래와 식사를 맡게 되었다. 둘은 새벽 네 시면 일어나 아침 준비를 해야 했다. 그리고 즈화에겐 임무가 하나 더 주어졌다. 오후 다섯 시가 되면 강 끝자락에 있는 야적장으로 가서 거기에 도착한 대나무를 검수하는 일이었다.

벌목 작업에 나선 학생들은 날이 채 밝기도 전에 산으로 향했

---

44. 인민공사 직속의 중간 행정 단위. 하나의 인민공사는 보통 여러 개의 생산대대로 나뉘었고, 각 생산대대는 다시 여러 개의 생산대로 구성되었다.

다. 길이 따로 나 있질 않아, 직접 나무를 베어 길을 내며 올라가야 했다. 자른 대나무는 강가로 끌고 내려가 엮어서 뗏목을 만든 후 강물에 띄웠다. 뗏목 위에 올라 대나무 장대로 강바닥을 힘껏 밀면, 우렁찬 물소리와 함께 뗏목이 물살을 따라 흘러 내려갔다. 그 모습만큼은 퍽 장관이었다.

산 위는 모기나 각다귀 천지였다. 일주일도 못 되어 학생들은 하나같이 온몸이 성한 데 없이 물어뜯기고, 다리 꼴은 너덜너덜 말이 아니었다. 장저우 지역에서 온 학생들은 산 생활이 시작되자마자 물갈이를 하더니, 오한과 열에 시달리며 학질 증세까지 보였다. 거의 모든 학생들이 돌아가며 병치레를 했고, 매일 대여섯 명씩 병가를 내는 상황이었다. 즈화는 그제야 왕 선생이 왜 "며칠 못 버티고 달아나는 학생들이 많다"라고 했는지 이유를 알게 되었다.

12.

페이싼은 왕가네에서 반년밖에 살지 못했다. 식구가 한꺼번에 셋이나 늘자, 왕청언에게도 적잖은 부담이 되었다. 치우위엔은 고심 끝에 페이싼을 후난으로 보내, 즈헝이 있는 학교에서 지내며 공부하도록 했다.

치우위엔은 아내이자 계모로서 늘 웃음이 넘치는 화목한 가정을 일구기 위해 노력했다. 덕분에 왕청언 가족은 해마다 모범 가정으로 선정되었다. 여러 인민공사에서 그녀의 경험담이 듣고 싶다며, 경운기까지 동원해 모셔갈 정도였다. 그런 부탁이 들어올 때마다 그녀는 사람들의 호의를 어찌 외면하겠냐며 어김없이 따라나섰다.

교사 생활을 한 경험 덕인지, 치우위엔은 사람들 앞에서 조리 있게 말을 이어갔다. 원고 같은 건 필요 없었다. 그녀는 항상 같은 말로 말문을 열었다. "제가 오늘 여기 온 건, 무슨 거창한 이 야길 들려드리려는 게 아니에요. 그냥 언니, 동생분들이랑 수다 나 좀 떨러 왔다 생각해 주세요." 북방 말씨가 어우러진 후난 사 투리가 참으로 듣기 좋았다.

치우위엔의 마음속에 점점 생기가 깃들었다. 드디어, 그녀의 삶에도 꽃피는 봄날이 찾아든 듯했다.

*

1966년 7월 1일, 유난히도 무더운 날이었다. 풀과 나무는 미 동도 않고, 개들은 나무 그늘 밑에 드러누워 혀를 축 늘어뜨리고 연신 헥헥거렸다.

열다섯이 된 티엔쓰는 키가 훤칠하고, 희고 말끔한 피부에 붉 은 입술, 하얀 치아를 지니고 있었다. 거기에 까맣고 부드러운 머 리를 단정하게 깎아 놓으면, 누가 봐도 미소년이라 할 만했다.

얼마전 중학교를 졸업한 티엔쓰는 그날 졸업 증서를 받으러 학교로 향했다. 티엔쓰가 다니던 마커우 중학교는 집에서 칠 리 쯤 떨어졌는데, 제방을 따라서 쭉 걸어가면 됐다. 제방 옆으로는 폭이 그리 넓지 않은 강이 흐르고 있었다. 짙푸른 수면 위를 바 람이 스치고 지날 때마다 잔물결이 햇살을 받아 반짝거렸다.

이날 티엔쓰는 설레는 마음으로 아침 일곱 시 반부터 벌써 흰 면 남방에, 정장 반바지, 그리고 치우위엔이 손수 지어준 헝겊 신 까지 빈틈없이 차려입고 앉아 있었다. 아침 식사를 마친 뒤, 노란

범포 가방을 메고 학교에 다녀오겠노라며 문을 나섰다. 치우위엔이 그 뒤를 쫓아 나오며 말했다. "애야, 점심 가져가야지." 그리고 아침에 쪄낸 찐빵 네 개를 가방에 넣어 주었다.

티엔쓰가 말했다. "네 개나 필요 없어요. 두 개면 충분해요."

치우위엔이 말했다. "점심을 안 싸온 친구들이 분명 있을 거야. 같이 나눠 먹도록 하렴."

티엔쓰가 잔뜩 들뜬 표정으로 인사를 하고 돌아섰다.

그날 오후 세 시쯤, 학생 하나가 티엔쓰의 책가방을 들고 집으로 찾아왔다. "아주머니, 양즈핑이라는 중삼짜리 학생 하나가 물놀이한다고 강에 들어가더니 나오질 않는대요. 무슨 일이 났나 보라고, 강가에서 수차를 돌리던 할아버지가 그랬어요."

청천벽력 같은 말에 치우위엔이 울음을 터뜨리며 소리쳤다. "아니야! 그럴 리가 없어! 여태껏 물놀이 한번 한 적 없는 애가 왜!"

하지만, 눈앞의 가방은 분명 티엔쓰의 것이었다. 지덕체를 겸비한 학생에게 수여하는 표창장에도, 작문 대회에서 받은 상품에도 '양즈핑', 그 이름 석 자가 선명히 적혀 있었다. 거기다 치우위엔이 한 땀 한 땀 바느질한 흰 남방까지. 더 이상 아니라고 부인할 수 있겠는가?

그녀는 울부짖으며 강으로 내달렸다. 달려가다 넘어지기를 수차례, 무릎에서 흐른 피가 바지 위로 배어 나왔다. 결국 마지막 몇 걸음은 기어서 나아갔다. 그 순간의 그녀는 미친 사람 같았다.

거친 기세로 달려드는 그녀를 누구도 막아 세울 수 없었다.

왕청언은 즉시 배 세 척을 구해 물속을 뒤지기 시작했다. 사공들은 허리를 수그린 채, 쇠갈고리가 달린 대나무 장대로 강 여기저기를 푹푹 찔러댔다. 오후 세 시쯤 시작해서 여섯 시가 넘도록, 여전히 아무것도 건져 올리지 못했다. 땀에 흠뻑 젖은 사공들은 가쁜 숨을 몰아쉬며, 더는 못 하겠다고 손을 내저었다.

치우위엔은 온몸에 힘이 풀려 일어서지도 못하고 바닥에 엎어진 채로 애원했다. "아이가 살아 있다면 빨리 찾아야겠고, 정말 죽었다면 그 시신이라도 확인해야겠어요. 제발, 이렇게 부탁드릴게요. 한 번만, 다시 한번만 더 찾아봐 주세요."

그때였다. 사공 하나의 장대에 무언가 걸렸다. 여럿이 힘을 합쳐 끌어당기자, 갈고리에 티엔쓰의 바지 주머니가 걸려 올라왔다. 눈을 감은 티엔쓰의 몸에서는 물이 뚝뚝 떨어졌다. 몇 시간이나 물속에 잠겨 있던 벌거벗은 상체와 두 다리는 눈이 시릴 만큼 하얘져 있었다.

치우위엔은 앞으로 기어가 아들의 몸 위에 엎드러지며 외쳤다. "우리 아들, 우리 아들!" 그리고는 그대로 정신을 잃었다.

의술을 좀 아는 이가 다급히 그녀의 인중을 눌렀다. 한참만에 의식을 되찾은 그녀는 다시금 가슴을 치고 발을 구르며 통곡하기 시작했다. 울다 지친 그녀의 목에서 '으허, 으허' 하는 소리가 흘러나왔다. 그 소리는 시골 마을의 여름밤을 뒤흔들 만큼 처절했다. 듣는 이마다 등골이 다 서늘해질 지경이었다.

지나가던 행인들과 생산대 사람들이 치우위엔을 에워쌌다. 누구랄 것도 없이 눈에 눈물이 그렁그렁했고, 저마다 어떻게든 위로의 말을 찾으려 애썼다. "원래 물놀이라곤 안 하던 아이였잖소…? 그럼, 귀신이 잡아간 거지 뭐겠소. 며칠 전에도 열 살 남짓한 남자애 하나가 그렇게 물에 빠져 죽었다오. 저기, 아이 다리 좀 한번 보오. 꼭 무릎 꿇은 것 같지 않소? 제발 데려가지 말라고 귀신한테 사정사정했을 거요. 그런데도 기어코 끌려가고 만 게지. 타고난 팔자 앞에서 사람이 뭔 힘이 있겠소! 죽은 사람은 다시 돌아오지 않으니, 마음을 다잡고 … 보내줘야지, 어찌하겠소."

치우위엔이 울며 말했다. "이승엔 악인들이, 저승엔 악귀들이 버티고 앉았으니, 내 겨우 한 놈 떼어냈다 싶으면 또 다른 놈이 달라붙고…. 대체 내가 전생에 무슨 죄를 지었길래, 이 생이 이토록 고통스럽냔 말인가요!"

차갑게 식어 버린 달이 하늘에 걸렸다. 제방 옆에 우뚝 섰던 나무들이 달빛을 받자, 흉측한 악귀의 모습으로 변했다. 금세라도 착한 이들에게 달려들어 집어삼킬 듯한 기세였다. 치우위엔은 깨날 수 없는 악몽 속에 빠진 듯했다.

사람들이 문짝에 티엔쓰의 시신을 눕혔다. 왕청언은 눈물을 펑펑 쏟으며 치우위엔을 업었고, 아이민이 그 옆에서 부축했다. 왕청언이 중얼거리듯 말했다. "다 내가 박복한 탓으로, 아들 하나 지키지 못한 거요."

치우위엔은 가슴이 찢어질 듯 울부짖으며 넋두리를 토해냈다. "우리 착한 아들, 엄마 말 잘 듣던 우리 막내. 아침에 그렇게 신이 나서 나갔던 애가 오후엔 이 꼴로 돌아오다니…. 얘야, 강엔 왜 들어갔니? 생전 물놀이라곤 하는 법 없던 네가 왜…. 이렇게 가버리면 이 어미는 어찌 살란 말이냐! 내가 대신 죽어서 널 살릴 수만 있다면, 천 번이고 만 번이고 그렇게 하마!"

그녀는 티엔쓰의 옷 중에서 가장 좋은 옷을 꺼내 입히고, 아들의 몸을 어루만지고 또 어루만졌다. "우리 막내, 엄마가 새로 만든 신발은 아직 신어 보지도 못했지? 가는 길에 신으렴. 작지는 않니? 네 발이 워낙 금방 크잖니…. 우리 아들, 이 어미가 곧 따라갈 터이니, 서둘지 말고 천천히 가거라…."

*

치우위엔은 몇날 며칠을 먹지도 마시지도 않았다. 소리 내어 울 힘조차 다 빠진 그녀는, 그저 눈물만 하염없이 흘려낼 뿐이었다.

그 무렵 그녀는 쉰을 좀 넘긴 나이였다. 어려서는 아버지를 잃고, 중년엔 남편을, 만년에 이르러서는 자식마저 잃었다. 인생의 가장 큰 세 가지 비극을 모두 겪은 셈이었다.

치우위엔은 곱씹어 생각해 보았다. '과연 타고난 팔자란 게 정말 있는 걸까? 살겠다고 후베이로 도망쳐 왔건만…, 굶어 죽지는 않았다 해도, 결국엔 물에 빠져 죽고 말았으니 어차피 죽을 팔자였다는 말인가…? 나야말로 정녕 죽을 결심을 해야 할 때가 온 건지도 모르지. 아들을 그렇게 떠나보내고, 더 살아 뭣하겠는가….'

그러나 왕청언이 한시도 그녀의 곁을 떠나지 않았다. 뒷간에 갈 때조차 따라붙으니 좀처럼 기회가 나질 않았다. 시간이 흐르면서 그녀는 침대에서 내려와 식사도 하고, 점차 안정을 되찾아 가는 것처럼 보였다. 하지만 사실은 어차피 곧 아들을 따라 죽을 터이니 어찌하든 상관없다는 마음이었다.

보름쯤 지난 어느 날 오후, 왕청언은 공사에서 열리는 긴급회의에 치우위엔을 함께 데려가려 했다.

그녀가 말했다. "난 괜찮으니 안심하고 다녀와요. 어쩌겠어요. 죽은 사람은 죽은 사람이고, 산 사람은 살아야지요. "

왕청언이 말했다. "행여라도 나쁜 마음 품으면 안 돼요. 그럼, 집에서 쉬고 있어요. 내 회의가 끝나는 대로 바로 돌아올 테니." 그는 몇 번이고 당부를 거듭한 끝에 회의장으로 떠났다.

치우위엔이 속으로 생각했다. '드디어 그날이 왔구나.'

그녀는 자신이 아끼던 옷 몇 벌을 골라 보았다. 언제나처럼 깔끔하고 단정한 모습으로 떠나고 싶었다. 깨끗이 몸을 씻고, 말끔히 옷을 차려입은 뒤 손에 밧줄을 찾아 들었다. 막 일을 치르려던 찰나, 문득 머리를 빗지 못한 것이 생각났다. 산발이 된 머리로 떠날 수는 없었다. 그녀는 곧바로 헝클어진 머리를 정성스레 귀 뒤로 빗어 넘겼다. 그런데… 눈길이 거울과 맞닿은 그 순간, 거울 속 저 멀리 한 여인이 보였다. 여인의 목에 걸린 밧줄은 귀 뒤를 지나 공중에 매달려 있었다. 여인은 눈을 부릅뜬 채, 시뻘건 혀를 축 늘어뜨리고 있었다.

치우위엔은 비명을 질렀다. "귀신이야!" 그리곤 그대로 문밖으로 뛰쳐나갔다.

그녀는 대문 밖에 주저앉아 방금 전 일을 곰곰이 되새겨 보았다. 그러고 보니 언젠가 사람이 죽을 마음을 먹으면, 귀신이 사흘 동안 그 사람을 따라다닌다는 이야길 들은 적이 있었다.

"내가 목매달아 죽으려 했더니, 귀신이 찾아온 게로구나. 목매 죽으면 저런 몰골이 되는구나. 너무 흉측했어…. 나도 저런 모양새로 죽게 될 테지? 그 모습을 가족들이 본다면, 얼마나 무섭고 끔찍할까?" 그녀는 발로 땅을 세차게 굴렀다. "나 안 죽어! 절대로 죽지 않을 거라고! 그러니 이 귀신아, 저리 꺼져! 난 이제 마음 고쳐먹었으니! 내가 안 죽겠다는데, 네가 뭘 어쩌겠어? 내 비록 아들을 하나 잃었지만, 나한텐 아직 자식이 셋이나 남아 있다고. 그래, 너무 고통스러워서 죽고 싶었어. 허나, 내가 죽어 버리면 남은 아이들은 또 얼마나 괴롭겠어? 애들을 생각해서라도 난 살아야 해. 절대 아이들에게 고통을 안겨줄 순 없어. 그래, 난 살아남을 거야!"

13.

한참 전부터 하방[45] 운동에 대한 소문이 나돌고 있었다. 나무가 무성한 교정 안은 윙윙대며 소문을 퍼 나르는 학생들로 들끓었고, 그 모습은 마치 거대한 벌집을 연상케 했다. 처음에는 전체 인원의 오분의 일을 하방시킨다더니 날이 갈수록 그 수가 바뀌었고, 종국엔 정해진 숫자조차 없이 명단이 발표되었다.

즈화는 같은 기숙사의 위예어와 가까운 사이였다. 위예어의 얼굴에는 큰 화상 자국이 있었다. 언젠가 탁구공이 침대 밑으로 굴러 들어갔는데, 위예어가 꺼내겠다며 촛불을 손에 들고 기어 들어갔다. 그런데 그만 불이 옮겨붙으며 펑 소리가 나더니, 탁구공이 타오르기 시작했다. 그날 이후, 위예어의 왼뺨엔 손바닥 반만한 흉터가 남게 되었다.

---

45. 문화대혁명 시기에 청년들을 농촌이나 낙후된 지역으로 보내 노동하게 했던 정치적 운동.

즈화와 위예어, 두 사람 모두 남들에게 감추고 싶은 무언가를 하나씩 지니고 있었다. 위예어에겐 얼굴의 흉터, 즈화에겐 출신 성분이 그것이었다. 하지만 위예어가 화상 자국을 가릴 수 없듯, 즈화 역시 자신의 출신을 감출 길이 없었다. 둘은 누구에게나 훤히 들여다보이는 약점과 수치를 안은 채, 숱한 사람들 속에 부대끼며 살아가야 했다.

위예어는 단 한 번도 즈화의 처지가 자기보다 못하다고 여겨본 적이 없었다. 세상 어떤 여자가 나보다 더 불행할까……. 흉하게 일그러진 얼굴 때문에, 남자들은 좀처럼 그녀의 눈을 제대로 마주보려 하지 않았다. 그에 비하면 양즈화는 얼굴도 곱고, 배운 것도 많고, 말도 잘하는 데다 웃음도 많았다. 일을 하다 잠깐 쉬는 시간이나 식사 때 혹은 잠들기 전, 위예어는 틈만 나면 즈화에게 말하곤 했다. "분명 즈화 넌 명단에 없을 거야. 너 같은 앨 하방시킬 리가 있겠니?"

즈화는 넋을 빼고 침대 위에 앉아 있었다. 벽에 기대앉은 등으로 순간순간 한기가 전해졌다. 차디찬 흙벽이 뒤에서 그녀를 떠받치고 있었다. 절망의 기운이 벽 틈새마다 배어있는 듯했다. 노동대학은 광야 한가운데에 세워져 있었고, 학교 건물은 학생들이 직접 개간한 밭으로 둘러싸여 있었다. 들개처럼 사나운 바람이 사방으로 날뛰며 창틀을 요란하게 흔들어댔다. 덜컹덜컹, 그 소리는 멈출 줄 몰랐다. 공기 중엔 짙은 인분 냄새가 감돌았다. 그녀에겐 너무도 익숙한 농촌의 냄새였다. 겨우 그곳에서 빠져나왔는데……. 즈화는 어떤 대가를 치르더라도 다시는 농촌으로 돌아가고 싶지 않았다.

날이 밝자 학생들이 벌집 같은 방에서 하나둘 빠져나와, 방금 전 벽에 붙은 대홍희보[46] 앞으로 몰려들었다. 붉은색 종이 위에 검은 글씨로 빼곡히 적힌 이름들이 전투 대형을 짠 개미떼처럼 줄지어 있었다. 1차 하방 대상자 명단이었다. 조만간 이들은 농촌으로 내려가 농사일에 전념하며, '노동자와 농민 대중과 하나 되는 길'을 걷게 될 것이다. 그들의 모습은 장차 공산주의 노동대학 학생들의 귀감이 될 것이다.

양. 즈. 화. 붉은색에 휘감겨 있던 그 이름이, 세 마리의 개미가 되어 그녀의 마음 위로 스멀스멀 기어올랐다. 그리곤 마음을 갉아먹기 시작했다. 그녀의 마음속은 점점 텅 비어갔다. 마침내 남은 것은 슬픔과 두려움뿐이었다.

지식 청년 즈화는 허쟈빠로 하방되었다.

위예어가 그곳으로 찾아왔다. 그녀가 사진 한 장을 꺼내더니 사진 속 검은 반팔 남방을 입은 사내를 가리키며 말했다. "이 사람 말야, 네가 맘에 든다 하면 내가 한번 다리를 놓아 볼게."

즈화는 사진 속 콩알만 하게 찍힌 그 얼굴이 퍽 마음에 들었다. 그리고 실제로 챠오무린을 만났을 때, 하마터면 첫눈에 반할 뻔했다. 그는 사진에서 보았던 검은 남방을 입고 왔는데, 포플린

---

46. 붉은 종이(대홍)에 희소식(희보)을 적어 알리는 전통적인 형식이었으나, 문화대혁명 시기엔 정치적 충성이나 혁명 성과를 선전하는 수단으로 쓰였다.

으로 만든 것이었다. 자연스러운 멋이 묻어나는 차림이었다. 즈화는 그때까지 포플린 옷을 입은 남자를 본 적이 없었다. 그는 몹시 마른 체격에 광대뼈가 조금 도드라지긴 했지만, 나름대로 준수한 외모였다. 말투와 몸가짐이 좀 뚝뚝했으나, 오히려 그런 꾸밈 없는 태도에서 정직한 사람이란 인상을 받았다.

챠오무린은 꽤 오랜 시간을 혼자 살아온 사람이었다. 다른 이들이 월급을 받아 가족을 부양하는 데 쓸 동안, 그는 버는 족족 자신을 위해 썼다. 포플린 옷을 입을 수 있던 것도 그래서였다. 일이 없을 때면 탁구를 치거나, 영화를 보거나, 포커를 치러 다녔다. 또, 가을이 되기 전까진 강에 나가 수영을 즐기곤 했다.

사실 챠오무린은 예전에 농구장에서 즈화를 본 적이 있었다. 노동대학에서는 남녀 농구부를 꾸려, 현의 공장이나 기관에 소속된 학교들과 시합을 벌였다. 즈화도 농구부 선수였는데, 키는 작았지만 날랜 몸놀림 덕에 마치 한 마리 새처럼 시합장을 누비고 다녔다. 덕분에 그녀는 "날쌘 제비"라는 별명까지 얻었다. 시합을 구경하던 챠오무린은 자꾸만 날쌘 제비에게 눈길이 갔다.

그가 위예어의 집에서 다시 그녀를 마주했을 때는, 이미 즈화가 지식 청년으로서 허쟈빠 대대에 하방된 뒤였다. 일 년 만에 본 그녀의 얼굴엔 어두운 운명의 그림자가 어른거리고 있었다. 그에게도 낯설지 않은 기운이었기에 단번에 알아볼 수 있었다.

그해 즈화는 스무 살이었다. 머리를 양 갈래로 땋아 허리까지 길게 늘이고, 흰 블라우스에 푸른 멜빵 치마를 입고 있었다. 그녀가 가진 옷 중 가장 아끼는 한 벌, 어엿한 여학생의 차림새로 단장하고 나온 것이다. 하지만 정작 속은 절망으로 가득 차 있었다. 눈앞의, 제법 잘생긴 이 낯선 사내와 혼인하는 것 말고는, 자신에게 다른 길이 없다는 걸 즈화는 똑똑히 알고 있었다.

14.

티엔쓰가 죽고 나서, 치우위엔은 종종 밥그릇을 손에 든 채 멍하니 앉아 있곤 했다. 옆에서 밥 좀 먹으라고 아무리 사정을 해도, 좀처럼 음식을 넘기질 못했다. 그런 그녀를 지켜보던 왕청언은 무슨 수든 내야겠다는 생각이 들었다.

어느 날, 그가 말을 꺼냈다. "당신, 후베이에 와서 이미 아들을 잃었잖아요. 헌데… 요즘 당신을 보고 있으면, 당신마저 여기서 목숨을 놓게 되는 건 아닐까 겁이 나요. 정말 그런 일이라도 생기면, 난 평생 미안해서 어쩌지 못할 거예요. 내가 가장 힘들었던 때, 당신이 와 줘서 이 집을 잘 꾸려나갈 수 있었고, 아이민도 저만큼 키울 수 있었지요. 이젠 당신이 두고 온 자식들 곁으로 돌아갈 때가 된 듯해요. 돌아가도록 해요. 피붙이들 곁에 있으면, 자식을 먼저 보낸 슬픔도 조금은 나아지지 않겠어요? 그러다가 좀 나아져서 다시 여기 올 마음이 나거든 그때 다시 돌아와요. 아니… 오기 싫으면 오지 않아도 돼요. 그곳에서 편히 말년을 보내도록 해요. 지금 내가 한 말, 잘 생각해봐요. 다만 부탁할 것은 내가 당신을 내쫓고 싶어 이러는 게 아니라는 것만 알아줘요.”

“난 갈 수 없어요. 우리 티엔쓰, 그 아이의 온기가 아직 식지도 않았는데, 내가 지금 가 버리면, 그 애가 지하에서 뭐라고 하겠어요? 이 어미가 자기를 버리고 떠난 줄 알 거라고요.” 말을 마친 치우위엔은 흐느껴 울기 시작했다. 그녀는 끊어질 듯한 목소리로 말을 이어갔다. “나야말로, 가장 힘들었던 순간에, 날 도운 건, 당신이었어요. 당신 덕에, 좋은 날도 한참을 살아 봤고요. 이젠 몸도 성치 않아 보살펴 줄 사람이 없으면 안 되는, 그런 당신을 두고, 난 못 가요. 양심이 있지. 그러니 앞으로 두 번 다시는 떠나란 소리 같은 거, 하지 말아요.”

*

또 몇 해가 지났다.

왕청언의 건강은 해가 거듭될수록 악화되었다. 급기야 심한 천식까지 생겨, 한번 기침이 시작되면 좀처럼 멎질 않았다. 그럴 때마다 입술이 퍼렇게 질릴 정도로 숨을 몰아쉬었고, 금방이라도 숨이 넘어갈 듯 위태로워 보였다. 치우위엔은 종일 그의 곁을 지키며 정성껏 보살폈다. 결국 그는 입원까지 하게 되었고, 석 달이 지나도록 차도가 전혀 없었다. 종국엔 스스로 걷지도 못하는 지경이 되었다. 왕청언은 기어코 집으로 돌아가겠다며 고집을 부렸다. 치우위엔도 알고 있었다. 이미 병이 고황에까지 퍼져, 의사도 더는 손 쓸 도리가 없다는 것을. 그녀는 그의 뜻을 따르기로 했다. 그는 수레에 실려 집으로 돌아왔다.

아이민은 생계를 위해 온종일 밖에서 차를 몰았다. 치우위엔은 날마다 혼자서 왕청언을 수레에 태워 마커우 병원까지 주사를 맞히러 다녔다. 샤오왕이라고, 왕청언과 같은 왕씨 부락 출신인 간호사가 있었다. 그녀는 치우위엔 홀로 환자를 태운 수레를 끌고 병원을 오가느라 고생하는 모습을 보고는, 자기가 직접 집으로 와 주사를 놔 주겠다고 나섰다.

갖은 노력에도 병세는 좀처럼 나아질 기미가 보이지 않았다. 어느 날 치우위엔이 약을 먹이고 일어나려는데, 왕청언이 앙상한 손으로 침대 가장자리를 톡톡 치며 말했다. “여기 좀 앉아 봐요. 할 말이 있어요. 내 병은 나을 것 같지 않아요. 얼마 안 가 죽게 될 테지요……. 그땐 꼭 내 말대로 해줘요. 안 그러면, 난 죽어서도 눈을 감지 못할 거예요. 날 장사 지내고 나면, 그 길로 곧장 후난으로 돌아가요. 절대 지체해선 안 돼요. 며늘애가 보통이 아니란 걸 내 잘 아는 데다, 그 애가 당신한테 무슨 정이 있겠어요? 아이민이야 당신한테 잘하지만, 결국 친자식은 아니니……. 애들이 쫓아낼 때까지 기다리다간 당신만 더 비참해질 테니, 떠나요. 이제 남은 생은 후난에서 편히 지내도록 해요.”

그는 이 많은 말을 간신히 마치고는, 숨도 제대로 쉬지 못했다. 치우위엔은 나오려는 눈물을 꾹꾹 눌러 담았다. 그가 잠시 숨을 고르더니 다시 입을 열었다. "사람이 죽으면 다 끝이라지만, 당신이 내게 얼마나 잘해 줬는지는, 내 땅속에 묻혀서도 잊지 않을 것이에요. 다만… 당신 곁에 더 있어 주지도 못하고, 이렇게 고생만 시키다 떠나려니… 그것이 참 미안해요. 그리고 당신도 이젠 티엔쓰 생각은 좀 놓아요. 자꾸 울지 말고. 또, 집에 있는 물건 중에 필요한 건 뭐든 다 가져가요." 그의 눈가에 눈물이 맺혔다.

치우위엔이 그의 눈을 똑바로 바라보며 아무렇지 않은 듯, 애써 가벼운 목소리로 말했다. "쓸데없는 소리 말아요. 어쩐지, 그런 생각만 하고 있으니 병이 안 낫는 게 당연하죠. 당신은 그냥 나을 생각만 해요. 다른 일은 다 내가 알아서 할 터이니. 나야 당신을 돌보는 게 당연한 일이죠. 괜한 고생이라니, 어째 그런 말도 안 되는 소릴 해요? 입장이 바뀌어 내가 병이 났더래도, 당신이 날 돌봤을 거 아녜요. 이건 만성병이라, 낫는 데 시간이 좀 걸리는 것뿐이라고요. 병이 올 땐 산사태처럼 닥쳐오고, 나갈 땐 실오라기처럼 빠져나간다는 말이 괜히 나왔겠어요? 누가 알아요? 어느 날 문득 일어나 보니, 온몸이 훨훨 가벼워져서는 병이 뚝 떨어져 나가 있을지……." 더는 말을 이어갈 수가 없었다. 그녀는 기어이 울음을 터뜨리고 말았다.

"울지 마요, 어서. 내 지금 기침 한번 안 하고 이렇게 한참을 버텼잖아요. 그나저나… 어쩐 일로 샤오왕이 아직까지 오질 않네요.”

“아마 병원 일이 바쁜가 봐요. 아무래도 내가 당신 데리고 병원으로 가 봐야겠어요!”

“나 지금 이대로 누워 있는 것이 참 편한데. 괜히 움직였다가 또 기침 날까 겁이 나요. 당신이 가서 샤오왕에게 우선 말이라도 전해줘요. 오전이 힘들면 오후에 와도 된다고. 잊지만 말고 와 달라고요.”

“알았어요. 내 금방 다녀올 테니, 일어날 생각 말고 가만히 누워 쉬고 있어요.”

왕청언이 애써 미소를 지어 보이며 알았다는 시늉을 했다.

치우위엔이 샤오왕과 부랴부랴 문을 열고 들어선 순간, 침대 머리맡 바닥에 놓인 농약병이 눈에 들어왔다. 치우위엔은 비명을 내지르며 정신없이 침대 위로 달려들었다. 그의 몸을 만져 보니, 아직 온기가 있었다. “살아 있어요! 아직 살아 있다고요!” 그녀가 연거푸 소리쳤다.

왕청언은 몸을 잔뜩 웅크린 채, 입가엔 토사물이 묻어 있었다. 죽기 전 고통 속에서 몸부림친 흔적이 온몸에 고스란히 남아 있었다.

샤오왕이 그의 코 밑에 손을 가져다 댔다. “… 숨을 안 쉬세요. 이미 늦은 것 같아요.”

*

왕청언을 장사 지낸 뒤, 치우위엔은 우체국으로 가 즈헝에게 전보를 보냈다. "왕 숙부가 돌아가셨다. 속히 와서 나를 데려가렴."

집으로 돌아온 그녀는 아이민을 불렀디. "아이빈, 아줌마는 아버지의 말씀을 따라 후난으로 돌아갈 생각이란다. 이 아줌마도 점점 나이를 먹어가니, 나중엔 분명 너희에게 짐만 될 게야. 한 사람 나가면 입도 하나 줄 터이니, 아무래도 내가 떠나는 게 나을 것 같구나."

아이민이 대답했다. "아버지가 돌아가시자마자 아주머니까지 떠나신다니, 마음이 너무 허전하네요…. 그렇지만 아버지가 당부하신 말씀이 있었어요…. 제 안사람이 아주머니께 잘못할까 봐 염려되신다고, 떠나시겠다 하면 붙잡을 생각 말라고요. 아주머니 뜻대로 하세요. 나중에라도 제가 찾아뵐게요."

그로부터 이틀 뒤에 즈헝이 후베이로 왔다. 이틀을 더 머문 후, 그는 어머니를 모시고 생산대 사람들에게 작별 인사를 고하고 그곳을 떠났다.

마흔여섯에 후베이로 떠났던 그녀는, 예순여섯이 되어 다시 후난으로 돌아왔다.

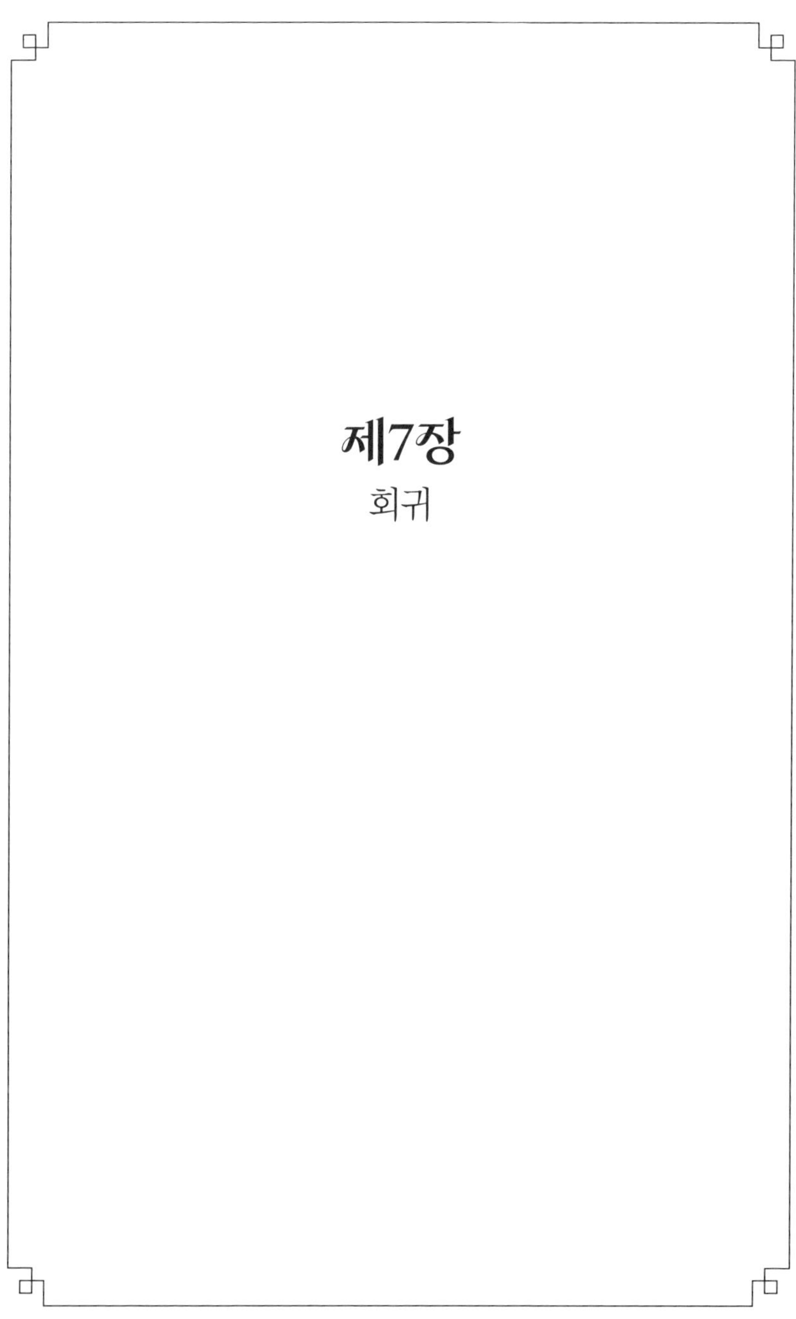

제7장

회귀

1.

1977년 어느 날, 즈헝이 잔뜩 들뜬 얼굴로 이십 리나 떨어진 학교에서 한달음에 달려왔다. 대학 입학시험이 부활했다는 소식을 페이싼에게 한시라도 빨리 전하고 싶어서였다. 출신 성분에 상관없이, 고등학교 졸업장이 있거나 그에 상응하는 수준의 지식을 갖춘 청년이라면 누구든 시험에 응시할 수 있다는 것이었다. 즈헝은 페이싼을 데리고 공사에 가서 등록을 시킬 참이었다.

페이싼은 땅을 고르고 있었다. 그는 고개도 들지 않고 말했다. "내가 무슨 대입 시험을 본다 그래요? 중학교 겨우 마치고 지난 11년 동안 한 거라곤 농사일밖에 없는 내가. 예전에 배웠던 것도 전부 다 까먹었는데 뭐, 대입 시험이요? 괜히 창피만 당하지."

즈헝이 말했다. "이틀 후에 공사에서 입시반이 열린대. 시험까지 앞으로 두 달 남았으니, 이제 집안일은 더 이상 신경 쓰지 마.

일단 지금 가서 상반신 사진부터 찍고 등록하러 가자. 넌 기억력도 출중한 데다, 중학교 때 성적도 꽤 좋았잖아. 그러니까 두 달 동안 수업도 듣고 고등학교 교과서도 구해서 같이 공부하면, 혹시 모르지. 아무튼, 시험은 무조건 치르는 거야.”

즈헝이 말을 이어갔다. “지금 바로 하던 일 멈추고, 가서 사진 찍게 옷 갈아입고 와. 내일모레 공사에 가서 등록할 거니까.”

페이싼은 여전히 떨떠름하게 굴었다. “됐다니까요. 난 자신 없다고요.”

즈헝이 말했다. “안 돼! 어떻게 온 기횐데, 시도도 안 해 보겠다고? 어서 가서 갈아입고 와! 옷에 아주 흙이 잔뜩이네.”

페이싼이 말했다. “갈아입기 귀찮은데, 그냥 이대로 찍을래요. 뭐, 사진이 잘 나온다고 시험에 붙는 것도 아니잖아요.”

즈헝이 한참을 구슬린 끝에 드디어 페이싼은 사진을 찍고 입시반 등록까지 마쳤다.

수업이 시작된 지 이틀째 되던 날, 문교 판공실의 간부가 교실로 찾아 와 페이싼을 불러냈다. “넌 시험 칠 자격이 없어. 중학교밖에 안 나온 데다가, 네 아버지란 사람은…….”

페이싼의 얼굴이 붉게 달아올랐다. “알겠어요. 시험 안 보면 되잖아요.”

페이싼은 맥이 풀려 납덩이처럼 무거워진 두 다리를 늘이고 집으로 향했다. 도중에 마을의 소학교 옆을 지나다가 은사였던 루 선생과 마주쳤다.

루 선생이 물었다. "즈슈야, 입시반 수업이 있다고 가더니, 어째 이리 금세 돌아오는 거냐? 노동 점수 몇 점이 아쉬워서 그런 건 아니겠지?"

페이싼은 사실대로 말했다. 루 선생의 얼굴에 분한 기색이 떠올랐다. "그게 무슨 말이냐! 위에서 명백히 공문이 내려온 일 아니야? 너 같은 상황에 있는 사람도 아무 문제 없이 시험을 치를 수 있다고, 신문을 통해서도 다 발표된 일 아니냔 말이야!"

루 선생은 페이싼과 자주 이야기를 나누는 사이였기에, 그의 처지를 누구보다 잘 알고 있었다. 루 선생이 계속해서 말했다. "고소하렴. 널 시험에 참가 못하게 하는 건, 나라에서 정한 방침을 위반하는 행위야. 내가 장담하건대, 전 공사를 통틀어도 너처럼 학습 기초가 튼튼한 사람은 찾을 수 없을 거다."

페이싼이 말했다. "이젠 됐어요. 하늘의 뜻이 그런가 보죠."

*

페이싼은 덤벙대는 편이라 평소에 물건을 잘 잃어버리곤 했다. 툭하면 옷이며 모자, 목수건 같은 것들을 놓고 들어오기가 일쑤였다. 치우위엔은 법랑 그릇에 물을 담아 논일하는 아들에게 가져다줄 때마다, 매번 당부를 잊지 않았다. "이따 그릇 꼭 가지고 오너라." 하지만 페이싼은 잊고 그냥 오는 날이 태반이었다.

그런데도 유독 공부에 있어서 만큼은 놀랄 만큼 기억력이 뛰어났다. 예전에 학교에 다닐 적엔, 방금 배운 역사지리 내용을 막

힘없이 술술 외우는가 하면, 그에 관해 어떤 질문을 해도 척척 답을 내놓았다. 또 기초건설 시공대에서 잡역으로 일하던 시절에는, 기술원이 파낸 흙을 측량하면서 두세 자리 수 곱셈을 주판으로 더듬고 있을 때, 그는 진작에 암산으로 계산을 끝내곤 했다. 십일 년 농사일에 논갈이도 써레질도 제대로 배우질 못했지만, 대신 과학 농법을 터득했다. 덕분에 그는 생산대에서 한동안 모종 재배원과 병충해를 예방하는 식물 보호사 일을 맡기도 했다.

일요일이면 페이싼은 현성에 있는 신화서점에 나가 책장에 기대선 채로 한참동안 책을 읽다 오곤 했다. 소설, 산문, 시, 동화, 그리고 민담에 이르기까지 책이라면 가리지 않고 닥치는 대로 읽었다. 다른 사람들에겐 따분하기 이를 데 없는 철학, 사회학, 자연과학 같은 분야의 책들도 그에겐 흥미롭기만 했다.

대입 시험이 부활하면서 치뤄지는 이번 시험은 성적만으로 학생을 선발하는 방식이었다. 학교를 떠난 지 벌써 십일 년이나 지난 페이싼에게는, 아마도 다시 오지 않을 기회였을 것이다.

여하튼 세상일이란 참 알 수 없는 법이다. 막다른 길 끝에서, 문득 생각지도 못한 문이 불쑥 열리기도 하니 말이다. 시험을 포기한 지 한참 뒤, 공사 쪽에서 느닷없이 입시반에 다시 오라는 소식을 전해왔다. 알고 보니, 페이싼과 비슷한 처지의 사람들이 그동안 공사와 교섭을 벌여 왔던 것이다. 공사도 더는 정부 공문을 모른 척할 수 없어 이들에게 응시 자격을 주기로 했고, 페이싼도 덩달아 덕을 보게 되었다.

시험일까지는 불과 사흘밖에 남지 않았다. 페이싼은 지원서를 작성하며 적잖이 망설였다. 중등 전문학교에 지원하자니 나이가 넘어 버렸고, 그렇다고 대학교에 표를 하자니 자신은 기껏 중학교를 다닌 게 전부였다. 그는 한참을 고민한 끝에, 눈 딱 감고 전문대학란에 이름을 써넣었다.

입시반 수업에 참여할 기회가 너무 늦게 주어졌다. 사흘 밤낮을 잠 한숨 안 잔다 해도, 고작 일흔두 시간뿐이었다. 그는 분위기라도 살펴보자는 심정으로 입시반 교실을 찾아갔다. 지난 두 달간 수업을 받아 온 학생들은 하나같이 칼을 갈며 그날을 벼르고 있었다. 사기가 하늘을 찌를 듯했다. 교사가 시험까지 아직 사흘이 더 남았으니, 조금은 여유를 가지라고 권할 정도였다. 교실 바닥 수북이 학생들이 풀었던 시험지가 쌓여 있었다. 모두들 전혀 아까운 생각 없이 그 위를 마구 밟고 지나다녔다. 페이싼은 그 시험지들을 무슨 귀한 보물이나 되는 양 한아름 주워 가방에 찔러넣고는 집으로 돌아왔다. 그리고는 사흘 밤을 꼬박 지새우며 시험지들을 훑어보느라 눈이 온통 벌겋게 충혈되었다.

정치 문제는 한 번만 보면 머릿속에 새겨지니 걱정할 필요가 없었다. 고등학교 수학도 대강 감이 잡혔다. 어문과 역사는 더 말할 것도 없었다. 마음 속에 시험쯤은 치를 수 있겠다는 믿음이 생겼다. 비록 두 눈엔 실핏줄이 가득했지만, 기운만큼은 충만했다.

시험 날. 평소 고개를 떨구고 걷던 모습은 온데간데없이, 그는 깔끔하게 옷을 갖춰 입고 고개를 바로 세운 채 수험생들 사이로 걸어 들어갔다.

사람들은 일찍부터 공사 소학교에 마련된 시험장으로 모여들었다. 운동장에선 수험생들이 모여 왁자지껄 이야기꽃을 피우고 있었다. 오랜 세월 중단되었던 대학 입학시험이 다시 시행되다니, 모두가 흥분될 만도 했다. 한편, 페이싼은 운동장 한쪽에 조용히 서서 어젯밤 머릿속에 집어넣은 내용들을 마치 영화를 돌려보듯 천천히 되짚고 있었다.

시험 시작을 알리는 종이 울렸다. 공사 전체에서 모인 이백여 명의 수험생들이 여덟 개의 교실로 나뉘어 들어갔다. 한 책상에 한 사람씩 배치되었다. 페이싼은 벽 쪽 맨 끝자리에 앉아 주위를 둘러보다가 이내 다시 의기소침해졌다. 대부분이 고등학교 졸업생이거나 올해 졸업 예정자였고, 민간 교사들도 꽤 섞여 있었다. 그에 비해 자신은 학교를 떠난 지 벌써 십일 년이 넘은 중졸자이자 농민이었고, 시험 준비도 고작 사흘밖에 하지 못한 몸이었다.

*

페이싼은 후난 사범학원의 중문과에 합격했다.

졸업 후에 그는 중학교의 어문 교사가 되었다. 런쇼우가 생전에 입버릇처럼 하던 말이 있다. "가장 좋은 직업을 꼽으라면 교사와 의사일 것이다. 어느 시대든 공부를 가르쳐 줄 사람과 병을 고쳐 줄 사람은 꼭 필요하니 말이다"라고. 런쇼우와 치우위엔 두 사람 모두 오랫동안 가르치는 일에 종사하며 자녀들을 키웠고,

즈형 또한 평생을 교사로 살았다. 이제 페이싼도 그들과 같은 길
을 걷게 된 것이다.

2.

칠 개월 된 배를 안고 강가로 빨래를 하러 나서는 즈화의 뒷모습은 아직도 아가씨 같았다. 희고 둔탁한 새벽 농무가 거대한 그물처럼 앞길을 가로막고 있었다. 그녀는 틈 하나 내보이지 않는 안개를 헤치며 앞으로 나아갔다. 한 손에는 옷가지가 가득 든 목통을 끼고, 다른 손에는 빨래판과 방망이를 들고 있었다. 오래된 목재 가재도구들에서는 그녀의 삶처럼 암울한 기운이 풍겨 나왔다.

즈화는 강가에 멈춰 섰다. 짙은 안개 탓에 여전히 아무것도 보이지 않았다. 시월의 농무엔 옷깃 사이로 스며드는 초가을의 서늘함이 배어 있었다. 차디찬 적막이, 순식간에 밀려와 강물 위에 조용히 내려앉았다. 마침내 그녀는 익숙한 그 청석판 위에 올라서 힘겹게 쪼그려 앉았다. 칠 개월 임산부에겐 결코 쉽지 않은 동작이었다. 그녀는 조심스레 자리를 잡고 목통에서 옷을 하나씩 꺼내 강물에 적신 뒤, 빨래판 위에 올려 방망이로 내려치기 시작했다.

퍽, 퍽, 퍽 묵직한 방망이질 소리가 수면 위를 타고 퍼져나갔다. 그러나 그 소리는 이내 안개에 꿀꺽 삼켜지고 말았다. 강가에서 빨래를 하고 있는 스물두 살 즈화 곁엔, 쓸쓸한 방망이 소리만이 함께하고 있었다. 안개가 걷히며 맑은 강물이 서서히 모습을 드러냈다. 멀지 않은 곳에 자리한 마을의 윤곽도 희미하게 눈에 들어오기 시작했다. 그곳은 현성 변두리에 있는, 일고여덟 가구가 흩어져 살고 있는 작은 마을이었다.

빨래를 마치고 목통과 빨래판, 방망이를 챙겨 집으로 갈 채비를 하는데, 갑자기 어지럼증이 몰려오며 눈앞이 아찔해졌다. 발밑의 청석판이 흔들리기 시작했다. 마치 돌판이 아닌, 물 위에 둥실 떠 있는 솜뭉치에 올라선 듯한 느낌이었다. 방금 전까지 허공에 떠 있던 안개가 모조리 그녀의 발아래로 쏟아져 내린 것만 같았다. 즈화는 그대로 안개 속으로 고꾸라졌다.

수심은 얕고 물살도 세지 않았지만, 뼛속을 파고드는 한기와 공포가 한데 뒤엉켜 즈화의 온몸을 덮쳤다. 그녀는 필사적으로 몸부림친 끝에 간신히 청석판 위로 기어올랐다. 젖은 옷이 가득 담긴 목통을 가까스로 들어 올리고 다른 손에 빨래판과 방망이를 움켜쥔 채, 비틀거리며 마을을 향해 걸어갔다.

집에 거의 다다랐을 무렵, 그녀는 집주인인 마이야와 마주쳤다. 마이야는 아이 셋을 둔 엄마였다. 마음씨 고운 이 여인은 기겁을 하며 즈화의 손에 들린 물건들을 낚아채듯 받아들었다. 그리고는 물에 흠뻑 젖어 무거워진 옷가지들을 벗기고, 즈화를 이불 속에 눕혔다.

마이야가 후닥닥 나가더니 투박한 사기그릇에 무언가를 담아 두 손에 조심스레 들고 돌아왔다. 비록 품질은 떨어지는 싸구려였지만, 추석을 위해 아껴두었던 백주였다. 입술이 새파래져 온몸을 덜덜 떨고 있던 즈화는 조금의 망설임도 없이 그 술을 벌컥벌컥 들이켰다. 그 즉시, 가슴속에서 펑하고 불덩이 하나가 타오르기 시작했다.

그리고 그 술은 그녀 안에 또 다른 불씨를 남기고 말았다.

*

그날 밤, 배를 쥐어짜는 듯한 복통이 몰려왔다. 즈화는 배를 부여잡고 끙끙거리며 통증을 삼켜보려 했지만 끝내 버티지 못하고 침대 위를 데굴데굴 구르기 시작했다. 다리 사이로 액체가 줄줄 흘러나왔다. 양수가 터진 것이다.

"애가 나오려나 봐요! 이를 어째, 이제 겨우 일곱 달이 좀 넘었을 텐데, 벌써 애가 나오다니!" 마이야는 법석을 부리며, 남편에게 빨리 대대 본부로 가서 챠오무린에게 전화를 넣으라고 했다. 챠오무린은 현성에 있는 병원에서 근무 중이었는데, 마을에서 이십여 리나 떨어진 곳이라, 일요일에나 겨우 한 번 집에 들르는 형편이었다.

348

즈화는 고통이라는 악마에게 완전히 사로잡혔다. 그녀는 뿌드득 소리가 날 만큼 이를 악물고, 두 손으로 침대 난간을 꽉 움켜쥔 채 좌우로 요동쳤다. 낡은 나무 침대는 그녀의 광기 어린 힘을 견디지 못하고, 하마터면 무너져내릴 뻔했다. 결국 그녀는 바닥으로 굴러떨어졌다. 마이야가 그녀를 밀고 끌며 겨우 침대 위로 올려놓았지만, 얼마 못 가 또다시 떨어지고 말았다.

즈화는 목이 쉬도록 외쳤다. "엄마! 나 좀 살려줘요. 엄마! 제발, 나 좀 살려줘요. 나 죽을 것 같아요!" 고통의 파도가 몇 초마다 정점에 치달았다가, 서서히 밑바닥으로 가라앉았다. 즈화는 그 고통의 정점과 바닥 사이를 쉼 없이 넘나들었다. 그러다 결국 그 간극마저 사라지고 오직 지속적이고 광포한 고통만이 그녀를 휘감았다.

그녀가 마이야의 옷을 있는 힘껏 잡아당기자, 단추들이 사방으로 무참하게 튀어 나갔다. 바로 그 순간, 앙상한 여자아이가 그녀의 몸속에서 쑥 미끄러져 나왔다. 엄마의 뱃속에서 너무 오래 시달렸던 탓인지 아이는 거의 질식 상태였다. 세상 밖으로 나와서도, 아이는 아무 소리 없이 고요했다. 출산 경험이 많았던 마이야는 침착하게 탯줄을 자르고, 급한 대로 사기그릇에 담겨 있던 백주로 소독했다. 곧이어 아이의 다리를 거꾸로 쥐고, 발바닥을 찰싹찰싹 열댓 번 내리쳤다.

응애응애 마침내 아이에게서 가냘픈 울음소리가 터져 나왔다.

마이야는 안도의 한숨을 내쉬었다. "됐다. 이제 살았어."

챠오무린이 현의 병원에서 아이를 받는 의사를 데리고 도착했을 때, 즈화의 첫딸은 이미 세상에 태어나 앙앙 울고 있었다. 조용히 눈을 감은 즈화의 이마에는 굵은 땀방울이 송골송골 맺혀 있었다. 이렇게 그녀는 엄마가 되었다. 치우위엔이 그랬듯이. 그리고 그 이전 수많은 여성들이 그러했듯이.

즈화는 세 아이를 낳았다. 아이들이 아직 어릴 적부터 그녀는 늘 말해 왔다. "나중에 크면, 꼭 대학에 가야 한다."

치우위엔도 즈화도 평생 공부를 갈망했지만 끝내 그 뜻을 이루지 못했다. 즈화는 공부 한번 실컷 못 해본 것이 두고두고 한이 된다고, 아이들에게 입버릇처럼 말했다.

훗날 즈화의 세 자녀는 모두 대학에 진학했다.

3.

츠푸산 집 옆 산기슭에는 하늘을 찌를 듯 우람한 녹나무 한 그루가 서 있었다. 언젠가 어떤 이가 찾아와 그 나무를 천 원에 사겠다고 했지만, 치우위엔은 거절했다. 그 나무를 베어내면 오래된 낡은 집이 무너질 수도 있기 때문이었다. 치우위엔이 마당에 심어 둔 부용꽃 두 그루는 봄이면 연분홍 꽃을 탐스럽게 틔웠다. 그 옆에는 귤나무 열댓 그루를 심어 귤밭을 가꾸었다. 워낙 열매가 잘 맺혀서 계절이 들면 가지마다 청록빛 과실이 주렁주렁 매달렸다. 그러나 해마다 귤이 채 노랗게 익기도 전에, 하룻밤 사이 귤들이 감쪽같이 사라지기 일쑤였다. 덕분에 가족들은 귤 맛 한 번 제대로 본 기억이 없었다.

츠푸산의 노스님은 이미 세상을 떠난 지 오래였다.

그의 삶의 버팀목이었던 부처님들은 '사청 운동'[47]이 한창이던 시절에 모두 산산조각나고 말았다. 가까스로 한 자 남짓한 높이의 목조 관음상 하나만을 몰래 숨겨낼 수 있었다. 그는 그 관음보살상을 위층에 모셔 두고, 그 곁에서 잠을 청했다. 아래층은 부엌이었는데, 그곳에 사다리를 놓고 오르내렸다. 위층으로 올라갈 때면 유채 기름을 넣은 접시등—무명실 심지를 넣은 작은 접시를 죽통 위에 올린 것—을 손에 들었다. 등잔의 희미한 불빛이 사다리를 오르는 발의 움직임을 따라 흔들리며 집안을 어둑어둑 밝혔다. 예순을 훌쩍 넘긴 데다 눈까지 침침하니, 사다리 하나 오르는 것도 여간 힘든 일이 아니었다.

혹여라도 숨겨 둔 관음상이 들통날까 봐, 그는 날마다 사람들이 깊이 잠든 밤중에야 살며시 일어나 예불을 드렸다. 노스님의 예불 방식은 특별히 훈련받은 것이었다. 왼발을 반 발짝 앞으로 내디디고, 오른쪽 무릎을 꿇은 채, 머리를 바닥에 찧었다. 먼저 한 번 '쿵', 잠시 멈췄다가, 다시 두 번 '쿵쿵'. 절도 있는 박자감마저 느껴졌다. 쿵, 쿵쿵, 쿵, 쿵쿵……. 사방이 쥐 죽은 듯 고요한 밤, 이마를 바닥에 세차게 부딪치는 소리는 더욱 또렷이 울려퍼졌다. 그는 그렇게 날이 밝을 때까지 절을 올렸다. 세월이 흐르며 그의 이마엔 술잔만한 혹이 단단히 솟아올랐다.

몸이 날로 쇠약해지더니, 문득문득 두 다리에 맥이 풀리는 일

---

47. 1963년부터 벌어진 정치 운동으로, '정치·경제·조직·사상' 네 개 방면의 정화를 목표로 했다.

이 잦아졌다. 결국에는 위층에조차 오르지 못할 정도가 되었다. 어느 날, 그는 위층에 깔아두었던 이불을 아래층으로 던졌다. 그리고 그날 이후 다시는 위층에 오르지 않았다.

부엌 한쪽에는 흙벽돌을 올려 만든 부뚜막이 있었다. 부뚜막 옆 구석엔 밥 짓는 데 쓸 건초와 나뭇잎이 수북했고, 그 맞은편에는 아궁이에서 긁어낸 잿더미가 쌓여 있었다. 그 옆에는 커다란 소변통 하나가 놓여 있었다. 침대는 부엌문 뒤편에 두었다. 볏짚을 두툼히 깐 위에 이불을 덮어 잠자리를 만들었다. 먹고, 자고, 싸고, 그는 이 모든 일을 부엌에서 해결했다. 자연히 부엌 안은 말로 할 수 없이 더러워졌고, 숨이 막힐 듯한 악취로 가득 찼다. 그런 곳에 관음상을 옮겨둘 순 없었다. 그랬다간 관음보살님의 노여움을 살 것 같아 위층에 그대로 모셔 두었다.

노스님은 눈이 퀭하니 꺼진 얼굴로, 기운 없는 몸을 이끌고 매일같이 마을 안을 느릿느릿 거닐었다.

그러던 어느 날, 갑자기 설사를 하기 시작하더니 그날만도 열 번이 넘도록 쏟아냈다. 며칠 뒤부터는 아예 모습을 드러내지 않았다. 사람들이 찾아가 부엌 안을 들여다보니, 그는 이미 싸늘한 주검이 되어 있었다. 급성 이질이었다.

생산대 간부가 그의 유품을 정리하다가 유서 한 장을 발견했다. 글씨는 알아보기 힘들 만큼 괴발개발이었지만, 대강 이런 내용이었다. 자신이 죽으면 시신을 마당에 눕히고 그 위에 장작을 쌓아 화장해 달라는 것. 그가 평소 그렇게도 땔감을 아끼며 쟁여

두었던 이유가 그제야 밝혀졌다. 그 외엔 쌀 한 톨조차 남아 있지 않았다. 그간 대체 얼마를 굶어 왔는지, 짐작조차 할 수 없었다.

그로부터 삼십여 년이 흐른 뒤, 마을에는 소문 하나가 무성하게 퍼졌다. 노스님이 과연 승천하여 신선이 되었다는 소문이었다. 더러는, 누군가 노스님이 구름을 타고 안즈리를 둘러보러 츠푸산에 왔다 가는 걸 직접 봤다고도 했다. 하지만 정작 그를 봤다는 그 '누군가'가 누구인지는, 끝끝내 알 수 없었다.

4.

치우위엔은 마을의 혼인 잔치에 참석하러 왔다. 집 안으로 들어서자 샤오취엔과 한 무리의 사람들이 팔선상 앞에 모여 앉은 것이 보였다. 무슨 재미난 구경거리라도 있는지, 여기저기서 간간이 탄성이 터져 나왔다. 슬며시 그쪽으로 다가가 보니, 런왕이 팔선상에서 묘기를 부리는 중이었다.

가로세로 길이가 약 1미터쯤 되는 팔선상이었다. 상판에서 17~18센티미터쯤 아래로 사면에 가로 들보가 둘러쳐 있었고, 네 다리 사이에 대각선으로 잇대어 놓은 두 개의 들보가 탁자 아래 빈 공간을 사등분으로 나누고 있었다. 런왕이가 그 칸들 사이를 제비처럼 날렵하게 오가며 묘기를 펼쳤고, 구경하는 이들은 연신 환호성을 터뜨렸다.

치우위엔은 가만히 샤오취엔의 옆으로 가 앉았다. 샤오취엔은 런왕에게 정신이 팔린 나머지, 곁에 누가 와 앉는 줄도 몰랐다. 그 덕에 치우위엔은 뜻하지 않게 그녀를 찬찬히 들여다볼 기회가 생겼다. 머리카락은 누렇게 바래고 푸석했다. 눈가에는 부채살처럼 넓게 퍼진 주름이 아로새겨 있었다. 아리땁게 빛나던 예전의 모습은 흔적조차 찾아볼 수 없었다.

치우위엔이 샤오취엔의 손을 가볍게 톡 쳤다. "량 선생님!" 샤오취엔이 몸을 홱 돌리며 호들갑스럽게 외쳤다. 핏기 없이 누렇게 뜬 얼굴이 흥분으로 환히 물들었다. 그녀는 마치 오랜만에 가족을 만난 사람처럼 치우위엔의 손을 꼭 부여잡았다. 두 사람은 무리에서 벗어나 마당으로 나왔다.

치우위엔이 말했다. "런왕이도 이제 그만 나오라고 하지. 저 작은 몸을 계속 놀려대려면 저도 얼마나 피곤하겠어. 늦게 온 나도 이렇게 한참을 봤는데. 사람들 기분 좋게 해주자고, 저렇게까지 오래 재주를 부릴 필요는 없잖니."

샤오취엔이 말했다. "네, 제가 가서 데리고 나올게요. 그렇게 말씀해 주시는 분은 선생님밖에 없네요. 어딜 데려가든, 다들 런왕이만 보면 탁자 밑에 들어가서 재주 좀 부려 봐라, 공중제비 한번 넘어 봐라, 죄다 그런 소리만 해대거든요."

샤오취엔이 딸의 손을 잡고 다가오자, 치우위엔이 런왕의 머리를 쓰다듬어 주었다. 머리칼은 여전히 듬성듬성 몇 가닥뿐이었지만, 몸은 전보다 제법 자라있었고, 누렇지만 보드라운 피부엔 윤기도 좀 도는 듯했다. 술잔 두 개를 엎어 놓은 것 같은 작은 가슴이 얇은 홍색 윗도리를 받치고 있었다. 아래엔 남색 바지에, 꽃 자수가 놓인 신을 신고 있었다. 아주 말쑥한 차림새였다. 샤오취엔이 얼마나 정성을 들여 딸을 단장시켰는지, 한 눈에도 알 수 있었다.

샤오취엔이 작은 소리로 말했다. "런왕이도 이제 다 컸어요. 양은 적지만, 이제 저희처럼 한 달에 한 번씩 하거든요."

치우위엔이 말했다. "네가 런왕이 키우느라 참 고생 많았지! 이 아일 이만큼이나 키워내다니, 샤오취엔, 넌 정말 대단한 엄마야. 그런데 어째 살이 좀 빠진 것 같구나. 요즘 지내긴 괜찮은 거니? 며느리들은 너한테 잘하고?"

"말도 마세요, 선생님. 저 요즘 살이 쏙 빠졌어요. 제가 사는 게 얼마나 고단한지, 선생님은 생각도 못 하실 거예요. 며늘애들 둘 다, 런왕이 때문에 창피해 죽겠다면서 애를 어찌나 미워하는 지. 시어머니면 뭐해요. 런왕이 때문에 며느리들 앞에서 고개도 제대로 못 들고 사는 신세인데요. 그나마 전엔 재봉일이라도 하면서 돈도 벌고 했는데, 이젠 애들이 일 나간다고 손주들을 죄다 저한테 맡기니, 이젠 그 일도 할 수 없고…. 그래 놓고는, 애 잘 못 봤다고 되려 저한테 뭐라고들 한답니다. 애가 한 번 울기라도 해 봐요. 글쎄, 왜 우냐면서 끝까지 따지고 든다니까요. 아, 선생님이 한번 말씀해 보세요. 세상에 안 우는 애들이 어딨대요? 애 보느라 고생은 제가 다 하는데, 공치사는커녕, 아예 안 봐준 것만도 못한 대접이나 받고 사니… 제가 아주 화병이 날 지경이라고요.

이러니 살이 안 빠지고 배기겠어요?”

“상황이 그러면, 귀천이랑 런왕이랑 따로 나와 사는 게 나지 않겠니?”

“진작에 따로 살기 시작했죠. 근데, 하…, 다 소용없어요. 며늘애들이 노동 점수 벌러 나가겠다는데, 제가 손주들을 안 봐주면 뭐 별다른 수가 있겠어요? 휴…, 손주들이 보기 싫어 그러는 게 아녜요. 개들 눈치를 보며 사는 게 넌덜머리가 나는 거죠. 그나마 아들 녀석들은 저한테 잘하는데… 아주 그냥 며늘애들 둘이 말이죠, 혹시라도 지들 집보다 다른 집에 제가 뭐라도 더 해줄까 봐서, 눈에 불을 켜고 종일 절 살피는 것 같다니까요. 다들 며느리 노릇이 힘들다지만, 저는 시집살이라는 걸 모르고 살았더랬잖아요. 그랬는데, 웬걸요. 이제 와서 며느리들 시집살이를 당하고 살 줄… 어디 생각이나 해 봤겠어요? 개들이 런왕이를 쳐다보는 눈빛을 볼 때마다, 제 맘이 얼마나 쓰린지, 선생님은 모르실 거예요.”

“며느리들 그러는 거, 일일이 신경 쓰지 말고, 마음을 좀 더 편히 먹어 보는 건 어떨까. 그래도 런왕한텐, 자길 끔찍이 아껴주는 귀천이랑 네가 있잖니? 며느리들이야 사실, 자기 배 아파 나은 자식도 아니고, 정 못 붙이는 게 어쩌면 당연할 일일 수 있지.”

“여기서 선생님을 뵙게 되다니, 오늘은 제가 운수가 좋은 날인가 봐요. 속에 있던 말도 이렇게 속 시원히 털어놓을 수 있고요. 선생님 말씀을 들으니, 마음이 좀 편해지는 것 같아요. 괜히 문제 일으킬까 봐서, 이웃들한텐 이런 말 꺼낼 엄두도 못 내거든요. 어디다 말도 못 하고, 매일 혼자 끙끙대다 보면 울화가 불쑥불쑥 치밀어 오른다니까요.”

“내가 보기엔, 샤오취엔, 네가 나보다 훨씬 강한 사람이야. 게다가 아직 젊기까지 하잖니. 넌 분명 잘 헤쳐 나갈 수 있을 거야. 젊음이 무기란 말도 있지 않니? 네가 넓은 아량으로 좀 봐주렴. 몸이 허락하는 한, 며느리들 일도 도울 수 있을 만큼 도와주고. 어차피 한 식구끼리 너니 내니 따져본들 그게 다 무슨 소용이겠니. 그러다 정말 못 하겠다 싶으면, 그땐 못 하겠다고 말해야지. 그런다고 설마 그 애들이 널 잡아먹기라도 하겠니?”

“선생님이 그렇게 말씀하시니, 저도 화 좀 가라앉히고 맘을 달리 먹어 봐야겠어요. 말씀처럼 할 수 있을 때까지 한번 해 보다가, 정 안 되겠다 싶으면 그땐 못 한다고 해야죠! 지들이 날 어쩌겠어요! 말씀처럼 절 잡아먹기라도 하겠어요?”

말을 마친 두 사람은 동시에 웃음을 터뜨렸다. 그렇게 저녁 식사가 시작되기 전까지 두 사람의 이야기는 좀처럼 끊기지 않았다.

*

그날의 혼인 잔치 이후로 치우위엔은 샤오취엔과 통 마주칠 기회가 없었고, 그렇게 2년이 훌쩍 지나갔다.

그러던 어느 날, 샤오오취엔이 불쑥 집으로 찾아왔다. 치우위엔은 그녀의 모습을 자세히 살펴보았다. 왠지 모르게 불길한 예

359

감이 몰려왔다. 왜소해진 몸에, 핏기 없이 더욱 누래진 얼굴, 양쪽 입가의 피부는 힘없이 축 늘어진 것이 지난번 만났을 때보다 훨씬 더 형편없어 보였다.

치우위엔이 물었다. "런왕이는 같이 안 왔니?"

"……선생님껜 제가 직접 찾아뵙고 말씀을 드려야 할 것 같았어요. 우리 런왕이가… 런왕이가……. 절 두고 먼저 가버렸어요." 샤오취엔은 말을 하다가 입술을 삐죽거리더니 이내 울음을 터뜨렸다.

치우위엔이 콩깨차를 건네주며 말했다. "샤오취엔, 너무 슬퍼 말거라. 어서 따듯하게 한 모금 들이켜고, 몸부터 좀 덥히렴."

샤오취엔은 흑흑 흐느끼며 찻잔을 받아 들었다. 그리곤 한 모금 마시는가 싶더니, 곧 잔을 손에 든 채 멍하니 있었다. 둘은 그렇게 말없이 한참을 앉아 있었다.

런왕이는 올벼를 수확하고 늦벼를 파종하느라 분주한 와중에 물독에 빠져 죽었다고 한다.

그날 아들들과 며느리들, 그리고 귀천까지 전부 논에 나가, 각자 벼를 훑고 심느라 정신이 없었다. 샤오취엔은 집에 남아 식구들의 식사 준비에, 빨래에, 돼지 밥 주랴, 마당에 곡식 펴 말리랴, 손주들 돌보랴, 팽이처럼 쉴 새 없이 뱅뱅 돌고 있었다. 런왕이도 온종일 자기보다 긴 막대기를 손에 들고 곡식을 노리는 닭들을 쫓아내기에 여념이 없었다. 그중 몸집이 큰 수탉 한 마리가 왜소한 런왕이를 얕본 겐지, 곡식은 안중에도 없이 런왕이의 밥그릇을 쪼아대며 뺏어 먹으려 들었다. 런왕은 손발을 휘저어가며 밥을 빼앗기지 않으려고 안간힘을 썼다. 그 모습을 본 샤오취엔은 짠한 심정을 금할 수가 없었다. 그녀는 수탉을 멀찌감치 쫓아내 주었다.

그날은 땅에서 모락모락 김이 오를 정도로 태양이 지독하게 내리쬐었다. 샤오취엔은 다른 마당에 널어둔 곡식을 뒤집으러 가고 없었다. 목이 말랐던 런왕이가 탁자 위 냉차에 손이 닿지 않자 물독에 있는 물을 떠먹으려 했던 모양이다. 그런데 하필 그날따라 물을 채워두지 않아 물독에는 물이 반쯤밖에 남아 있질 않았다. 손이 닿지 않자, 물을 뜨려고 발돋움을 하다 그만 물독 안으로 곤두박질친 것이다.

샤오취엔이 곡식을 뒤집어 놓고 다시 돌아왔을 때, 런왕은 어딜 갔는지 보이지 않고 닭들만 떼지어 유유자적 곡식을 쪼아대고 있었다. 샤오취엔은 런왕의 이름을 부르며 사방을 찾아 헤매다, 결국 물독 안에서 딸을 찾아냈다. 이미 숨이 끊어진 뒤였다.

애기를 마친 샤오취엔은 울음을 주체하지 못했다.

치우위엔이 말했다. "샤오취엔, 그만 울거라. 너도 지금 살이 너무 빠져 보기가 딱할 지경이야. 죽은 사람은 다시 돌아올 수 없는 것 아니겠니. 산 사람은 살아야지. 그래도 런왕이가 너 같은 엄마를 만나, 지난 십여 년간 호강까진 아니어도 큰 고생 없이 살 수 있었잖니. 네가 그토록 잘 견뎌주지 않았더라면, 그 아인 그 나이까지 살기 어려웠을 거야. 만약 런왕이보다 네가 먼저 갔다고 생각해 보렴. 정말 그랬다면, 런왕이가 얼마나 불쌍해졌겠니. 그땐 누가 그 앨 위해 닭을 쫓아 줬겠니? 샤오취엔, 내 말이 혹 귀에 거슬리더라도 들어 보렴. 런왕이가 지금 떠난 게, 외려 잘된 일일지도 몰라. 일찍 간 만큼 일찍 환생해서 다음 생엔 정상으로 태어나 가정도 꾸리고 일도 하며 살아갈 수 있다면, 그거야말로 좋은 일이 아니겠니?”

샤오취엔이 말했다. “무슨 말씀이신지는 저도 잘 알아요. 솔직히 그런 모습으로 이 세상을 살아가는 게 못 할 짓이긴 했죠…. 그래도 둘이 그 세월을 붙어 지내며 든 정이 얼만데요…. 저 차마 못 보내겠어요. 그 작고 불쌍한 몸뚱이가 떠오를 때마다 가슴이 미어져서 눈물만 나요.”

치우위엔이 말했다. “죽고 사는 것도 다 정해진 운명이니, 샤오취엔, 마음에서 자꾸 조금씩 털어내 보도록 하렴. 그래야 런왕이도 마음 편히 환생할 수 있지 않겠니.”

치우위엔이 샤오취엔의 손을 어루만지며 달랬다. 거칠디 거친 손바닥에 깊게 패인 손금들. 그간의 고된 노동이 남긴 색소가 그 안에 결결이 침적되어 있었다. 그것은 무엇으로도 씻어낼 수 없는, 가장 순결한 추함이었다.

5.

치우위엔은 일흔을 훌쩍 넘긴 나이에도, 걸음걸이가 여전히 단단했다. 덕분에 혼자 장을 보러 다니거나 볼일을 보러 나서는 일이 사뭇 즐거웠다. 비라도 오는 날이면 황톳길은 물을 흠뻑 머금고 질척여 그녀의 발은 으레 진흙투성이가 됐다. 그런 날에도 치우위엔은 연못가에 나가 설거지하는 일을 마다하지 않았다. 스스로 할 수 있는 일이라면, 절대 자식들이 돌아오기까지 기다리는 법이 없었다. 이것이 그녀의 소신이었다.

즈헝과 페이싼은 어머니를 모시고 츠푸산 집에서 함께 지냈다. 형제는 매일 아침 일찍 집을 나서 각기 학교로 향했다가, 오후 다섯 시쯤이면 집으로 돌아왔다. 두 사람은 대문을 들어서기가 무섭게 큰소리로 "어머니! 어머니!"하고 외쳤다. 어쩌다 치우위엔의 대답이 늦어지기라도 하면 놀라서는 허둥지둥 집 안 구석

구석을 뛰어다니며 그녀를 찾았다. 치우위엔 역시 두 아들이 집에 돌아오면, 더없이 반가운 얼굴로 서둘러 콩깨차를 내어놓았다.

페이싼은 장가든 뒤로는 금요일마다 제집으로 가 하룻밤을 보내고, 토요일 아침이면 츠푸산으로 돌아와 즈헝과 교대했다. 그리고 일요일 저녁 형제가 함께 츠푸산 집에 모였다가, 월요일 아침 각자의 학교로 출근했다.

이렇듯 형제 둘이 번갈아 오가는 일이 꽤나 수고스러웠을 텐데도, 치우위엔은 한결같이 깊은 산중에 자리한 그 집에 남아 하루하루 그곳을 지키려 했다. 집 앞 논을 부치는 이마저 나오지 않는 날이면 츠푸산 집은 불어 드는 바람 소리 외엔 고요하기 짝이 없었다.

즈헝과 페이싼은 학교에 있는 동안에도 늘 마음을 졸였다. 혹시라도 어머니가 혼자 계시다 무슨 변고라도 당하면 어쩌나, 연못에 빨래를 하러 나갔다 빠지시기라도 하면 어쩌나, 이런저런 걱정이 끊이질 않았다.

한 번은 즈헝이 자신의 학교로 옮겨와 함께 지내시자고 권한 적도 있었다. 그러나 치우위엔은 마냥 손 놓고 앉아 자식들에게 얹혀 지내는 일은 싫다며 거절했다. 그녀는 생산대를 찾아가 논 두어 마지기를 얻고 농사 지어줄 사람을 구한 뒤, 두 아들에게 품삯만 얼마간 보태달라고 했다. 해마다 수확량이 열 가마니는 너끈히 넘었기에 쌀을 따로 살 필요가 없었다. 채소도 또한 손수 길렀으니, 가끔 고기나 생선에 돈을 쓰는 게 전부였다. 치우위엔은 두 아들에게 큰 부담을 지우지 않아도 되는, 이대로의 삶이 무척 만족스러웠다.

*

즈헝은 쉰여섯이 되던 해, 츠푸산에서 어머니를 모시기 위해 이른 퇴직을 결심했다.

퇴직 후 그는 치우위엔의 말동무가 되어 주는 한편, 장작을 패거나 채소를 가꾸고, 붓글씨를 쓰거나 책을 읽으며 조용히 시간을 보냈다. 집 뒤편은 잡목과 키 작은 소나무들이 빽빽이 들어선 산비탈이었다. 즈헝은 그곳에 대나무를 심어, 나중에 바구니나 삼태기 같은 걸 직접 만들어 보면 어떨까 하는 생각이 들었다. 굳이 돈 주고 살 필요 없이 말이다. 더불어 단풍나무 두어 그루도 심을 것이다. 가을에 붉게 물들면 보기에도 좋을뿐더러, 사찰의 분위기가 짙게 드리워진 이 낡은 집에 생기를 불어넣어 줄 것 같았다.

즈헝은 밑동이 굵고 단단한 대나무를 얻어다 끝부분을 자르고 절단면을 볏짚으로 감싼 뒤 뒷산에다 심었다. 단풍나무 두 그루도 함께 심었다. 이듬해에 큼직한 죽순 세 개가 솟아 나오더니, 곧 높다란 대나무 세 그루로 자라났다. 몇 해가 지나자 집 옆으로는 푸른 산이, 뒤편으로는 울창한 죽림이 펼쳐졌다. 단풍나무도 어느덧 사람 키를 훌쩍 넘게 자랐다. 가을이면 손바닥만한 잎

365

들이 가지마다 붉게 물들며 햇살 속에서 선연히 빛났다.

집이 바로 산 밑이다 보니 대나무 잎이며 단풍잎이며 쉴 새 없이 지붕 위로 떨어져 내렸다. 검은 기와 위에 붉은 단풍잎과 푸른 대나무 잎이 어우러진 풍경은 산꼭대기에서 내려다보면 참으로 아름다웠다. 그러나 그런 낭만도 잠시, 나뭇잎들이 기와를 빼곡히 덮어 물 흐름을 막는 바람에 비바람이 몰아치는 날이면 집 안 곳곳에 물이 샜다. 그 바람에 일 년에도 몇 차례씩 미장공을 불러다 쌓인 잎을 치우고 기와를 보수해야 했다. 전에 없던, 그야말로 성가시기 짝 없는 일이 생겨난 것이다.

어느 날 즈헝이 청소를 하는 중이었다. 치우위엔의 침대 밑을 쓸려고 허리를 굽힌 순간, 뜻밖의 광경이 눈에 들어왔다. 세상에, 죽순 두 개가 키도 몸집도 똑 닮은 쌍둥이 모양으로 그곳에 자라 있던 것이다. 즈헝은 재미있어하며 급히 치우위엔을 불러들였다. "대나무란 게 참 생명력이 강하긴 한가 봐요. 산에서부터 땅을 파고 내려와 집 안까지 뚫고 들어오려면, 얼마나 수고스러웠겠어요. 그래봤자 결국 반찬 신세가 될 줄 알았다면, 이런 헛수고들은 안 했을 텐데요." 그는 침대를 옮기고 죽순을 캐냈다. 죽순의 속살은 새하얗고, 부드러우면서도 사각거렸다.

그해 즈화는 집에 들렀다가 햇빛 한 줄기 보지 못한 죽순 맛을 볼 수 있었다. 하지만 죽순을 넣고 끓인 닭국은 끝내 먹지 못하고 돌아갔다. 치우위엔이 키우던 닭 열세 마리를 누군가 또 훔쳐 간 것이다. 도둑은 이번에도, 벽을 파고 들어왔다.

6.

여든아홉이 되던 해, 치우위엔은 평지에서 넘어져 고관절이 부러지는 사고를 당하고 말았다. 그날 이후 그녀는 천장만 바라보며 누워 지내는 신세가 됐다.

통증 위에 또 통증이 덧씌워지며 그녀는 점점 말라 갔고, 결국 뼈만 앙상하게 남았다. 고통이 배어든 부서진 뼛조각들만이 남아 있는 듯했다. 뼈가 침대 바닥에 닿는 느낌조차 견딜 수 없어, 그녀는 끊임없이 자세를 바꿔 달라 청했다. 몸을 들고 움직일 때마다 몰려드는 격통에 치우위엔은 새앙쥐처럼 찍찍거렸다. 그 모습은 쥐덫에 걸려 고통과 절망으로 한없이 웅크린 한 마리의 새앙쥐 같았다.

즈헝과 페이싼은 그녀를 맞들고 병원에 데려가 뼈를 맞춰보기도 했다. 하지만 그때뿐, 뼈는 금세 다시 어긋나고 말았다. 둘은 다시 위험을 무릅쓰고, 그녀를 차에 태워 시내에서 가장 실력 있다는 정형외과를 찾아갔다. 그러나 그곳 의사는 약만 처방해 줄 뿐, 접골은 완강히 거부했다. 접골하는 순간의 고통을 이기지 못하고 혼절해 다시는 깨어나지 못할 수도 있다는 이유에서였다.

즈화도 서둘러 옛집으로 돌아와 매일같이 정성을 다해 치우위엔을 돌보았다. 통증이 조금이나마 누그러지기를 바라며 어머니의 몸을 어루만져 드리고, 욕창이 생기지 않도록 조심스레 자세도 바꿔 드렸다. 어머니가 통증을 도저히 견디지 못하는 날에는, 잠이라도 편히 주무시길 바라는 마음으로 수면제를 챙겨 드리기도 했다.

시간이 흐르면서 치우위엔은 정신마저 흐려져 갔다. 그녀는 즈화를 바라보며 묻곤 했다. "누구시길래… 저한테 이렇게 잘해 주시나요?"

*

무더위가 기승을 부리던 어느 여름날, 치우위엔은 고통에 지친 모습으로 눈을 감았다.

먼저 목에서 가래가 한참 쏟아져 나오더니, 격한 기침이 이어졌다. 그리곤 이내 숨이 끊어질 듯 깔딱거리다 서서히 잠잠해졌다. 마지막 순간, 문득 그녀가 눈을 번쩍 뜨더니, 침대 곁에서 임종을 지키는 어른이 된 자식들을 바라보았다.

이것이 그녀가 이 세상에서 본 마지막 광경이었다. 그녀는 산

산이 부서진 뼛조각과 뼛속 깊이 각인된 통증을 품은 채, 눈에
아로새긴 그 마지막 광경을 간직하고 다른 세계로 떠나갔다.

즈화는 치우위엔의 유품을 정리하다가 누빔 옷 주머니에서
종이 한 장을 발견했다. 거기엔 이렇게 적혀 있었다.

1932년, 뤄양에서 난징으로.
1937년, 한커우에서 샹인으로.
1960년, 후난에서 후베이로.
1980년, 후베이에서 후난으로.

온갖 희로애락을 지나온 내 인생,
결국 이렇게 끝을 맺는구나.

어머니를 대신하여 쓰는 후기

운명의 수수께끼를 풀다

장 홍

내 나이 일곱 살, 한창 어린 나이에 엄마가 '안즈리'라고 불렀던 츠푸산에 처음으로 가 보았다. 엄마는 언니와 나, 그리고 남동생을 데리고 대나무를 실은 화물차의 뒤칸에 앉아 그곳으로 향했다. 화물칸 위는 녹색 방수포로 덮여 하늘은 보이지 않았지만, 트여 있는 뒷부분으로 삐죽삐죽 고개를 내민 대나무 사이로 도로와 양옆에 늘어선 푸른 산들이 쏜살같이 뒤로 내빼는 모습은 실컷 구경할 수 있었다.

커브길은 어찌나 많던지, 하나를 지났나 싶으면 금세 또 다른 커브길이 나타났다. 그 덕에 우리는 대나무 위에서 이리 흔들, 저리 흔들 굴러다녔고, 화물칸 안은 아우성과 웃음소리로 들썩거렸다. 그 재미에 피곤한 줄도 모르고, 커브길이 과연 몇 개나 될까 줄기차게 세어 보다가 졸음이 오면 그대로 대나무 위에서 스르륵 잠이 들었다. 그렇게 우린 공짜로 후난까지 실려 갔다.

그땐 공짜라는 사실이 무엇보다 중요했다. 그 시절 우리가 겪은 가난을 어떻게 설명하면 좋을까. 하루는, 저녁에 엄마가 우리를 극장에 데리고 가려 했다. 그런데 몇 번을 다시 세어 보아도, 20전이 영 모자라는 것이었다. 우리는 엄마의 지휘 아래, 어딘가 쑤셔 박혀 잊힌 20전이 나타나 주길 간절히 바라며 침대 밑을 기어들고, 옷장과 찬장을 들어 옮기고, 베개 밑이며 서랍 구석까지 샅샅이 뒤지기 시작했다. 휴, 하지만 끝내 나타나 주질 않았다. 결국 엄마는 이웃에게 가 20전을 빌리셨고, 우리는 잔뜩 신이 나 극장으로 향했다.

기억을 더듬어 보니, 그때 엄마 나이가 대략 서른 안팎이었던 듯하다. 대입 시험 제도가 부활하기도 전부터 엄마가 수없이 해오셨던 말씀이 있다. "너희는 크면 꼭 대학에 가야 한다." 그런 소도시에선 학교 선생님들조차 '대학'이 어떤 곳인지 제대로 알지 못하던 시절이었다.

이 책은 글 속의 즈화, 그러니까 나의 어머니가 쓰신 것이다. 글을 쓰시면 내가 컴퓨터로 입력해 드렸다. 처음에는 톈야 커뮤니티에 연재 형식으로 올렸는데, 그게 벌써 십수 년 전 일이다. 서문에도 적었듯, 엄마는 주방에서 이 원고를 완성하셨다. 참으로 신기했던 것은 나는 뭐라도 쓰려 들면 영락없이 슬럼프에 빠진 사람처럼 애를 먹곤 하는데, 엄마는 마치 수도꼭지에서 물이 나오듯 어느 때이든 꼭지를 돌리기만 하면 펜 끝에서 글이 술술 흘러나왔다. 그건 아마도, 고되고도 치열했던 삶이 엄마에게 선사해 준 선물이 아닐까.

*

책 속에 등장하는 치우위엔은 나의 외할머니다. 외할머니의 말투는 늘 부드럽고 차분했다. 언제나 말끔하고 우아한 그 모습은 여느 시골 아주머니들과는 사뭇 달라 보였다. 외할머니는 오래전부터 후난을 고향으로, 안즈리를 여생을 보낼 터전으로 삼고 살아오셨다. 하지만 세월이 그렇게 흐르도록 낯선 토양에 옮겨 심긴 식물처럼, 그 땅에 완전히 스며들지는 못하셨던 것이다.

지금까지도 내 머릿속에 또렷이 남아 있는 한 장면이 있다. 목에 깃을 세우고 옆구리에 여밈이 있는 옅은 회색 전통 의상을 입은 외할머니가 우리를 이웃들에게 인사시킨다며, 손에 든 왕골 부채로 이마에 내리쬐는 햇살을 살포시 가리고 전족을 했다 푼 그 작은 두 발로 통통통 시골길을 걸어가시던 모습이다. 가는 곳마다 우리는 어김없이 콩깨차를 대접받았다. 볶은 콩과 참깨의 고소한 향이 코끝을 찔렀고 차에서는 은근한 소금 맛이 배어 나왔다.

외할머니를 마지막으로 뵌 건 내 나이 서른 즈음이었을 때다. 그땐 나도 딸아이를 둔 엄마가 되어 있었다. 여든여덟의 고령이심에도 외할머니는 여전히 날씬하고 우아한 맵시를 지니고 계셨고,

정신도 또렷하셨다. 다만 예전보다 기력이 부쩍 약해지시고 말수도 눈에 띄게 줄어 조용히 계실 때가 많았다.

안즈리는 소설 속에 묘사된 것처럼 단층 건물 세 채가 나란히 서 있고, 그 앞에는 너른 마당이 펼쳐져 있었다. 그리고 마당 왼편에는 작은 귤밭이, 오른편엔 키 큰 녹나무 한 그루가 우뚝 솟아 있었다.

우리가 그곳을 떠나올 때, 외할머니는 마당까지 배웅을 나오셨다. 때는 5월. 문 앞에 선 나무 두 그루에는 연분홍 꽃이 겹겹이, 가지마다 소담스럽게 피어 있었다.

"너무 예뻐요! 이건 무슨 꽃이에요?"

"부용이란다." 줄곧 조용히 계시던 외할머니가, 반색을 하며 대답하셨다. 그러고는 내 손을 살짝 잡아끌며 멀지 않은 곳에 있는 절벽을 손으로 가리키셨다. "너희가 보름쯤 일찍 왔더라면 참 좋았을걸. 4월이면 저기 저 절벽이 온통 진달래로 뒤덮이는데, 얼마나 아름다운지 모른단다." 외할머니의 목소리에는 짙은 아쉬움이 배어 있었다.

여든여덟의 나이에도 우리에게 그 진달래 절벽을 보여주지 못한 것을 못내 아쉬워하던, 그런 분이셨다.

*

"네 외할아버지는 참 고상하고 점잖은 분이셨지. 거기다 또 얼마나 깔끔하셨는지, 우리가 외출이라도 할라치면 꼭 옷솔을 들

376

고 쫓아 나오셔서는 머리부터 발끝까지 한번 털어 주셔야……”
엄마께 귀에 못이 박히도록 들은 이야기다. 외할아버지 이야기를
하실 때면, 엄마는 일에 치이고 피곤에 지친 어머니가 아닌 동경
과 그리움으로 빛나는 소녀가 되어 계신 듯했다.

한 번도 뵌 적 없는 외할아버지에 대해 내가 아는 것은 무척
깔끔한 분이셨고 온화한 성정을 지니셨다는 것이다. 또 글씨를
참 잘 쓰셨고, 농사일엔 영 소질이 없으셨던 영락없는 선비 기질
을 타고나신 분이었다. 혹여 개미라도 밟아 죽일까 걸음마저 조
심하실 만큼, 평생 나쁜 일이라곤 한 번도 해본 적 없는, 유난히
착한 마음씨를 지니신 분이었다고 한다.

나는 그분을 한 번도 뵐 기회가 없었다. 기아에 시달리다
1960년에 세상을 떠나셨기 때문이다. 당시 부종이 얼마나 심하
셨던지 돌아가시기 전부터, 그리고 돌아가신 후에도 온몸에 물이
가득 차 빛이 나 보일 정도였다고 한다. 그리고 소설에도 쓰였듯
‘부잣집 대감님’처럼 불룩 솟아오른 배 때문에, 가시는 길에 바지
끈도 제대로 여며드리지 못했다고 했다.

이렇게 숱한 이야기를 들었음에도 불구하고, 외할아버지에
대한 나의 이해는 얕을 수밖에 없다. 죽음만큼의 거리를 사이에
두고, 안전한 이곳에서 그저 귀동냥으로 그분 이야기를 듣고 있
노라면 아무래도 낯선 이를 대하는 듯한 기분이 들곤 했다.

세월이 흘러, 고희를 앞둔 엄마는 펜을 들어 자전적 소설을
쓰기 시작하셨다. 엄마의 글을 읽어 내려갈 때마다 나는 결핍으

로 점철된 한 가족의 역사 속으로 점점 빨려들어 갔다. 그것은 시대의 격랑 속에서 부침을 거듭하며 생존을 위해 몸부림친 중국인들의 역사이기도 했다. 무엇보다 놀라웠던 건, 이 가족을 지탱해 온 존재가 전족을 했던 어머니와, 일찌감치 세상의 쓴맛을 보고 철이 든 딸아이였다는 사실이다.

가난과 기아, 괄시와 빼앗긴 희망이 날마다 이 가정을 갉아 먹었고, 시골 마을은 그들에게 잔인함과 악의를 서슴없이 드러냈다. 즈화는 이러한 삶엔 절망뿐임을 깨닫고, 그곳으로부터 달아나기로 결심했다. 먹이를 찾아 헤매는 짐승의 본능으로, 그녀는 궁벽한 작은 도시 속으로 흘러 들어가 학교에 다니고 뿌리를 내리고 가정을 이루며 삶을 꾸렸다. 그러나 그녀의 삶을 지배한 기조 자체는 크게 달라지지 않았다. 여전히 살아남기 위하여 반평생을 바쳐야 했다.

외할머니가 돌아가신 뒤, 장례식에 참석하기 위해 후난으로 갔다. 나는 엄마와 함께 생전에 외할머니가 좋아하셨던 옷을 한 벌 한 벌 관 속에 넣어 드렸다. 그러다 한 옷 주머니 속에서 연도와 장소가 적힌 종이 한 장을 발견했다. 외할머니가 손수 남긴 짧은 일대기. 그 마지막 두 줄엔 이렇게 적혀 있었다.

"온갖 희로애락을 지나온 내 인생,
결국, 이렇게 끝을 맺는구나."

외할머니는 이 두 마디로 당신의 일생을 갈무리하셨다. 그 순간, 나는 윌리엄 포크너의 소설『내가 죽어 누워있을 때』에서 애디의 아버지가 늘 입버릇처럼 하던 말이 떠올랐다. "살아가는 이유란 말이지, 결국엔 죽은 채로 살아가게 될 기나긴 시간을 준비하기 위한 것이야."

전에 아프리카 대초원에서 영양들이 마라강을 건너는 장면을 본 적이 있다. 마라강을 건너는 것은 그들의 숙명이었다. 자신들을 수없이 넘어뜨리는 강물 앞에서, 의지가 조금이라도 흔들렸다간 살아남겠다는 생각마저 스러지고 말 터였다.

우리 외할머니와 엄마처럼 사회의 밑바닥까지 내몰린 사람들은 운명 앞에서 마치 언제라도 우수수 바스라질 듯 한없이 작고 무력해 보인다. 그러나 사람은 스스로 생각하는 것보다 훨씬 더 부드러우면서도, 동시에 강인한 존재다. 어떤 것도 결단코 그녀들을 완전히 무너뜨릴 수는 없다.

즈화―나의 엄마―가 만년에 펜을 들어 자신의 삶을 되돌아보기 시작했을 때, 그녀의 삶에 비로소 진정한 구원이 깃들기 시작했다.

이 책을 옮기며 제 안에 가장 오래 머문 두 단어는 '과거'와 '어머니'였습니다.

이야기의 배경은 20세기 중국의 격동기입니다. 1911년 신해혁명으로 청 왕조가 무너지고 중화민국이 세워졌으나, 군벌(軍閥) 할거와 국민당·공산당의 치열한 내전, 그리고 일본의 침략이 뒤엉키며 민중의 고통은 끝날 줄 몰랐습니다. 1949년 공산당의 승리로 중화인민공화국이 수립된 후에도 사정은 크게 달라지지 않았고, 대약진운동[1]과 문화대혁명[2]의 광풍이 중국 전역을 휩쓸며 사

---

1.   1958년부터 1962년까지 실시된 급진적 공업·농업 발전 정책. 결과적으로 대규모의 기근을 초래하여 수많은 인명 피해를 가져왔다.

2.   1966년부터 1976년까지 벌어진 파괴적 정치운동. 홍위병 동원과 광범위한 비판투쟁·숙청으로 교육·문화가 붕괴되고 대규모 인권 침해가 빚어졌다.

회와 개인의 삶을 뿌리째 흔들어 놓았습니다.

소설의 주인공 '치우위엔'은 바로 그 시대에 태어나 살아냈고, 눈을 감았습니다. 그리고 그녀의 딸 '즈화'—이 책의 저자 양번 펀—는 그 시간을 딛고 오늘을 살아가고 있습니다. 책을 옮기는 동안 자주 떠올랐던 말이 하나 있습니다. 미국 소설가 윌리엄 포크너의 문장입니다. "과거는 결코 죽지 않는다. 아직 지나가지도 않았다(The past is never dead. It's not even past)." 치우위엔의 삶은 과거인 동시에 현재이며, 그 딸 즈화가 숨쉬는 한 이야기는 계속될 것이고, 다시 그 자녀들을 통해 이어질 것입니다.

돌아보면, 중문학을 공부하던 시절의 저는 중국의 근현대사를 그저 '이웃 나라의 먼 과거'로 여겼습니다. 대약진운동이니, 문화대혁명이니 하는 사건들은 당나라나 명나라의 역사만큼이나 아득하게 느껴졌습니다. 아마 내 나라의 역사가 아니라는 거리감이 더해졌기 때문에 더욱 그러했을 것입니다. 그러나 이 책을 옮기며 깊이 공감하게 되었습니다. 우리가 우리의 아픈 역사를 현재형으로 기억하듯, 그들의 과거 또한 오늘의 삶 속에서 여전히 숨 쉬고 있음을. 그렇기에 한국어판 서문 말미의 당부가 더욱 큰 울림으로 와닿습니다.

"부디 저와 함께 기억해 주세요.

그 고통과, 강인함과, 사랑을.

이 모든 것이 잊히지 않고, 우리의 핏줄을 타고 대대로 흘러갈 수 있도록."

이 당부는 거대한 역사에만 해당되는 말이 아닐 듯합니다. 작가가 자신의 고통스러운 과거를 끌어안아 오늘을 살아낼 힘을 얻었듯, 우리 또한 마음속 깊이 살아 있는 과거를 품어 오늘의 삶으로 들일 때, 삶이 한층 더 빛나는 의미를 지니지 않을까 생각해 봅니다.

*

그리고, '어머니'.

마지막 장을 덮을 때, 이 책은 제게 절절한 사모곡(思母曲)이 되어 있었습니다. 저자는 서문에서 글을 쓰게 된 동기를 이렇게 밝힙니다.

"그해, 나의 어머니—이 책의 주인공인 치우위엔(秋園)—가 세상을 떠나셨다. 어머니의 본명은 '량치우팡'이었다. 나의 몸과 마음은 어머니의 죽음 앞에서 가눌 수 없는 슬픔으로 인해 지칠 대로 지쳐 있는 상태였다. 그러다 문득 그런 생각이 들었다. 그녀의 삶을 누군가 기록하지 않는다면, 어머니가 이 세상에 머물렀던 흔적은 어느새 자취도 없이 사라지고 말 것이다! …… 어머니를 떠나보낸 해, 예순이 넘은 내게는 더 이상 새로운 인생의 목표라든가 방향 같은 것은 의미가 없어 보였다. 그저 하늘의 뜻에 순응하며 하루하루 살아가는 것, 그뿐이었다. 그랬던 내가 어느 날 한 번도 해본 적 없던 일을 시작했다. 바로 글쓰기였다."

어머니를 잃은 슬픔으로 휘청이던 그녀를 지탱해준 것은 글쓰기였습니다. 사라져 가는 어머니의 흔적을 펜 끝으로라도 붙잡아 두고픈 마음에 쓰게 된 이 책은 그녀가 격동의 시대를 온몸으로 버텨 낸 어머니께 바치는 헌사입니다.

소설의 서두에서 해맑게 물장난치던 다섯 살 여자아이는, 가난하고 헐벗은 시절에 가족을 지키기 위해 기꺼이 자신을 내어주는 어머니가 됩니다. 어떤 역사의 광풍도 끝내 그녀를 꺾지 못했습니다. 어린 시절 전족 탓에 뒤틀린 두 발로 남편의 약을 사러 산을 넘고, 가족의 끼니를 구하러 길을 나섰으며, 아들의 생사를 확인하러 강을 건넜습니다. 온전치 못한 두 발의 부족함을 밤샘 삯바느질로 메웠습니다. 이렇듯 '어머니'라는 이름이 부여되는 순간, 전에는 없던 강인함도 함께 주어지는 듯합니다. 장애가 있는 딸을 먼저 보낸 샤오취엔이 슬픔에 잠긴 장면에서, 소설은 그녀의 손을 이렇게 묘사합니다.

"거칠디 거친 손바닥에 깊게 패인 손금들. 그간의 고된 노동이 남긴 색소가 그 안에 결결이 침적되어 있었다. 그것은 무엇으로도 씻어낼 수 없는, 가장 순결한 추함이었다."

'가장 순결한 추함' 이 구절을 옮기며 한동안 물끄러미 모니터만 바라보았습니다. 자식을 위해 망그러지도록 내어준 손, 그보다 고귀한 것이 또 있을까요. 눈에 보이는 흔적이 아니더라도, 어머니들의 가슴에는 조바심과 슬픔, 환희와 안도가 지나간 자리마다 우리로 인한 상흔의 색소가 결결이 스며 있을 것입니다. 딸의 앞날을 위해 생계의 짐을 자신의 어깨로 오롯이 옮겨지고, 나무 아래 서서 학교로 떠나는 딸이 보이지 않을 때까지 지켜보던 치우위엔처럼, 시대와 장소가 달라져도 '어머니'라는 존재는 언제나 그 자리에서 우리의 삶까지 떠안으며 기다리고 있을 것입니다.

작가가 이 소설에 담아낸 어머니를 향한 깊은 그리움과 사랑을 따라 저 또한 작은 마음이나마 세상의 모든 어머니께 경의를 표합니다.

2025년 가을, 연경숙

가을 정원

1판 1쇄   2025년 12월 28일
ISBN   979-11-24110-01-0 (03820)

저자   양번펀
번역   연경숙
편집   김효진
교정   이수정
제작   재영 P&B
디자인   우주상자
펴낸곳   마르코폴로
등록   제2021-000005호
주소   세종시 다솜1로9
이메일   laissez@gmail.com
페이스북 www.facebook.com/marco.polo.livre